扶摇皇后

부요황후 6

ⓒ천하귀원 2020

초판1쇄 인쇄	2020년 7월 24일
초판1쇄 발행	2020년 8월 11일

지은이	천하귀원 天下歸元
옮긴이	김지혜

펴낸이	박대일
편집	이문영 · 박지해 · 임유리 · 신지연 · 곽현주
마케팅	임유미 · 손태석
일러스트	리마
디자인	박현주

펴낸곳	파란미디어
출판등록	2004년 9월 14일 제313-2004-00214호

주소	03992 서울시 마포구 동교로23길 14 국제빌딩 6층
전화	02.3141.5589 영업부 070.4616.2012 편집부
팩스	02.3141.5590
전자우편	paranbook@gmail.com
카페	http://cafe.naver.com/paranmedia
페이스북	http://www.facebook.com/paranbook

ISBN	978-89-6371-790-6(04820)
	978-89-6371-770-8(전13권)

扶搖皇后

6

부요황후

천하귀원天下歸元 지음 | 김지혜 옮김

파란

차례

엇갈린 시간

맹부요의 가슴이 다시 한번 덜컥했다.

여함이 누구지? 여동생? 아내?

하지만 그녀는 굳이 캐묻지 않았다. 종월이 운을 뗐다는 건 이미 자기 과거를 다 털어놓기로 마음을 먹었다는 뜻이었다. 그녀는 듣고 있기만 하면 되었다.

"여함은 내 정혼자였소. 태중에서부터 정해진 혼사였지. 하지만 어려서는 여함이 마음에 안 들었소. 대갓집에서 곱게 자란 계집애가 어울리지 않게 무기를 들고 설쳐 댔거든. 그쪽에서도 내가 탐탁지 않기는 마찬가지인 것 같았소. 할 줄 아는 게 뭐가 있느냐며 남들 다 보는 앞에서 폐물 취급이었으니까. 그러다가 대판 싸우고서 죽어도 너한테는 장가 안 든다, 절대 너한테는 시집 안 간다, 하며 아주 갈라서기로 한 적도 있었지."

종월은 피식 웃으며 손에 든 혼을 어루만졌다. 그의 눈길이 저 멀리 아득한 하늘가에 머물렀다.

만나기만 하면 티격태격하던 어린 시절은 낡은 서책 속 얇디얇은 낙엽 책갈피가 되어 버린 지 오래였다. 쇠로한 세월의 잎맥을 고스란히 드러낸 채로 바싹 말라붙어 잘못 만졌다가는 그대로 부스러져 버릴.

그래서 함부로 꺼낼 수가 없었다. 손끝이 닿는 순간 파스스 부서져 기억의 가루가 될까 봐서.

"그러던 어느 해, 가문에…… 변고가 닥쳤소. 많은 목숨이 희생되었고 살아남은 이들은 도망 길에 올라야 했지. 나는 호위들과 함께 밤낮으로 3천 리 길을 달리면서 셀 수 없이 많은 죽을 고비를 넘긴 끝에야 목숨을 부지할 수 있었소. 상대편의 권세가 워낙 대단했던 탓에 우리 가문 편에 서서 억울함을 주장해 주는 이는 아무도 없었지. 물론 그게 세상 돌아가는 이치기는 하오. 사람이라면 누구나 제 안위가 가장 우선인 것을, 그들에게 무슨 잘못이 있겠소? 아주 오랜 시간이 지나서야 딱 한 사람, 몰락한 우리 가문을 위해 나서 준 이가 있었다는 이야기를 듣게 되었소. 바로 여함이었지. 폐허가 된 저택에서 가문 선대 어르신의 공덕비 파편을 찾아내 등에 지고 원수의 집으로 가 그의 면전에다 비석 조각을 쏟아 놓고는 그 풀풀 날리는 먼지 속에서 삿대질을 해 댔다는 거요. '대대로 선조의 영령을 앞에 두고 영원한 신의를 맹세한 형제면서, 어찌 이리 서슴없이 칼을 겨눌 수가 있습니까! 어질고 충성스러운 이는 죽고, 비열

8

한 수단으로 권세를 찬탈한 자는 왕이 되었으니, 일월께서는 어찌하여 참된 단심을 알아보지 못하신단 말입니까!' 한자리에 있던 자들 모두 얼굴색이 변했으나 그 와중에도 여함만은 눈하나 깜짝하지 않고 말을 이어 갔다더군. '월의 미망인이라면 그 역시 죽어 마땅한 죄인일 터, 어디 나도 죽여 보십시오!' 상대가 도발을 묵살하자 여함은 그길로 비석을 다시 둘러메고 나가 저잣거리를 세 바퀴나 돌면서, 구경꾼들이 북적이는 가운데 '이 섭여함이 기필코 그자를 처단하고야 말리라!' 하며 웃음 지었다 하오."

공덕비를 짊어진 채 적진에 난입한 것도 모자라 저잣거리에서 복수를 맹세하기까지.

그토록 지조 굳던 여인, 7년 전 세상을 떠난 그녀가 종월의 담담한 음성 속에서 다시금 세상으로 걸어 나왔다. 천하에 둘도 없이 굳세고도 아리따운 모습으로.

종월의 눈에는 어렴풋이 물기가 맺혔고, 감정이 잔뜩 격앙된 맹부요는 두 손 모아 감탄해 마지않았다.

"멋진 여자네요!"

흐뭇한 눈으로 그녀를 쳐다보던 종월이 나지막이 말했다.

"마음에 들어 할 줄 알았소. 서로 빼닮은 구석이 있으니까. 하지만 보면 볼수록 다른 점이 더 많다는 생각이 들더군. 안타깝게도 여함은 그쪽처럼 융통성이 있지도, 강한 면과 유한 면을 동시에 가지지도 못했소. 도무지 굽힐 줄을 모르는 데다 지나치게 튀는 여인이었지. 만약 그렇지 않았더라면……."

종월의 음성이 잦아들자 맹부요가 탄식을 흘리며 무릎을 끌어안았다. 조용히 달을 올려다보던 그녀의 가슴속에 문득 한 가지 의문이 스쳤다.

종월이 하는 말을 들으면 그 원수라는 자는 상당한 독종에 권세도 대단했던 것 같은데, 대체 왜 그 정도로 간 큰 도발을 하고 자기를 공개적으로 모욕까지 한 섭여함을 죽이지 않았을까?

"당시 나는 여함이 한 일을 전혀 몰랐소. 심지어는 그녀와 가문의 원수를 한패라 생각하기까지 했지. 섭聶씨 집안 금지옥엽 섭여함이 실은 내 원수가 그 집안에 맡긴 사생아라는 사실은 나라 안 귀족이라면 누구나 알고 있었으니까. 오로지 그녀 본인만 빼고 말이오. 그 불같은 성질을 아는지라 다들 귀띔해 줄 엄두를 못 냈던 게지. 그날 이후로 여함은 집안의 반대에 아랑곳하지 않고 도처의 고수들을 찾아다니며 가르침을 청했소. 무공을 익혀 내 복수를 할 생각이었던 거요. 도저히 여함을 말릴 수가 없자 섭씨 집안에서는 그녀의 친부에게 도움을 청했지. 그는 가짜 고수를 고용해 여함에게 '경천동지할 신공'을 가르쳐 주게 했고, 여함은 매우 기뻐하며 밤낮없이 수련에 매진했다오. 귀한 집 여식이 밖에 나가 아무나 붙잡고 주먹을 겨룰 수야 없는 일, 그녀의 비무 상대는 항상 스승뿐이었소. 당연하게도 비무가 번번이 승리로 끝나자 본인의 무공에 자신감이 생긴 여함은 정말로 친부를 암살하러 나섰으나, 결과야 물론 실패였지. 이를 갈던 그녀는 어디선가 내가 살아 있다는 소식을 전해 듣고는 나를 찾아서 함께 친부를 제거할 결심을 했소."

맹부요는 배꼽을 잡고 웃을 뻔했다. 지금 분위기가 워낙에 서글픈 데다 여함이 세상을 떠난 사람이니 망정이지, 아니었으면 웃음이 터졌을 것이다.

하아, 엄청 세면서도 또 되게 귀여운 데가 있네. 만약 여함이 살아 있어서 쓸쓸하지 않게 곁을 지켜 줬다면 독설남도 지금처럼 까칠해지지는 않았을 텐데.

종월이 고개를 틀어 그녀를 바라봤다. 그의 눈 안에도 희미한 웃음기가 맺혀 있었다.

"웃고 싶으면 웃어도 좋소. 그 정도는 아무렇지 않게 넘길 여자니까."

맹부요가 조용히 대꾸했다.

"아마 나보다는 그쪽이 웃는 걸 보고 싶을 거예요."

아무런 말이 없던 종월이 잠시 후 고개를 반대편으로 돌리더니 황적색 훈을 가만가만 어루만졌다.

한참이 지나 다시 입을 열었을 때, 그의 목소리는 다소 잠겨 있었다.

"여함의 무공 실력으로 강호를 유랑하는 건 어림도 없는 일이었지. 그녀의 친부는 매사에 치밀한 인물답게 상당 규모의 인력으로 하여금 몰래 딸의 뒤를 따라다니도록 했소. 위험이 닥치겠다 싶으면 바늘을 날려 쥐도 새도 모르게 적을 처리해 주는 그들이 있었기에, 여함은 어쩌다 보니 강호인들 사이에서 '천침天針마녀'라는 소소한 별호를 얻게 되었다오."

맹부요는 결국 웃음을 터뜨리고 말았다.

천침이 다 뭐야, 천진한 마녀겠지.

"여함이 기어코 나를 찾아낸 건 어느 해 타국에서였소. 마침 결투 중이던 나를 본 그녀는 '아아.' 하고 신음하더군. 그 순간 자신의 무공이 어떤 수준인지를 깨달았던 거요. 나는 여함의 등장에 정신이 팔린 통에 부상을 입었고, 그녀는 그런 나를 구해 내 끈질기게 돌봐 주었지만…… 내가 의식을 되찾자마자 한 일은 그녀를 밀쳐 내는 것이었소. 근처에 숨어 있던 호위병 무리를 날 죽이러 온 자들로 오해한 탓이었지. 장대비가 쏟아지던 그 밤, 우리가 있던 장소는 산속 동굴이었소. 나는 동굴 안이었고 여함은 밖에서 비를 맞으며 꿇어앉아 있었지. 그녀는 들여보내 달라는 말 대신 이런 이야기를 하더군. '아월, 오늘에야 진정한 무공이란 무엇인지를 알았어. 지금껏 속고 있었던 거야……. 아월, 대단한 의술을 익혔다면서? 도와줘, 내가 성취를 이룰 수 있게, 응? 그러고서 같이 그자를 죽이러 가자.' 하고 말이오. 나는 코웃음을 치고서 꺼지라고 소리를 질렀지. 그녀는 한참 나를 응시하다가 일어나 자리를 떴소."

빗줄기는 퍼붓고 산바람은 거센데, 서로 끌어안고 온기를 나누었어야 할 동굴 안팎의 한 쌍은 운명이 던진 차디찬 오해 때문에 그리하지 못했고, 이후 서로를 안아 볼 기회는 다시 오지 않았다.

"여함을 다시 만난 건 이듬해 어느 객잔에서였소. 검은 옷을 입은 사내와 웃고 떠들면서 객잔 안으로 들어오더군. 2층에서 아래를 훑어보던 나는 그녀의 안색이 심상치 않은 걸 느꼈소.

그새 어딜 가서 무공을 익혀 진기를 얻었는지는 몰라도 흐름이 꽉 틀어막힌 듯한 모습이었지. 처음에는 그 자리에서 불러 세워 정체된 진기를 풀어 주려 했으나, 검은 옷을 입은 사내를 향해 환하게 웃는 걸 보고는 기분이 상해 그냥 방으로 들어갔소. 그날 그들이 얻은 방은 내 방 바로 옆이었고. 한밤중에 옆방 방문이 열리는 소리가 들리더군. 나는 분개했소. 역시나 가볍기 짝이 없는 여자였구나, 모른 척했던 게 현명한 처신이었다 싶었지. 벽 너머에서는 침상이 삐걱거리기 시작했소. 여름에 쓰는 대나무 침상의 소리가 요란해도 그렇게 요란할 수가 없었지. 어찌나 신경이 곤두서고 열불이 나던지, 쫓아가서 두 음남탕녀를 죽여 버릴까도 했소만, 막상 그 더러운 꼴을 내 눈으로 직접 볼 생각을 하니 끔찍하더군……."

고개를 위로 젖힌 종월이 두 눈을 감았다.

긴 침묵이 지나고, 농밀한 속눈썹 아래에 반짝이는 물방울이 맺혔을 즈음 그가 조용히 말을 이었다.

"결국 나는 가지 않았소, 가지 않았어……."

파편화한 기억 사이로 오랜 옛일이 불쑥 끼어들자 가슴을 에는 격통이 일었다. 종월의 호흡이 흔들리기 시작하고 손이 부르르 떨렸다.

손안의 황적색 훈이 압력을 이기지 못하고 신음하자, 맹부요가 가만히 팔을 뻗어 훈을 자기 손으로 옮겨 들었다.

"유품이죠? 망가지면 안 되잖아요."

"음."

조용히 답한 종월은 한참 뒤에야 안정을 되찾고는 그녀를 향해 빙긋 웃어 보였다.

전혀 웃음 같지 않은 웃음. 맹부요는 눈물을 감추려 얼른 고개를 돌렸다.

"새벽녘이 되어 방값을 치르고 나가려는데 마침 점소이가 옆방 문을 두드리는 게 보였소. 나는 눈길도 주지 않을 요량으로 그 방 앞을 지나쳤지. 그런데 점소이의 손에 밀린 문짝이 힘없이 그냥 열리는 게 아니겠소."

문이 열렸다. 세월 너머의 문이 느릿느릿 열렸다. 햇빛이 쏟아져 들어와 자그마한 방 안을 비추고 있었다.

그 쨍한 햇빛은 종월의 눈을 아리게 했다. 그리고 그날 이후로 그의 가슴에는 영원토록 쓰라릴 어둠이 들어앉았다.

그날 이후, 그 문은 종월의 기억 속에서 단 한 번도 닫히지 않았다. 숱한 것을 가둔 채 닫아걸어 둔 가슴이건만, 어두운 그림자 한 겹만은 가두지 못했다.

"그녀는 침상 위에서 숨을 거둔 채였소. 바닥에는 검은 옷을 입은 사내의 시신이 있었고."

맹부요의 입에서 짧은 '아.' 소리가 튀어나왔다.

섭여함이 다른 사내와 밤새도록 뒹굴 만큼 가벼운 여인이 아니라는 것쯤이야 앞선 이야기를 통해 짐작하고 있었다. 하지만 죽음은 너무 느닷없는 전개였다. 맹부요는 운명의 냉혹함에 당황했다.

반면 종월의 말투는 많이 차분해진 뒤였다. 이쯤 되자 아픔에도 무감해진 모습이었다.

이미 극한의 고통을 맛보았는데 조금 더 아픈 게 대수랴.

달빛에 젖은 그의 옆모습이 부드러운 윤곽을 그리고 있었다. 환한 월광 아래, 그의 머리카락과 입술은 남들보다 유독 색이 옅었다. 봄바람 속에 은은하게 피어난 벚꽃이 연상됐다. 비록 그 꽃은 얼음에 갇힌 지 오래였지만.

"그날 밤 검은 옷의 사내가 몹쓸 짓을 벌일 줄 미리 알았던지 여함의 칼은 머리맡에 놓여 있었소. 그런데 예상 밖의 격한 몸싸움이 일어났던 듯하오. 그 과정에서 사내의 숨통을 끊기는 했으나 정체되어 있던 진기가 그릇된 방향으로 역류했고, 대나무 침상의 삐걱거림은 주화입마에 빠진 그녀가 죽어 가면서 몸부림을 치는 소리였던 것이오. 그녀는 온몸이 뒤틀려 누워 있었소. 한 손은 가슴에 올린 채로, 다른 손은 허공을 향해 필사적으로 뻗은 자세더군. 대체 무엇에 닿고 싶었던 것인지……."

맹부요는 입술을 깨물었다.

그토록 서글프게 떠나다니…….

불빛 하나 없는 작은 성의 객잔, 한 사람이 어둠 속 대나무 침상에서 생의 마지막 몸부림을 치는 동안, 다른 한 사람은 벽 너머에서 오해로 인한 분노의 불길에 휩싸인 채 결국 그 중요한 한 걸음을 내딛지 않았다.

그 순간 그녀는 자신이 침묵으로 소리쳐 부르는 이가 바로 옆방에 있다는 사실을 몰랐고, 그 순간 그는 그녀가 결코 자신을 배반한 적이 없다는 사실을 알지 못했다.

섭여함이 마지막 순간 뻗은 손은 어쩌면 임종 직전, 환영 속에서 단단하고도 얄팍한 판벽을 정인의 가슴으로 착각해서가 아니었을까?

그녀는 영원히 모를 것이다. 그 벽 너머에 진정으로 정인의 체온이 있었음을.

지척이 천 리라 하던가.

종월은 그 이상 말을 더하지 않았지만, 맹부요는 그가 설명하고자 했던 바를 모두 알아들었다. 그가 그토록 절박했던 것은 영영 풀리지 않을 가슴속 응어리 때문이었음을.

만약 그때 동굴에서 여함의 성취를 도왔다면 그녀는 급한 김에 지푸라기라도 잡는 심정으로 무턱대고 진기를 키우지도, 훗날 위기 상황에서 그리 쉽게 주화입마에 빠져 급사하지도 않았을 것이다.

객잔에서 마주치자마자 그녀의 혈색을 보고 곧장 몸을 돌봐 주기만 했어도 이후의 비극은 피할 수 있었으련만.

그 두 차례의 실수로 종월은 일생의 기쁨을 송두리째 잃었고, 후에는 항시 절박함을 안고 살아가게 되었다.

그가 맹부요를 강하게 만들어 주기 위하여 그토록 애를 썼던 것은 언젠가 위기가 닥쳤을 때, 그녀 또한 여함처럼 자신을 지켜 내지 못하고 부족한 공력으로 말미암아 도리어 해를 당할까 두려워서였다.

그녀가 다치면 처치에 그렇게나 매달리던 것도, 문제가 생겼다 하면 즉각 약을 써서 증상을 억눌러 몸이 단계적 자체 치유

능력을 발휘할 기회를 주지 않았던 것도, 실은 여함 때처럼 시기를 놓칠까 봐, 그러다가 돌발 상황에서 그녀가 목숨을 잃는 일이 생길까 봐 겁이 나서였다.

병자의 빠른 쾌유 속도 덕에 종월은 '의성' 칭호를 갖게 되었다. 일단 환자가 생겼다 하면 그는 최대한 신속한 완쾌를 목표로 밤이고 낮이고 전력을 다해 치료에 매진했다.

지금껏 맹부요는 그걸 단순한 성격 탓이라 생각했으나, 이제 보니 그의 절박함은 돌이킬 수 없는 실수로부터 기인한 것이었다. 악몽 밑바닥에 가라앉아 있는, 차마 들출 수 없는 과거로부터.

맹부요의 한숨이 바람 속으로 느릿하게 흩어졌다. 종월이 그녀의 손에서 훈을 건네받아 조심스럽게 몇 차례 어루만지다가 입가로 가져갔다. 그의 입술 사이로 유수처럼 은근하면서도 산악처럼 묵직한 악곡이 흘러나왔다. 예스러운 슬픔의 정서와 좇을 수는 있으나 붙잡지는 못할 기억을 담고서.

가을날 꽃나무 아래 회랑에서 나풀나풀 춤추는 여인의 자태가 지극히도 사뿐하여 단풍잎 한 장을 밟지 않는다 한들, 제아무리 정성 어린 만류로도 가 버린 세월을 붙잡을 수는 없음이요, 떨어진 잎 또한 나뭇가지로 돌아가지는 못하는 것을.

〈상별리傷別離〉[1].

항시 이별을 애달파하면서도 다시 만나기를 마다하는 것이

---

1 이별을 가슴 아파함.

사람이더라.

정자 꼭대기 밤바람 속 달빛 아래에서, 종월은 천천히, 오래된 악기를 연주했다.

⁕

그해, 비단옷을 차려입은 꼬맹이가 빙설 같은 눈동자를 반짝이며 양 허리에 손을 짚고서 쏘아붙인 말이 있었다. 비리비리한 폐물 주제에 자기를 지켜 줄 수나 있겠냐는 것이었다. 그때의 작은 소년은 콧방귀를 뀌었으나, 세월이 지난 후 문득 되돌아보니 그날 그 말은 후일을 예고하는 씨앗이었음이라.

시간이 흘러 현원산, 진주 주렴 들추매 밖에는 둥근 달이 휘영청 밝은데 홀연 버드나무 가지 끝을 스치는 소녀가 있었다. 놀란 나무가 파스스 떨군 녹엽이 하늘 가득 초록의 분진이 되어 흩날리는 가운데, 고개를 든 그와 빙설처럼 반짝이는 소녀의 눈동자가 마주쳤다. 그 순간, 그는 한 송이 눈꽃이 눈 안으로 날아들었노라 하였다.

그다음은 산기슭 계곡에서 도움의 손길을 뻗었을 때였다. 긴 머리카락을 수면 위에 굽이굽이 드리우고, 허리선이 우아하게 휘어지려는 채로 소녀가 문득 고개를 든 찰나였다. 백설보다도 투명한 그녀의 눈빛을 본 그는 가슴이 철렁 내려앉는 걸 느꼈다. 어린 시절 티격태격하던 어느 계집아이가 떠올랐기 때문이었다. 순간적으로 불편한 기분에 휩싸인 그는 몹시 중요한 물건이었던 허리띠마저 포기하고 서둘러 자리를 벗어났다.

아니, 벗어나고자 하였으나 결국은 그러지 못했다. 운명은 돌고 돌아 무극국 홍석산에서의 재회로 이어졌다. 길을 가로막고 서서 강도 흉내를 내는 그녀의 모습은 과거 어설픈 무공만 믿고 대책 없이 강호에 뛰어들었던 '천진 마녀'와 판박이였다.

돌연히 그녀를 곁에 잡아 두고 싶다는 생각이 들었다. 하여, 그는 일곱춘을 핑곗거리 삼아 우격다짐으로 새 사환을 들였다.

새 사환은 알고 보니 천진 마녀와는 전혀 딴판인 능력자였다. 덕왕부에서 요성까지 내내 함께하는 동안 그녀가 밥상 앞에서 사람 사는 온기에 눈물을 흘리는 모습을 보았고, 인정을 베풀어 준 노인 일가를 위해 융족 부랑배들의 씨를 말리는 모습도 보았으며, 간교한 소 현승을 태연하게 상대하다가 바로 다음 순간 칼을 꽂아 넣는 모습, 관아 아역들을 순식간에 굴복시켜 거짓 소식을 전하게 하는 모습을 보았다. 소 현승의 시체를 뚫고 나온 그녀의 아름다운 팔이 흉포하고도 조심성 많던 성주 아사나의 목울대를 틀어잡는 모습 또한 보았다.

악랄하지만 선하며, 교활하지만 당당한 여인.

분방하면서도 자신을 아낄 줄 알아, 남에게 몸을 내주느니 차라리 쇄정을 극독으로 바꿔 안고 가기를 택한 여인.

종월은 차츰차츰 깨달았다.

그녀는 그녀이지, 결코 여함이 아님을. 유달리 반짝거리는 눈동자와 겉으로 드러나 보이는 굳센 기개는 같을지언정 그 내면은 너무나도 다름을.

유연함을 거부하고 오로지 단단함만을 고집한 것이 여함이라면, 맹부요는 단단함 속에 유연함을 품어 안은 여자였다.

요성이 포위당하자 투항을 위장해 홀로 적진에 침투키로 한 그녀가 만인의 비난 속에서도 꿋꿋이 융군 진영으로 향했다가 그 피 끓는 진심을 싸늘한 냉대로 보상받고 성문 앞에서 자결할 뻔했던 그때. 궁창에서 약초를 채집하고 있던 그는 어렵사리 전해진 기별을 듣고 순간 손이 떨려 천신만고 끝에 찾아낸 용주초龍珠草를 심연 아래로 떨어뜨리고 말았다.

거기에는 신경 쓸 겨를도 없이 허겁지겁 하산해 말을 달렸다. 며칠간 탈진해 죽은 말이 몇 마리던가. 그 자신 역시 오랜 병이 도질 뻔했을 만큼 무리한 여정이었다.

요성에 당도해서 보니 다행히 그녀는 무사했다. 긴 안도의 한숨을 내쉬는 동시에 그의 가슴 깊숙이에서는 마침내 무언가가 스르르 허물어졌다.

이어서 장손무극의 '부고'가 날아들었다. 그녀는 치명적인 일격을 맞고도 여전히 땅을 딛고 서 있었다. 강철처럼 고요하고도 서늘하게.

그러고는 자신이 우는 대신 원수를 울리고자 했다. 모든 감각을 닫아 버린 듯한 그녀가 그 와중에도 하나하나 침착하게 해내는 일들을 보며, 그는 정혼자의 복수를 위해 제 친부를 죽이겠노라 맹세하던 여함을 떠올렸다.

곱게 자란 대갓집 금지옥엽은 그 가녀린 어깨에 공덕비를 메고 대전까지 한 걸음 한 걸음 3리 길을 걸어가 돌덩이를 내던지는 순간 몸을 짓누르는 무게를 이기지 못하고 피를 토했었다. 그녀는 아무렇지도 않은 듯이 입가를 훔친 후 다시 비석을 짊어지고는 저잣거리를 세 바퀴나 돌았더랬다.

그 시절 무공도 익히기 전이었던 여함이 대체 어떻게 비석을 옮길 수 있었는지는 지금까지도 의문이었다.

어떠한 시련에도 꺾일 줄 모르는 모습으로 세인들의 경이로움에 찬 눈길 속을 누비는 여인들. 굳은 의지로 말미암아 독보적 흡인력을 발휘하는, 번잡한 세상 가운데서도 발군의 출중함을 뽐내는.

그는 자신이 그러한 종류의 여인들을 높게 평가하는 것뿐이라고 생각했었다. 여함만큼 강렬하나 여함보다 따스하고 품이 더 넓은 그 여인이 안전하고 순조롭게 앞으로 나아갈 수 있기를, 여함처럼 서글픈 끝을 맞이하지는 않기만을 바랐었다.

하지만 정말 그게 다였을까?

어제 저녁 장손무극이 넌지시 던진 물음이 흡사 천둥처럼 그의 가슴속 짙은 안개를 가르고 내리꽂혔을 때, 그는 작렬하는 섬광 속에서 비로소 목도했다. 냉담을 가장한 채 실은 미련에 얽매여 있었던 진심을.

여함. 깊은 정을 나누지도, 긴 인연을 허락받지도 못했던 그의 정혼자.

여함과 만났던 횟수는 일생을 통틀어도 손에 꼽을 정도밖에 되지 않았고, 지금 그가 기억하는 것은 죄책감에 기인한 아픔뿐, 정작 그녀의 얼굴은 뇌리에서 희미해진 지 오래였다.

반면 맹부요는 삶의 여정을 줄곧 함께하면서 점점 더 환해지고 또렷해지는, 순간순간 그를 매료시켜 계속 따라갈 수밖에 없게 만드는 풍경이었다.

그런데 어째서, 대체 어째서란 말인가. 그녀가 여함이 아니란 걸 알면서도 여함의 운명을 되풀이할까 이토록 겁이 나는 것은.

아마도 마음에 품어 버렸기에 잃기가 두려운 것일 터.

가슴 가장 깊숙한 곳에 남몰래 적어 두었던 감정, 시리게 서리 끼었던 물줄기에 마침내 거센 일렁임이 번지기 시작했다.

하지만 뒤늦게 솟구쳐 오른 그 파랑은 상사相思의 강둑에 결코 닿지 못할 운명이었다. 맹부요의 긴긴 제방 위에는 일찍이 다른 달이 환한 빛을 드리웠을 것이기에.

종월은 희미하게 미소 지으며 훈을 들어 올려 바람을 불어 넣었다.

담색의 머리카락이 마찬가지로 색이 엷은 입술을 스쳤다. 달빛 아래, 벚꽃과도 같이 아련한 붉은색. 생의 섬약함을 상징하는 그 색채는 언뜻 부족함 없어 보이는 삶의 겉껍질 밑에 영원토록 존재할, 창백한 색조를 닮아 있었다.

〈상별리〉.

그녀를 곁에 두고도 나는 이별이 애달프다 하노라.

훈으로 연주하는 곡조, 소리 없는 탄식. 나지막이 악기를 부는 종월의 미간에는 달빛이 짙게 드리워 있었다.

그 곁에 동그랗게 웅크리고 앉은 맹부요의 머리카락이 바람결에 흩날렸다.

맹부요는 종월의 옆얼굴이 그리는 부드러운 윤곽을 조용히 바라보며, 일생 그의 뒤를 쫓았으나 번번이 벽에 부딪힐 수밖에 없었던 여인과 그들의 스산한 운명에 대해 생각했다. 그러면서 자기 곁의 부귀 현달한 기린아들을 떠올렸다.

장손무극, 전북야, 종월, 운흔, 연경진…….

사람이 높은 위치에 오르면 반드시 보통 사람보다 많은 세속의 아픔을 겪도록 정해져 있는 것일까?

신은 그들에게 신분, 재물, 지위, 학식을 주는 대신 인간으로서 가장 평범한 행복을 빼앗아 그 완벽함에 운명의 낙인을 찍는지도.

정이 과히 깊으면 명이 길지 못하고, 두각을 과히 드러내면 필시 고욕을 치른다 했던가.

맹부요가 살며시 자리에서 일어났다. 이 순간은 온전히 종월과 그 정혼녀의 것이어야 했다. 떠난 이를 추도하는 오늘은 누구에게도 함부로 방해받아서는 안 되는 날이었다.

천천히 걸음을 옮기면서도 그녀는 알지 못했다. 정자 꼭대기에서 월광에 잠긴 채 달을 향해 훈을 연주하는 남자, 진정 그의 마음속을 떠도는 그림자는 자신의 뒷모습과 꼭 닮은 모양을 하고 있음을.

내내 고개를 돌리지 않던 종월은 그녀가 완전히 멀어지고서야 악기의 지공을 가만가만 어루만지며 빙긋이 미소 지었다.

"여함, 저 여인과의 만남이 네가 저승에서 내린 벌이라는 생각이 드는 건 왜일까?"

맹부요는 그 말을 듣지 못했다. 살짝 넋이 나간 채 자기 방으로 돌아가 멍하니 침상으로 기어 올라갔다. 그러고는 따스한 품에 안겼다.

"엑?"

하고 놀란 그녀가 상대를 밀쳐 냈다.

"오늘은 이럴 기분 아니에요. 장난도 사절이고 주먹질할 기분도 아니니까 그냥 나가요."

"그럴 줄 알고 있었소."

아무리 밀쳐도 꿈쩍 않던 상대방이 길쭉한 팔을 쓱 뻗더니 다소 창백한 그녀를 끌어당겨 자기 품에 가뒀다.

흐음, 위치도 체격 차이도 딱 적당한 것이, 실로 이상적인 포옹이 아닌가.

"하여, 내 책임지고 기분을 풀어 주러 온 것이오."

원보 대인이 쪼르르 두 사람 사이로 비집고 들어와 미세하게 남아 있던 틈새를 완벽히 채웠다.

맹부요가 피식 웃으면서 불만을 피력했다.

"덥다고요."

그러자 상대방이 대단히 협조적으로 온도를 낮췄다. 본래가 음한에 가까운 진기를 가진 사람이었다. 그의 진기가 일 주천을 돌자 서늘한 기운이 퍼지며 딱 기분 좋은 온도가 되었다.

그가 원보 대인까지 잡아다가 어깨 위로 옮기자, 이번에는 자기 쪽에서 떨어지기가 아쉬워진 맹부요가 그의 손바닥을 붙들고 뺨을 비비며 물었다.

"장손무극, 웬일로 고분고분한데요?"

그러자 머리 위쪽에서 웃는 소리가 들려오면서 그의 가슴팍이 가볍게 진동했다.

"맹 장군 같은 분께는 세게 나가도, 무르게 나가도 안 되거든. 마지못해 던져 주는 눈길이라도 한 번 받아 보려면 고분고분 구는 방법밖에 없지."

"불쌍한 척은 하여튼 잘해."

깔깔거리던 것도 잠시, 몰려오는 잠기운에 눈이 몽롱해진 맹부요가 말했다.

"저 능구렁이 같은 말재간에 넘어간 사람이 얼마나 많을까."

장손무극이 미소를 머금고서 품 안의 여인을 내려다봤다.

방 안 가득 명멸하는 달빛에 잠긴, 아리따운 자태. 눈매에서는 약간의 피로가 묻어나고, 평소의 쾌활함에 안개가 내려앉은 듯 어슴푸레한 나른함이 더해져 있었다.

그녀의 길고도 농밀한 속눈썹이 손바닥을 살살 스치는 감촉은 장손무극으로 하여금 고양이를 떠올리게 했다. 마찬가지로 나른하고, 밤의 어둠을 누비는 비밀스러움을 가진.

손바닥을 살랑살랑 간질이는 속눈썹에 입꼬리를 말아 올린 장손무극이 가만히 물었다.

"무슨 이야기를 들었기에 그리 넋이 나가 있었소?"

짧은 침묵 끝에 여함의 사연을 그에게도 들려준 맹부요가 마지막에 이르러 이야기를 한마디로 정리했다.

"이래서 사람 사이는 오해가 문제라는 말이 진리라니까요."

하지만 장손무극은 동의하지 않았다.

"아니, 그렇지 않소. 애초에 정이 깊지 않았던 탓에 그리 치명적인 오해도 생겼던 것이오."

맹부요가 지지 않고 반박했다.

"종월이 얼마나 절절히 그리워하는데, 그게 사랑이 아니라고요?"

장손무극은 대답 대신 웃음만 지었다.

사내는 여인과 달라 가책과 그리움, 사랑을 혼동하는 법이 없지만 연적을 위해 그걸 구구절절 설명해 줄 필요가 있을까.

정신이 딴 데 팔린 채로 원보 대인의 털을 멍하니 잡아당기던 맹부요가 물었다.

"당신 포함해서 다들 말이에요, 보통 사람들은 절대 못 겪을 일을 왜 그렇게 많이 겪는 거예요?"

빙긋 웃은 장손무극이 노발대발해 맹부요를 물어뜯으려는 원보의 주둥이를 틀어막아 침상 구석에 쑤셔 넣고 베개로 위를 단단히 눌러 둔 뒤, 그녀를 재울 요량으로 등을 토닥여 주며 말했다.

"우리는 본디 평범한 사람이 아니지 않소."

하여튼 본인 잘난 맛에 살지, 하며 웃은 맹부요는 이내 그의 말에 담긴 속뜻을 알아차렸다.

황족, 그리고 권문세가. 세상에서 가장 치열하고, 어두우며, 더러운 암투가 난무하는 가문들. 밖으로 드러내 놓은 고귀함과 뼛속 깊이 감춰 둔 추잡함이 공존하는 곳.

오주 7국 어디를 가나 호족 가문의 문머리에는 핏자국이 남아 있기 마련이요, 대저택의 마른 우물에는 송장이 버려져 있기 마련이며, 황궁 안에는 권력 쟁탈전에서 패배한 자의 원혼이 떠돌고 있기 마련이었다.

맹부요가 작게 한숨을 내쉬었다.

"나라가 망하기 직전에 다시는 제왕가에서 태어나지 않게 해 달라며 흐느껴 울었다는 어느 공주의 이야기를 들은 적이 있어요. 당시에는 그저 운이 나빴던 사례라고 생각했죠. 망국의 공주쯤 되면 신세가 얼마나 비참했겠냐, 하고요. 물론 지금이야 태평성대의 공주랑 황자도 운 나쁘기는 매한가지라는 걸 알지만요. 있잖아요, 혹시 이런 나라는 없을까요? 평등하고, 광명정대하고, 무소불위의 권력이란 존재하지 않는. 부패와 불합리가 전혀 없을 수야 없겠지만, 그래도 최대한 공정하고 공평한 세상을 만들고자 힘쓰는, 그런 나라요."

묵묵히 듣고 있던 장손무극이 잠시 후 답했다.

"그대가 만들면 되겠군."

웃음이 터진 맹부요가 손으로 눈을 가리고 풀썩 드러누웠다.

"나도 참, 역사 전공했다는 사람이 무슨 멍청한 질문이야. 생산력 자체가 안 받쳐 주는 봉건 체제에서 평등이며 분권이라니, 중국 축구 대표팀 놓고 월드컵 우승 논하는 거나 똑같잖아. 차라리 소크라테스 면전에 '너 자신을 알라'는 팻말을 들이밀고 말지…… 그런데 아까 나한테 만들라고 했어요? 그야 평생 여기 남아 있게 되면 만들 수도 있겠지만, 지금 같아서는 그럴 시간이 없어서."

맹부요가 무거운 눈꺼풀을 스르르 감았다. 누군가 얼굴 가까이 다가오는 게 느껴지더니 부드러운 말소리가 봄비 내리듯 귓가를 맴돌았다.

"시간이 없다니?"

"집에 가야죠."

몸을 뒤척이면서 나른하게 답한 그녀가 손을 흐느적흐느적 내저었다.

"나갈 때 문 잘 닫고 가요."

그녀는 대답을 듣지 못한 채 잠에 빠져들었다. 그저 어둠의 장막이 내려앉는 순간, 은은한 물기를 머금은 밤바람이 이마를 스치는 걸 느꼈을 뿐이었다.

바람은 오래도록 그 자리에 머물렀다. 애절하고도 온유한 탄식을 머금고서.

❀

다시 여느 때와 다름없는 일상이 이어졌다. 월백의 구슬로 인해 일어났던 말다툼과 오래전 떠난 여인을 함께 추억했던 밤의 기억은 당사자들에 의해 진중히 갈무리된 뒤였다. 잊지 않되, 다시 들추지도 않기로 하고서.

이유인즉슨, 아직 가야 할 길이 남았기 때문이었다. 눈길을 뒤에 두면 보이는 것은 그림자가 고작, 햇살을 찾는다면 앞을 내다봐야 한다.

맹부요는 근래 전북항과 퍽 돈독한 관계로 발전 중이었다.

시간을 거슬러 올라가 '왕야의 목숨이 촌각에 달려 있습니다.' 하는 소리가 나왔던 그날, 기겁한 전북항이 호위병을 부르는 통에 맹부요는 하마터면 그대로 질질 끌려 나갈 뻔했다. 하지만 그 상황에서도 그녀는 더없이 당당하게 앉아 느긋하게 차를 한 모금 넘겼다.

"몹시 위험한 발언인 줄 알면서도 피 끓는 정의감으로 깨우침을 드렸건만, 왕야께서는 그런 사람을 몰아내려 하십니까? 좋습니다! 단, 오늘 항왕부 대문을 나서고 나면 다시는 여기 발들일 일 없으리라는 것만 알아 두십시오."

말을 마친 그녀는 옷매무새를 정리하고 일어나면서 왕부 호위병에게 호통까지 쳤다.

"길 안내 똑바로 해라! 장군님 얼굴 뵙는 것도 오늘이 마지막일 테니!"

이놈은 대체 영리하고 대담한 건지, 아니면 미련한 무지렁이인 건지.

막 나가는 장군 놈을 앞에 두고 이러지도 저러지도 못해 씩씩거리던 전북항은 결국, 호위병들을 물리고 맹부요와의 차담

회를 마저 이어 가기에 이르렀다. 연거푸 몇 번이나 차를 마신 후, 마침내 전북항의 입에서 짐짓 무심한 투의 질문이 나왔다.

"앞서 그 말은 무슨 뜻이었는지, 설명해 보겠소?"

"설명할 게 뭐 있습니까."

맹부요가 대꾸했다.

"제가 굳이 입을 놀리지 않더라도 속으로는 뻔히 아실 터인데요."

그녀를 비스듬히 흘겨보던 전북항이 한참 만에 입을 열었다.

"하면, 귀하는 이제부터 어찌할 생각이오? 어전에서 멀쩡히 총애 잘 받던 사람이 그 자리를 내팽개치고 나한테 붙어서 세작 노릇이라도 하겠다?"

"낮에는 권좌에 앉아 천하를 굽어보고, 밤에는 미인의 허벅지에 취해 눕는 것이 바로 사내대장부의 이상 아니겠습니까?"

맹부요가 히죽 웃었다.

"용호대장군 따위가 다 뭔가요. 사나이의 원대한 포부라 하면 개국 공신 정도는 되어야지요!"

전북항이 다시 한번 질겁해 펄쩍 뛰었다.

"무엄한! 여봐라……."

그러나 맹부요는 궁둥이 한 번 들썩이지 않고서 미소 짓고 있었다. 아니나 다를까, 외침을 중간에 끊은 전북항은 부릅뜬 눈 아래로 콧김만 씩씩 뿜었다.

"너……, 너……, 너……, 너……, 너……, 네 이놈!"

맹부요가 의자에서 일어나면서 몹시 실망이라는 양 어깨를 으쓱했다.

"이거야 원, 당장 황궁으로 끌고 가서 궁문 앞에다 꿇어앉혀 놓고 모가지라도 치실 줄 알았더니. 나란히 목에 비단 감긴 칼 차고서 친왕 전하와 함께 낙룡대落龍臺에서 죽는 것도 영광이라 생각했는데……. 에효, 아쉽습니다, 아쉬워요."

탁자를 짓누르고 있는 전북항의 손에 힘이 들어갔다.

저 막돼먹은 놈을 대체 어찌 상대해야 좋단 말인가.

만약 저 말을 빌미 삼아 황궁에 끌고 간다 치자. 형님 입에서 '저놈이 뭘 믿고 네 왕부에 가서 너를 상대로 그 망발을 지껄였 단 말이냐?' 소리라도 나와 봐라. 거기에 이런저런 추측과 상상 이 조금만 더해졌다가는 저놈은 둘째 치고 자기가 더 큰 대역 죄인으로 찍힐 판이었다.

음험한 놈 같으니!

맹부요가 말했다.

"신임하기가 쉽지 않으시리라는 거 압니다. 뭐, 괜찮습니다. 언젠가는 제 갸륵한 진심을 알아주실 날이 올 테니까요."

건들건들 항왕부를 나온 맹부요는 그길로 황영 동료들과 회 포를 풀러 갔다.

황영 통령 사욱謝昱이 타고나길 무뚝뚝하고 융통성 없는 성 품 탓에 인심을 못 얻는 것과 달리, 동료들의 눈에 비친 신임 부통령은 사람이 참으로 시원시원했다. 게다가 어지간한 일에 는 참견 자체를 안 하는 부류인지라 평소 슬쩍슬쩍 뒷돈 챙기 는 것도 못 본 척해 주니, 호인도 그런 호인이 없었다.

한참 주사위를 굴린 결과, 오늘도 맹부요의 완패였다. 속도 없이 실실 쪼개던 맹부요가 품 안에서 묵직한 은괴 하나를 꺼내 탁자에 턱 올려놨다.

"오늘은 잔돈을 안 가지고 나와서, 이거 그냥 받게."

그러자 동료 중 하나가 난처하다는 티를 냈다.

"저울도 없는데 어떻게 거슬러 드립니까?"

맹부요가 손사래를 쳤다.

"거슬러 주긴 뭘 거슬러 주나. 다음번에 잃으면 거기서 또 빼게 기억이나 잘해 둬!"

그러고는 밖으로 나가면서 말했다.

"난 잠깐 오줌 누러."

등 뒤에서 와자지껄 웃음이 터지더니 누군가가 떠드는 소리가 들렸다.

"잃을 거 대비해서 은자 맡겨 놓는 사람은 또 처음 보네. 역시 우리 맹 통령, 배포도 크다니까!"

맹부요는 손을 휘휘 내저었다.

배포 좋아한다, 뒤에서는 돈 잃자고 고사 지내는 멍청이도 다 있다고 자기들끼리 낄낄거리겠지.

병영을 나온 그녀는 뒷간으로 향하지 않았다. 외부에서는 변소를 쓰지 않는 게 원칙이었으므로.

몇 걸음 옮기지 않아 예상대로 누군가가 다가왔다. 수염 한 톨 없이 하얀 얼굴을 한 사내. 딱 봐도 눈에 익더라니, 궁에서 나온 태감이었다.

웃는 듯 마는 듯, 묘한 표정을 하고서 맹부요를 응시하던 태감이 가느다란 목소리로 말했다.

"맹 통령, 폐하께서 찾으십니다."

"아."

맹부요는 얌전히 태감을 따라나섰다. 궁 안 환관들의 의미심장한 눈빛을 한 몸에 받으면서도 그녀는 내내 태연자약하기만 했다.

서재에서 기다리고 있던 전남성은 그녀가 절을 하는데도 못 들은 체했다. 일어서라는 소리 한마디 안 하는 그에게서 지난날의 살가움은 눈 씻고도 찾아볼 수 없었다. 맹부요는 진득이 꿇어앉아 바닥에 깔린 벽돌이 몇 칸인지나 세어 보기로 했다.

한참이 지나 서책을 내려놓은 전남성이 짐짓 그제야 맹부요를 발견한 양, 웃음 섞인 투로 느긋하게 말을 건넸다.

"맹 통령, 근래 궐에는 아예 발길을 끊은 것을 보니 새로 맡은 자리가 무척이나 바쁜가 보군."

그러자 맹부요가 눈을 끔뻑이며 대꾸했다.

"폐하, 안 부르셨잖습니까."

쿨럭, 사레라도 들렸는가 싶던 전남성이 잠시 후 말했다.

"자네가 먼저 좀 찾아오면 안 되나? 항왕한테 연줄 대는 일에는 지극정성인 것 같던데?"

고새를 못 참고 안달이 나셨어?

맹부요는 속으로 전남성을 비웃었다.

형씨, 장손무극이랑 수준 차이가 나도 너무 나는구먼. 어쩐지, 그쪽에서는 상대해 줄 가치도 못 느끼는 것 같더라니.

전남성은 요놈이 이제 황공하여 머리를 조아리렸다, 하고 맹부요를 빤히 지켜봤으나 돌아온 것은 또랑또랑한 한마디였다.

"폐하, 다리 저립니다!"

자리에 있던 모두를 졸도시킨 말이었다.

얼굴이 시커멓게 썩었다가 창백해졌다가를 반복하던 전남성은 뒤늦게야 맹부요에 관해 보고받았던 내용을 떠올렸다.

역시 듣던 대로 무식한 놈이로구나. 도대체 간덩이가 얼마나 부었는지 가늠도 안 된다만, 그에 반해 머리라고는 전혀 쓸 줄을 몰라 속이 환히 들여다보이니, 저런 놈과 신경전은 벌여서 무엇하리.

하여, 그는 맹부요에게 이만 일어나라 명하고 의자까지 내주었다.

싱글벙글 웃으며 의자를 차지하고 앉은 맹부요가 황영 잡무에 대해 대중없이 떠들어 대기 시작했다.

그 소갈머리 없는 꼬락서니가 영 마뜩잖았던 전남성은 그래, 완곡하게 돌려 말하는 것도 상대를 봐 가며 하는 거지, 하고서 단도직입적으로 한마디를 던졌다.

"조정 관원이 왕공과 너무 가까이 지내는 것은 권장할 만한 일이 아닐세. 공무상 항왕부에 보고할 거리가 그리 많을 것 같지도 않네만?"

"물론 없지요."

맹부요가 재깍 고개를 끄덕였다.

"그래도 소신한테는 상관 아닙니까. 상관이 자주자주 들르라는데 뭐 별수 있나요."

또 말문이 막히고 만 전남성은 갑갑한 심정을 억누르며 생각했다. 이놈은 다 좋은데 살짝 덜떨어진 게 문제라고. 도무지 말이 안 통하니 원.

그런데 홀로 갑갑함을 삭이다 보니 또 드는 생각이, 어찌 보면 덜떨어져서 다행인 것 같기도 했다. 신하, 특히 무장의 경우는 너무 똑똑하고 심계가 깊으면 황제 된 입장에서야 좋을 게 없는 법이니.

맹부요는 한껏 흥이 올라 항왕부 이야기로 넘어갔다. 뒷말 좋아하는 벼슬아치들한테서 주워들은 우스갯소리가 이때부터 고스란히 전남성에게 전달됐다.

"항왕부 처첩 열여덟을 통틀어 이르는 말이 '십팔선녀'라고 합니다. 왕야는 선녀들을 양순하게 길들여 거느리는 부처님이고요. 다들, 대체 어디서 그런 체력이 나오겠느냐, 모르긴 몰라도 십중팔구는 태의서太醫署에서 올린 비방이 있을 거다, 하고 말합니다. 그러면서 글쎄 소신더러 왕야를 살살 꼬드겨서 비방을 좀 빼내 보라는 겁니다. 왕야도 처음에는 딱 잡아떼더라고요, 크큭. 그래서 소신이 이렇게 말했습지요. '부인을 셋 정도는 들여서 실컷 즐기고 싶은데 아무래도 제가 무인인지라 몸이 축날까 걱정이다.' 하고요. 계속 그렇게 졸라 댔더니 결국에는 필사본을 한 장 내어 주면서 절대 다른 사람한테는 보여 주지 말라고 신신당부를 하는데, 글자를 너무 날려 써 놔서 알아볼 수가 있어야지요. 그래서 왕부 의관이 기거하는 방에 몰래 들어가 새로 한 장을 더 베껴 왔습니다. 폐하, 혹시 관심 있으십니까?"

전남성으로서는 기가 찰 소리였다.

이게 지금 무슨 상황이란 말인가. 임금과 신하가 머리 맞대고 앉아 남의 은밀한 색사를 놓고 쑥덕공론하다가 급기야는 정력제 조제법까지 공유해? 밖에 알려졌다가는 천하의 혼군 소리 듣기 딱 좋지 않나!

전남성이 됐다고 연신 손사래를 쳤지만, 맹부요는 기어이 꼬질꼬질한 종이 한 장을 꺼내 그의 손에 쥐어 줬다. 종잇장을 훑어본 그는 흠칫 굳고 말았다.

종이에 적힌 약재 중 몇몇은 마라에서 들어오는 진상품으로, 작년까지는 공물 목록에서 본 적이 있었으나 올해는 사라진 물건이었다. 당시 전남성은 마라 쪽에서 안 보냈겠거니 하고 딱히 연유를 하문하지 않았었다.

지난번 성비成妃가 내열이 심해 탕약에 쓰려 했을 때도 황궁 창고에 재고가 없다는 보고가 올라오는 것을 북항 역시 바로 옆에서 뻔히 보았건만. 그때는 일언반구도 없더니 정작 자기 왕부에 쟁여 두고 있었을 줄이야.

약방문을 본격적으로 훑어 내려가던 전남성이 미간을 바짝 좁혔다. 약리에 통달한 그는 한눈에 알아볼 수가 있었으니, 이것은 그저 그런 정력제가 아니라 외상으로 인한 기능 저하에도 신묘한 효험을 발휘할, 천금 같은 보배였다.

궁에 들어온 침입자들에게 납치당했던 날 밤, 북항이 안장에 숨겨 둔 바늘이 전남성에게 남긴 상처는 여전히 현재 진행형. 일찍이 북항에게 따로 치료법을 수소문해 볼 것을 넌지시 지시했고, 그리 받아 봤던 처방은 전혀 효험이 없었거늘. 제 손에 이렇게 신묘한 방도를 가지고 있으면서도 지금껏 내놓지 않았던 연유가 대체 무엇이란 말인가?

문득, 전남성은 후사가 마땅치 않은 자신의 처지를 떠올렸다. 슬하에 자식이라고는 2남 1녀가 고작. 삼황자는 타고나길 미련하고, 태자는 몸이 약해 항시 골골거렸다. 생각이 여기까지 미치자 등골에 식은땀이 흘렀다.

등을 적시는 땀과는 별개로 얼굴에는 아무런 감정을 드러내지 않은 그가 약방문을 무심히 탁자 위에 던지며 말했다.

"신하가 올리는 처방을 함부로 쓸 수 있는 위치는 아니나, 그래도 갸륵한 성의를 봐서 일단 받아 두었다가 태의서에 명해 한번 살펴보라고 한 후에 돌려주겠네. 짐이야 물론 쓰지 않을 걸세. 다만, 민간에 떠도는 처방이 지나치게 독한 경우가 있으니 자네도 확인을 거쳐서 쓰는 편이 온당할 것 같아 그러네."

"신을 이리 아껴 주시니 감읍할 따름입니다!"

맹부요가 배시시 웃음 지었다.

"소신도 아직 먹어 보지 못한 것이, 개중 몇몇 약재는 돈 주고도 못 구하는 것들이더라고요. 의관 거처에 숨어들기까지 해서 겨우 베껴 왔는데 보람 없게 말이죠."

전남성의 입가에 가느다란 냉소가 걸렸다.

짐의 수중에도 없는 것을 네가 무슨 재주로 구하겠느냐.

바로 그때였다. 뇌리에 번쩍 섬광이 스치면서 맹부요의 마지막 말이 뒤늦게야 접수됐다.

눈썹을 꿈틀 치켜세운 전남성이 물었다.

"이 약방문, 왕부 의관의 거처에 몰래 들어가서 베낀 것이라 했었나?"

"맞습니다!"

맹부요가 해맑게 답했다.

"왕야한테서 받은 건 글자도 너무 갈겨 썼고, 약재 종류도 이것보다 적었던 듯합니다. 지금 이 약방문은 자물쇠 달린 서랍 안에 은밀히 숨겨져 있었는데, 손孫 의관이 근처에 얼씬도 못하게 하는 걸 소인이 술수를 써서 그자를 따돌리고 자물쇠를 따지 않았겠습니까. 잘도 감춰 놨더라고요! 그렇지만 소인이 또 길바닥 건달패 출신인지라 다른 건 몰라도 자물쇠 따는 손기술 하나는……, 흐흐흐."

맹부요의 음흉한 웃음을 앞에 두고 본인 역시 진심 없는 웃음을 지어 보인 전남성이 손을 내저으며 말했다.

"이만 물러가 보게."

예를 올리고 나와 궁문을 벗어난 맹부요는 황궁 밖 대로를 따라 말을 몰았다. 석양을 받아 환하고도 너르게 빛나는 대로는 흡사 광활한 수면과도 같은 모습이었다.

맹부요는 말에 올라타 채찍질을 하며 그 도도한 물길 위를 달렸다. 채찍이 허공을 가르노라면 투명한 햇빛이 한 아름씩 부서졌다. 이때야 비로소, 쾌활한 성정이 그대로 드러나 보이는 그녀의 얼굴에 의미심장한 미소가 번졌다.

며칠 지나지 않아 궐에서 황명이 내려왔다. 현재의 비표영 부통령직에 겸하여 맹부요에게 비호영飛狐營 통령직을 함께 맡긴다는 내용이었다.

황영 삼대영 비호虎, 비표, 비호狐 중 비호狐영 통령 자리는 오랫동안 공석이었다. 여타 군영 부통령들 사이에서는 이 자리를 놓고 박 터지는 싸움이 벌어졌으나 황제로서도 어느 한쪽에 무게를 실어 주기는 곤란했던지라 결론적으로는 황영 총통령 사욱이 겸임 중이었다. 그러다가 이번 황명으로 사욱에게는 총통령 지위만이 남고 나머지 겸직은 이제 막 비표영 부통령직을 맡아 딱히 세운 공이랄 것도 없는 낙하산 맹부요에게 돌아간 것이다.

조정 내에서도 무척 이례적인 일이었지만, 그보다 더 의외인 것은 황영의 실질적 관리자인 항왕이 이번 명령에 대해 아무런 불만을 표명하지 않았고, 여타 파벌의 부통령들 역시 대부분 반대하지 않았다는 사실이었다.

그 속사정을 들여다보자면 항왕은 맹부요를 자기 사람으로 알고 있었음이요, 여타 부통령들은 어차피 내가 못 먹을 자리라면 공평하게 다 같이 못 먹는 게 낫다고 판단했음이었다. 더하여 전남성의 경우를 보자면, 그는 그대로 맹부요를 본인 사람이라고 믿고 있었다.

이로써 천살국 역사상 가장 박쥐 같고 사기꾼적인 관료가 탄생하였다.

파렴치한 벼슬아치 맹부요는 그 뒤로도 매일같이 항왕부를 드나들더니 마침내 사고를 치고야 말았다. 십팔선녀 중 전북항이 가장 총애하는 구선녀와 남몰래 붙어먹다가 딱 걸린 것이다.

그대와 나, 머리카락을 한데 얽어

사건의 발단으로 거슬러 올라가자면 우리의 맹 장군이 지나치게 옥골선풍인 것이 문제였다.

옥골선풍의 맹 장군은 그날 왕부 앞뜰에서 항왕 전하와 담소를 나누는 중이었다. 후원에서는 여인네들이 말타기를 익히고 있었다. 뭐 때문이었는지는 몰라도 말이 많이 놀라는 일이 생겼다. 말들이 갑자기 좌충우돌 질주하기 시작하면서 왕부 안은 순식간에 비명이 난무하는 아수라장이 됐다.

호위병들이 열심히 뒤를 쫓았지만, 마라족이 진상한 사나운 말의 속도를 따라잡기에는 역부족이었다. 게다가 억지로 말을 세웠다가는 왕야께서 가장 총애하시는 아홉째 마님이 낙마할 수도 있었다.

하여, 호위들은 진땀을 빼고 비명은 꺅꺅 이어지는 가운데 어느덧 추격전이 앞뜰까지 이어진 것이다.

말 위의 아홉째 부인은 머리가 흐트러지고 얼굴은 새파랗게 질린 채 제대로 소리도 못 지르고 있었다. 말은 갈수록 빨리 달리고, 고삐를 잡은 부인의 손에서는 힘이 빠져나가고 있었다.

낙마도 무서운데 말이 돌진하는 방향은 하필 왕야 쪽이기까지 했다. 자기가 낙마하든 아니면 왕야가 들이받히든 그녀는 무조건 죽은 목숨이었다.

절망한 아홉째 부인은 눈을 질끈 감고 손에서 고삐를 놔 버렸다. 다가올 끝을 기다리며.

자기를 방해하는 힘이 모두 사라지자 말은 '히히힝!' 하고 길게 울면서 질풍처럼 내달렸다. 거대한 흑마의 몸뚱이는 흡사 새카만 빙산 같았고, 그 빙산은 화들짝 놀라 고개를 돌린 전북항을 향해 냅다 돌진하는 중이었다.

비명 소리를 배경으로, 맹부요가 말을 향해 고개를 돌렸다. 그녀는 즉각 말 쪽으로 팔을 뻗었다. 그리고 마치 꽃을 피우듯 다섯 손가락을 크게 벌려 말의 목덜미를 붙잡고는 손끝에 회전력을 줬다.

히힝……

보통 말은 상대도 안 될 만큼 거대한, 맹부요와 거의 키가 비슷할 정도인 한마가 그 육중한 몸으로 붕 떠올라 허공에서 핑그르르 공중제비를 돌더니 '쿵' 하고 땅에 처박혔다. 먼지가 자욱하게 일면서 지면에는 움푹한 구덩이가 파였다.

아홉째 부인은 낙마했다. 복사꽃 한 송이가 가지에서 날아내리듯 사뿐한 추락이었다.

분홍빛 치맛자락이 공중에 흐드러지게 펼쳐졌다. 너울거리는 머릿결 사이로 파르르 떠는 그녀의 모습은 애처로우면서도 아리땁기 그지없었다.

그 순간, 거꾸로 뒤집힌 부인의 시야에 잡힌 것은 수려한 용모에, 꼿꼿한 자세를 한 소년이었다. 옷자락을 휘날리면서 말을 내던진 옥골선풍의 소년이 그녀 쪽으로 고개를 돌렸다. 영롱하게 반짝이는 저 눈동자.

그녀는 심장이 주체할 수 없이 뛰는 걸 느꼈다. 땅바닥에 우당탕 처박힐 걱정 때문인지, 아니면 소년이 자기를 구해 줄 것이 기대되어서인지 알 수 없었다.

다행스럽게도, 위기에 빠진 미녀와 잘생긴 구원자의 법칙은 여기서 빗나가지 않았다.

말 목덜미를 잡았던 손을 거둬들인 맹부요가 이번에는 미인의 목덜미를 향해 손을 뻗었다. 여인에 대한 배려라고는 눈곱만큼도 없이, 맹부요는 방금 말한테 한 것처럼 이번에도 대상의 목을 붙들어 들입다 돌렸다.

언뜻 봐서는 별다른 움직임이 표시 나지 않는 맹부요의 손가락이 실상은 신묘한 박자에 따라 몇 지점을 탄력 있게 짚은 결과, 온몸에 힘이 탁 풀린 미인이 사뿐하게 공중에서 회전한 뒤 낙하 방향을 바꾸어 맹부요의 품에 착 안겼다.

미인이 살며시 눈을 들었다.

가늘게 떨리는 속눈썹 아래, 구슬 같은 눈물이 그렁그렁하게 맺힌 눈동자가 생명의 은인을 바라보았다.

이 얼마나 빼어난 풍채, 경이로운 재주인가…….

하지만 맹부요는 눈길 한 번 주기는커녕, 품 안에 나긋나긋하게 늘어져 있던 여체를 얼른 전북항의 손에 떠넘겼다.

맙소사, 대체 무슨 분을 칠했길래 저렇게 숨 막히는 냄새가 나는지. 근래 향료 처바르기에 푹 빠져 있는 원보 대인보다도 더 무시무시했다.

전북항에게 안긴 아홉째 부인이 눈을 다소곳이 내리깔았다. 그러고는 촉촉이 젖은 속눈썹 아래 그보다 더 물기 어린 눈동자로 남몰래 맹부요를 곁눈질했다.

힐끔, 힐끔, 힐끔…….

그 힐끔이 사달로 이어지고야 말았으니.

그날부터 아홉째 부인은 새삼스레 무척 현숙해졌다. 차를 올린다든지 음식을 날라온다든지 등의 시녀들이 할 일에까지 본인이 직접 나서기 시작한 것이다.

한 번은 몸소 탕을 끓여 내오기도 했다. 시집온 이후로 처음 열린 신기원에 전북항은 낯빛이 시커멓게 죽었건만, 맹부요는 속도 없이 그걸 후루룩 쩝쩝 먹으면서 칭찬을 해 댔다.

"솜씨가 대단하십니다! 왕야께서는 복도 많으시네요!"

꽃같이 웃는 아홉째 부인의 촉촉한 눈동자 속, 그 물결 위에서 쪽배 한 척이 너울거리고 있었다.

자신의 마음을 빼앗아 간 선객이 어서 올라타 주기를 기다리며. 그러나 둔해 빠진 선객은 그저 그릇 바닥 싹싹 긁는 데만 여념이 없었으니, 실로 안타까운 일이었다.

아리따운 아홉째 부인은 수심에 잠겨, 45도로 하늘을 올려다 봤다.

창공에 어른거리는 저것은 야속한 임의 그림자인가.

아홉째 부인은 생각했다.

탕이 별로였을까, 뭘 좀 더 넣었어야 했나.

한편, 맹부요는 180도로 아홉째 부인을 훔쳐보고 있었다.

짠한 것. 한창 팔팔할 나이에 남편을 나머지 열일곱 명과 나눠 가져야 한다니. 전북항이 아무리 절륜하고, 아무리 총애를 들이부은들 한 달에 많아 봐야 세 번이 고작일 것인데……. 사람이 할 짓이 아니다, 사람이 할 짓이.

심란한 채로 저택에 돌아온 맹부요는 대문 문턱을 넘자마자 원보 대인에게 붙들렸다. 그녀의 몸에 코를 들이박고 한참을 킁킁거리던 원보 대인이 장손무극을 보며 뭐라 뭐라 찍찍 지껄여 댔다.

맹부요가 녀석의 귀를 붙잡아 들어 올리면서 의문을 표했다. 원보 대인은 수준 안 맞아 못 놀겠다는 양, 팔짱을 끼고서 고개를 휙 틀어 그녀를 외면해 버렸다.

장손무극이 통역을 해 주었다.

"향분이 싸구려라는군. 몸에서 여자 냄새가 난다는데."

맹부요의 입꼬리가 씰룩 경련했다.

뭔 헛소리야, 원래가 여자구먼. 지금까지는 여자 냄새가 안 났고?

곰곰이 생각해 보니 사실상, 아마도, 대략, 안 났겠지 싶긴
했다.

그 이후로도 맹부요의 몸에서는 여자 냄새가 떠날 날이 없었
다. 장손무극이 보내는 미소는 나날이 묘해지고 맹부요는 이에
시치미로 일관했다.

❀

달도 없이 바람만 시끄러운 어느 밤, 맹부요는 전북항과 주
량 내기를 벌이게 됐다. 결과는 전북항의 승리도 아니요, 맹부
요의 패배도 아니었다.

기다란 걸상 위에 축 늘어진 전북항이 걸상째로 시녀들에게
들려 안채로 옮겨지면서 손을 휘휘 흔들었다.

"맹 통령, 멀리…… 안…… 나가겠소……."

맹부요는 화원 접빈실 안 커다란 법랑 화병을 향해 손 인사
를 보냈다.

"왕야, 조심히…… 들어가십시오……."

거하게 술 트림을 '끄윽.' 한 그녀는 접빈실 안을 뱅뱅 세 바
퀴 돌고는 집에 다 왔다고 생각하고 말았다. 급기야는 자야겠
다고 안방을 찾아 헤매기 시작했다.

걷다 보니 취기와 열기가 더 올라와 도포를 벗어 팔에 걸쳤
다. 모퉁이를 돌아갔더니 맞은편에서 호위병들이 오고 있었다.

썩 물러가라고 호통을 치려는데, 갑자기 옆쪽 어둠 속에서

가느다란 손이 뻗어 나와 그녀를 홱 잡아챘다. 그 손에서 물씬 풍기는 향내는 다름이 아니라 향료 전문가 원보 대인으로부터 '싸구려' 평가를 받은 향분 냄새였다.

맹부요의 소맷자락을 살며시 감아쥔 상대는 그녀를 화원 한쪽에 딸린 곁채로 데려갔다. 그곳은 본디 왕야의 꽃놀이 겸 휴식 공간이었다.

아홉째 부인은 오랜 기간에 걸친 현장 답사 끝에, 방 세 칸에 공들인 실내 장식, 평소에는 찾는 사람이 거의 없다는 조건까지 갖춘 그곳을 고백 장소로 낙점해 놓은 상태였다. 모든 채비가 마쳐졌으니 그저 훈훈한 동풍이 불어 주기만 하면 되었다.

드디어 오늘 밤, 동풍이 술기운까지 싣고서 불어왔으니 참으로 흡족한 일이 아닐 수 없었다.

포근한 침상에 금옥 휘장 드리웠고, 황금 향로에서는 침향이 은은히 피어오르는데, 원앙금침 위에는 암컷 원앙이 살포시 누웠구나.

맹부요가 와락 들이덮쳤다. 그 부드러운…… 비단 요를.

볼따구니를 비비적비비적 문대 보니 딱 어느 분의 손바닥처럼 매끄러우면서도 서늘한 감촉인지라, 요에 착 붙은 그녀는 금세 얌전해졌다.

한껏 고혹적인 자세로 한참을 기다리던 아홉째 부인의 귀에 코 고는 소리가 들려왔다.

아리따운 아홉째 부인은 다시 한번 수심에 잠겨 하늘을 올려다봤다. 그러고는 결심했다.

기왕 침상까지 끌어들인 거 이 기회를 어찌 놓칠 수 있으랴. 어떻게든 거사부터 치르고 보자.

하여, 맹부요의 속적삼을 풀어 헤치기 시작했다.

참 매듭이 많기도 많은 속적삼이었다. 바야흐로 세 번째 매듭이 풀려 나갔을 무렵, 술이 살짝 깬 맹부요가 상대를 확 밀쳐 내며 쏘아붙였다.

"날불한당 같으니, 어디서 또 수작이야!"

그러자 소리 죽여 웃은 아홉째 부인이 맹부요의 귓가에 향긋한 숨결을 흘리며, 감미로이 속삭였다.

"나리, 수작은 소첩이 아니라 나리께서 걸어 주셔야지요……."

아홉째 부인이 맹부요의 속적삼을 절반쯤 벗겨 냈다.

"어머?"

그녀가 놀란 투로 말했다.

"여기 왜 끈이……."

그 즉시 술기운의 3분의 1이 싹 가신 맹부요는 퍼뜩 자신의 가슴 가리개를 떠올렸다.

아아, 여기서 들켰다가는 이제 갓 발육이 시작된 가슴이 만천하에 드러나는 것 아닌가.

즉각 몸을 일으킨 그녀는 아홉째 부인을 뿌리치고 밖으로 나가려 했다. 그러나 아홉째 부인은 싱긋 미소 지으면서 뽀얀 다리를 뻗어 맹부요를 끌어당겼다.

맹부요는 다리 걸기에 제대로 당해 속적삼이 반쯤 풀어 헤쳐진 채 침상 위로 벌렁 자빠졌다. 그 틈에 아홉째 부인이 교태

어린 미소를 머금고서 그녀를 덮쳤다. 맹부요는 데구루루 뒹굴어 몸을 피한 후 속적삼을 허둥지둥 여미면서 도포를 찾아 헤맸다.

바닥에 떨어져 있는 도포가 막 눈에 들어왔을 때였다. 등 뒤에서 문어가 또 촉수를 뻗쳐 왔다.

손톱이 어찌나 뾰족한지, 실랑이 잠깐 하는 사이에 '좌앗' 하고 속적삼 절반이 찢겨 나갔다.

발끈한 맹부요가 곤죽을 만들어 놓겠다고 달려드는 것을, 문어 부인은 실로 수컷 냄새가 물씬 나는 거동이로다 생각하고 간드러지게 웃으며 온몸으로 화답했다.

맹부요는 주먹질 한 번 못 해 보고 또다시 침상으로 끌려 올라가고 말았다.

서로 옥신각신 붙잡고 늘어지느라 둘둘 뒤엉킨 천 쪼가리가 이제는 네 옷인지 내 옷인지 분간도 안 갈 지경에 이르렀을 무렵, 숨을 할딱거리던 아홉째 부인이 뱀처럼 맹부요의 품 안으로 스르륵 미끄러져 들어왔다.

"낭군님……."

낭군님이 그녀를 떼어 내느라 바쁜 와중에 저만치서 등불이 비쳐 들었다. 이내 붉은 휘장 위로, 아홉째 부인의 몸뚱이 위로 환한 빛이 쏟아졌다.

기겁한 아홉째 부인이 손으로 눈을 가리고서 그 틈으로 밖을 내다보았다. 화원에 두 줄로 구불구불 늘어선 등롱 무리가 곁채 방 세 칸을 대낮처럼 밝히고 있는 광경이 눈에 들어왔다.

결정적으로, 방 입구 쪽 빛무리 속에는 낯빛이 시커멓게 죽은 전북항이 서 있었다.

간통 현장에 남편이 난입하는 거야 만고에 변치 않는 법칙 아닌가.

침상 위의 한 쌍은 그야말로 소스라쳤다. 아홉째 부인은 외간 남자와 놀아나다가 걸린 게 당혹스러워서였고, 맹부요는 찢긴 속적삼 사이로 속옷 어깨끈을 들킬 게 무서워서였다.

황급히 주변을 더듬거리던 맹부요는 손에 잡히는 천 쪼가리 한 장을 대충 앞섶에 밀어 넣고서, 술기운에 몽롱하게 풀린 눈을 들어 전북항을 향해 웃음 지었다.

"왕야……. 그 댁 암캐가 발정이 난 모양입니다. 번거로우시겠지만 좀 치워 주십시오."

그러자 전북항의 심복 격인 왕부 시위장이 옆에서 매섭게 호통을 쳤다.

"맹부요, 간이 배 밖으로 나왔구나! 감히 왕야의 애첩을 희롱하다니!"

"제가요? 아니 언제요?"

어깨를 으쓱한 맹부요가 자기 몸을 내려다봤다.

"옷도 멀쩡히 잘 입고 있는……."

하던 말이 중간에 뚝 끊겼다. 환한 등불 아래 드러난 그녀의 앞섶에는…… 세상에나, 웬 배두렁이가 쑤셔 박혀 있었다! 연분홍 바탕에 연잎과 원앙을 수놓은 배두렁이가.

전북항의 얼굴에 적혀 있는 글자가 똑똑히 보였다.

이 추잡한 연놈들! 남의 애첩 배두렁이까지 주워 입은 주제에 오리발을 내밀어?

맹부요는 원통했다.

아무리 어두워서 뵈는 게 없었다지만, 하필 손에 잡힌 게 배두렁이라니!

옆에서 아홉째 부인이 얼굴을 가리고 훌쩍대는 소리에 울컥 짜증이 치민 맹부요가 침상에서 내려와 옷가지를 챙겨 나가려던 찰나였다. 이 사달을 내놓고 혼자 발을 쏙 빼려는 맹부요를 보며 낯빛 시커먼 전북항이 소리쳤다.

"포박하라!"

하여, 맹부요는 포박당했다. 그 과정에서 반항은 없었다. 말이 떨어지자마자 '쿵' 하고 바닥에 쓰러져 그대로 잠든 탓이었다.

전북항이 고개 숙여 술 냄새를 푹푹 풍기는 맹부요를 내려다봤다.

왜 무공을 쓰지 않았을까?

의아한 일이었다.

놈이 도망칠 마음을 먹었다면 이곳 항왕부 안에서 과연 누가 감히 그 앞을 막아설 수 있었겠는가. 차라리 다 때려 부수고 내뺐으면 밖에 소문나 봐야 집안 망신이라는 핑계로 그냥 덮을 수도 있으련만, 이렇게 덜컥 잡혀 버릴 줄이야.

이제 어쩐다? 정말 반도부磐都府 뇌옥에 처넣기라도 해? 무슨 죄명으로? 백성들도 그렇고, 궐에 알려졌다가는 도리어 내 입장이 난감해질 터인데?

전북항은 등불 아래에 잠시간 굳어 있었다. 쿨쿨 숙면 중인 천하의 파렴치한을 착잡하게 내려다보면서.

그러다가 그때껏 얼굴 가리고 눈물 바람인 아홉째 부인을 매섭게 한 번 노려보더니 소매를 확 떨쳤다.

"땔감 창고에 가둬라!"

그리하여 맹부요는 항왕부 땔감 창고에 갇혀 시말서를 쓰게 됐다. 그녀는 땅바닥에 엎드린 채 아홉째 부인의 배두렁이를 종이 삼고 창고에 굴러다니던 숯덩이를 붓 삼아 성실하게 써 내려갔다.

제가 진짜 미련했습니다, 진짜로요! 사람이 술에 취해 자기 통제력이 떨어지면 본인의 감당 능력과 예상 범위를 넘어서는 오해에 휘말릴 수 있다는 거야 알았지만, 설마 그 일이 저한테 일어날 줄은 몰랐던 것입니다.

문제의 밤, 왕부에서 거나하게 취한 저는 더위 탓에 옷을 좀 벗었습니다. 그 모습을 본 아홉째 마님께서는 아마 풍한이라도 얻을까 걱정이었는지, 워낙 현숙하신지라 아랫것들 옷 벗는 것도 하나하나 다 챙기시니까요, 저를 끌어다가 겉옷을 입히려 하셨습니다.

저는 싫다, 집에 가겠다 했으나 아홉째 마님께서는 한사코 물러서지 않으셨죠. 잠깐 옥신각신하다가 아래를 내려다보니 어느새 벗겨진 옷가지들이 바닥에 어지러이 널브러져 있는데, 아니 글쎄 도포는 또 온데간데없이 사라지질 않았겠습니까.

제 도포라는 놈이 그렇게 막 없어지고 그러는 물건이 아닙니다. 하지만 아무리 여기저기 찾아봐도 코빼기도 안 보이는 겁니다. 초조해지더라고요.

그래서 침상 위를 더듬어 찾기 시작했죠. 더듬고, 더듬고, 또 더듬고, 그렇게 밤이 깊도록 더듬거리다가 이불 안까지 들어가게 됐는데, 그제야 이부자리 사이로 옷자락이 번뜩 눈에 띄더라고요.

저는 옳거니, 드디어 찾았다, 그랬습죠. 냉큼 끌어다가 몸에 걸치고 보니 옷감은 비슷하나 모양새가 영 다른 것이, 막 자수도 놓여 있고…….

제가 진짜 미련했습니다, 진짜로요!

맹부요는 완성된 시말서를 짐짓 신중하게, 창고 앞을 지키는 호위병에게 건네면서 항왕에게 전해 달라 부탁했다.

반듯이 펼쳐진 배두렁이를 들고 왕야께로 향하던 호위병은 궁금증을 이기지 못하고 그 내용을 훑어봤다가 그만 삐끗 다리를 접질렸고, 배두렁이 시말서를 전달받을 무렵 차를 마시고 있던 전북항은 내용을 다 읽기도 전에 입에 든 걸 모조리 뿜어냈다.

이 희대의 시말서가 어쩌다가 왕부 밖으로 흘러 나갔는지 그 경위는 알 길이 없으나, 세상 빛을 보는 즉시 반도성 전체를 대대적으로 휩쓴 것만은 사실이었다.

필사본을 구하려는 사람들로 책방이 다 미어터지다시피 한 결과, 급기야 반도성 주민들의 일상적인 아침 인사는 '밥은 먹었소?'에서 '제가 진짜 미련했습니다, 진짜로요!'로 바뀌기에 이르렀다.

거기에 더하여, 밤이면 밤마다 창고 창문을 통해 빠져나가 바로 옆 부엌에서 술을 훔쳐 먹는 맹부요가 곤드레만드레 취한 채로 땔나무를 두드리며 '제가 진짜 미련했습니다, 진짜로요!'를 외쳐 대는 통에 전북항은 슬슬 골이 지끈거리기 시작한 참이었다.

저걸 풀어 주자니 체면이 땅에 떨어질 것 같고 그렇다고 안 풀어 주자니 애꿎은 본인만 꼴이 우스워진 이날 이때까지, 저 놈은 아주 그냥 꿋꿋하게 억울하다는 식이었다.

게다가 아홉째 부인도 질질 짜기만 하지 사건에 대해서는 입도 뻥긋을 안 하고 있었다.

결단을 내리기가 몹시 난처하게 된 전북항은 하다 하다 그날 밤 자기를 깨운 시위장을 원망하기에 이르렀다.

이럴 줄 알았으면 그냥 실컷 붙어먹으라고 둘 것을. 할 거 다 하고 흔적도 없이 집에 갔으면 깨끗이 상황 종료였을 거 아닌가.

배두렁이 사태로 반도성 전체가 쑥덕쑥덕 시끄러웠다.

간통범 통령은 땔감 창고에서 대성통곡을 하며, 항왕 전하는 왕부에서 골머리를 앓으며 이틀간 대치를 이어 가다가 사흘째에 마침내 구원의 동아줄을 맞이했다. 전남성이 맹부요에게 입궁을 명한 것이다.

아침 일찍부터 통령부 '집사'라는 자가 조용히 찾아와 배알을 청했다. 항왕부 문지기 대장은 이를 지체 없이 전북항에게 보고했다. 전북항은 죄지었다가 사면이라도 받은 양 기뻐하며 창고 안 재앙의 근원을 당장 풀어 주라 지시했다.

그사이 '집사'라는 자는 미소 띤 얼굴로 화원 접빈실 입구에 서서 대기 중이었다. 그자를 한 번 쳐다보고, 또 한 번 쳐다보던 전북항은 거참 평범한 얼굴과 달리 늘씬한 체격에 묵직한 기품이 느껴지는 것이, 풍격이 퍽 비범하다고 생각했다.

공손하게 한쪽 구석으로 비켜나 있는데도 지나가는 사람들이 백이면 백 눈길을 빼앗겨 자꾸만 힐끔거리지 않는가.

조금 전, 맹부요를 데려가는 문제로 묻는 말에 답변할 때도 언행이 점잖고 예법이 아주 깍듯했다.

맹부요, 그 망나니가 대체 어디 가서 저런 인재를 구했을꼬?

이때, 망나니 맹부요가 얼큰하게 취한 채로 등장했다.

'집사'를 발견한 그녀는 눈매를 가늘게 좁히더니 제자리에 흠칫 멈춰 섰다. 냅다 줄행랑이라도 놓을 것 같더니, 상석에 앉아 있는 전북항을 보고 태도가 바뀌었다.

맹부요가 집사를 향해 마지못해 입꼬리를 끌어 올리며 알은체를 했다.

"어, 왔나."

그러자 '집사'가 빙긋 웃으며 가볍게 허리를 굽혔다.

"강녕하셨습니까, 어르신. 저택으로 모시고자 왔습니다."

전북항은 순간적으로 맹부요가 부르르 떠는 모습을 본 것 같았으나, 곧바로 자신의 착각이었다 결론 내렸다. 저리도 반갑게 웃고 있지 않은가.

"그래, 그리하세."

맹부요가 집사의 소매를 붙들고서 전북항을 향해 엉거주춤 허리를 숙이며 말했다.

"왕야의 너른 아량에 감사드립니다. 소인은……, 어음, 소인은 이만 물러가겠습니다."

집사가 맹부요의 손을 잡고서 그녀를 천천히 밖으로 안내하려는데, 전북항의 냉랭한 음성이 울려 퍼졌다.

"그냥 그렇게 가겠다?"

두 사람이 뒤로 돌아섰다. 눈이 풀린 채로 머뭇거리고 있는 맹부요를 제치고 집사가 먼저 웃는 얼굴로 입을 열었다.

"따로 분부라도 있으십니까?"

그를 쳐다보며 눈썹을 까딱 들어 올린 전북항이 이내 콧방귀를 뀌었다.

"여자도 데려가게."

전북항이 손뼉을 쳐 신호를 보내자 바람막이를 뒤집어쓴 미녀 하나가 후당 쪽에서부터 쭈뼛쭈뼛 굼뜬 걸음으로 걸어 나왔다. 다름 아닌 아홉째 부인이었다.

순간 얼굴이 새파랗게 질린 맹부요가 급하게 손사래를 쳤다.

"아니, 아니, 아닙니다, 아니에요, 이건 좀 아니……."

그 모습을 지켜보던 전북항이 괘씸하기도 하고 우습기도 하다는 투로 말했다.

"맹 통령, 설마 본 왕이 남의 손 탄 계집을 계속 끼고 살리라 생각한 것이오?"

"억울합니다!"

맹부요가 전북항 앞에 털썩 엎어졌다.

"손은 고사하고 솜털 한 가닥 건드린 적 없다고요! 제가 진짜 미련했습니다, 진짜……."

"그만!"

황급히 맹부요의 입을 틀어막은 전남성이 씩씩거리며 말했다.

"맹 통령, 이번에는 설쳐도 너무 설쳤소. 아홉째 부인이 마음에 들었으면 솔직하게 한마디만 했으면 됐을 것. 그까짓 여인 하나를 본 왕이 못 내어 줄 것 같던가? 꼭 추잡한 짓거리를 벌여서 여기저기 쑥덕거리게 만들어야만 했느냐는 말이오. 듣기 낯부끄럽지도 않소?"

"제가 진짜 미련했습니다, 진짜로……."

"그만하래도!"

전북항이 손을 내저었다.

"가 보시오, 가 봐. 여자는 그쪽에서 알아서 처리하고."

맹부요가 말간 눈으로 전북항을 올려다봤다.

"안 데려갈 수는 없을까요?"

"왜 안 되겠소."

싸늘하게 입꼬리를 말아 올린 전북항이 검을 내밀었다.

"그 대신, 통령께서 저 천것을 죽여 본 왕의 수고를 좀 덜어 주시오. 이 손을 더럽히고 싶지 않으니."

조금 전까지만 해도 싱글벙글하던 맹부요의 표정에서 김이 푸시시 빠졌다. 그녀가 불만에 찬 투로 중얼거렸다.

"그냥 데려가겠습니다."

집사가 웃는 듯 마는 듯 한 표정으로 그녀를 쓱 쳐다보더니 말했다.

"경하드립니다, 어르신. 보아하니 혼례 준비를 서둘러야겠군요."

'끄윽' 하고 술 트림을 뱉은 맹부요가 집사 쪽으로 휘청 고꾸라지며 웅얼거렸다.

"본인 할 일이나 하시지!"

맹부요를 지긋이 응시하던 집사가 잠시 후 그녀를 번쩍 안아 들고는 전북항을 향해 허리를 숙였다.

"민망한 꼴을 보였습니다."

전북항은 골이 지끈거리는 걸 참으며 손을 휘휘 내저었다.

얼른 가게, 얼른 가.

집사는 아홉째 부인 몫으로 가마 하나를 더 불렀다. 맹부요를 안은 채 가마에 오르더니 그 자세 그대로 자리를 잡고 앉았다.

집사가 미소 지으며 말했다.

"어르신, 취한 척을 하신다고 지은 죄가 무마되는 것은 아닙니다만."

눈을 가느다랗게 뜬 맹부요가 고개를 들면서 배시시 웃었다.

취기가 오른 건 사실이었다.

요 며칠 항왕부에서 지내는 동안은 누군가의 감시에서 자유롭기도 했고, 또한 얼뜨기 통령 시늉의 완성도를 위해서라도 목구멍에 술을 아낌없이 들이부을 필요성이 있었기 때문이었다. 하여, 지금 그녀의 대뇌는 지극히 즐겁게 둥실둥실 떠 있는 상태였다.

어디 보자. 꽃은 빨갛고, 하늘은 파랗고, 가마 지붕은 빙빙 돌고, 평민 복장의 장손무극은 근사하구나!

근사한 사내의 가슴팍에 손을 올린 채로, 그녀가 고개를 살짝 틀어 눈웃음을 보냈다.

"장손무극, 왜 내 눈에는 지금 이 차림이 태자 신분에 맞게 쫙 빼입었을 때보다 더 요염해 보이죠?"

"그렇소?"

장손무극이 빙긋이 미소 지으며 그녀를 바라봤다.

지금 그는 특별히 신경 써 제일 좁아터진 것으로 고른 가마 안에서 맹부요가 움직일 공간을 강제 점거 중이었다.

그는 자기 무릎으로 그녀의 무릎 뒤쪽을 떠받친 상태에서 팔을 부드럽게 굽혀 그녀의 목을 구름처럼 감싸 안은 자세였다.

물결치며 쏟아져 내린 긴 흑발이 비단 같은 매끄러움으로 손등을 간질이고 있었다.

미소를 머금은 그의 눈동자가 반짝였다. 한 잔 술처럼 투명하고도 서늘한 그 눈동자에 비친 것은 취기에 살짝 달뜬 맹부요의 매혹적인 눈매였다. 복숭앗빛으로 물든 그녀의 뺨은 영원토록 화사한 봄이었다.

맹부요가 작게 속삭였다.

"장손무극, 치사하게 이런 상황에……."

그 말의 결과, 장손무극은 오히려 상체를 더욱 가까이 숙였고 맹부요는 심장 깊숙한 곳에서 무언가가 팽팽히 당겨지는 듯한 통증을 느끼고는 몸을 뒤척이며 고개를 약간 틀었다.

장손무극이 그녀의 머리카락 한 가닥을 가만가만 잡아 손가락 끄트머리에 살며시 감았다. 거기에 자기 머리카락을 집어넣어 둘을 매듭짓고자 했다.

두 사람의 머리카락이 한데 묶이려는 순간, 맹부요가 힘껏 발버둥을 쳤다. 그의 그윽한 눈빛과 거기 담긴 깊은 정을 그녀라고 어찌 보지 못했을까.

길게 쭉 뻗은 손가락에 살며시 붙잡힌 서로의 머리카락. 창문 틈으로 어슴푸레하게 쏟아져 들어온 햇살이 광택 흐르는 두 가닥의 흑발을 비추었을 때, 그녀는 상상할 수 있을 것만 같았다. 둘의 머리카락이 만들어 낼, 세상 가장 아름답고, 반짝이며, 윤이 나는 매듭을.

하지만 머리카락이 한데 묶이기 직전, 그녀는 눈앞을 스쳐 지나는 한 가닥 백발을, 손을, 가장자리가 말려 올라간 동화책을 보았다.

맹부요는 기습적으로 도약했다. 옴짝달싹하기조차 힘들 만큼 좁디좁은 공간 안에서, 있는 힘껏.

펑!

가마 지붕이 날아가면서 맹부요의 신형이 토끼뜀 뛰듯 공중으로 솟구쳐 올랐다.

고도로 훈련된 통령부 가마꾼들은 어지간한 진동에는 신경 쓰지 말라는 분부를 미리 받았기에 가마가 흔들흔들 덜컹덜컹

하는 것까지는 모르는 척하고 있었다.

그러나 맹부요가 전력을 다해 가마 바닥을 박차고 오르는 기세가 어디 그들이 감당해 낼 차원의 것이랴.

가마꾼 넷은 거대한 힘에 들이받히는 느낌과 동시에 손이 탁 풀려 버렸고, 가마는 땅바닥에 쑤셔 박혔다.

그들이 얼른 뒤를 돌아봤을 때 가마는 이미 박살 난 상태였고, 그 잔해 위에는 맹부요가 우뚝 서 있었다.

그녀의 등 뒤에서 '임시 집사 어른'이 우아하게 모습을 드러냈으니, 산산이 조각난 잔해 한복판을 뒷짐 진 채 느긋하게 가로질러 오는 그는 여전히 미소 띤 얼굴이었다.

"대인께서 술기운 탓에 가마를 연공실로 착각하신 것 같군."

맹부요는 고개를 팩 틀어 하늘을 올려다봤다. 매섭도록 단호한 외면이었다. 하지만 목덜미에는 수상쩍은 홍조가 어려 있었다.

장손무극이 손짓을 하자 뒤를 따르던 호위병이 말 두 필을 끌고 왔다. 태자 전하께서 몸소 고삐를 건네며 화사하게 미소 지었다.

"말에 오르시지요."

뭐야, 말도 있었어?

분노한 맹부요가 눈빛으로 다그쳐 물었다.

그러면서 가마에는 왜 기어이 끌고 들어갔는데?

완벽을 위한 이중 조치라고나 할까.

태자 전하의 입매가 미소를 그렸다.

가마는 기필코 탈 작정이었으나 십중팔구 박살 날 것이 점쳐졌으니, 대체 수단을 준비함이 응당하지 않은가.

"……."

맹 통령에게 첩이 생겼다. 황영 동료들을 통령부로 불러 베푼 잔치에서 아니나 다를까 '배두렁이 통령'을 가지고 우스갯소리가 나오자 그새 얼큰하게 취한 새신랑이 말했다.

"내가 진짜 미련했지, 진짜로!"

한 차례 박장대소가 터진 후, 손님들은 새신랑을 신방으로 들여보냈다. 헤벌쭉 신이 나서 안으로 향하는 그 뒷모습이 어찌나 부러운지.

운도 좋은 놈, 왕야가 자기 여자한테 손댄 놈을 저리 멀쩡히 살려 두고 아예 여자까지 줘 버릴 줄이야. 이럴 줄 알았으면 우리도 하나씩 낚아 보는 거였는데…….

화제의 '제가 진짜 미련했습니다.'는 전남성의 귀에까지 들어갔다. 시름이 태산이던 황제도 그 소리에는 일순 실소를 흘리지 않을 수 없었다.

하지만 그의 미간에 금세 깊은 주름이 되돌아왔다. 기강을 사이에 두고 전북야와 대치 중인 조정군이 번번이 물을 먹고 있기 때문이었다.

게다가 전쟁 초기 전북야에게 투항한 세력들에 이어, 그간 관망세를 유지하던 변경 수비군과 각지의 주둔군 진영에서도 하나둘 심상치 않은 움직임이 포착되고 있었다. 그야말로 심각한 문제가 아닐 수 없었다.

지금 그에게는 승전보가 절실했다. 불리한 상황을 단번에 뒤집어 줄 승리! 하지만 전북야를 상대로 그런 승리를 거둔다는 것은 기약 없이 아득한 일로만 보였다.

전북야가 본래 어떤 인물이던가. 천살국 최고의 명장인 것은 물론 오주 전체에서도 1, 2등을 다툴 정도인 괴물이다.

할 일 없이 노닥대는 군사학자들의 분석에 따르면, 전장에 직접 나선 이력이 존재하지 않아 실력을 가늠하기가 곤란한 무극 태자를 열외로 할 경우, 오주 으뜸은 의심의 여지없이 전북야의 것이었다.

전남성이 그를 암살하려 했던 당시, 고작 한 사람 죽이는 데에 수만에 달하는 병력을 들이부어 대규모 포위 작전을 펼쳤던 이유도 바로 거기에 있었다. 속전속결로 해치우지 못하면 무서운 후환이 남을 것이기에.

그리고 바로 지금, 그 후환이 전남성을 찾아온 참이었다.

거듭되는 탄식과 함께, 전남성의 얼굴에 근심의 빛이 짙어졌다. 근래에는 태자까지 괴질에 걸려 기력이라고는 하나도 없는 꼴로 내리 침상에만 붙어 있었다. 태의는 원인 불명이라는 말뿐이었고, 온 천하의 명의란 명의는 다 수소문해 데려와 봤으나 그중에도 명쾌한 답을 내놓은 자는 없었다.

그렇게 울적한 상태로 있자니 문득 지독한 고독감이 느껴졌다. 이상한 일이었다. 전에도 똑같이 지냈었건만 왜 새삼 고독한 기분이 드는가?

한참을 고뇌한 끝에야 찾아든 깨달음인즉슨, 맹부요가 혼례를 치른답시고 휴가를 내서 도통 얼굴을 비치지 않고 있기 때문이었다. 평소에는 옆에서 허튼소리나 지껄여 대는 게 그리도 성가시더니, 막상 그 소리를 못 듣게 되자 영 마음이 허전했다.

전남성은 피식 웃으면서 속으로 구시렁거렸다.

괘씸한 놈, 고작 첩실 하나 들이는 게 뭐 대단한 일이라고 휴가씩이나 달라는지.

어스름이 내리기 시작하면서 건안궁에는 하나둘 등촉이 밝혀졌다. 나이 지긋한 태감 화 공공이 어린 환관들을 시켜 등롱을 걸며 싱글벙글 떠드는 소리에 전남성이 조용히 다가가 귀를 기울였다. 내용인즉 오늘 맹 통령 댁에서 벌어진 낯 뜨거운 일화였다.

통령부에서 무도회를 열었는데, 글쎄 새로 들어온 첩실이 등허리가 훤히 파인 옷을 입고 등장했다지 않나, 쯧쯧…….

환관들은 다 같이 낄낄거리다가 중간에 전남성을 발견하고는 일제히 하얗게 질렸다.

전남성은 문득 흥미가 동했다.

흐음, 마누라 얻었으니 녀석도 철 좀 들었으려나? 한번 가 보아야겠구나. 기분 전환도 할 겸.

그의 궁 밖 출입 횟수가 대폭 줄어드는 계기가 된 것은 자객 사건 때문이었다. 이번 출행에도 앞뒤로 긴 호위병 행렬이 따라붙었다.

한참 후, 남들 눈을 피해 통령부 문턱을 넘은 전남성의 눈앞에 듣던 대로 요란뻑적지근한 광경이 펼쳐졌다.

저택 화원에서는 황영 장수들과 그 가족들을 위한 가면무도회가 한창이었고, 맹부요와 하인들은 행사 진행으로 바쁜 참이었다. 전남성을 발견한 맹부요가 반가운 얼굴로 달려와 예를 올리더니 다짜고짜 가면을 주며 춤을 권했다. 전남성도 호기심이야 있었지만 결론은 역시 단호한 거절이었다.

황제한테 가면 쓰고 인파 사이에 뛰어들라니, 이 무슨 황당무계한 소리인가. 그러다 칼이라도 맞으면 그대로 끝장인 것을.

맹부요도 더는 권하지 않고 전남성 곁에 앉더니 황제 폐하께 인사 올리라며 새 첩실을 불렀다. 물론 전남성이야 일찍이 항왕부에서도 같은 여인을 만난 적이 있었다.

오늘은 차림새가 퍽 해괴망측하긴 했으나 그래도 얼굴만은 환하게 피어 있었다. 그 모습을 여기서 다시 보자니 슬금슬금 웃음이 삐져나왔다.

전남성은 안부 인사조로 간략히 몇 마디만 건넨 뒤 여인을 연회장으로 돌려보냈다. 과거 전북항의 아홉째 부인, 구선녀는 나비처럼 팔랑팔랑 돌아가 연회장 곳곳을 신나게 누비고 다녔다.

전남성 쪽으로 바짝 다가붙은 맹부요가 쉬시도록 내실로 모시겠노라 재차 삼차 말했다. 화원이 너무 시끌벅적해 폐하의 심기를 해칠까 저어된다는 것이었다.

하지만 전남성은 그대로 자리에 앉아 손사래를 쳤다. 그는 차라리 이 떠들썩한 분위기가 자기 가슴속을 꽉 틀어막고 있는 먹구름을 몰아내 주길 바랐다.

맹부요를 춤판으로 돌려보낸 그는 홀로 정자 난간에 기대 차를 마시기 시작했다. 태자가 앓는 괴질에 관한 생각이 머릿속을 빙빙 맴돌며 그의 미간에 깊은 주름을 그려 냈다.

바로 그때, 정자 뒤쪽 키 작은 수림 너머에서 여인들의 대화 소리가 들려왔다.

한 여인이 말했다.

"부인은 복도 많으셔요. 맹 통령께서 단장해 주신 것 좀 봐요. 홍옥이 줄줄이, 이 정도면 값이 어마어마하죠?"

"그렇지, 뭐."

이어진 것은 소갈머리 없는 구선녀의 의기양양한 말투였다.

"우리 바깥어른 말씀이, 미인은 원래 패물로 꾸며 줘야 한대. 금강석은 영원히, 뭐 그런 말들 하잖니."

아마 옥팔찌를 자랑 중인 듯한 상황이었다. 은쟁반에 옥구슬 구르는 웃음소리가 이어졌다.

"얘, 너 남자 고를 때 진짜 잘 보고 골라야 된다. 나는 그래도 복이 있어서 우리 바깥어른 딱 알아본 거잖니. 예전 같았으면……. 어우."

일국의 군주로서 부인네들 수다나 엿듣고 있는 본인 모양새가 영 부적절하지 싶어 자리를 뜨려던 전남성도 이 대목에서는 웃어 버렸다.

뻔뻔하기도 저리 뻔뻔할 데가. 그게 뭐 자랑이라고.

두 남녀가 땔감 창고에 갇혀 있는 이틀 사이에 그가 북항에게 그저 인심 한번 쓴다 생각하고 여자를 넘기라 은근히 압력을 주지 않았다면, 하나는 기생집에 팔려 가고 다른 하나는 좌천당하는 결말을 피치 못했을 것이다. 다른 사람이 저 입장이었으면 행여 알려질까 전전긍긍했을 일을 구선녀는 본인 입으로 줄줄이 늘어놓고 있는 것이다.

구선녀와 대화 중이던 여인도 조용해졌다. 상대가 이 정도로 가슴만 크고 머리가 없는 부류인 줄은 미처 알지 못했던 모양이었다.

여인이 마지못해 한마디를 던진 건 한참이 지나서였다.

"항왕 전하께서도 잘 챙겨 주셨다 들었는데……."

"잘 챙기긴!"

구선녀가 코웃음을 쳤다.

"말로는 세상에서 제일 중요한 걸 맡겼으니까 귀하게 간수하라고 누누이 강조하는데, 내 참, 종이 쪼가리로 만든 인형이 뭐나 된다고. 그걸 또 자물쇠 달린 상자에 고이 넣어서 내 처소 땅 파고 묻더라니까? 엄청 은밀하게. 사실 나야 글도 모르고, 왕야가 캐묻지 말라고 그러기도 했지만, 아무래도 땅문서 같지는 않고……. 하여튼…… 속을 알 수가 없는 사람이었어……."

두 사람의 말소리가 점차 멀어져 가자 정자 안의 전남성이 천천히 찻잔을 내려놓았다. 그대로 침묵을 지키던 그가 잠시 후 몸을 일으켜 밖으로 향하던 때였다.

땀투성이 맹부요가 허겁지겁 달려오다가 자리를 뜨는 그를 보고는 놀란 토끼 눈이 됐다.

"폐하, 벌써 가시려고요? 소신이 죽일 놈입니다. 혼자만 기분 내는 게 아니었는데."

"자네는 잘못 없네. 때가 되어서 가는 것뿐이니."

전남성이 손을 휘휘 내저으며 웃음 지었다.

"밤이 깊어서 말일세. 밤길에는 사고가 생기기 쉬운 법이지."

"알겠습니다."

맹부요가 눈치 빠르게 허리를 굽혔다.

"비표영 형제들을 붙여 궐까지 모시겠습니다."

"음."

맹부요를 바라보는 전남성의 얼굴에 미소가 어렸다.

"자네 직속 비호영으로 하게. 그간 궐에 드는 병력은 대부분 비표영이었으니 이제 교대할 때도 되었지. 특정인을 너무 가까이 두는 건 좋은 일만은 아니거든."

싱긋 웃으며 허리를 숙인 맹부요가 전남성을 대문 밖으로 안내했다. 그러고는 어둠 속으로 총총히 사라져 가는 그의 뒷모습을 오래도록 바라보고 있다가, 한참이 지나 입가를 희미하게 비틀어 올렸다. 보일 듯 말 듯 극히 어렴풋한 미소, 그것은 밤의 어둠에 잠겨 독을 품고 피어난 만다라화 같은 웃음이었다.

사흘 뒤, 청천벽력 같은 소식이 도성을 뒤흔들었다.

당대 천살 황족 중 최고의 지위에 빛나던 친왕, 황궁 및 조정의 요직 다수를 장악하고 황제 폐하의 총애와 신임을 한 몸에 받던 아우, '철사지문의 왕공', '만대불후의 왕야' 전북항이 별안간 하옥당한 것이다!

8월 19일, 밤중을 틈타 기습적으로 항왕부를 포위한 금위군이 왕부 내 호위병들을 일거에 제압한 후, 중서中書대신이 친히 병사들을 이끌고 가택 수색에 나섰다. 그들이 곧장 향한 곳은 과거 항왕의 총애를 독차지했던 아홉째 부인의 처소로 쓰이다가 지금은 폐쇄된 원락이었다. 그날 밤 헤집어진 땅의 깊이가 석 자에 달했다.

8월 20일, 뇌옥에 감금된 항왕은 즉시 작위를 박탈당하고 죄인으로 국문에 넘겨졌다.

《홍루몽》[2]의 한 구절처럼 높은 누각 우르르 기울고, 환한 등불 처량히 꺼지는 모습이었다.

그 후 사흘간, 활짝 열린 진홍색 궁문 안에서는 금위군 행렬이 천둥 치듯, 먹구름 피어오르듯 쏟아져 나왔다. 그들이 밀물처럼 밀려 향한 황실 측근들의 저택에서는 잔당 수색과 공범 추포가 이어졌다.

동시에 전남성은 거듭 추상 같은 황명을 내려, 전북항이 그간 손을 뻗쳤을 만한 권력 기구와 병영을 대상으로 대대적 인사이동과 숙청 작업을 단행했다. 과거 항왕 파벌임을 공개적으

---

2 중국 청나라 때 유명 소설.

로 선언한 이력이 있거나 전북항과 각별하게 지냈던 자들은 단 한 사람도 그 여파에서 무사하지 못했다. 반도는 신경증적 공포 분위기에 휩싸였다.

전북항은 평소 수많은 문객을 품어 안고 주변에 넉넉한 인심을 베풀어 온 인물이었다. 그러니 반도 전체를 발칵 뒤집어 놓은 사건이 진행되는 동안 그를 위해 발 벗고 나서 억울함을 호소한 이들이 왜 없었으랴.

하지만 그 말을 꺼낸 자에게 되돌아온 것은 전남성이 냉소와 함께 내던진 물건 한 보따리였다. 내용물은 항왕부에서 발견된 수많은 금제품과 황실 진상품, 그리고 태자와 금상의 생년월일시가 적힌 꼭두각시 인형 및 의식용 제물이었다.

저주술!

자리에 있던 모두는 입이 콱 틀어막혀, 이마에서 진땀을 삐질삐질 흘리며 어전에서 물러났다.

역대 어느 왕조를 막론하고 저주술은 절대 건드려서는 안 될 금기였다. 특히 이는 황족들이 끔찍이도 경계하는 사안이었다.

지금껏 저주술에 연루된 인물 중 목이 떨어지지 않은 자는 단 한 명도 없었다. 이 순간, 모두의 가슴속에는 같은 생각이 스쳐 지나고 있었다.

항왕은 끝났구나!

그 어떤 조짐도 없이 벼락처럼 들이닥친 사태였다. 항왕은 아무런 대비도 못 한 채 죄수 신세로 전락했다.

항왕의 주변인들은 모두 죽거나 벼슬에서 밀려났다. 비록 항왕이 맡고 있던 자리 중 상당수는 직무 대리와 겸직의 성격이었으나 그래도 도성에서 오랫동안 붙박이로 있으면서 차근차근 심어 놓은 인맥이 적지 않았는데, 그러한 인맥 대부분이 사건과 엮여 축출된 것이다.

그 와중에 세상 사람들을 놀라게 한 것은 애첩까지 넘겨받을 정도로 항왕과 각별한 관계였던 맹 통령만은 자리를 그대로 지키고 앉아 있다는 사실이었다. 그는 사건에 연루는커녕 오히려 황제에게 더 신임을 얻은 모양새였으니, 이쯤 되면 단순히 이례적 상황인 걸 넘어 기적이라 불러 마땅한 일이었다.

사태 초기에 불충한 속셈을 품고 항왕을 선동한 배후로 맹부요를 지목하는 상소가 올라오기도 했다. 하지만 해당 상소는 보류 딱지가 붙어 방치되는 결말을 맞았다.

전남성은 상소문을 응시하며 사건 전반을 처음부터 끝까지 차근차근 되짚어 봤다. 하지만 아무리 앞뒤를 따져 봐도 중간에 맹부요의 수작질이 개입되어 있다고 생각하기는 힘들었다.

구선녀가 첩실로 들어간 일만 해도 녀석은 한사코 싫다는데 자신이 전북항에게 명해 떠안겨 준 것이었다.

가면무도회 당일 통령부 방문은 어디까지나 즉흥적인 결정이었다. 당연히 미리 안 사람이 있었을 리 없었다. 무도회 구경 중에 몇 번이나 내실에 들어가 쉬라고 권했던 걸 보면 자신이 화원에 남아 여인들의 대화를 듣게 됐던 일은 절대 맹부요가 의도한 바가 아니었을 터……. 결국 전부 우연에 지나지 않았다는 뜻이었다.

그 모든 우연의 연속을 단 한 단계도 삐끗하지 않고 조작해 낼 만큼 경이로운 머리를 가진 사람이 세상에 어찌 있겠는가.

전남성이 한참 궁리 끝에 내린 결론은 맹부요 같은 자가 무슨 재주로 그토록 치밀한 복선을 설계했겠느냐는 것이었다.

이리하여 맹부요는 인기 만점 신임 통령 자리를 안정적으로 꿰차고 앉아, 낮에는 군영에서 시간을 때우고 저녁에 퇴근해서는 흉계를 꾸미는 생활을 계속 영위하게 되었다.

❁

천살 천추 7년 8월 하순.

연일 구름 낀 날씨가 이어지는 가운데 조정 분위기 역시 날씨와 마찬가지로 먹구름에 짓눌려 있었다. 수많은 법령과 군령, 군량을 비롯한 군수 물자, 조정군 병력이 끝도 없이 기강 기슭으로 향했다. 그러나 나날이 세를 불려 가는 창룡대군을 당해 내기란 역부족이었다.

조정군은 이제 거의 한계에 직면했다. 하루하루 간담이 서늘해지는 상황이 연출되는 중이었다. 기강 너머에는 창룡대군을 막아 낼 만한 성채가 존재하지 않았다. 전북야의 도강이 현실화될 경우, 천살국은 갑옷 한 점 없이 적 앞에 속살을 드러내게 되는 셈이었다.

천살 천추 7년 8월 24일 밤.

긴장감이 감도는 반도성 내에서 홀로 한가로운 통령부.

맹 통령은 화원 접빈실의 화기애애한 분위기 속에서 자체 제작한 마작 패를 놀리느라 바쁜 와중이었다. 오늘 마작 판에서 진 사람이 받게 될 벌칙은 땅콩 먹기. 단, 손은 쓰지 않고서.

솔직히 말해 맹부요가 노리는 건 미남자들이 입으로 오물오물 땅콩 알을 집느라 애쓰는 모습이었다. 그 얼마나 깨물어 주고 싶게 깜찍한 자태일지…… 패를 섞는 그녀의 눈이 초승달 모양으로 휘어졌다.

이래 봬도 내가 한때는 마작 판에서 날리던 사람이란 말씀. 이걸로 기숙사 자매님들 용돈깨나 쏠쏠히 털었더랬지. 자, 미남들아, 다들 보는 앞에서 땅콩을 날름날름 핥을 준비나 하여라! 으하하…….

첫판 꼴찌 운흔은 가차 없이 검을 뽑아 맹부요의 얼굴에서 핏기를 앗아 갔다.

어, 어이, 형씨, 쪽팔리는 게 싫으면 그냥 그렇다고 말하면 되지, 칼부림까지 낼 건 없잖아?

그런데 웬걸, 발검과 동시에 검광이 번뜩하더니 땅콩을 올려둔 탁자 귀퉁이가 두부처럼 뭉텅 썰려 나가면서 땅콩이 튀어 올라 운흔의 입 속으로 쏙 들어갔다.

"……"

두 번째 판 꼴찌는 종월. 돌팔이 선생께서는 태연자약하게 땅콩을 한 번 흘겨보더니 옷소매를 탁탁 터셨고, 그러자 땅콩이 온데간데없이 사라졌다.

맹부요는 수긍할 수 없었다.

내가 땅콩을 먹으랬지, 언제 분골쇄신시키랬냐고!

이때 종월이 그녀를 향해 미소를 보냈다.

"새로 만든 시체 분해용 가루약인데, 다음번에는 그쪽이 실험 대상이 되어 보겠소?"

"……."

세 판째, 마침내 장손무극이 꼴찌로 선정되자 맹부요가 눈을 희번덕거리며 말했다.

"무기 금지, 약물도 안 돼요!"

장손무극은 미소 띤 표정으로 순순히 고개를 주억거렸다. 이에 맹부요는 흡족함에 젖었다.

드디어 태자 전하의 점잖지 못한 자태를 보는구나!

장손무극이 손가락을 가볍게 튕기자 탁자 가장자리에 앉아 있던 원보 대인이 아장아장 땅콩을 들고 가 그의 입 속에 하나씩 넣어 줬고, 태자 전하께서는 고상하게 맛을 음미하며 고개를 끄덕이셨다.

"고소하군."

"……."

세 번째 판이 완전히 정리되기 전, 누군가 창문을 두드리는 소리가 들렸다.

순간 표정이 심각해진 맹부요가 창가로 다가서자마자 어둠 속에서 검은 광채가 번쩍하더니 자그마한 납환 한 알이 손아귀로 날아들었다. 맹부요가 웃음기 섞인 투로 말했다.

"십중팔구 누가 승전보를 보낸 것 같은데……."

탁자 가까이 걸어간 그녀가 납환을 쪼개자 몇몇이 잽싸게 곁으로 다가붙었다. 탁자 위에 놓인 흰색 쪽지는 싸구려 종이 질에다 피비린내와 매캐한 화약 냄새가 고스란히 배어 있기까지 했다. 돌돌 말린 걸 살며시 펴기만 했을 뿐인데도 선혈과 날붙이가 난무하는 전장의 기운이 훅 끼쳐 오는 것 같았다.

필체는 종이 질보다 더 대충이었다. 커다란 글자 몇 개가 먹물 자국이 흥건한 채로 생동감을 뽐내고 있었다.

핏빛 강산

실내를 환하게 밝힌 등불 아래, 맹부요 곁에 바짝 다가붙은 머리통 두 개는 아란주와 원보의 것이었다.

나머지 미남 셋은 제각각 다른 모습으로 조용히 자리에 앉아 있었다. 눈을 내리깔고 있던 운흔, 무심히 차를 마시던 종월, 마작 패를 섞던 장손무극의 눈길이 쪽지를 한 번씩 훑는가 싶더니, 셋의 입가에 보일 듯 말 듯 희미한 미소가 어렸다.

쪽지에는 호쾌한 묵적, 강렬한 필획, 거칠고 기세등등한 필치로 몇 안 되는 글자가 휘갈겨 적혀 있었다. 거기서 느껴지는 게 어디 웅건한 기세뿐이랴, 짙게 배어 있는 그리움과 기대감 또한 한 글자 한 글자 또렷했다.

이내 쪽지를 손안에 와그작 구겨 넣은 맹부요가 눈을 반짝이며 다가붙는 아란주를 향해 실없이 웃어 보였다.

"전북야가 금방 반도에 당도할 거라네."

아란주는 세 미남 사이에 괜히 끼어서 눈총 받고 싶은 생각이 없는 관계로 마작 판이 벌어지는 내내 탁자에서 멀찍이 물러나 있었다. 안 그래도 손이 근질거려 저기압인 참이었는데, 거기에 얼렁뚱땅 얼버무리려는 맹부요의 말투가 더해지자 입이 삐죽 나왔다.

"그 성질에 뭐라고 써 놨을지야 안 봐도 뻔하지. 'XX를 멸했다, 내가 가길 기다려라.' 뭐 그런 소리 아니겠어."

맹부요가 존경스럽다는 눈길을 보냈다.

"주주, 너 진짜 돗자리 깔아도 되겠다!"

일순 눈빛이 어두워진 아란주가 금방 픽 웃으며 말했다.

"이 정도는 너 빼고 누구나 다 해."

아란주는 원보 대인을 붙잡아 수다 떨러 평상으로 자리를 옮겼다.

맹부요는 다소 쓸쓸한 그녀의 뒷모습을 보며 생각에 잠겼다. 아마도 아란주는 전북야의 '기다리라.'는 말이 자길 향한 것이 아님을 누구보다 잘 알고 있을 것이다.

그토록 오랜 시간 한결같이 전북야만 바라봤던, 어머니 머리를 감겨 주는 그의 모습을 본 순간 그대로 평생의 낭군을 결정해 버린 소녀. 전북야에게 닿기 위한 소녀의 여정은 맹부요 자신의 등장으로 인해 또다시 무기한 연장되고 말았다.

그녀는 얼마나 오랜 시간을 더 기다려야 그 간절한 바람이 이루어지는 날을 맞을 수 있을까. 한 여인의 청춘이 기껏해야 얼마나 된다고, 하세월 술래잡기를 견디고도 고운 자태 남아 있을까.

맹부요는 손으로 턱을 괴고 자기가 나서서 전북야와 아란주를 이어 줄 수는 없을까 진지하게 고민해 봤다. 문득 떠오른 기억이 있었으니, 바로 장손무극한테 멋대로 호상을 갖다 붙였다가 혼쭐이 났던 일이었다.

장손무극 같은 보살도 못 참았던 매파질을 전북야, 그 불같은 성질머리에다 대고 시전해 봐라. 당장 뼈마디를 분지르겠다고 난리가 나지.

에휴, 됐다, 순리대로 가게 두자.

그녀가 생각에 빠져 눈만 요리조리 굴리는 사이에도 나머지 셋은 마작에 열중하는 중이었다. 곧이어 장손무극이 패를 와르르 밀면서 말했다.

"났소."

고개를 쭉 빼고 패를 훑어본 맹부요의 입에서 우는소리가 나왔다.

"아이고, 내 은자……."

이날 밤 맹부요는 마작 판에서 집 한 채, 기름진 전답 열 마지기, 노비 열두 명을 날렸고, 거기에 새로 들인 첩실까지 종월에게 넘겨야 할 처지가 됐다. 이에 종월이 극구 사람 대신 은자를 내놓을 것을 요구하자 맹부요는 눈물을 머금고서 구선녀의 손목에 걸린 홍옥 구슬 팔찌를 빼내다가 구선녀에게 발을 호되게 밟혔다.

본래 항왕부에 살던 구선녀와 맹부요한테 마음을 빼앗겨 강제로 동침을 시도한 구선녀는 동일인이었지만, 이때의 구선녀는 이미 진짜 구선녀가 아니었다.

맹부요는 전북항과 왕래하는 동안 그의 첩실들을 하나하나 면밀하게 관찰했고, 그 결과 선택된 것이 바로 왕부에서 가장 총애받던 배짱 좋은 여인, 구선녀였다.

다음 단계는 왕부 안마당 심부름꾼 아이를 매수해 수의사 선생께서 제공하신 마필용 가루분으로 말을 흥분시키기. 그러고는 맹부요가 나서서 자연스럽게 미인을 위기로부터 구해 준 것이었다.

계획대로 구선녀가 통령부 첩실로 들어온 즉시 맹부요는 그녀를 멀리 타지로 보내 버렸다.

조만간 전북항의 결말을 전해 들으면 제 목숨이 아까워서라도 반도로 다시 돌아오지는 못할 터. 따지고 보면 맹부요가 사람 하나 살린 셈이었다.

하나 더하여 전남성이 봤던 구선녀는 사실 변장을 거친 장손무극의 은위였다. 황제쯤 되는 인물이 규중심처에 틀어박혀 사는 한낱 첩실의 얼굴을 똑똑히 기억할 리가 있겠는가.

왕부 안 구선녀의 예전 처소에 묻혀 있던 물품들과 의관이 쓰는 방에서 나온 금제품 및 황실 진상품으로 말하자면, 그 모두는 전북야 외조부 휘하의 비밀 조직이 힘써 준 결과물이었다.

주 태사 어르신께서는 전국 시대 평원군平原君 뺨치게 많은 문객을 거두셨던 관계로, 별의별 재주를 가진 자들과 다 인맥이 닿아 있었다.

그중에는 땅굴 파고 소소하게 물건 슬쩍하는 데 일류인 좀도 둑도 있었다.

이렇듯 각 분야의 명인들이 두루두루 힘과 머리를 모았는데 전북항 하나 보내 버리는 게 일이었겠는가.

그러나 안타깝게도 음해 공작의 대가 맹 장군도 지금 탁자에 함께 둘러앉은 세 사람 앞에서만큼은 그냥 호구였다.

워낙 수읽기에 능한 운흔은 두 판이 채 지나지 않아 모든 패를 다 머릿속에 집어넣은 뒤였다.

종월은 마작도 평소 약방문 쓰듯 막힘없이 술술 풀어 나가는 것이, 고인 물 맹부요보다도 손놀림이 더 능수능란했다.

그는 수를 읽거나 자신의 패를 숙지하지 않고 오로지 맹부요가 가진 것만 달달 외워서는, 그녀가 필요로 하는 패를 결사코 내어 주지 않고 있었다. 나야 어찌 되든 상관없으나 너 잘되는 꼴은 절대 못 본다는 주의랄까.

그런가 하면 장손무극은 한술 더 떴다.

태도도 느슨하고 중간중간 잃기도 하는 모양새가 초반에 얼핏 보기에는 나머지 둘에 비해 무난한 것 같았지만, 맹부요는 이내 알게 됐다. 그가 두 번 잃으면 그다음 판에는 반드시 잃은 만큼의 은자를 도로 따는 패턴을 반복 중이고, 결론적으로 손해는 단 한 푼도 안 봤다는 걸.

마작은 운과 확률이 지배하는 게임이건만, 그걸 자기 입맛대로 주무르고 있었다니.

이쯤 되면 마작을 하는 게 아니라 본인의 비상한 지능을 가지고 놀고 있다고 봐야 옳았다.

공황 상태에 내몰린 맹부요는 자정 즈음에 이르러 결국 패를 와장창 밀어 버리면서 소리를 빽 질렀다.

"셋이 다 나만 괴롭히고! 안 해! 자리 바꿔!"

그러고는 아란주를 끌어다가 탁자 앞에 앉히고 자기는 옆에서 구경이나 하기로 마음먹었다.

그렇게 판을 지켜본 지 얼마나 지났을까, 맹부요의 얼굴은 점차 흙빛이 되어 갔으니.

선수가 아란주로 교체되면서부터 세 남자는 수를 읽지도, 패를 세지도, 고의로 지거나 이기지도 않고서, 시원시원하게 판을 돌리다가 잃을 때도 기분 좋게 잃어 주기 시작했다. 게다가 한쪽에서는 원보 대인이 아란주에게 연신 신호를 주고 있었다. 발가락 하나를 세우면 '1삭', 둘을 세우면 '2삭', 엉덩이 보여 주면 '백판', 혀를 날름 내밀면 '홍중'인 식으로.

동틀 무렵, 맹부요가 잃은 집 한 채, 기름진 전답 열 마지기, 노비 열두 명, 홍옥 구슬 팔찌는 모조리 아란주의 손에 넘어가 있었다. 맹부요가 격분해 상을 뒤집어엎었다.

인간성들은 다 제각각이어도 한마음으로 편애하는 데는 국경이고 뭐고 없구먼. 내가 서러워서 진짜!

비통함에 차 옷을 갈아입은 그녀가 이어서 곧장 향한 곳은 형장이었다.

금일, 반도 곡수가曲水街에 위치한 낙룡대에서 전북항의 사형이 집행될 예정이므로.

　낙룡대, 천살국 4품 이상 관원 및 왕공과 귀족만이 오를 수 있는 처형장.

　아침부터 내린 부슬비에 낙룡대는 반지르르하게 젖어 있었다. 그 하얀 돌바닥에 뚜렷하게 파인 결은 수많은 이들의 피를 먹어 불그스름한 색이었고, 주위를 둘러싼 흑색 석재에는 흉포한 창룡의 용틀임이 조각되어 있었으니, 쩍 벌어진 용의 아가리와 날카롭게 솟은 송곳니가 기다리고 있는 것은 곧 제물로 바쳐질 선혈이었다.

　감독관석은 낙룡대 위에 미리 준비되어 있었다. 맹부요는 형 집행을 주관할 중서대신 구경홍寇慶鴻과 의례적 인사를 나눈 뒤 부감독관을 위해 마련된 아랫자리에 앉았다.

　거대한 용작두가 섬뜩하게 번뜩이는 가운데, 사면에 대나무로 만든 죽렴이 쳐졌다.

　친왕급이 이 자리에 서는 것은 천살국 건국 이래 처음 있는 일이었다. 전북항은 낙룡대가 지금껏 삼킨 제물 중 가장 존귀한 인물로 기록될 것이다.

　존귀한 인물에게는 그에 걸맞은 대우를 해 줘야 하는 법이다. 형을 참관할 자격은 조정 문무백관에게만 주어졌으며, 일반 백성들은 근방 큰길 세 개 이내로는 접근이 금지됐다. 또한,

제왕 핏줄의 머리통이 체통 없이 여기저기 굴러다니는 사태를 미연에 방지하고자 집행 자체도 죽렴 안에서 이루어질 예정이었다.

여름의 끝자락, 초가을 서늘한 공기가 옷깃 안으로 희미하게 스며드는 계절. 낙룡대 아래 핀 진홍색 꽃들이 비에 젖어 처연한 아름다움을 발하고 있었다.

드디어 거리 저 끝에서 바퀴 구르는 소리가 들려왔다. 삐그덕삐그덕, 적막 속에 울리는 그 단조로운 마찰음은 다소 소름 끼치는 느낌을 주기까지 했다.

소달구지에 탄 전북항이 문무백관의 눈에 들어왔다. 봉두난발을 한 그는 금색 비단이 감긴 칼을 찬 채 무표정한 얼굴로 앉아 있었다.

세도가 하늘을 찌르던, 그 존귀하신 항왕 전하께서 저 꼴이 되다니.

천살 문무백관들은 망연자실한 표정을 감추지 못했다. 먹구름 낀 잿빛 하늘을 올려다보며, 그들은 기강을 건너 먹장구름처럼 밀려오고 있는 열왕 전북야의 군대를 떠올렸다.

모두의 가슴속에 불길한 예감이 싹트고 있었다. 오늘 항왕의 끝이 곧 천살 황조의 끝이 될 것만 같은, 전북항의 목에서 쏟아질 피는 훨씬 더 많은 피의 전조에 불과하리라는 예감이.

기득권 중의 기득권이라 할 친왕도 목이 잘리는 마당에 황궁이라고 순식간에 허물어지지 말라는 법이 있을까?

이 순간, 반도성은 비통함에 목소리를 잃었다.

이 순간, 온 천하가 눈길을 돌려 천살을 주목하고 있었다. 이례적인 친왕 처형식, 그 아래 숨겨진 더 많은 음모와 풍파가 수면 위로 드러나길 기다리며.

이 순간, 맹부요는 전북항을 응시하고 있었지만 그녀의 뇌리를 떠도는 인물은 그의 손에 암살당한 주 태사였다.

원대한 선견지명과 영욕에 얽매이지 않는 초연함을 지녔던 희대의 변절자. 현 황조를 무너뜨리는 데 일생을 바쳤으며, 본인은 세상을 떠났을지언정 세월이 흘러 결국 복수를 한 인물.

전북항은 넋이 나간 듯 수레에서 내려 역시 넋이 나간 듯한 모양새로 낙룡대에 끌려 올라갔다. 곧이어 네 곳의 죽렴이 촤르륵 아래로 떨어져 그에게서 최후의 한 점 빛마저 앗아 가 버렸다.

생명의 마지막 장도 이제 곧 막을 내리리니.

적막한 가운데 죽렴 안쪽에서 폐부를 찢는 부르짖음이 터져 나왔다.

"제왕가의 인심이 무정하도다! 내게 이리 억울한 누명을 씌우는구나!"

막대한 쓰라림을 담은 외침이 마치 거대한 방망이 형태의 무기처럼 허공을 가르고 솟구쳐 찌푸린 하늘을 올려치자, 그 기세에 먹구름마저 흩어지는 듯했다. 하지만 그것도 찰나였을 뿐, 구름은 금방 다시 모여들어 솥뚜껑처럼 하늘을 뒤덮었다.

홀연 맹부요가 자리에서 일어나더니 모두가 보는 앞에서 잔에 술을 채우고는 담담히 말했다.

"항왕 전하를 배웅하고 오겠습니다."

말을 마친 그녀가 경악에 찬 좌중의 표정을 무시한 채 몸을 틀어 걸음을 옮기던 때였다.

"맹 대인."

뒤쪽에서 집행 감독관이 나지막이 그녀를 불렀다. 때와 장소를 분별하라는 뜻이었다.

맹부요가 뒤돌아섰다. 높다란 누대 위에 그녀의 음성이 한 자 한 자 또랑또랑하게 울렸다.

"아무리 큰 잘못을 저질렀다 한들 이미 지엄한 국법의 심판을 받지 않았습니까? 그간 제게 베풀어 주신 보살핌이 있거늘, 그런 분을 이 비바람 치는 날에 몸 데울 술 한 잔도 없이 그냥 보내 드리라는 말씀입니까?"

그녀의 맑고 투명한 눈빛 앞에서 문무백관은 부끄러움을 이기지 못하고 슬그머니 고개를 떨궜다.

죽렴 안쪽 전북항은 눈시울을 적시고 있었다. 다른 자들은 행여나 엮일까 두려워 다들 거리를 두느라 급급한 판국에 오로지 저 멍텅구리 통령 하나만이 생사의 갈림길에서 바야흐로 진짜배기 협기를 보여 준 것이다.

죽렴을 걷고 들어오는 맹부요의 움직임을 따라 바깥세상의 빛이 발 사이로 부서졌다. 고개를 든 전북항은 눈물로 흐려진 눈으로 술잔을 받쳐 든 소년의 모습을 바라보았다.

소년은 전북항의 앞에 한쪽 무릎을 접고 앉아 대단히 공손한 태도로 술잔을 그의 입가까지 가져다 대 줬다. 소년의 얼굴에 맺힌 미소는 평온하고도 깨끗했으며, 조금의 거리낌도 없이 환하게 빛나고 있었다.

그런 소년의 눈빛을 바라보며, 전북항은 속을 꽉 틀어막고 있던 울분이 서서히 녹아내리는 걸 느꼈다. 소년을 장작 창고에 가뒀던 일이 떠오르자 미안한 마음에 머쓱하게 웃어 버리고 말았다.

그는 전남성이 통령부에서 무엇을 보고 들었는지도, 꼭두각시 인형이 발견된 곳이 구선녀의 처소라는 사실도 알지 못했다. 만약 지금 자신에게 극진한 예를 다하고 있는 소년이 바로 일국의 친왕을 죽음으로 몰아넣은 장본인임을 알았더라면 웃음 따위가 나올 리 없었을 것이다. 아마 그는 당장 놈에게 달려들어 살점을 잘근잘근 씹어 먹겠다고 했을 것이다.

하지만 지금 그의 머릿속은 다른 생각으로 가득 차 있었다.

전남성, 결국은 나까지 죽이겠다는 것이냐. 그렇다면 나도 이제 못 할 일이 없지…….

술은 마시지 않고 웃음 짓던 그가 이내 소리를 낮춰 말했다.

"이미 나를 내친 자를 상대로 무슨 의리를 논할까. 맹 통령, 한 가지 귀띔해 줄 것이 있소. 기억해 둬도 좋고 그냥 잊어도 그만, 그저 내 마지막 선물이라 생각해 주오."

"예."

눈을 반짝 빛낸 맹부요가 얼른 대답했다.

"황제에게는 남들이 모르는 병이 있소. 매년 가을만 되면 반드시 도지는. 지금까지는 발작이 일어나면 사냥을 명목으로 남방에 내려가서 몸을 추스르고 돌아왔지만, 올해는 불가할 터. 무슨 방법으로 병을 다스릴지 모르겠군⋯⋯."

"아⋯⋯."

맹부요가 미소 지었다.

"거참 걱정스러운 일입니다. 대체 무슨 병이에요?"

"그건 누구도 알지 못하오. 내가 아는 것이라고는 우리 집안이 황궁에 입성하기 전까지는 없던 병이라는 사실뿐이오. 부황께서 천하를 얻으신 후부터였지⋯⋯."

말을 멈춘 전북항이 맹부요가 입가에 대 준 술잔을 비우고 나더니 다시 입을 열었다.

"그래도 장군이 마지막 길을 배웅해 주니 진실로 고맙소."

그의 눈을 내려다보던 맹부요의 눈동자가 일순 흔들렸다. 본래는 술 가지고 온 김에 진상을 낱낱이 알려 줘 뒷목 잡고 넘어가게 만들려 했건만. 고마워서 울먹이는 표정을 보고 있자니 어차피 죽을 목숨, 굳이 그렇게까지 할 필요가 있나 하는 생각이 들었다. 비록 본인만의 착각에 불과할지언정, 마지막으로 따뜻한 기억 한 토막이나마 품고 가게 두거든 다음 생에는 좋은 사람으로 태어날 수도 있지 않을까.

맹부요는 빈 잔을 챙겨 끝까지 웃으면서 밖으로 물러났다.

들춰졌던 죽렴이 도로 처져 내려 소년의 가냘픈 형상을 스르르 가리매, 자잘한 대오리 틈새에 채 처진 그림자 속에서 그 수려한 이목구비가 언뜻 드러난 찰나. 모든 배경이 흐릿하게 멀어지고 오로지 빗줄기 너머 투명하게 반짝이는 눈빛만이 세상에 남았다.

그 눈빛에 깃든 것은 제비의 기민함과 참매의 맹렬함. 부슬비에 젖어 어둑어둑한 가을날을 배경으로 반짝이고 있는 소년의 눈빛에서 묘한 기시감이 느껴지는 것은 왜일까.

전북항은 미간을 찌푸리면서 머릿속을 더듬었다. 횃불이 활활 타오르던 어느 밤, 황궁 심처, 냉소를 머금은 채 마필 앞에 서서 자신을 쏘아보던 소녀의 눈빛이 순간 뇌리에 박혔다.

그 눈⋯⋯, 그 눈⋯⋯.

머리 위에 이고 있던 겨울 호수 바닥이 갑자기 갈라지면서 얼음장 같은 호수 물이 우르르 쏟아져 내린 양, 그는 가슴 깊숙이 뻗쳐 들어오는 한기를 느꼈다.

전북항은 펄쩍 지면을 박차고 일어났다. 그 무거운 족쇄와 수갑을 매달고서.

그러고는 소리쳤다.

"너는⋯⋯."

촤앗!

칼날이 번뜩, 허공에 명주 폭 같은 은빛 반원을 그리더니 날카로운 바람 소리와 함께 아래로 떨어졌다. 그 순간, 전북항의 세계는 칼날의 싸늘한 온도에 지배당했다.

열 자 높이까지 솟구쳤던 선혈이 사면에 둘러쳐진 죽렴에 튀어 주르륵 흘러내리면서 핏빛 흥건한 그림을 그려 냈다. 세로 선은 험준한 산세, 가로 선은 물결 넘실대는 창해.

그것은 저승의 망혼이 그려 낸, 핏빛 강산이었다.

뒤엉킨 둘의 마음

용의 아들이 흘린 피로 배를 채운 낙룡대가 가을비 속에서 고요를 회복한 후, 맹부요가 사건에 연루될 위험을 무릅쓰고 전북항의 마지막을 배웅했다는 사실을 일찌감치 전해 들은 전남성은 감독관들로부터 정식 보고를 받을 때도 역정을 내기는커녕 오히려 안심한 기색을 내보였다. '역시 박정한 놈은 아니로구나.' 하면서.

맹부요는 차가운 눈빛 아래로 입꼬리를 비틀어 올렸다. 그건 어디까지나 제왕술에 불과했다.

온 천하를 통틀어 제일 의뭉스러운 어느 제왕 꿈나무랑 날마다 부대끼고 사는 사람이 바로 나란다. 돼지고기 못 먹어 봤다고 돼지 뛰어다니는 것도 못 봤겠니? 내가 그 인간 상대로는 아직 수준 미달이어도 네놈 하나 요리하는 것쯤은 식은 죽 먹기란 말이다.

말을 타고 귀가하는 길, 황궁에서 통령부까지 가려면 거쳐야 하는 자죽림은 반도성 중심지에서 유일하게 인적이 드문 곳이었다. 울창하게 우거진 대나무가 비바람에 흔들리면서 이슬방울을 떨구고 있었다. 그 청아한 소리에 듣는 이의 마음 또한 즐거워졌다.

죽림 사이로 난 오솔길을 따라 말을 몰며 숲의 소리에 귀를 기울이던 맹부요가 말했다.

"반도에 몰아치는 풍파 속에서 딱 한 군데 조용한 곳이 있다면 바로 여기일 거야."

그런데 등 뒤가 어째 잠잠했다. 맹부요는 미간을 찌푸렸다.

철성이야 원래 말이 없는 편이라지만, 요신은 냉큼 맞장구칠 때가 지났는데? 알랑방귀로는 일인자인 철면피가 웬일로?

눈을 드는 찰나, 앞쪽 댓잎 위에서 미세한 이슬방울이 도르르 굴러 내리는 게 눈에 들어왔다. 물방울이 반짝 빛나는 동시에 표면에 맺힌 것은 분홍빛 사람 형상.

맹부요는 즉시 허공으로 솟구쳤다. 말 등을 손바닥으로 치면서 몸을 띄운 그녀가 앞쪽으로 날아가는 사이, 주위 댓잎들이 '쐐액' 하고 일제히 후방을 향해 쏘아져 나갔다.

하지만 그것도 잠시, 댓잎은 중간까지 가다 말고 방향을 홱 꺾더니 거꾸로 맹부요를 향해 달려들었다. 수천 개의 칼날, 수만 개의 바늘 같은 댓잎 중 절반가량은 정확히 맹부요의 등을 노리고 있었다.

그녀는 미꾸라지처럼 신형을 옮기면서 한 바퀴를 빙그르르 돌아 칼날 같은 댓잎들을 일단 흘려보냈다. 그녀는 손을 뻗어 허공에서 댓잎을 한 무더기로 뭉쳤다. 연초록과 노랑이 섞인 잎사귀들을 손바닥 아래, 공처럼 띄워 놓은 상태에서 분홍빛 형상을 향해 방긋 미소를 보냈다.

"태연, 남녀칠세부동석이라는 말은 가르쳐 준 사람이 없었나 봐?"

뻣뻣하게 굳은 요신의 등 뒤에서 태연이 고개를 내밀었다.

뽀얀 살결 아래로 복숭앗빛 혈색이 비치는 저 앳된 얼굴에 머리 모양은 성숙한 타마계[3]라니, 아무리 봐도 어색한 조합이었다.

태연이 찡그린 표정으로 맹부요를 쳐다보며 말했다.

"남자고 여자고, 여기 있는 것들은 내 눈에 다 버러지로 보일 뿐이다."

"진짜?"

맹부요가 몹시 의외라는 듯 대꾸했다.

"그럼 지금 버러지의 허리를 끌어안고 있다는 건데, 그 자세에서 버러지 어깨까지도 키가 안 닿아? 이야, 너 되게 앙증맞게 아담하다."

태연의 영채 도는 눈동자가 맹부요를 흘겨봤다.

---

3 墮馬髻. 말에서 떨어진 뒤의 머리라는 뜻으로 비스듬하게 기울인 머리 모양. 후한 때 권신 양기의 아내 손수가 개발했다고 전해진다.

"지금 시비 거는 건가? 나한테 시비 걸면 어떤 대가를 치르게 되는지, 아무도 안 가르쳐 줬나? 그리고 내 키가 이놈보다 작다고? 이놈을 죽여 버려도 내가 더 작을까?"

맹부요가 즉각 칼을 내질렀다. 그녀가 시천을 뽑아 든 건 이미 태연의 입에서 '이놈을 죽여 버려도'가 나왔을 때의 일이었다. 새카만 칼날이 번뜩 빛을 발하며 태연을 향해 쇄도했다.

콧방귀를 뀐 태연은 무심히 손을 들어 공격을 막으려 했다. 그런데 이게 웬걸, 칼이 허공에서 기습적으로 방향을 바꾸더니 그녀가 탄 말의 다리를 노리는 것이 아닌가.

칼자루가 말 다리를 후려치자 뼈가 빠개지는 소리가 났다. 허초를 미처 읽어 내지 못한 태연은 준마가 날카롭게 울며 무릎을 꿇는 통에 휘청 균형을 잃고 말았다. 탁월한 순발력의 소유자인 그녀는 몸이 기울어지는 동시에 허공으로 날아올랐다. 손아귀에는 여전히 요신을 붙들고 있었다.

맹부요가 팔을 뻗어 무언가를 잽싸게 대나무 꼭대기에 꽂았다. 태연은 무의식적으로 위를 올려다봤지만, 키가 키인지라 나무 꼭대기까지는 눈길이 닿질 않았다. 하는 수 없이 요신의 몸뚱이를 발판 삼아 다시금 몸을 날렸다.

그 순간 태연의 발밑을 휙 스치고 지나는 바람이 느껴졌다. 맹부요가 날래게 뛰어들어 요신을 낚아채 간 것이다.

대나무 꼭대기에 꽂힌 게 한낱 이쑤시개였음을 확인한 태연은 낯빛이 대번에 푸르딩딩해졌다. 그녀는 그 즉시 몸을 틀어 가느다란 댓잎 위에 올라서더니 생긴 것과는 전연 딴판인 표정으로 맹부요를 노려봤다.

"약아 빠졌군. 하지만 고수끼리의 대결에서 얕은수는 쓸모가 없는 법이다."

맹부요는 빙글빙글 웃으며 상대를 마주 봤다.

요 난쟁이 좀 봐라, 무공은 고강할지 몰라도 경험 부족인 게 딱 티가 나네.

이제 부상도 거의 회복되어 가겠다, 지금 가진 파구소 공력 정도면 대등한 싸움이야 충분히 하겠다만, 굳이 뭐 치고받을 필요까지 있나?

'장손무극이 하는 일이라면 뭐든 훼방을 놔야 직성이 풀리는' 저 성질머리를 반대로 이용할 수도 있지 않을까?

"여기서 길 막고 뭐 하자는 건데?"

맹부요가 피식 웃었다.

"내 목이라도 따게? 아니면 싸대기 한 대 더 날리게? 그게 목적이라면 불필요한 헛소리는 왜 또 그렇게 주절주절 늘어놓은 거야?"

"내가 널 뭐 하러 죽이지?"

태연은 무표정한 얼굴이었다.

"중도에 굴러 들어온 장손무극과 달리 난 사문의 정통을 계승한 몸이다. 사문의 적이 아닌 이상에는 살생을 행하지 않아."

그 소리에 맹부요가 반색하는 찰나, 태연의 말이 이어졌다.

"너를 통해 장손무극에게 전할 말이 있을 뿐이다. 존사께서 묻고자 하는 게 있으시다니 정신 차리고 들으라고 해."

저게 뭔 소리야.

맹부요가 의아하다는 투로 물었다.

"그 존사라는 분이 여기 오셨어?"

"아니."

"그럼 뭘 어떻게 들으라고."

"넌 말만 전하면 돼."

태연이 성가신 기색을 내보였다.

"왜 본인이 직접 안 알려 주고?"

성가시건 말건, 그게 맹부요가 알 바는 아니다. 눈빛이 어두워진 태연이 한참 만에야 입을 열었다.

"한 번만 더 캐물어 봐, 진짜 죽여 버릴 테니까."

"안 물어보면 될 거 아니냐고."

맹부요가 어깨를 으쓱했다.

"태연 소저, 수련 열심히 하시고 사형을 해치울 날이나 열심히 기다리세요. 쓸데없이 남 일에 분탕 칠 궁리 말고. 아, 하나 더. 내 목숨을 노리더라도 입궐해 있을 때 대전까지 쳐들어와서 폐하를 기겁시키고 그런 짓은 하지 마. 그분은 내가 꼭 지켜 드려야 되거든."

그러자 태연이 살벌하게 쏘아붙였다.

"어디서 이래라저래라 명령이야?"

곧이어 팩 돌아서서 자리를 뜨는가 싶던 그녀가 몇 발자국 가지 않아 갑자기 맹부요 쪽으로 몸을 틀었다.

"너, 본인이 장손무극의 황후가 될 수 있을 줄 알지?"

태연의 묘한 눈길이 맹부요에게 머물렀다. 깊고도 싸늘한, 심연 바닥에 잠긴 옥석의 파편 같은 눈빛이 맹부요의 눈을 예리하게 파고들었다. 태연이 말을 이었다.

"가여운 것."

상대의 눈빛 탓에 기분이 상당히 뒤숭숭해진 맹부요가 자기 얼굴을 가리키며 물었다.

"나? 내가 가여워?"

태연은 한 번 더 무심한 눈길을 던진 후 몸을 날려 모습을 감췄다. 맹부요만 홀로 남아 멍하니 하늘을 올려다보도록 내버려 둔 상태였다.

다음 순간, 등 뒤에서 댓잎이 바스락거리는 소리와 함께 은은한 향내가 전해졌다. 맹부요가 고개도 돌리지 않고 말했다.

"또 마중 나왔어요? 내가 어린애도 아니고, 태연도 별거 못 해 보고 그냥 갔다고요."

장손무극이 피식 웃음을 흘렸다.

"차라리 어린애를 밖에 내놓는 게 마음이 덜 쓰일 테지."

눈을 흡뜬 맹부요가 물었다.

"아까 그 말 들었죠? 무슨 소리예요?"

등 뒤의 장손무극은 대답이 없었다.

비 내리는 자죽림, 대숲에 잠긴 그에게서는 유난히도 더 그윽한 향내가 느껴졌다. 무슨 근심이라도 있는 건지, 오늘 그는 어째 넋이 나간 듯한 모양새였다.

잠시 후, 맹부요를 끌어당겨 품 안에 가둔 그가 나지막이 읊조렸다.

"부요, 우리는 언제쯤에나 같은 방향을 바라볼 수 있겠소?"

맹부요는 고개를 들어 그를 올려다봤다. 광채가 희미하게 명멸하는 눈동자가 보였다. 연보라색 비단 장포에 댓잎의 짙은 보랏빛이 드리워 사람 전체가 모호하게 얼룩진 느낌이었다.

장손무극의 가슴팍을 밀어내다가 문득 그의 불안정한 호흡을 감지한 직후, 맹부요는 갑작스럽게 기분이 착 가라앉았다. 그와 동시에 무언가 비릿하면서도 달콤한, 출처 모를 기운이 명치를 콱 틀어막는 걸 느꼈다. 실낱같은 한숨을 뱉은 그녀가 말했다.

"장손무극, 단념해요."

장손무극의 몸이 흠칫 경직됐다. 그에게서 아무런 말이 없는 사이, 잠깐 생각을 정리하고 난 맹부요가 작은 목소리로 말을 이었다.

"태연도 가만 보니까 그렇게 못된 것 같지는 않아요, 무공도 고강하고. 문제는 키가 좀……. 어휴, 당신한테 딱 어울리는 여자가 나타나 줘야 나도 마음이 놓일 텐데."

침묵을 지키던 장손무극이 홀연 웃었다. 평소의 온화함과는 거리가 먼, 시리게 날 선 웃음이었다.

장손무극이 별안간 소매를 떨쳐 맹부요를 밀쳐 냈다. 두 사람이 만난 이래로 장손무극 쪽에서 그녀를 밀어낸 것은 처음 있는 일이었다.

맹부요는 조용히 뒤로 물러섰다. 잠자코 고개를 숙인 채, 대나무에 등을 기댄 그녀는 아무런 말도 하지 않았다.

"맹부요…….."

장손무극이 그녀를 응시했다.

"멋대로 아무나 갖다 붙이려는 그 고질병이 또 도졌소? 지난번에 물에 빠져 보고도 정신이 덜 들었나 보군? 지금 배려랍시고 베푸는 그게 나한테는 얼마나 신랄한 비웃음으로 비치는지 정말 몰라서 하는 짓인가?"

씁쓸하게 웃던 맹부요가 짧은 간격을 두고 대꾸했다.

"진짜 아무나 갖다 붙여 줄 생각이었다면 불련을 그렇게 죽자고 물어뜯지는 않았겠죠."

그녀를 바라보는 장손무극의 입술 사이로 희미한 웃음이 흘러나오더니, 이내 그가 다음 말을 뱉었다.

"부요, 내 의사야 어떻든 나는 한 번도 그대가 가려는 길을 막아선 적 없었소. 그러니 역지사지로 그대도 내가 무엇을 쫓든 관여하지 않았으면 하오."

맹부요는 입을 꾹 다물고 하늘을 올려다봤다.

뭘 쫓든 상관하지 말라니……. 당신이 쫓는 그게 바로 나니까 문제가 되는 거라고.

틈만 나면 애정 공세에, 만져 대고 끌어안고, 누군 뭐 나무토막인 줄 알아? 하물며 나무토막도 모래 구덩이에 빠질 때가 있는데 멀쩡히 살아 있는 내가 무슨 재주로 당신이 쳐 놓은 함정을 당해 내. 당신이야 말은 쉽지, 참는 나는 얼마나 힘겨운지 알아? 하도 안간힘을 다해 버티느라 이제 악문 이도 시리고, 힘 들어간 뼈마디도 아프고, 생리 주기도 엉망진창이고, 호르몬 분비도 줄었단 말이다……. 나는 뭐 쉽겠냐고!

지금 그녀의 눈앞에서 대숲이 드리운 그림자에 잠겨 있는 남자는 그 무엇으로도 흔들 수 없는 천신처럼 존귀하고도 고요한 존재였다. 빈틈없이 완벽한, 천신과도 같은 남자는 상대에게 바치는 애정마저도 옥석처럼 견고했다. 세상 누구도 거기에서 흠결이나 잘못을 찾아내지는 못할 터.

그래, 그는 잘못한 게 없다.

그는 절대로 잘못할 리가 없는 사람이었기에, 잘못은 오롯이 그녀의 몫이 되었다. 무정한 것도 그녀요, 각박한 것도, 속없고 뻔뻔하고 매정한 것도 전부…….

맹부요는 눈을 찌푸리듯 감았다. 순간 짜증이 치밀었다.

나는 왜 하필 이 세계에 떨어졌을까? 왜 하필 저 남자를 만나야만 했을까? 어째서 애정과 무정의 수렁에 빠져 진종일 부득불 그를 밀어내면서 가책에 시달려야 하는 걸까?

아니 그보다, 대체 가책은 왜 느끼는데? 상처받은 건 나도 마찬가지잖아? 이도 저도 못 하는 내 쪽이 아파도 더 아프다고. 자기는 아무 생각 없이 여자 뒤꽁무니만 쫓아다니면 그만이면서. 뭐가 이렇게 불공평해! 이렇게나 불공평한 상황에…… 하, 역지사지?

빠드득, 이가 갈렸다. 속에서 영문 모를 악이 치받쳐 오르고 원망이 눈을 가려 무서울 게 없어졌다.

하루하루 정념에 치여 피차 고통받느니 모진 소리를 해서라도 아예 깔끔하게 잘라 내는 게, 그리하여 남은 상처는 시간에 치유를 맡기는 편이 인간적인 방식이리라.

그까짓 인연 끊는 것쯤 뭐가 어렵다고. 이 몸이 연애는 안 해 봤어도 연속극에서 본 게 얼마인데, 무슨 소리가 가슴에 가장 강하게 대못으로 꽂힐지 설마 모를까.

"장손무극, 쫓아다니는 것도 이제 지긋지긋하다고! 내 눈앞에서 좀 사라져 주면 안 돼요? 갚지도 못할 마음 계속 받으면서 평생 지독한 부채감에 시달리는 거 끔찍하니까 제발 나 좀 놔 줘요, 당신 자신도 놔주고! 자, 이게 내 진심이에요. 똑같은 말 두 번 안 해요. 고마웠고, 잘 가요. 앞으로는 다시 볼 일 없길 바랄게요."

역시 파구소는 이게 좋다니까. 폐활량 무지막지한 거 봐라. 감격스러워서 눈물이 다 난다……

'감격의 눈물'을 대충 훔쳐 낸 맹부요는 팔을 팩 뿌리치면서 뒤로 돌아 걸음을 옮겼다. 등 뒤 장손무극의 얼굴에는 눈길도 주지 않은 채.

그녀는 고개를 꼿꼿이 들고, 가슴을 당당히 펴고서 앞으로 나아갔다. 눈이 유달리 반짝거리고 턱을 과도하게 든 것이 혹시 모종의 액체가 아래로 흘러내리는 걸 막기 위한 자세가 아닌가 수상스럽기는 했지만.

발걸음을 일부러 힘줘 내디디면서도 그녀는 한 걸음과 다음 걸음의 간격마다 뒤쪽을 향해 귀를 쫑긋 세웠다. 그러나 등 뒤는 시종일관 물결 한 점 없는 호수처럼 잠잠하기만 한 게, 대나무 가지 흔들리는 소리조차 들려오지 않았다.

맹부요는 뒤를 돌아보고 싶어 죽을 지경이었다. 지금 장손무극은 어떤 표정인지, 뭘 하고 있는지, 확인하고 싶었다.

하지만 그녀는 고개가 돌아가지 않도록 자기 목을 단단히 틀어잡았다. 그러고는 한참 떨어진 위치에서 기다리고 있던 철성 일행의 곁까지 후다닥 도망가 신경질적으로 소리쳤다.

"출발해!"

그때, 등 뒤에서 바람이 일었다. 아주 가늘디가는 기류가 얇은 낙엽 한 장을 싣고서 발치를 빙그르르 휘돌더니 발등에 살포시 올라앉았다.

웬 바람이지? 저 뒤쪽에서 불어온 건가…….

맹부요가 황급히 고개를 틀었다. 순간, 대나무 숲 저편 짙은 자색 댓잎 사이로 자그마한 분홍빛 형체가 눈에 들어왔다. 냉소를 머금은 형체의 손에서 눈부신 빛이 번쩍했다. 그 광채가 노리는 것은 아까부터 묵묵히 한자리에 서 있던 장손무극의 등!

맹부요는 즉각 몸을 날렸다. 무시무시한 기세였다. 성난 표범처럼, 광분한 사자처럼, 산을 뛰어 내려오는 암호랑이처럼, 그녀가 돌진하는 궤적을 따라 댓잎이 하늘 가득 날아올라 진보랏빛 휘장처럼 펼쳐졌다가 궤적 뒤에 남은 맹풍에 휩쓸려 둥그렇게 뭉친 채로 후방을 향해 내동댕이쳐졌다.

새카만 칼끝이 그녀의 신형보다 한발 앞서 뻗어 나갔다. 적이 가진 기묘한 형태의 담청색 무기를 어떻게든 막아 내야만 했다. 사력을 다해 칼을 내지르는 동작은 그녀의 뼈마디에서 '까드득' 하는 마찰음을 끌어냈다. 비록 미세한 울림에 불과했으나 정적 속에 울리는 그 소리는 흡사 작은 폭발성처럼 들렸다.

빌어먹을 계집애! 지금이라면 장손무극이 재깍 대응 못 할 걸 알고서!

다른 방향에서는 은위들도 필사적으로 달려오고 있었다. 그러나 태연이 공격을 개시하는 동시에 휘두른 소맷자락에서 엄청난 강기가 뻗쳐 나와서 맹부요보다 무공이 낮은 이들은 석장 이내로 접근 자체가 불가능했다.

차디찬 푸른색 검광이 등 중앙을 정확히 겨냥해 날아들던 찰나, 장손무극이 뒤를 돌아봤다. 그가 검광을 향해 손을 뻗었으나 태연과 맹부요 둘 다 그가 한발 늦었음을 확신했다.

한발 늦은 건 맹부요 역시 마찬가지였다. 너무 멀리 떨어져 있었던 게 문제였다.

써걱.

병기가 살을 뚫고 들어가는, 지극히 미세한 소리.

맹부요는 심장이 얼어붙는 기분이었다. 그와 동시에 태연의 날카로운 웃음소리가 울려 퍼졌다. 오만함, 후련함, 만족감, 쓰라림이 뒤섞인 웃음이었다.

"드디어 한 번 이겨 보는군!"

다음 순간, 장손무극의 등과 직각을 이루며 살을 파고들던 칼끝이 진행 방향을 돌연 바꿔 위쪽으로 들려 올라갔다. 단순히 칼을 꽂아 넣는 게 아니라 아예 등을 반으로 가르려는 의도였다.

유성처럼, 번개처럼, 시리게 번뜩이며 들려 올라간 칼끝이 핏방울을 흩뿌렸다. 칼끝은 일말의 망설임조차 없이 살갗을 갈랐다.

이어서 아무런 방해도 받지 않고 더 긴 직선을 긋기 직전, 칼날이 별안간 진행을 멈췄다. 맹부요가 맨손으로 칼을 붙들어 잡은 것이다.

손바닥에서 뚝뚝 쏟아진 선혈이 검신에 새겨진 홈을 타고 장손무극의 등에 난 상처까지 흘러 들어갔다. 한데 섞인 두 사람의 피는 이내 천천히, 진보랏빛 낙엽에 덮인 지면으로 떨어져 내렸다.

맹부요는 그 상황에서도 눈 하나 깜짝하지 않고 태연의 검을 구부려 부러뜨리려고 했다. 하지만 대체 재질이 뭔지 몰라도 검 표면은 몹시 미끄러웠고, 순간적으로 손이 헛나가면서 그녀의 손바닥에는 시뻘건 상처가 또 하나 입을 벌렸다.

격분한 그녀는 손을 쓰는 걸 집어치우고 아예 검신을 어깨로 들이받으려 했다. 아직 장손무극의 등에 꽂혀 있는 검을 힘으로 날려 버릴 심산이었다.

그때였다. 장손무극이 그녀의 몸을 잡아채 빙그르르 회전시키면서 자기 뒤쪽으로 끌어다 났다. 그 동작으로 인해 칼끝이 등을 더 깊숙이 파고들자 상처에서 선혈이 울컥울컥 솟구쳤다.

연보라색 비단 장포가 짙은 보랏빛으로 물드는 걸 본 태연은 흠칫 손을 떨었다. 태연의 눈빛이 흔들리는 바로 그 찰나, 장손무극이 소맷자락을 떨쳤다.

눈 깜짝할 사이에 견고한 벽처럼 굳어진 비단 옷자락이 묵직하게 날아가 검신을 후려치자 기묘한 진동이 몇 차례 이어졌다. 태연은 손에 힘이 탁 풀리는 걸 느꼈다. 느슨해진 그녀의 손아귀에서 검을 가로채 틀어쥔 장손무극이 그대로 팔을 번쩍 들어 올렸다.

번갯불 같은 검광이 허공을 갈랐다. 검이 향한 곳은 태연의 급소가 아니라 얼마 떨어지지 않은 곳에 있는 연못이었다.

태연은 급하게 연못 쪽으로 날아오르면서 허리를 축으로 몸을 회전시켰다. 사문에서 하사받은 검을 물에 빠뜨릴 수는 없었다.

이때 연못 가장자리 바위에 부딪힌 검이 아까보다 한층 빠른 속도로 그녀를 노리고 달려들었다. 태연은 다시 한번 수평으로 회전하면서 충돌을 피한 뒤 검을 낚아채려 얼른 손을 뻗었다.

그러나 바로 그 순간, 그녀는 뻣뻣하게 굳어 버리고 말았다. 장손무극의 손가락이 불현듯 다가와 미간을 지그시 누른 탓이었다.

피에 젖은 그의 손가락은 그녀의 미간에 새빨간 핏자국을 남겼다. 얼굴이 동글동글한 태연은 덕분에 영락없이 절간의 귀여운 선재동자처럼 보였다.

하지만 딱 하나, 눈빛만은 전혀 선재동자답지 않게 두려움에 질려 있었다. 질겁한 표정으로 장손무극의 손가락을 노려보며, 태연이 목을 쥐어짜며 말했다.

"겁도 없이 나한테 금지된 술법을……."

"또 잊은 모양인데 번천지翻天指는 기억만 봉인하는 것이 아니라 상대에게 일생 지워지지 않을 표식을 남기기도 하지."

그녀를 쳐다보는 장손무극의 눈길은 그저 무심하고 잔잔하기만 했다. 대번에 흙빛이 되어 버린 태연의 안색을 응시하던 그가 이내 손가락 끝에 힘을 실어 그녀를 밀어냈다.

"이거야말로 무엇보다 네게 어울리는 벌일 것 같군."

허공에서 휘리릭 회전해 댓잎 아래로 내려선 태연은 허겁지겁 이마를 문질렀다. 핏물은 닦여 나왔을지언정 미간에 남은 손자국은 지워지지 않았다. 선명한 진홍빛 얼룩 하나만으로도 사람 꼴이 우스워지는 건 순식간이었다.

낯빛이 하얗게 질린 태연은 금방이라도 울어 버릴 것 같은 얼굴로 땅바닥을 걷어차더니 말없이 팩 돌아서서 자리를 떴다.

한편, 지금 태연한테 신경 쓸 처지가 못 되는 맹부요는 바람처럼 장손무극에게로 뛰어가 그를 끌어안고는 몸 여기저기를 더듬었다.

"괜찮아요? 괜찮은 거……."

등을 더듬던 손에 피가 흥건하게 묻어 나왔다. 무서우리만치 붉은 그 색채에 기겁한 그녀는 일순 목소리마저 잠겨 버렸다. 그녀는 입술이 달싹달싹 떨리는 와중에도 일단 상처를 싸맬 붕대가 필요하다는 생각에 황급히 자기 옷을 잡아 뜯기 시작했다. 그러나 속절없이 떨리는 손가락은 그깟 옷자락 한 귀퉁이를 도통 찢어 내질 못했다.

그러다 문득 장손무극의 몸이 축 늘어진다는 느낌을 받은 그녀는 얼른 그부터 부축해 바닥에 앉혔다. 그래 놓고 다시 옷을 붙잡고 실랑이에 들어갔다.

이때 홀연 장손무극이 손을 뻗어 그녀의 손등을 가만히 내리눌렀다. 그의 손은 다소 차가웠고 검붉은 피에 젖어 있었지만, 그녀에게 닿는 손길만은 여전히 부드러웠다.

옷자락을 틀어쥐고 있던 그녀의 손을 살며시 잡아 옆으로 옮겨 놓은 그가 손등으로 그녀의 얼굴을 쓸어내렸다. 그러자 투명하게 반짝이는 물방울이 묻어 나와 그의 손가락을 타고 굴러내리면서 핏물을 옅은 분홍빛으로 희석시켰다.

얼떨떨하게 그의 손가락을 내려다보고 있던 맹부요는 눈가에 손등을 갖다 대 본 후에야 자기 얼굴이 눈물로 온통 엉망이라는 걸 깨달았다. 순간, 가슴속이 시큰해졌다.

감정이란 이토록 자기 의지에 반하는 것이었던가. 아무리 죽을힘을 다해 버텨 보려 해도, 아픔 앞에서는 결국 눈물이 흘러버리고 마는가.

그녀가 손등에 묻어 나온 물기를 멍청히 쳐다보고 있는 사이, 눈에서는 아까보다 훨씬 격해진 눈물이 왈칵 솟구쳐 올랐다. 그녀는 눈물을 흩뿌리며 장손무극의 품 안으로 뛰어들어서는 목 놓아 통곡했다.

"내 잘못이에요, 내가 잘못했어요……. 왜 그랬는지 모르겠는데 순간적으로 내 정신이 아니었어요. 대체 무슨 헛소리를……. 잘못했어요……. 한 대 쳐요, 때려요, 때려도 돼……."

그녀는 눈물이 펑펑 쏟아지는 와중에도 등의 검상을 손으로 틀어막으려 애썼다. 또한 자신과 장손무극의 옷섶을 정신없이 뒤져 금창약을 찾아낸 뒤 그 귀한 환약을 장손무극의 입에 마구잡이로 밀어 넣었다. 손바닥에 난 상처가 아마 가슴에도 똑같이 그어졌는지, 가슴속이 온통 베이고 찢겨 너덜너덜했다.

베인 자리에서 울컥울컥 뿜어져 나온 피에 시뻘겋게 젖은 심장이 미친 듯이 빠르게, 그러면서도 한없이 느리게 뛰고 있었다. 사실 그녀는 지금 자기 심장이 어디쯤 가서 붙어 있는지조차 알지 못했다.

하지만 정작 품에 안겨 있는 장손무극은 미소 띤 표정이었다. 눈물 묻은 손가락을 자기 입술로 가져가 그 엷은 소금기를 음미하던 그가 손을 뻗어 그녀의 머리카락을 몇 차례 쓸어내리더니 다소 피로한 기색으로 눈을 감으며 말했다.

"한숨 자야겠소……."

눈을 감은 그는 정말로 잠에 빠지는 모양새였다. 그의 창백한 얼굴과 굳게 닫힌 눈꺼풀 가장자리의 긴 속눈썹이 눈동자에 박히는 순간, 맹부요는 전차가 가슴을 밟고 지나간 듯 아니면 가슴에 벼락이 떨어진 듯한 느낌을 받았다.

서……, 서……, 서……, 서……, 설마, 죽은 거 아니지?

덜덜 떨리는 손이 장손무극의 손목 맥소로 향했다. 도무지 잡히질 않는 맥을 몇 번이고 더듬고 또 더듬어 겨우 찾아낸 맹부요는 긴 한숨과 함께 물먹은 솜처럼 축 늘어져 버렸다.

축축하게 젖은 댓잎 위에 늘어져 있자니 머릿속이 아득해졌다. 뭘 해야 좋을지 알 수가 없었다.

그때 은위 하나가 다가와 장손무극을 안아 들려고 했다. 맹부요는 순식간에 냉정을 회복하고 상대를 밀어내며 말했다.

"내가 해요."

내 잘못이니까.

❀

장손무극과 맹부요는 냉전기에 돌입했다. 물론, 보다 정확한 표현을 찾자면 이렇게 말해야 옳을 것이다.

장손무극 볼 낯이 없는 맹부요가 그를 피하고 있다고.

그녀는 날이면 날마다 처마 위에 드러누워 처량하게 술이나 푸면서 달에다 대고 가사 한번 괴상망측한 노래를 불러 젖혔다. 그러다가 술기운이 얼큰하게 오르면 지붕 위에서 그대로 곯아떨어져 밤중에 이불을 찬답시고 기왓장까지 같이 걷어차 날려 버리곤 하는 것이었다.

장손무극은 아직 몸조리 중이었다. 부상이 꽤 심각한지라 한동안은 자리보전이 불가피한 상황.

종월과 운흔에게는 그녀를 끌어 내릴 재간이 없었고, 장손무극네 애완동물 녀석은 요 며칠 오다가다 그녀를 마주쳐도 팽하니 본체만체였다.

맹부요는 하루하루 술로 번민을 달래면서 생각하고 또 생각해 본 끝에, 아무래도 그날 일에는 석연치 않은 구석이 있다는 확신을 얻었다.

난데없이 이성을 잃을 만큼 분이 치밀었던 것도 이상했다. 물론 그날 입으로 뱉은 건 오래전부터 가슴 밑바닥에 억눌러 둔 생각들이긴 했지만, 그렇게까지 악에 받쳐 폭발한 건 나름 냉정한 편이라 자부하는 그녀와 어울리지 않는 행동이었다.

무언가 도화선이라 할 수 있는 요소가 작동했던 게 아니고서야……. 과연 뭐가 도화선이었을까?

장손무극이 한 말이었을 리는 없고, 아마 태연이었을 것이다. 기억 속 그날을 곰곰이 더듬어 본 결과 모든 의혹의 초점은 태연이 마지막 한마디를 하면서 보냈던 눈빛에 맞춰졌다. 당시에는 그저 묘한 눈빛이네, 했었는데 지나고 보니 그리 단순히 생각할 게 아니었구나 싶었다.

장손무극이 속한 사문에서는 세뇌술에 가까운 무공도 익힌다지 않던가. 그때 태연이 뭔가 수작을 부렸던 게 아닐까?

멀쩡히 길 가던 사람을 다짜고짜 붙들어 세울 때는 언제고 어째 아무 짓도 안 하고 돌아서더라니, 그게 다 의식 일부를 조종하기 위한 과정이었을 줄이야.

그러고는 방심한 자신을 이용해 장손무극에게 충격을 주고, 그 틈에 기습을 가한 것이다.

왜 진작 눈치를 못 챘는지!

장손무극 같은 인간을 만들어 냈을 정도의 사문이라면 출신이 같은 태연 역시 속에 구렁이가 백 마리는 들었을 게 뻔한데. 등신같이 실전 경험 좀 떨어진다고 지능까지 떨어지는 줄 알다니, 세상에 똥멍청이도 이런 똥멍청이가 다 있나!

똥멍청이 맹부요는 비로소 사건의 맥락을 완벽하게 파악해 냈지만, 그래 봤자 달라질 건 없었다. 그까짓 맥락 좀 읽어 냈다고 장손무극 등에 뚫린 구멍이 없던 일이 되는 건 아니니까.

다 자기 때문이었다. 자기가 장손무극을 무슨 꼴로 만들었는지만 생각하면 콱 죽어 버리고 싶은 마음뿐이었다.

맹부요라는 인간은 오로지 장손무극의 몸과 마음을 짓밟을 목적으로 세상에 존재하는 게 아닐까.

서글피 달을 바라보다가 건배하듯 술잔을 느릿느릿 들어 올린 맹부요가 중얼거렸다.

"항아[4] 이것아, 그러게 토끼긴 어딜 토끼냐. 달나라로 내빼더니, 시공 막 넘어 다니고 그러더니, 꼴좋다. 이제 집에 가고 싶어도 못 가지? 거기 붙들렸으면 붙들린 거지, 멀쩡하게 천봉원수 자리까지 해 먹던 저팔계는 왜 중놈 신세를 만들어 놔. 찔리지도 않든?"

"뭔 소리야."

누군가 그녀의 옆에 털썩 앉더니 술병을 빼앗아 입에 대고 꿀꺽 한 모금을 넘기고는 피식 웃었다.

"네가 집에 있던 술이란 술을 다 퍼마셔서 난 입맛만 다셔야 되잖아."

"집?"

맹부요가 초점 없는 눈으로 웅얼거렸다.

---

4 달에 사는 선녀의 이름. 남편을 배반하고 불사약을 훔쳐 먹은 뒤 달로 도망쳤다.

"나 집 같은 거 없는데."

"맹부요, 자기 마음이 머무는 곳이 바로 집인 거야."

아란주가 그녀를 향해 고개를 돌렸다. 두 눈동자가 흑진주처럼 반짝이고 있었다.

"여기가 네 집이라고."

"풉."

맹부요가 상대에게 돌려준 건 일그러진 웃음이었다.

"그 반응일 줄 알았다."

아란주가 포기했다는 듯 고개를 절레절레 저었다.

"며칠 전에 피 칠갑인 채로 장손무극 업고 뛰어 들어와서 목이 터져라 종월, 종월 찾던 게 누구더라. 식겁해서 숨넘어갈 뻔했다, 진짜. 난 또 비운의 연인끼리 동반 자살 시도라도 한 줄 알았네. 그때 화공을 데려다가 맹부요 네 꼴을 그림으로라도 남겨 놨어야 지금 이렇게 오리발을 못 내미는 건데!"

침묵을 지키던 맹부요가 잠시 후 고개를 허벅지 사이에 파묻으면서 부추 뜯듯 머리카락을 마구 잡아 뜯었다.

"빌어먹을, 미쳐 버리겠네……."

"그게 뭐라고 고민이야?"

아란주가 술병으로 그녀를 툭 쳤다.

"나한테 했던 말 잊었어? 현재를 살라며. 현재를 살아!"

"내가 지금 현재를 살아 버리면 그쪽은 남은 평생을 과거에 묶여 살아야 한다고……."

맹부요는 여전히 우는소리였다.

아란주가 듣다못해 기와지붕을 발로 쾅 내리쳐 구멍을 내더니 그 안으로 맹부요를 걷어찼다. 와장창 요란한 소리와 함께 꽥꽥거리는 욕질이 이어지다가 갑자기 정적이 찾아들었다. 쌍욕을 하던 주둥이가 아마도 누군가에게 틀어막힌 듯했다.

그러자 아란주가 구멍 가장자리에 몸을 바짝 붙이고는 미안한 기색이라고는 손톱만큼도 없는 투로 아래를 향해 소리쳤다.

"거기 밑에, 깔려서 어디 부러진 데는 없죠? 술 퍼마시고 잠을 자도 굳이 태자 전하 처소 지붕에서 자면서 입으로는 죽어도 아니라는 어느 뻔뻔한 인간 하나 걷어차서 내려보냈으니까 잘 접수해요."

따사로운 온기

맹부요는 아래로 곤두박질치고 있었다. 갑작스러운 데다 위력적이기까지 했던 아란주의 발길질은 연일 술에 절어 무뎌질 대로 무뎌진 맹부요의 반사 신경이 당해 낼 만한 수준이 아니었다. 덕분에 그녀는 몹시 보기 흉한 모양새로 팔다리를 허우적거리면서 추락하고 말았다.

흐리멍덩한 머리로도 부상자 위로 떨어지면 안 된다는 사실만은 그나마 알고 있는 게 다행이라면 다행이랄까. 공중에서 허리를 축으로 몸을 빠르게 회전시키며, 그녀는 반발력을 얻어 다시 솟구쳐 오를 요량으로 침상 위 휘장을 떠받치고 있는 지지대를 향해 발끝을 뻗었다.

장손무극의 얼굴을 어떻게 봐야 할지 엄두가 안 나는 이 시점에는 역시 지붕 위쪽이 나았다.

이때 휘장 지지대가 느닷없이 우지끈 부러졌다. 덕분에 허공을 디딘 맹부요는 일순 움찔했지만, 곧장 수평으로 회전하면서 이번에는 기둥을 짚어 보려 팔을 뻗었다.

그런데 다음 순간, 그 기둥 표면에 하얀 털 뭉치 하나가 불쑥 등장하질 않았겠는가.

털 뭉치의 새까만 눈동자가 바로 코앞까지 다가붙었다. 부릅 뜬 눈으로 서로를 노려보며 대치했다. 홀연 녀석이 '공중 돌아 물구나무서서 360도 틀기'를 시전해 발차기를 마구, 마구, 마구마구 쏟아 냈다.

짜악!

설탕물로 끈적한 앞발이 맹부요의 얼굴을 후려치더니 불의의 일격에 당해 거북이처럼 움츠러든 그녀를 인정사정없이 아래쪽으로 내리밟았다.

풀썩.

이불 위로 곤두박질쳐 숨넘어가기 직전의 물고기처럼 몇 번 펄떡거린 후. 맹부요는 몸 아래쪽에서 느껴지는 부드러운 온기에 허겁지겁 이부자리를 더듬었다. 장손무극을 깔아뭉갠 거 아닌가, 식겁해서였다. 이때 희미한 웃음소리가 들려왔다.

"어딜 더듬거리시나?"

나지막하고도 감미로운 음성. 밤의 어둠 속에서 마치 한 줄기 유연한 견사처럼 팔다리를 휘감아 나른하게 녹여 버리는 목소리였다.

흠칫 굳은 맹부요가 손을 움츠리면서 멋쩍게 웃음을 흘렸다.

"돈을 좀 잃어버리는 바람에 찾는 중인데 여기다 흘린 건 아닌가 봐요? 아이고, 본의 아닌 민폐를, 미안해서 어쩌나."

처음부터 끝까지 장손무극에게는 눈길 한 번을 안 준 그녀가 일어나 자리를 뜨려던 때였다. 몸이 휘청 침상으로 끌려가 눕혀지더니 묵직한 체중이 덮쳐 왔다. 특유의 은은한 향내, 그리고 약재 냄새와 함께.

맹부요가 '크윽.' 하면서 상대를 밀쳐 내려는데, 기력이라고는 하나도 없는 투로 말하는 소리가 들렸다.

"어디 밀쳐 보시오. 또 다치기밖에 더할까."

맹부요는 하늘을 올려다봤다.

장손무극, 이놈의 양심 압출기! 오냐, 밀치지는 않으마. 무식하게 힘 조절 못 해서 상처 건드릴라.

입꼬리를 비틀어 올린 그녀가 체중에 짓눌려 웅얼거리는 소리로 말했다.

"알았어요. 귀중품은 살살 다뤄야지."

하여, 살살 내려놓으려 했건만 이 인간이 남의 목덜미에 얼굴을 묻고는 한사코 버티다가 한다는 소리가.

"쉴 곳 잠깐 내어 주는 것도 안 되겠소?"

이 광활한 침상을 놔두고 왜 꼭 내 목덜미에 기대 쉬어야 되니?

절대 넘어가지 않으리라 결심한 그녀가 상대를 끌어 내리려는 찰나, 장손무극이 작게 읊조렸다.

"우리 사문의 무공은 전신의 모든 근육과 정혈을 빠짐없이 단련하기에 구석구석 진기가 흐르는 온몸이 곧 무기라오. 하지만 절정의 경지에 오르기 전에는 온몸이 약점이기도 하지. 쉬이 부상을 당하지는 않으나, 일단 다쳤다 하면 외상과 내상을 동시에 입는 셈인지라…….”

귓불 뒤쪽 잔머리가 그의 숨결에 날려 살갗을 간질간질 스쳤다. 맹부요는 몸을 살짝 옆으로 물렸지만, 마음이 점점 약해지는 건 어찌할 수가 없었다.

잠시 후, 그녀가 못 당하겠다는 양 속삭였다.

“얌전히 있기예요.”

희미하게 웃는가 싶던 장손무극이 소리 낮춰 말했다.

“부요, 그대가 나를 완전히 받아들이기 전까지는 아무 짓도 하지 않을 것이오.”

“하고 싶다고 할 수는 있을 것 같고요?”

뺨이 발그레해진 맹부요가 톡 쏘아붙였다.

“곽평융이라고 알죠? 당신 참고 자료예요.”

장손무극이 피식하면서 고개를 기울여 그녀의 살갗을 살짝 깨물었다. 맹부요가 ‘아앗!’ 하고 놀라는 사이에 그가 웃음기 섞인 질문을 던졌다.

“아까워서 그럴 수 있겠나?”

콧방귀를 뀐 맹부요가 고개를 반대편으로 홱 틀었다. 그러고는 한동안의 침묵 끝에야 조용히 입을 열었다.

“미안해요…….”

모로 누워 팔로 고개를 받치고서 그녀를 바라보고 있던 장손무극이 제대로 못 들었다는 양 반응했다.

"음?"

맹부요는 뻔뻔한 상대방을 향해 도끼눈을 한 번 뜨고서는 입을 딱 닫았다.

웃음을 흘린 장손무극이 손을 뻗어 그녀의 머리카락을 가지런히 정리해 주면서 말했다.

"드디어 그 말을 해 주는군."

"아니, 뭐, 그날 아주 틀린 소리만 했다는 건 아니고……."

맹부요가 툭툭거리면서 덧붙인 한마디 이후로 둘은 어둠 속에서 서로 마주 누운 자세 그대로 침묵에 빠졌다. 각자 나름의 근심사를 품은 채로. 지금 두 사람의 가슴속을 떠도는 것은 남녀 간 한순간의 정사보다 훨씬 장구한 상념이었다.

한참 뒤, 장손무극이 불쑥 물었다.

"누굴 그리 염려하는 것이오?"

맹부요의 답은 긴 간격을 두고서야 나왔다.

"엄마."

"어디 계시기에?"

이번 질문에 대한 답이 나오기까지는 더 긴 침묵이 필요했다.

"아주 멀리요."

그녀의 눈동자 안에 자욱하던 서글픔이 일순 물밀듯 쏟아져 나오는 것을 보며, 장손무극의 눈빛에도 희미한 아픔이 서렸다. 한참이 지나 그가 느린 말투로 물었다.

"부요, 내가 도울 수는 없겠소?"

116

맹부요는 침묵으로 답을 대신했다.

돕겠다고? 어떻게?

그건 너무 잔인한 짓이다. 자신이 걸으려는 길은 하늘을 거스르는 여정, 또 한 사람의 행복까지 그 길에 사장시키라는 말인가.

그는 오주대륙의 존귀한 황제로 살아야 옳다. 그게 바로 그녀가 무엇보다 원하는 바였다. 본인에게 가장 잘 어울리는 위치에서 온 세상을 굽어보고 천하의 풍운을 쥐락펴락하며, 아주 훌륭하고 훌륭한…… 황제로서.

맹부요는 눈을 가늘게 뜨고서, 용포를 입고 면류관을 쓴 장손무극과 그런 그의 옆자리에 어울릴 법한 황후의 모습을 상상해 보았다.

하지만 아무리 애를 써도 상상 속 황후의 얼굴은 도무지 또렷해지질 않았다. 누굴 넣어 본들 딱 떨어진다는 느낌이 안 든달까.

그녀는 더디고도 멍하게 실소를 흘렸다.

"근래 제대로 쉬지도 못했을 터인데 눈부터 붙이도록 하오."

장손무극이 그녀의 어깨를 토닥이며 다정다감하게 말했다.

"속 썩지 마시오. 그대가 괴로우면 나도 괴롭고, 둘이 합치면 괴로움도 두 배가 되는 셈이니 손해가 막심하지 않소?"

그 말에 맹부요가 웃음을 터뜨렸다. 장손무극이 그녀의 이마에 입술을 댔다.

"바보 같기는. 지금은 내가 무슨 말을 한들 듣지 않을 것이니……. 천천히 두고 보기로 하겠소."

맹부요는 마침내 사람 꼴로 돌아왔다. 술병을 집어 던지고 대신 새 장포를 척 걸치고서 위풍도 당당하게 출근하는 그녀의 뒷모습을 지켜보며, 한쪽에 쪼그리고 앉아 있던 아란주와 원보 대인은 눈빛을 교환했다. 그들이 서로의 눈동자에서 발견한 것은 똑같은 한마디였다.

"역시 매가 약이군."

맹부요가 말을 타고 달리면서 둘러본 반도성 거리는 지금까지와 마찬가지로 고요하고도 삼엄한 분위기였다. 하지만 그 고요 아래에서 혼란의 전조가 느껴지는 것은 어쩔 수 없는 일이었으니, 특히 성 동편 귀족들의 저택이 밀집된 구역에는 불안감이 뚜렷하게 감돌고 있었다.

허둥지둥 반도를 빠져나가려는 자들과 남의 눈을 피해 식량을 사들여 쟁이는 자들. 오랜 세월 평화를 누려 왔던 대륙 최강의 대국이 곧 도래할 한 사람으로 인해 혼돈으로 빠져들고 있었다.

맹부요는 고개를 들어 먹구름이 걷힐 줄 모르는 하늘을 올려다봤다. 자신 역시 어슴푸레한 불안감에 휩싸이는 것은 어째서일까. 감히 예견하지도, 감당하지도 못할 모종의 사건이 아주 먼 어딘가에서 천천히 꿈틀대고 있다는 느낌이 들었다. 비록 눈에 보이거나 손으로 만져지지는 않을지라도, 그 꿈틀거림은 폭우를 예고하는 먹장구름처럼 한없이 더디지만 절대 바뀌지 않을 방향성을 가지고서 자신을 향해 다가오고 있었다.

하지만 아무리 머리를 굴려 봐도 무언가 문제의 소지가 될 만한 요소는 떠오르질 않았다. 잠시 멍하니 정신을 빼고 있던 맹부요는 금세 채찍을 휘둘러 말을 몰았다.

반도성이 전투 대비에 돌입하면서 현재 황영 어림군과 금위군은 전원 집결해 출전 명령이 떨어지기만을 기다리는 중이었다. 기강을 이미 건넌 전북야의 창룡대군은 철저하게 참패한 조정군의 갑옷 잔해를 밟으며 무섭게 진격해 오고 있었다.

흡사 사막에서 달려 나온 늑대와도 같은 창룡대군은 무지막지한 전투력을 앞세워 그간 전쟁을 경험해 보지 못한 조정군을 인정사정없이 격파했다.

또한 군사들이 양민에게 위협을 가하는 행위는 엄격한 군율로 다스리고 있었다. 창룡대군은 포로를 사살하지 않고 자진 투항한 성읍은 너그러이 대우해서 극렬한 저항에 부딪히는 일 없이 쾌속 진군을 거듭했다. 이제 하루만 더 있으면 반도성 코밑에 당도할 상황이었다.

천살 조정에서는 며칠째 쟁론이 이어지고 있었다. 의제인즉슨, 남은 병력을 모조리 동원해 반도성을 거점으로 수성전을 펼치느냐, 아니면 도성에 주둔 중인 병력을 반도에서 60리 떨어진 단수성丹水城으로 이동시킨 뒤 군을 세 갈래로 나누어 전북야의 선봉대를 제압해 적이 반도까지 들이닥치는 걸 차단하느냐였다.

두 진영은 붉으락푸르락 목에 핏대를 세우는 건 기본에 팔을 걷어붙이고 주먹질까지 불사해 가면서 대립 중이었다.

이날도 상황은 크게 다르지 않았고 옥좌 위 전남성은 피로한 얼굴로 그 꼴을 내려다보고 있었다. 최근 전남성의 낯빛이 영 말이 아닌 것을 두고 사람들은 항왕이 역모를 꾸민 일로 인해 충격이 커서라고 생각했지만, 맹부요만은 속으로 냉소를 흘리면서 정확한 병인이 무엇일지를 이리저리 짐작해 보고 있었다.

쟁론의 주역들은 다들 국가 대사를 결정할 권한을 가진 1품 고관으로, 맹부요 같은 종3품은 감히 끼어들 깜냥이 못 되기에 그녀는 동료들 사이에 서서 한가로이 손톱이나 뜯고 있었다.

돌연 전남성이 그녀를 호명했다.

"맹 통령의 의견은 어떠한가?"

순간 입을 딱 다문 신료들이 일제히 그녀 쪽으로 고개를 돌렸다. 쏟아지는 눈길의 절반은 호기심, 나머지 절반은 경멸이었다.

저 얼간이 놈이 뭘 안다고.

"예?"

얼른 손톱을 감춘 맹부요가 서 있던 줄 앞쪽으로 나서서 공손히 아뢰었다.

"폐하의 위엄이 거룩하시니 단수에서든 반도에서든 출정만 했다 하면 파죽지세로 대승을 거둘 것이 확실시되는바, 역적의 무리는 그 기세에 눌려 당장 줄달음질로 내뺄 것이옵니다."

"쯧!"

신료 전원이 동시에 맹부요를 외면했다.

염치가 없어도 유분수지!

전남성이 몹시 피로한 기색으로 미간을 문지르면서 말했다.

"맹 통령, 솔직하게 말해도 좋네."

"역시, 낳기는 부모님이 낳아 주셨을지언정 제 속을 알아 주는 건 폐하뿐이시라니까요."

맹부요가 입꼬리를 씩 말아 올렸다.

"그럼 솔직히 말합니다?"

전남성이 씁쓸하게 웃으며 고개를 끄덕였다.

맹부요가 신료들을 향해 홱 돌아서더니 팔을 크게 휘둘러 커다란 원을 그리면서 외쳤다.

"맹추 떼거리 같으니!"

신료들의 얼굴이 새파래졌다.

아니 이놈이 어디다 대고 다짜고짜 욕질을?

그 즉시 중서대신 3인 중 하나인 해예奚睿의 입에서 호통이 터져 나왔다.

"맹부요, 어느 안전이라고 시건방을 떠는 것이냐!"

층계 위로 훌쩍 뛰어오른 맹부요가 상대의 면전에 대고 삿대질을 했다.

"이봐, 영감탱이. 폐하께서 솔직하게 말해 보라는데 타박을 줘서 사람 입을 틀어막으려 들어? 황명에 불복하겠다는 건가? 이 시점에 황명에 반기를 드는 저의가 대체 뭐지? 역심이라도 품은 거 아니야? 그 역심을 품게 된 배경인즉슨 역적 전북야한 테 가서 붙을 생각에⋯⋯."

해예 영감은 가슴팍을 부여잡고 쿨럭거리면서 금방이라도 쓰러질 듯 비틀댔다. 1합을 채 버티지 못하고 완패한 것이다.

전남성의 미간이 막 구겨진 찰나, 맹부요가 옷자락을 휘날리며 다시 그를 향해 돌아서더니 우렁찬 소리로 입을 열었다.

"폐하, 어느 쪽이고 쓸 만한 계책이 못 됩니다!"

장내가 크게 술렁이는 가운데 황영 총통령 사욱이 냉소 섞어 물었다.

"하면 맹 통령에게는 따로 고견이 있나?"

"제 고견으로 말할 것 같으면."

맹부요가 얼굴색 하나 변하지 않고 대꾸했다.

"60리 밖 단수성까지 가서 적을 기다리는 것은 반도를 위험에 덜렁 내던져 놓는 짓입니다. 적이 병력을 갈라 우회로를 타는 순간 반도성은 바람 앞의 촛불 신세가 될 테지요. 더군다나 반도는 천하에서 제일가는 군사적 요충지로 굳건한 성벽과 강력한 화포를 보유하고 있는 난공불락의 요새인 것을, 이런 곳을 버리고 군이 단수까지 가서 수성전을 전개하겠다뇨? 황당한 소리입니다!"

전남성이 고개를 끄덕이자 단수성 쪽을 밀던 해예가 벌겋게 달아오른 얼굴로 버럭 소리를 질렀다.

"그러니까 결국은 반도성에서 버티자는 게 아니야? 그게 지금껏 나온 이야기와 뭐가 다르다는 게야!"

"버티는 것도 방법 나름인 것을!"

맹부요가 그를 향해 주먹을 휘두르는 시늉을 했다.

"이 중에 전북야 휘하의 병력이 어떤 식으로 조직되어 있는지 상세히 뜯어본 사람 있습니까? 주력 부대는 사막 기병대가 맞지만, 그 밖에도 동맹군 두 갈래가 더 붙어 다닙니다. 사태 초반에 전북야에게 투항한 금언부와 명륜부의 도독들이지요. 두 역적 놈 모두 전북야에 대한 충심이 대단하고 그의 왼팔과 오른팔을 맡고 있기도 한데, 설마 다들 처음 듣는 이야기는 아니겠지요?"

"그딴 건 알아서 뭐?"

누군가 꿍얼거렸다.

"어찌 됐든 주력은 창룡군이고, 전력이 무시……."

"퉤! 제 모양 빠지는 줄은 모르고 남이나 빨고 앉아 있긴."

맹부요가 침을 뱉었다.

"힘으로 안 되거든 머리를 써야지, 머리를."

"이제는 머리 쓰는 법까지 알려 주시겠다?"

또 다른 누군가가 코웃음을 쳤다.

"적장을 쓰러뜨리려면 수하들의 사기를 먼저 꺾어야 하는 법. 금언부와 명륜부 도독은 자기 군대를 이끌고서 한 지방을 관할하던 고관이고, 그런 경우 관례에 따라 가솔들은 도성에 남게 되니……."

맹부요의 입가에 음험한 미소가 번졌다.

"성곽에 끌고 올라가 목을 치는 겁니다!"

장내가 물을 끼얹은 듯 조용해졌다.

저런 독한 놈을 보았나!

물론 딴지를 거는 자도 있었다.

"두 도독이 대의를 위해 희생……. 어, 음, 아니, 식구들이야 죽든 말든 나 몰라라 할 수도 있지 않소? 게다가 한낱 지원 병력에 불과한 자들 좀 빠진다고 국면 전환이 가능할 것 같지는……."

"아니, 여기서 도독들이 왜 나옵니까?"

맹부요가 눈을 동그랗게 떴다.

"제 목적은 전북야입니다만? 창룡군은 다들 북방 출신 열혈남아라지 않습니까. 대단히 용맹한 동시에 의리를 그 무엇보다도 중히 여기는 자들, 맞지요? 만약 본인과 은의를 나눈 바 있는 두 도독의 가족을 성곽 위에 끌어다 놓는다면 전북야는 어떤 결단을 내릴까요? 군을 퇴각시키면 다 된 밥에 코 빠뜨리는 격, 그대로 버티면 설사 두 도독은 아무 응어리도 원망도 없이 계속 그를 따른다 해도 앞으로 수천수만 정예 병력을 무슨 낯으로 통솔할 것이며, 자신을 위해 피와 눈물을 쏟고 혈육마저 잃은 형제들을 어찌 마주하겠습니까? 그 휘하의 열혈남아들은 과연 그토록 박정한 주군을 위해 목숨을 걸려고 할까요?"

모두가 말없이 '흐읍' 하고 숨을 들이켰다.

실로 무덕하고도 악랄하도다, 아예 한 가문을 몰살할 생각을 하다니!

민풍이 순박한 천살국은 광명정대한 진짜배기 대장부가 대접받는 나라였다. 아무리 전쟁터에서는 간계도 흉이 되지 않는다지만, 천살국 무장들이 보기에 죄 없고 힘없는 이들을 잡아다가 사람 속에 비수를 꽂는 종류의 계책은 그야말로 수치스러운 짓이었다.

물론 문관들의 경우에는 궁리해 내지 못할 것도 없는 수단이기는 했으나, 그렇다고 대뜸 위에 아뢰었다가는 사서의 가차없는 평가에 난도질당해 길이길이 오명을 지고 가야 할 게 뻔했다.

더군다나 본인들은 조정 신료로서 앞으로 어느 누굴 또 황제로 모시게 될지 모르는 처지 아닌가. 하여, 계산 빠른 이들은 머릿속에 떠올리고도 입에 담지 않았던 계책을 얼치기 통령 놈이 오늘 이 자리에서 적나라하게 떠들어 버린 것이다.

사욱이 피식 웃으며 말했다.

"금언부와 명륜부 도독은 설마 바보 천치라서 가솔들을 미리 빼낼 생각을 못할까?"

맹부요가 그를 비스듬히 쏘아봤다.

"말투를 듣자 하니 두 도독의 집에 벌써 다녀오셨나 봅니다? 아무도 없던가요? 거기까지 미리 궁리해 놓고서 폐하께는 왜 아뢰지 않으셨는지요?"

사욱은 낯빛이 하얗게 질렸고 옥좌 위의 전남성은 눈을 번뜩 빛냈다.

맹부요가 웃으면서 말을 이었다.

"사실 두 도독의 가족이 도성에 있느냐 없느냐는 중요하지 않습니다. 아무 아낙들이나 데려다가 어린애랑 같이 성곽에 올려보내고서 가솔이라고 하면 그만인걸요. 두 도독이 아니라고 우기거든 아낙들은 '서방님' 부르면서 눈물 좀 짜게 하고, 어린애들한테는 '아부지', 노모 역할한테는 '아이고, 내 새끼' 몇 번 시키는 겁니다. 도독들이 긴긴 행군길을 설마하니 식구들이랑 같이 오지는 않았을 거 아닙니까? 설령 그렇다 한들 일반 병사들이 꼭 그 사실을 알고 있으리란 법은 없고요. 사람이란 원래 자기 눈앞에 보이는 것에 더 신빙성을 느끼게 되어 있거든요. 수천수만 병사들이 볼 때는 성루 위에서 엄청 현실적으로 울고 불고하는 사람들이 진짜 가족이 아닐 리가 없잖아요? 도독이 부정해 봐야 그건 그냥 대의를 위한 희생으로 비칠 뿐일 테죠. 그런데 말입니다, 도독의 부정은 대의를 위해서라지만, 전북야의 부정은 과연 무엇으로 받아들여질까요? 하하, 생각해 보십시오. 가짜들인 줄 뻔히 알면서도 그 앞에서 이러지도· 저러지도 못하다가 결국에는 물러날 수밖에 없는 상황을. 전북야 그놈, 아주 그냥 분해서 피를 토할걸요?"

맹부요는 신나 죽겠다는 표정으로 어깨춤까지 췄다.

"그 얼마나 통쾌한 광경이겠냐는 말입니다!"

"……."

침묵 속에서 서로서로 눈빛을 교환하던 사람들은 급속히 공감대를 형성했다.

무슨 일이 있어도 저놈이랑은 원수지면 안 되겠구나! 심리전 고수에, 약점 후벼 파는 데는 전문가에, 극도로 뻔뻔하기까지!

맹부요가 뻔뻔하게 눈웃음을 치며 말했다.

"전북야의 어미를 잡아다가 성루에 세우는 것보다도 더 약발이 잘 드는 작전일 겁니다. 대의를 위해 제 어미는 저버릴 수 있어도 남의 어미한테는 그럴 수 없을 테니까요. 하하, 그리고 사실 두 도독의 가솔들은 이미 제 손아귀에 있습니다."

"자네 손아귀에?"

전남성의 눈빛이 재깍 날아들었다.

"폐하!"

맹부요가 절도 있게 허리를 굽혔다.

"갓 봉기를 일으킨 역적 전북야를 향해 금언부 도독이 자진해서 성문을 열어 주었을 때부터 소신은 둘 사이에 일찌감치 공모가 있었으리라 보고 반도성의 경계를 강화하였습니다. 그와 동시에 저희 비호영 형제들이 두 도독의 가솔을 잡아들여 통령부에 감금해 두었던 것입니다. 소신, 반도성 성곽에서 전북야 놈에게 따끔한 교훈을 줌으로써 현재 관망세를 취하고 있는 여타 도독들에게도 진정한 주군이 누구인지를 똑똑히 알려 주고자 합니다!"

"훌륭하도다!"

전남성의 얼굴에 희색이 돌기 시작했다.

"경이야말로 진정한 충신이로고!"

"주군의 녹을 먹는 입장으로 그 근심을 덜어 드림이야 당연한 일이지요."

이어서 맹부요가 하늘에다 대고 맹세하길.

"소신, 폐하를 위해서라면 한낱 군졸로서라도 최선봉에 서서 역적 놈의 목을 치고야 말 것입니다!"

"이런 인재를 어찌 한낱 군졸로 쓰겠나?"

전남성이 기분 좋게 웃었다. 파리하던 낯빛에 희미하게 혈색이 피어나고 있었다.

"명을 전하라. 기존 황영 총통령 사욱은 병부시랑兵部侍郎으로 이임시키며, 향후 황영 총통령직은…… ."

잠시 말을 멈춘 전남성이 맹부요를 보며 미소 지었다.

실내를 가득 채운 고요 속에서 맹부요가 짐짓 사심 없는 표정으로 고개를 들었을 때, 드디어 황명의 뒷부분이 이어졌다.

"현재 황영 부통령과 비호영 통령을 겸하고 있는 맹부요에게 일임할지어다!"

"성은이 망극하옵니다!"

※

"내 별의별 파렴치한을 다 봤지만, 이렇게 뻔뻔한 경우는 살다 살다 또 처음이네."

식탁 앞에 앉아 젓가락을 놀리며, 아란주가 근래 나라 꼴에 대한 나름의 총평을 내놨다.

"이 결정적인 시점에 입 한 번 털어서 황영 총통령 자리를 날름 해 버리냐. 황영이 어떤 조직인데, 반도성 최대의 무장 세력이라고. 병영 셋을 합치면 군사만 도합 10만, 그것도 허수 없이 꽉 찬 10만이라잖아. 이야, 너 횡재했다."

앞치마를 두르고 연기가 펄펄 나는 기름 솥 앞에서 분투하던 부엌데기 맹부요가 다 죽어 가는 꼬락서니로 마지막 요리를 내왔다. 그녀는 장손무극이 다치고서부터 부엌일을 몸소 도맡고 있었다.

우리의 맹 장군으로 말할 것 같으면 가진 재주가 좀 독특한지라 악기, 바둑, 서예, 그림같이 고상한 취미 활동에는 젬병이어도 요리라든지 바느질 등 생활 밀착형 기술은 그런대로 쓸 만한 몸이셨다. 그 재주로 귀족님네들 입맛을 잘못 길들여 놓는 바람에 이제 통령부의 원래 요리사가 한 밥은 다들 입에도 안 대려 하는 사달이 나고야 만 것이다.

운흔은 이런 질문까지 했다.

"부요, 보기에는 전혀 아닐 것 같은데 어떻게 이리 음식 솜씨가 좋지? 흔해 빠진 채소도 네 손을 거치면 맛있어지고 말이야."

그 질문을 받은 맹부요는 울컥했다.

너네도 골골 앓는 모친 모시고 찢어지게 가난한 살림 해 봐라. 쥐꼬리만 한 봉급 쥐고 시장판 뱅뱅 돌면서 병원비랑 식비 사이의 균형을 아슬아슬하게 맞춰 보라고. 그리하여 아픈 사람 약값이랑 밥값 지출을 고려하는 동시에 맛까지 놓치지 않는 궁극의 경지에 이르고 나면…… 너네도 청경채 한 단으로 18첩 반상 정도는 너끈히 차릴 수 있게 된단다.

서글픈 얼굴로 식탁 앞에 털썩 앉아 젓가락을 들어 올린 맹부요는 고작 앞치마 잠깐 벗는 사이에 식탁 위 요리 접시가 모조리 멀찍하니 도망가 있는 것을 발견했다.

내 탕수갈비, 매운소고기볶음, 건새우배추볶음이랑 배추유산슬이 어쩌다가 이 몸 병마대장군의 군영을 탈주해 적군 밑에 가 있는 것인가?

'적군'은 상석을 떡하니 차지한 채 왼손에는 갈비, 오른손에는 소고기, 아래에는 건새우배추볶음과 고기채소말이 등을 거하게 벌여 놓고 술 따라 주랴, 반찬 집어 주랴 바쁜 미남들의 시중을 받고 있었다.

특히 그중 독설남은 미인들 사이에서 싱글벙글한 아란주 여왕에게 연신 반찬을 집어 주고 있었는데, 그 태도란 것이 맹부요를 대할 때에 비하면 몇 백 배는 사근사근하였다. 지켜보던 누군가는 눈에 핏발이 서지 않을 수 없었다.

운흔은 맛있는 음식이란 음식은 모조리 아란주 앞으로 밀어다 놓는 중이었다. 그러다가 새 접시가 끼어들 공간이 부족해지자 접시를 3층까지 지그재그로 쌓기 시작했다.

이는 식탁 위 육류와 채소 분포의 심각한 불균형으로 이어졌다. 그나마 운흔이 탑 쌓기에 비상한 재주를 보여 놀이공원 청룡 열차 뺨치게 아슬아슬한 상황에서도 붕괴는 없었지만……. 지켜보던 누군가의 입에서는 빠드득 이 갈리는 소리가 새어 나왔다.

이제 기대를 걸 곳은 평소 그녀를 향해 굳건한 충성심을 피력하시던 태자 전하뿐이었다. 눈길을 느낀 태자 전하께서는 그녀를 바라보며 싱긋 미소를 짓더니…… 아란주의 잔에 친히 술을 따랐다.

맹부요는 폭발하고야 말았다.

친우고 뭐고 의리는 개나 던져 줬구먼. 밥 해다 바쳐 봤자 고마운 줄도 모르는 돼지 새끼들 같으니! 어떻게 사람을 차별해도 이렇게 차별해!

분개한 그녀가 젓가락을 쾅 내려놓으며 쏘아붙였다.

"낮에는 나가서 일해, 저녁에 와서는 밥해, 거기다가 밤에는 붕대 갈아야지, 안마해 줘야지……."

말을 뚝 그친 그녀는 젓가락으로 제 입을 틀어막았다.

윽……. 마지막은 실수다.

의자에 비스듬히 기대 있던 장손무극이 긴 속눈썹을 들어 올려 그녀를 힐끔 쳐다봤다. 퍽 흡족한 눈빛.

옳지, 자주자주 그렇게 실수하도록.

맹부요는 거기서 굴하지 않고 말을 살짝 고쳐서 다시 쏘아붙였다.

"밥도 맨날 내가 하는데, 다들 팽팽 놀면서 설거지도 나 시키고, 채소 씻는 것도 나 시키고, 또…….."

"아란주 공주의 탄신일이오."

맹부요를 묵사발로 만드는 데는 맞은편 독설남의 무심한 한마디면 충분했다. 그녀가 어버버 말을 잇지 못하자 생일의 주인공인 공주께서 가슴에 두 손을 살포시 포개시고는 사뭇 슬프고도 아리따운 자태로 입을 열었다.

"내가 진짜 미련했지, 진짜로! 기분 나쁘다는 사람이 나올

줄은 모르고, 생일잔치에서는 다 같이 즐겁기만 할 거라 착각
했으니……."

입꼬리를 움찔움찔 떨던 맹부요가 옷소매로 얼굴을 가렸다.

내가 진짜 미련했지, 진짜로!

뿌린 대로 거둔다더니, 희대의 명문을 탄생시킨 죄로 내 발
등 내가 찍는 꼴을 당하는구나.

그러나 잠시 후 소맷자락을 치웠을 즈음 맹부요는 이미 간
드러지게 웃는 얼굴이었다. 자리에서 벌떡 일어난 그녀가 자기
앞에 마지막으로 남아 있던 땅콩닭고기볶음을 아란주 쪽으로
옮겨 놓으며 말했다.

"어우, 주주 너도 참, 생일이었으면 진작 말을 하지! 입 꾹
다물고 있으면 무슨 재주로 아니? 봐, 생일이란 소리 딱 들으니
까 나 아주 그냥 막 신나서 방방 뜨고 난리 난 거."

그러더니 엉덩이로 운흔을 밀어내고 그 자리를 대신 꿰차고
앉아서는 아란주한테 착 달라붙었다.

"주주, 생일 선물 뭐 받고 싶어? 지금까지는 주로 어떤 거 받
았는데? 요번에는 좀 색다르게 가자!"

"지금까지는……."

아란주가 고개를 갸웃하더니 커다란 눈을 깜빡거렸다.

"작년 이맘때는 태연국에 막 도착한 참이었는데 그날 밤 객
잔 근처 어떤 집에서 혼례가 있었거든. 폭죽을 엄청 터뜨리더
라고. 술병 들고 지붕에 올라가서 폭죽 한 번 터지면 내 손으로
나한테 한 잔 따라 주고, 폭죽 또 한 번 터지면 또 한 잔 따라

주고 그랬지. 와, 분위기 진짜 시끌벅적한 게······."

실내에 적막이 내려앉은 가운데, 맹부요는 아란주의 어깨에 손을 올린 채로 굳어 있었다.

"재작년 생일에는 부풍에 있었어. 나돌다가 붙들려 가서 궁에 갇혀 있었는데 어마마마 아바마마가 기분 풀어 준다고 생일잔치를 열어 준 거야. 그래서 사람도 최대한 많이 부르고 규모도 한껏 성대하게 준비해 달라고 한 다음에 붐비는 틈을 타서 도망쳤거든? 그런데 급하게 나오다가 짐 보따리를 떨구는 바람에 그날 밤은 쫄쫄 굶을 처지가 된 거 있지. 하도 배가 고프길래 근처 허름한 농가에 들어가서 금비녀 끄트머리를 좀 끊어내 주고 딱딱하게 굳은 개떡 반쪽을 얻었어. 그러고는 왕성 등불이랑 불꽃놀이를 보면서 앞니로 야금야금 갉아 먹는 내내 생각했지. 통돼지 구이든, 기름기 좔좔 흐르는 소고기든, 궁궐 연회상이든 어차피 이 개떡이랑 다 거기서 거기다, 냄새 맡아 봤으면 먹은 거나 마찬가지다······."

"······."

"재재작년에는 천살에 있었어. 갈아사막에서 길 잃고 헤매는 와중에 사막 도적 놈들이 털겠다고 덤비더라고. 다 죽이긴 했는데 막판에 어떤 놈이 내 식수 주머니에 구멍을 낸 거야. 그날 밤은 달이 진짜 커다랬어. 궁에 있을 때 여름이면 호두랑 연자육이랑 이것저것 넣어서 시원 달달하게 나오던 후식 사발처럼. 달을 올려다보고 있노라니 저게 진짜 그 사발이었으면 얼마나 좋았을까 싶은 거야. 그랬으면 한 톨도 안 남기고 싹싹 비웠을 텐데! 항상 양 많다고 남겼던 게 그 순간에는 어찌나 후회스럽던지……. 그러다가 이대로 사막에서 말라비틀어져 죽을 수는 없다는 생각이 들었어. 시체 꼬락서니가 너무 흉측해서 전북야가 누군지 못 알아볼 수도 있잖아. 그래서 도적놈들 피라도 마시기로 했지, 히힛……."

"거기까지만……."

벽을 짚고 비척비척 일어선 맹부요가 침묵 속에서 애써 웃는 표정을 지었다. 눈은 한사코 아란주를 외면한 채로.

"뭐라도 더 만들어 올게. 주주 생일인데 음식이 너무 변변치 못하네."

그런 그녀의 뒷모습을 쳐다보고 있던 아란주가 피식하더니 젓가락으로 식탁을 탁탁 쳐 가며 또랑또랑하게 말했다.

"맹부요, 나 불쌍하게 봐 달라고 하는 소리 아니야. 너한테 알려 주고 싶었어. 누군가를 좋아한다는 건 원래가 힘겨움이 따르는 일이라는 걸. 집착이 커질수록 괴로움도 커지고, 쓸쓸할 때도, 유랑자 신세가 될 때도, 위험에 빠질 때도 있더라. 하지만 그러면 좀 어때. 네가 원해서 하는 일이라면 아무리 대단한 고생도 달게만 느껴질 텐데. 고생보다 무서운 건 감히 엄두조차 못 내 보는 자기 자신이야."

느긋하게 음식 한 젓가락을 집어 입에 넣은 아란주가 곁의 미인들에게도 반찬을 한 점씩 올려 주고는 씩 웃었다.

"무심한 척하지만 실은 엄청 마음 쓰인다는 표정 하고 있지들 말라고요. 솔직히 난 지금 너무 좋아요. 이런 생일을 보낼 수 있을 줄은 상상도 못 했거든요. 세상 다 가진 기분이랄까. 사랑도 참 중요하지만, 인생에는 그에 못지않게 소중한 다른 관계들도 있는 거잖아요, 맞죠? 열두 살 전까지 궁에서 누렸던 생일잔치랑 열두 살 이후에 떠돌이 생활하면서 보냈던 생일들이랑 싹 다 합쳐도 오늘 하루만큼 즐겁지는 못했어요. 맹부요, 너 당장 이리 못 튀어 와? 더 만들긴 뭘 더 만들어, 배 터져 죽으라고?"

장손무극이 웃음을 흘렸다.

"당초 내 정혼 상대가 왜 아란주 공주가 아니었는지 모르겠소. 그랬다면 지금쯤 아무 번뇌도 없었을 것을."

그를 쓱 한 번 흘겨본 아란주가 키득거리면서 말했다.

"누가 예전에 해 줬던 말이 있는데, 그대로 해 줄게요. 성공의 그날까지 달리는 거야!"

장손무극이 픽 웃어 버린 직후, 아란주가 잔을 들고 식탁을 한 바퀴 빙 둘러보며 덧붙였다.

"공평하게 다른 사람들한테도 똑같이 말해 주겠어요. 성공의 그날까지 달리는 거야!"

태자 전하께서는 일순 얼굴이 흙빛이 됐지만, 군말 못 하고 밥이나 먹을 수밖에 없었다.

맹부요는 아란주를 등 뒤에 둔 채로 숨을 한 번 길게 들이쉬었다. 창밖 둥근 달을 바라보며, 끝이 보이지 않는 사막 한복판 그 타오르는 달 아래에서 죽은 자의 피를 마시며 생일을 보내야 했을 열네 살짜리 여자아이를 떠올렸다.

그녀는 한참 후 슬그머니 손을 들어 속눈썹에 맺힌 눈물방울을 털어 냈다. 옆에서 똑같이 애달픈 표정으로 달을 올려다보고 있던 원보 대인을 달랑 집어 들면서 웃음 섞어 말했다.

"한 가지만 더 준비해야겠다."

이때, 족발을 뜯던 아란주가 뒤에서 웅얼거렸다.

"고기반찬은 말고……."

한참 뒤 의미심장한 모양새로 재등장한 맹부요의 손에는 은색 뚜껑이 덮인 커다란 금쟁반이 들려 있었다.

"오늘의 주 요리 대령이오!"

아란주가 눈썹을 꿈틀했다.

"또 무슨 꿍꿍이길래……."

손을 뻗어 쟁반 뚜껑을 들어 올린 순간, 아란주는 입에 물고 있던 술을 고스란히 뿜어내고 말았다. 쟁반 정중앙에 빨간 나비매듭을 묶은 원보 대인이 앉아 있었던 것이다.

"내가 주는 생일선물이야. 일편단심 순정파 동정남 원보 대인의…… 생애 첫 왈츠."

맹부요가 정중히 팔을 뻗어 아란주 쪽을 가리키자 여유롭게 일어나 나비매듭을 고쳐 맨 원보 대인이 한쪽 팔로 뒷짐을 진 채 아란주를 향해 우아하게 인사를 보내더니 앞발을 쓱 내밀었다.

아란주는 자신에게 왈츠를 청하는 원보 대인을 보면서 입가를 씰룩였다.

그간 맹부요 옆에서 지낸 세월이 있으니 틈틈이 배워 두기야 했지만……. 그걸 원보 대인이랑 추라고?

한편, 주인님도 제쳐 두고 첫 춤을 주주에게 바치기로 결심한 원보 대인은 몹시 진지한 표정으로 기다리고 있었다.

아란주는 경건하게 대기 중인 원보 대인과 저만치에서 팔짱을 끼고 빙긋이 웃고 있는 맹부요, 그리고 자기를 배 터져 죽게 만들 요량으로 연신 음식을 집어 주는 미소 띤 얼굴의 미남들을 둘러보는 사이 눈이 그렁그렁해졌다. 눈시울 안에서 무수히 많은 진주알이 쏟아질 듯 말 듯 굴러다니는 것처럼 보였다.

한참이 흘러, 마침내 입꼬리를 희미하게 말아 올린 아란주가 천천히 손가락을 내밀어 원보 대인의 앞발을 잡았다.

"원보, 내 손가락 밟으면 안 된다."

실내의 적막 속, 달빛이 식탁 위에 둥글고도 커다란 빛을 던지자 그 빛살 한복판에서 새하얀 털 뭉치가 가느다란 손가락을 끌어안고 왈츠를 추기 시작했다.

분위기에 한껏 취한 녀석의 동작을 따라 물결을 타듯 너울거리며 빙글빙글 도는 손가락의 주인은 전혀 비웃는 표정도, 가소롭다는 태도도, 우습다는 반응도 아니었다. 그녀는 자그마한 털 뭉치 녀석과 똑같이 진지하고도 경건하게 춤에 임하고 있다. 세상 모든 성의는 그 크기에 상관없이 존중받아야 마땅하므로.

한 곡이 끝나자 원보 대인은 완벽하게 신사다운 매너로 손가락을 원위치까지 에스코트한 후 달빛 아래에서 다시 한번 허리 굽혀 인사를 보냈다.

그 모습에 아란주가 피식 웃었다.

"바보 같기는, 뭐가 또 그렇게 정중해. 너 지금 손해 본 거라고. 첫 왈츠를 내가 가져가 버렸잖……."

말을 하다 만 아란주가 갑자기 눈가를 손으로 덮었다. 그리고 잠시 후, 그녀의 손가락 사이로 영롱한 진주알이 굴러떨어졌다.

그러자 원보 대인이 쪼르르 팔을 타고 올라가 나비매듭으로 살며시 눈물을 닦아 주면서 '찍찍' 하고 느린 울음소리를 냈다.

맹부요는 그때 느닷없이 밖으로 향하고 있었다. 문을 나서면서 짧게 수신호를 한 그녀는 그대로 성큼성큼 화원까지 걸어간 뒤에야 뒤따라오던 서신 담당 흑의인으로부터 납환 한 알을 받아 들었다.

"가 봐."

내용물을 느릿느릿 펼쳐 그 위의 역동적인 필체를 확인하는 찰나, 무어라 형언할 수 없이 복잡한 눈빛을 내보인 그녀는 쪽지를 손안에서 천천히 구겼다. 왔던 길을 되돌아간 그녀가 창문 안쪽으로 고개를 쑥 들이밀고 웃어 보이자 그새 평정을 회복한 아란주가 방글거리는 표정으로 물었다.

"전북야한테서 또 기별이야? 내일이면 당도한다는 거지?"

"응!"

맹부요가 눈을 반짝반짝 빛내며 미소 지었다.

"열일곱 번째 생일, 축하한다고 전해 달래. 늘 오늘처럼 좋은 날이길 바란다고."

"매일이 오늘 같으면 난 감당 못 해."

아란주가 싱긋 웃더니 투명한 눈으로 맹부요를 지긋이 응시하며 덧붙였다.

"고마워."

흠칫 어깨를 굳힌 맹부요가 이내 미소 지었다.

"이런 거로 고맙다는 네가 더 감당 안 된다, 야."

그러고는 창문에서 한 발자국 물러나며 말했다.

"손 좀 씻고 들어갈 테니까 다들 먹고 있어요."

하지만 그녀는 손을 씻으러 가는 대신 묵묵히 화원에 가서 자리를 잡았다.

멀찍이서 비쳐 든 등롱 불빛이 푸르른 연못 위에 찬란하게 일렁이는 은빛 광채를 흩뿌리고 있었다. 연못에 깃들어 사는 수련은 다소 파리한 모습으로 하얀 돌다리 가장자리 둥그렇게 굽어진 난간 아래에서 쉬는 중이었고, 잔잔한 바람은 수면을 스쳐 오는 길에 국화꽃 향기 섞인 상쾌함을 실어 날랐다. 마침 자그마한 연명국[5] 한 송이가 맹부요의 손가락 곁에 허리를 숙이고 있었는데, 사뿐하고도 가냘픈 자태가 마치 손가락에 올려진 진주 반지를 보는 듯했다.

홀연 누군가가 옆자리에 앉았다. 순간, 흐드러지게 피어 있던 국화꽃 무리가 살포시 몸을 낮춘 것은 아마도 그의 빼어난 풍채에 놀란 탓이었을 테지만, 당사자는 그저 가벼이 미소했을 뿐이었다.

그가 연노랑 연명국을 맹부요의 눈처럼 새하얀 손가락 위에

---

5 데이지.

대 보며 읊조렸다.

"색이 아름답구려."

원래 바라보던 방향에 눈길을 고정한 채로, 맹부요가 웅얼거렸다.

"고맙대요. 누구한테 고맙다는 말이었을까요?"

빙긋 웃고 난 장손무극이 잠시 간격을 두고 말했다.

"아란주 공주는 총명한 사람이오."

맹부요의 입에서 한숨이 새어 나왔다.

"아무래도 내가 또 괜한 짓을 했나 봐요."

"아니."

장손무극이 그녀 쪽으로 고개를 돌렸다. 그의 심해처럼 깊고도 그윽한 눈이 그녀의 빛나는 눈동자 안을 들여다봤다.

"총명하기에 그대의 마음을 더 잘 아는 것이오."

한숨을 내쉬면서 고개를 뒤로 젖힌 맹부요는 눈가를 손으로 덮었다.

"자꾸 그런 생각이 들어요. 내가 죄인……."

말을 뚝 끊은 그녀가 갑자기 미심쩍은 표정으로 코를 킁킁거렸다.

"무슨 냄새지?"

장손무극이 싱긋 웃었다.

"마술 하나 보여 주리다."

그쪽을 쳐다본 맹부요는 곧바로 안색이 시커메졌다. 태자 전하의 엄청나게 넓은 소맷부리 안에서 다름 아닌 요리 접시가 등장했기 때문이었다.

고기완자조림.

씰룩, 맹부요의 입가가 경련을 일으켰다.

어쩐지 식탁 위가 허전하다 싶더라니. 다른 사람은 몰라도 부엌데기 본인은 직접 만든 음식 개수를 기억하지 못할 수는 없는 거다.

이 양반이 배 속에 거지가 들었나. 그걸 빼돌렸을 줄이야.

"먹고 싶다고 하면 어련히 만들어 줄 텐데, 고걸 또 슬쩍했어요? 일국의 태자씩이나 되는 사람이 밥상머리에서 반찬이나 훔치고, 낯 뜨겁지도 않나……."

옆에서 무슨 소리를 하건 그저 시무룩한 표정으로 색도 맛도 향도 싹 다 가 버린 완자만 응시하고 있던 장손무극이 혼자 중얼거렸다.

"그나마 완자는 식어도 먹을 만할 줄 알았건만. 이것도 한 김 빠지면 모양새가 망가지는군……."

맹부요는 순간 잔소리를 뚝 그쳤다.

아까 제대로 못 챙겨 먹어서 배고플까 봐 빼놓은 거였어? 존귀하고 고상하신 태자 전하께서 밥상머리 도둑질을……. 상상도 안 간다, 상상도.

아아, 게다가 애석하게도 태자 전하께서는 목표물을 선정하는 데 있어 도저히 칭찬하기 힘든 안목을 가지셨으니. 완자란 식으면 저들끼리 다 엉겨 붙어서 차마 먹을 수가 없는 음식인 것이다.

그래도 웃는 낯은 한번 보여 줘야 할 것 같아서 애써 입꼬리를 끌어 올리려 했으나 결국 실패했다. 맹부요는 푹 수그린 머리통을 부여잡은 채 잠시 생각할 시간을 가진 후, 넘겨받은 접시에서 손으로 완자를 덥석 집어 입에 욱여넣었다.

장손무극이 접시를 얼른 다시 뺏으면서 말했다.

"다 식어 빠진 것을 그렇게 먹다가 탈이라도 나면 어쩌려고."

그러더니 그녀를 일으켜 세우려 했다.

"이러고 있지 말고 밤참이라도 만들어 먹도록 하지."

하지만 맹부요는 요지부동이었다.

"배 안 고픈데요."

"나는 고프오."

상대가 무지막지한 힘으로 그녀를 끌어당겼다.

"요양 중인 사람을 부실하게 먹여서야 되겠소?"

맹부요가 눈을 희번덕 치떴다.

그놈의 요양은 대체 언제 끝나는 거냐.

"내가 음식 하면 불은 당신이 때요."

"그리하지."

"……."

그로부터 1각이 지난 시점. 부엌에서는 화기애애하게 음식을 장만하는 풍경이 연출되는 중이었다.

부뚜막 앞, 머릿수건을 질끈 묶은 요리사가 뽀얀 물만두를 신기에 가까운 속도로 빚어내는데, 아리따운 요리사의 섬섬옥수는 만두보다도 하얗고 그 분주한 손놀림은 춤을 추듯 경쾌했다.

부뚜막 저쪽에서는 폭이 넉넉한 장포를 걸친 사내가 벽에 느긋하게 기대어 앉아 장작을 불 속에 던져 넣고 있었다.

활활 타오르는 불꽃이 그의 절세 미모를 환하게 비추니, 옥같은 용모에서 뿜어져 나오는 광채는 검댕이 꼬질꼬질한 부뚜막에서도 전혀 퇴색되어 보이지 않았다. 이따금 미소를 머금은 그가 한쪽에서 바삐 움직이고 있는 여인을 향해 보내는 눈길은 그윽하기 그지없었고, 두 사람을 둘러싼 공기에는 따스함이 진하게 배어 있었으니……

그리고 다시 반 시진이 지났다.

눈썹이 곤두선 요리사 여인은 손에 만두피를 틀어쥔 채 양 옆구리를 짚고서 씩씩거리고 있었다. 부엌 안은 매캐한 연기가 꽉 들어차 방화 혹은 살인 후 시체 소각의 현장을 방불케 하는 모습이었다.

부뚜막 장작더미 뒤에서 무언가 부스럭부스럭 움직이는가 싶더니 얼굴에 군데군데 검댕을 칠한 사내가 고개를 쑥 내밀었다. 사내는 연신 콜록거려 가면서 귀한 옷감으로 만든 연보라색 비단옷을 탈탈 털었다.

사실 말이 좋아 연보라색이지, 까마귀 뺨치게 시커먼 것이 원래 빛깔은 알아볼 수조차 없는 상태였다. 그는 존귀한 자세로 땔나무 한 토막을 집어 들고서 우아하게 미간을 찌푸린 채 고뇌에 빠져들었다.

몸속 진화眞火와 세상의 전화戰火는 얼마든지 좌지우지할 수 있거늘, 내 어찌하여 부뚜막 잔불 앞에서는 속수무책인 것인가.

맹부요는 시름에 젖어 하늘을 올려다봤다.

저, 저, 일상생활 능력 떨어지는 거 봐라. 태자 자리 바꿔치기당하고 뭐 그런 옛날이야기도 있던데 저래서야 황궁 밖에 내던져졌다가는 목숨이나 부지하겠나?

한데, 곰곰이 생각해 보자니 이게 또 혀 찰 일만은 아니었다.

태자 전하라고 만능은 아니라는 사실을 마침내 확인하지 않았는가! 크게는 나라 하나 끝장내기부터 작게는 수놓기까지, 못하는 게 없는 줄 알았더니만.

고 표정을 보고서 맹부요의 빤한 속내를 냉큼 읽어 낸 태자 전하께서 그녀를 옆으로 끌어다 놓으며 말했다.

"그렇게 솥 가까이 있다가 김에 데기라도 하면 큰일이니 만둣국은 내가 끓이겠소. 그대는 아궁이를 맡으시오."

맹부요가 웃기지도 않는다는 식으로 그를 흘겨봤다.

꼭 이렇게 잔꾀를 쓰면서 남 위해 주는 척하는 작자들이 있다니까.

잠시 후.

"장손무극, 만둣국을 끓이는 거예요, 아니면 죽을 쑤는……. 엥, 만두는 다 어디 가고? 뭐야, 만두피가 다 녹아서 없어졌어……."

한 시진 뒤, 만두죽을 비우고 방으로 돌아온 맹부요가 침상으로 기어 올라가면서 원보 대인한테다 대고 툴툴거렸다.

"아이고, 내 팔자야. 조만간 전장 나가서 칼질하자면 마음 쓰고 기력 쓰고 신경 쓸 일이 산더미일 텐데. 그럴 사람이 오밤중까지 주방 정리하랴, 밤참 만들랴, 여기저기 쓸고 닦으랴, 내가 무슨 죄가 많아서…….”

원보 대인이 대꾸했다.

“찍찍(사서 고생이니라).”

자기 팔자 자기가 구긴 맹부요는 과연 신세 편할 틈이 없었다. 침상에 몸을 누인 지 얼마 지나지도 않아 저 멀리서 ‘우르릉’ 하는 굉음이 날아들질 않았겠는가. 지면까지 미세하게 진동할 정도의 울림에 침상 위쪽 고리 장식들이 차랑차랑 서로 맞부딪치기 시작했다.

이어서 무언가 육중한 힘이 성문을 들이받는 소리가 들려왔다. 옷을 걸치고 침상에서 내려선 맹부요는 서편 성문 방향 하늘이 벌건 불빛에 물들어 있는 것을 발견했다.

“창룡군의 공격이다!”

빠른 걸음으로 방을 나선 그녀는 곧장 누각 꼭대기로 올라갔다. 그러고는 진홍빛 하늘가를 올려다보며 중얼거렸다.

“벌써야? 목숨 내놓고 달려왔구먼.”

이때 갑자기 무언가 요란한 소리가 울리더니, 불빛 한가운데서 날카롭게 울며 등장한 향전 한 대가 구름을 뚫고 하늘 높이 솟구쳐 올랐다. 그 기세가 어찌나 맹렬한지, 흡사 한 자루 불의 검이 흑야의 장막을 단숨에 찢고서 창천을 절반으로 썩둑 갈라 놓는 광경을 보고 있는 것만 같았다.

그 거대한 화살이 허공에서 폭발하면서 ‘좌르륵’ 하고 깃발을 토해 냈다. 깃발에 그려진 것은 송곳니를 드러내고 발톱을 세운 창룡이 번개 치는 구름층 사이를 날면서 사냥감을 노리는 모습.

새빨간 깃발이 공중에서 바람을 타고 펄럭거리자 창룡이 구름 위에서부터 맹렬하게 지면을 덮쳐 오는 듯한 광경이 연출되었으니, 거기서 느껴지는 위압감은 실로 어마어마했다.

창룡군의 막강한 기세에 경악한 반도성은 소란에 휩싸였다. 길거리마다 사람들이 까맣게 뛰쳐나와 다 같이 멍하니 하늘을 올려다보고 있었다.

깃발은 한순간 화려하게 모습을 드러냈다가 금방 구름층의 어둠 속으로 사라져 버렸지만, 누구보다도 높은 곳에서 비범한 시력으로 그 광경을 똑똑히 지켜보고 있던 맹부요는 깃발 위에 호쾌한 필체로 커다랗게 적힌 글자를 놓치지 않았다.

내가 당도했다!

천지를 뒤엎다

전북야만의 패기만만한 통보 방식, 그 대상은 오로지 맹부요 한 사람이었다. 붉게 타오르는 하늘과 구름 속으로 모습을 감추는 창룡을 올려다보던 맹부요는 눈을 형형히 빛내면서 웃음 지었다.

진무대회부터 시작해 조정에서 자리를 잡기까지, 반년 남짓 한 시간 동안 공들여 판을 깔고 한 걸음 한 걸음 권력의 계단을 밟아 올라온 끝에 마침내 천살국 핵심부의 병권 3분의 1을 틀어쥐고 전남성의 바로 옆자리를 꿰찬 참이었다.

바야흐로 도래한 것이다. 전북야를 떠나보내면서 했던 맹세를 이룰 그날이!

하지만 그전에 중요한 일 하나를 먼저 처리해야 한다. 다 된 밥에 코를 빠뜨릴 수야 없지 않은가.

1층으로 내려와 의복을 갈아입고서 막 문을 나서려는데 등 뒤에서 불쑥 말소리가 들려왔다.

"같이 가."

운흔의 음성이었다.

목소리를 따라 돌아서자 아득히 멀리서 비쳐 드는 불빛 아래, 투명한 소년의 눈동자와 그 안을 떠돌고 있는 불티가 눈에 들어왔다. 운흔이 그녀를 응시하며 말했다.

"태자는 부상 중인 데다 신분 노출의 위험도 있고, 종 선생 역시 여의치 않을 거다. 그러니 나하고 가."

맹부요에게서 아무런 대꾸가 없자 운흔이 말을 보탰다.

"태연국 본가에서 몇 차례나 서신을 보내왔어도 지금까지 돌아가지 않고 버틴 건 오늘을 위해서였어. 네 일이 잘 마무리되어야 나도 마음 놓고 떠난다."

그를 바라보며, 맹부요는 순간적으로 할 말을 찾지 못했다.

생각해 보면 다들 각자의 나라에서 각기 하던 일이 있는 사람들이었다. 진무대회로 말미암아 한곳에 모이긴 했으나 이번 건이 마무리되면 아마 다들 천살을 뜨지 않을까.

종월 역시 십중팔구는 운흔과 마찬가지로 최후의 일전에 대한 우려 탓에 지금껏 이곳에 머물렀던 것이리라.

지난날 헌원운과의 만남 이래로 종월은 나날이 비밀이 많아지는 모습이었다. 오가는 서신의 양도 부쩍 늘었고, 가끔은 한밤중에 어딘가 나갔다 오기도 하는 게, 무얼 준비 중인지 모를 일이었다.

인생사 만남과 헤어짐은 부평초 떠돎과 같으니, 누구에게나 가야 할 길이 있고 그 길에서 우리는 모두 고독할 수밖에 없는 운명이어라.

대답도 잊고서 멍하니 생각에 빠진 그녀를 지켜보던 소년이 묵묵히 고개를 반대편으로 틀었다. 저 멀리서 일렁이는 불길과 왁자지껄한 소음을 배경으로 두 사람은 말이 없었다. 둘의 얼굴은 불빛에 붉게 물들어 있었지만, 눈빛은 각기 어두운 색채로 가라앉아 있었다.

그러길 한참, 맹부요가 긴 한숨을 내쉬었다.

"갈 때는 가더라도 몰래 도망치듯 떠나지는 마. 배웅은 할 수 있게 해 줘."

"응."

하고 대답한 운흔은 호위병 복장으로 갈아입기 위해 잠시 자리를 떴다. 맹부요는 그를 기다리는 동안 원래 함께 움직이려던 철성을 돌려보내는 한편 요신을 불러 몇 가지 지시를 내렸다.

그녀는 운흔을 데리고 황궁으로 달려갔다. 아직 전투 배치령이 내려오기 전이었다. 천살국 조정 율령은 장수들에게 부대 통솔권만을 허락할 뿐 병력 배치는 권한 밖의 일이었기에 맹부요도 명령 없이는 함부로 움직이지 못하는 처지였다.

전남성을 알현하고자 길을 재촉하던 그녀는 궁문 앞에서 태감 하나를 맞닥뜨렸다. 수행원들을 이끌고 황급히 궁문을 빠져나오다가 맹부요를 발견한 태감은 대단한 지원군이라도 만난 양 후닥닥 뛰어와 대뜸 그녀의 소맷자락을 붙잡고 늘어졌다.

"맹 통령, 소인과 함께 속히 입궁해 주셔야겠습니다……."

맹부요는 허둥거리는 태감을 보고 눈을 번뜩 빛냈다. 그러고는 일부러 자기가 더 급하다는 표정으로 상대를 밀치며, 성가신 척 소리쳤다.

"때가 어느 때인데 입궁은 무슨! 나 어디에 투입할지는 말씀 안 하셨나? 안 하셨으면 그냥 알아서 성루에 올라가 싸우고!"

말을 마치고 그대로 돌아서서 자리를 뜨려 하자 태감이 기겁해서는 그녀를 붙잡더니 황급하다 못해 울음기까지 섞인 소리로 말했다.

"맹 통령, 폐하께서……, 폐하께서는……."

"음?"

맹부요가 뒤로 돌아섰다.

"폐하께서 왜?"

"아이고, 맹 통령. 일단 따라와 보십시오, 소인이 이렇게 빌겠습니다!"

소맷자락을 잡아끄는 태감을 향해 맹부요가 마침내 고개를 끄덕여 보였다. 그런데 바로 직후, 자연스럽게 뒤를 따르려는 운흔의 앞을 태감이 무의식적으로 손을 뻗어 가로막았다.

"주제도 모르고 지금 내 심복 앞을 가로막는 건가?"

맹부요의 한마디에 즉각 팔을 움츠린 태감은 허겁지겁 송구하다 고한 뒤 빠른 걸음으로 두 사람을 전남성의 침궁 근정전勤政殿까지 안내했다.

어두침침한 전각을 쳐다보며 맹부요가 미간을 찌푸렸다.

"중서대신 셋은 안 왔나?"

태감은 고개를 푹 수그린 채 아무런 대꾸도 하지 않았다.

천살국 고관들은 성심을 미혹해 국정을 어지럽힌다 하여 환관을 끔찍하게 혐오했다. 신료들의 눈총은 일상이요, 잘못이 없으면 없는 대로 해코지당해, 있으면 있는 대로 죽어나는 것이 바로 환관인바, 오늘 밤 폐하께 닥친 변고를 중서대신들에게 알렸다가는 근정전 총관태감인 그는 죽은 목숨일 게 자명했다.

그 절체절명의 위기에 뇌리를 스친 인물이 바로 맹부요, 폐하의 총애를 한 몸에 받는 청년 통령이었다. 서글서글하게 말도 잘 붙여 주고 씀씀이도 시원시원한지라, 궐 안에는 지위 고하를 막론하고 맹부요를 좋게 보는 이들이 많았다. 그런 이유로 태감은 어쩌면 맹부요가 자신의 목숨을 구해 줄 수 있을지도 모른다는 기대를 품게 된 것이다.

태감의 속내를 눈치챈 맹부요가 입가에 희미한 웃음기를 머금었다.

옳거니, 하늘도 나를 도우시는구나!

그녀는 서둘러 전각 안으로 걸음을 옮겼다. 촛불이 어둑어둑하게 켜져 있는 외전을 가로질러 들어가자 두꺼운 휘장을 겹겹이 쳐 놓아 한 점 빛조차 들지 않는 공간이 나타났다. 바닥에 융단이 푹신하게 깔려 있었기에 발걸음 소리 또한 없었다.

미궁 같은 공간에 축축 늘어져 있는 휘장을 뒤적뒤적 헤치며, 맹부요는 헤어날 수 없는 악몽 속에 있는 듯한 느낌을 받았다. 더군다나 벽 모서리 쪽에서는 나선형 선향線香이 가느다란 연기를 피워 내며 나른하게 잠을 유도하고 있었다.

마침내 내전 제일 안쪽에 당도하자 침상에 누워 있는 전남성이 보였다. 창백하게 꺼진 광대와 새빨갛게 충혈된 눈, 그리고 그르렁거리는 숨소리.

맹부요가 들어오면서 들친 휘장 틈새로 밖의 촛불이 살짝 비치는 것을 본 전남성이 신경질적으로 손을 내저었다.

"내려라! 그거 빨리 내려!"

휘장에서 손을 뗀 맹부요는 일단 주변부터 살폈다. 전남성의 침상 곁에는 우람한 체구에서 위압적인 기도를 뿜어내는 호위 두 명이 고요하게 버티고 서 있었다. 전씨 가문이 신변 보호용으로 길러 낸 노비들. 충성스럽고 용맹하지만, 미련하기 이를 데 없는.

전남성이 굼떠서 걸리적거리기만 한다며 마뜩잖아하던 저들을 새삼 밤낮으로 대동하고 다니기 시작한 것은 납치 사건을 겪고 나서부터였다. 예상이 틀리지 않는다면 아마 저 침상 밑에는 기관도 숨겨져 있을 것이다. 맹부요 정도면 이미 최측근 반열이었음에도 전남성은 그녀에게 3보 이내로의 접근만큼은 허락하지 않았었다.

하지만 지금이라면 어떨까? 병세가 깊은 전남성은 한층 더 과민해졌을 것인가, 아니면 경계심이 느슨해졌을 것인가.

맹부요가 시험 삼아 발끝을 살짝 앞으로 내딛자 즉시 고개를 팩 돌린 전남성이 헐떡거리며 말했다.

"물러나게, 뒤로……."

그대로 움직임을 멈춘 맹부요는 이내 깍듯하게 뒤로 물러나서 예를 올렸고, 곧이어 전남성이 물었다.

"밖은……, 밖은 어떠한가?"

맹부요가 표정 변화 없이 답했다.

"전북야가 성을 함락하려 합니다."

흠칫 소스라친 전남성이 기를 쓰고 몸을 일으켰다.

"명을 전하라……. 명을……."

맹부요가 뒤에 있던 태감을 돌아보며 지필묵을 대령하라는 눈치를 줬다. 이에 태감이 태서각太書閣에 연통을 넣어 당직 중인 병필대신秉筆大臣을 불러오려 하자 맹부요가 그를 매섭게 다그쳤다.

"이 판국에도 시간을 지체하고 싶나? 왜, 나는 까막눈일까 봐서?"

전남성이 정신 사납다는 양 말했다.

"그만……. 큰 소리 내지 말게! 짐이 명하노니…… 맹 통령이 사욱과 함께…… 황영과 금위군을 지휘해 적의 공세를 막고…… 어림군은 중서대신 구경홍의 지시에 따라 황궁을 보위하도록……. 또, 중서대신 셋을 당장 불러들이고……. 배도陪都의 평정왕平靖王에게도 다시 한번 파발을……."

배도는 제2 수도를 가리킨다. 맹부요는 일필휘지로 조서 작성을 마쳤다.

"폐하, 옥새를 찍고 호부를 하사하여 주시지요."

침상 앞 팔걸이에 의지해 덜덜 떨리는 손으로 옥새를 꺼내 든 전남성이 날인 직전에 문득 종이를 한 번 훑어보더니 깜짝 놀라는 소리를 했다.

"대……, 대체 이게 무슨……."

그가 도장을 종이 위에서 치우려는 찰나, 맹부요가 싱긋 웃으며 그의 손을 도장째로 붙들어 종이에다 대고 꾹 눌렀다. 눈을 찢어질 듯 치켜뜬 전남성이 온몸을 파들파들 떨면서 그녀를 향해 삿대질을 했다.

"네놈이……, 네놈이……."

두 명의 호위가 느릿느릿 눈알을 굴려 맹부요를 쳐다봤다. 전남성은 한쪽 손을 눈에 띄지 않게 베개 아래로 밀어 넣고 있었다.

그 모습을 빙긋이 웃으며 지켜보던 맹부요는 침상을 향해 달려드는 대신 한 걸음 뒤로 물러섰고, 그러자 호위들도 즉각 움직임을 멈췄다. 곧이어 자그마한 잔 하나와 술병을 꺼내 든 맹부요가 전남성의 앞에서 술을 천천히 잔에 따르기 시작했다.

물소리.

서늘하게 맑은 술이 일직선을 그리며 잔 속으로 떨어지는 동안 쪼르르 물 흐르는 소리가 만들어졌다. 평온하게 이어지는 그 음향에 살기 같은 건 한 톨도 녹아 있지 않았지만, 정체불명의 괴질을 앓고 있는 사람에게 그것은 저승사자를 부르는 북소리요, 명을 재촉하는 종소리였다.

순간 전남성의 몸이 바르르 경기를 일으키며 침상에서 펄떡 솟구쳐 올랐다가 '쿵' 하고 이부자리 위로 곤두박질쳤다. 이어서 사지를 뒤틀고, 발버둥을 치고, 숨을 헐떡거리는 사이 눈가와 콧구멍에서 가느다란 핏줄기가 흘러내렸다.

그는 죽기 직전의 물고기처럼, 최후의 몸부림을 치는 새우처럼 침상 위를 고통스럽게 바르작대고 다녔다. 얼룩덜룩한 핏자국이 붉은 찔레꽃 처절하게 피어나듯 비단 이불을 점점이 물들여 갔다.

그 와중에도 호위들은 요지부동이었다. 어려서부터 정상적인 인지 능력을 거세당한 채 노예로 키워진 그들이 받은 명령은 단 하나, 폐하 곁에 접근해 공격을 시도하는 자를 제거하라는 것뿐이었고, 멀찍이 서서 술만 따르는 게 고작인 맹부요는 해당 사항이 없었으므로.

그녀는 차분하게 술을 병에서 잔으로, 다시 잔에서 병으로 옮기기를 반복, 또 반복하고 있었다. 그 반복은 전남성의 고통 또한 끝나지 않음을 의미했다.

"그만……, 그만……."

그가 데굴데굴 구르며 울부짖자 맹부요가 술을 따르던 동작을 멈추고 물었다.

"호부는?"

이제는 기관 작동 장치를 당길 기력조차 남지 않은 전남성이 고개를 들었다. 이마를 타고 내려온 땀방울이 입가의 혈흔과 섞여 턱 아래로 뚝뚝 떨어져 내렸다. 그는 지옥 밑바닥에서 기어 나온 악귀와도 같이 독이 오를 대로 오른 눈빛으로 맹부요를 잡아먹을 듯 노려보고 있었다.

맹부요는 눈 하나 깜짝하지 않았다. 개미 떼에 산 채로 뜯어 먹혀 뼈대만 남은 전우가 제 몸을 불사르는 광경을 눈앞에서 생생히 지켜본 그녀였다. 이번 생에 그녀가 무언가를 차마 직시할 수 없어 눈을 떨굴 일은 결단코 없을 것이다. 단지 뿌린 대로 거두는 중일 뿐.

상대가 입을 열지 않자 그녀는 옷섶에서 화절자를 꺼내 술병에 바싹 가져다 댔다. 전남성의 얼굴색이 급변했다. 잔뜩 겁에 질려 화절자를 응시하는 그는 한밤중 이부자리 속에서 독사를 만 마리쯤 발견한 사람의 표정이었다.

"그마안……."

불분명한 발음으로 억눌린 절규를 토하는 그를 향해 맹부요가 손바닥을 척 내밀었다. 하지만 전남성은 부들부들 떨면서도 원하는 답을 주지 않았다.

맹부요가 화절자를 손안에서 던졌다 받았다 하면서 툭 한마디를 내뱉었다.

"죽음보다 두려운 것은 죽기 직전에 당해야 할 극한의 고통일 테지요. 폐하, 두 번째 방식이 더 마음에 드십니까?"

전남성은 무겁게 두 눈을 감았다. 더 이상은 무언가를 궁리하고 증오할 기력도 남아 있지 않았다. 맑지 못한 정신에 그나마 어렴풋이 드는 생각은, 장한산에서 전북야를 죽이려 했던 것부터가 돌이킬 수 없는 실수였고, 그로써 자신은 적의 주도면밀한 함정에 빠져 버리고 말았다는 것이었다.

진무대회, 새파란 나이의 우승자, 무극국에서 남총 취급을 받으며 억울해하던 얼치기 통령, 북항의 죽음, 예정보다 일찍 찾아온 발작……. 자신은 처음부터 상대가 치밀하게 설계해 놓은 올가미 안에 있었던 것이다. 전북야를 없애지 못한 대가를 오늘날 이 내 목숨으로 치르게 되었음이라.

그렇다면…… 저자는 대체 누구란 말인가? 군사를 일으켜 나의 국토를 빼앗으려는 전북야와 신료의 탈을 쓰고 나의 목숨을 취하려는 저자, 안팎으로 몰아닥친 협공에 나는 이리도 참혹하게 패배하고 마는구나.

소년의 웃는 얼굴이 마치 수면 아래 잠긴 꽃송이같이 그의 눈 안에서 아득하게 일렁였다. 물결에 햇살이 부서지는 양 반짝거리는 소년의 눈은 백설처럼 정결하였으되 검은 나비 한 마리 살포시 내려앉은 빙하처럼 맑고도 서늘했다.

그 눈빛은 전남성을 충격에 빠뜨렸다.

세상 제일가는 천치가 바로 여기에 있었구나. 소년과 무극태자 사이에 오간 것은 단지 짧은 눈길뿐, 말 한마디 나누는 모양조차 살피지 못했건만 그러고도 남총 운운하는 소리를 덥석 믿었다니. 저토록 강렬한 눈빛이 어찌 서러움에 찬 남총의 것일 수 있단 말인가?

마침내 그는 눈을 질끈 감고서 팔을 뻗어 한 지점을 가리켰다. 고통으로 몸부림치는 도중에 손톱이 다 부러져 나간 손끝, 그 손끝이 향한 곳은 머리 위 천장이었다.

고개를 든 맹부요는 전각 천장 양쪽, 어지간해서는 눈길이 가지 않을 구석에서 짐승 머리 모양 조각상 하나씩을 발견했다. 바로 그때, 살짝 벌어진 조각상의 주둥이 안에서 금빛 반사광이 명멸했다.

싱긋 미소 지은 그녀는 두 조각상의 위치를 잠시 가늠해 본 뒤 왼쪽 조각상을 선택해 그쪽을 향해 손가락으로 무언가를 튕겨 보내는 시늉을 했다. 그러자 금빛이 나는 물체가 아래로 떨어졌다.

그녀는 호부와 조서를 챙겨 밖으로 향했다. 그런데 갑자기 등 뒤에서 모종의 물체가 미세하게 바람을 가르는 소리가 들려왔다. 즉시 손을 뻗어 잡아채려 했으나 물체는 스르르 미끄러지듯 손아귀를 빠져나갔다.

맹부요는 돌아보지도 않고 후방을 단숨에 벴다. 검광이 번뜩빛났다. 칼날이 일으킨 맹렬한 바람에 겹겹 묵직한 휘장이 일제히 쳐들렸지만, 정작 물체는 이번에도 칼끝을 미꾸라지처럼 피해 갔다.

흠칫한 맹부요는 재빨리 물 흐르는 듯한 보법을 펼쳐 그 자리를 벗어났다. 그러나 쉬이 떨어져 나갈 생각이 없어 보이는 물체는 날카로운 파공음을 끌며 그녀를 들이받을 기세로 돌진해 왔다.

소리, 혹은 빛과도 같은 속도. 기척을 미처 포착하기도 전에 어느덧 눈앞에 와 있는. 물체는 그런 속도로 움직였다.

다급해진 그녀가 칼을 거머쥔 채 돌아섰다. 돌진해 오는 물체를 힘으로 받아칠 작정이었다. 뒤로 돌자마자 비린내가 훅 끼쳐 오더니 짙은 보라색 동공이 순식간에 그녀의 코앞까지 다가붙었다. 괴생명체가 눈꺼풀을 깜빡하는 동시에 자색 점액질이 사방으로 뿜어져 나왔다.

이미 허공을 가르며 뻗어 나가고 있던 칼날이 마침 방패가 되어 주었다. 칼날에 부딪혀 산산이 흩어진 점액질 대부분은 그녀의 강기를 뚫지 못했다.

그러나 유독 속눈썹처럼 가느다란 한 줄기가 문제였다. 근거리에서부터 쏘아져 들어온 그 액체가 곧 당도할 곳은 미간. 맹부요는 심장이 얼어붙는 걸 느꼈다. 성취감에 취해 한순간 방심했던 게 화근이었다.

쐐액!

불현듯 검 한 자루가 날아들었다. 두께는 얇되 길이는 쭉 빠진 검신이 어둠 한복판에 유성의 궤적과도 같이 은빛 찬란한 호선을 그리면서 소리보다도, 빛보다도 빠르게 맹부요의 얼굴 쪽을 파고들었다. 머리카락이 화라락 한꺼번에 날아오르는 통에 맹부요는 눈을 제대로 뜰 수가 없었다.

서릿발처럼 차갑게 날 선 검광의 도래.

다음 순간, 칼날이 허공에 정지했다. 한쪽 면이 맹부요의 속눈썹 끝자락과 맞닿은 채였다. 번개처럼 들이닥치던 기세보다도 한층 더 기민한 제동이었다.

은빛으로 번뜩이는 검신은 맹부요의 얼굴에 바짝 붙다시피 한 위치에 가로놓여 있었다. 조금만 빗나갔어도 두 눈을 망가뜨리거나 관자놀이를 꿰뚫었을 것이다. 하지만 최종적으로 그 검은 맹부요의 가장 긴 속눈썹 한 가닥조차 베지 않았다.

검신이 정확히 그녀의 눈앞에 멈춘 찰나 보라색 액체 역시 같은 지점에 당도했다. 빛이라고는 한 점도 없는 암실, 조금만 빗나가도 급소인 데다가 독액은 또 실처럼 가느다랬던 상황. 형용조차 어려울 만큼 정교한 검초가 아닐 수 없었다.

대체 얼마나 무시무시한 팔심과 시력이 받쳐 줘야 이게 가능하단 말인가.

보라색 액체가 '촤앗' 하고 넓게 퍼지면서 본디 얼룩 한 점 없던 칼날 표면을 거무튀튀하게 물들였다. 액체에 오염된 부위 중앙이 서서히 녹아내리기 시작하더니 급기야 칼날에 구멍이 뚫렸다. 실로 어마어마한 독성이었다.

맹부요는 안도의 한숨을 내쉬면서 운흔을 향해 고마움이 담긴 눈빛을 보냈다. 이로써 또 한 번 목숨을 빚진 것이다.

그녀가 곧장 칼을 꼬나들고 보라색 괴물에게 달려드는 사이, 운흔은 검을 갈무리해 넣었다. 검을 잡은 팔목에 힘이 잘 들어가지 않는 게 아무래도 무리한 출검과 제동 동작 중에 관절이 빠진 것 같았다. 한편, 식은땀으로 축축하게 젖은 등에는 속적삼이 마치 밧줄 감기듯 칭칭 엉겨 붙어 있었다. 조금 전에 펼친 검초는 그의 생을 통틀어 가장 절묘한 일검이었다.

위기일발의 순간, 휘장 너머에서 대기 중이던 그가 안쪽으로 들어온 것은 바람 소리가 심상치 않다는 느낌을 받아서였다. 휘장을 걷는 찰나, 맹부요의 목전으로 쇄도하는 독액이 다른 모든 풍경을 제치고서 즉각 눈에 박혔고, 그는 거의 본능적으로 검을 내질렀다. 지금에 와서 돌이켜 보니 그건 시야 확보가 전혀 안 되다시피 한 상태에서 무작정 내뻗은 검이었다.

솔직히 말해 현재 자신의 수준에서 그토록 허겁지겁 검을 내질렀으면 맹부요의 몸에 구멍을 내고도 남았어야 했다.

그런데 대체 어떻게 그런 식의 출검이 가능했으며, 절묘함의 극치라고밖에 할 수 없을 통제력은 또 어디서 나왔던 것일까? 그 절정의 검초를 기적적으로 실현시킨 힘은 대관절 무엇이란 말인가?

운흔이 한숨을 내쉬면서 두 눈을 지그시 감았다. 그저 하늘에 감사할 따름이었다.

그의 등 뒤로 성큼성큼 걸어온 맹부요가 칼에 묻은 피를 닦아 내며 말했다.

"호부를 놔둔 자리까지 기관이 설치되어 있었을 줄은 상상도 못 했네. 오른쪽 조각상 안에 저놈이 숨어 있었던 모양이야."

형체를 알아보기 힘든 꼴로 바닥에 널브러져 있는 보라색 덩어리에 쓱 한 번 눈길을 주고 난 그녀가 덧붙였다.

"운흔, 검술이 나날이 느는 것 같다? 방금 그건 나도 못 따라갈 경지였어."

운흔이 피식 웃은 직후, 뒤늦게야 그의 얼굴을 본 맹부요가 화들짝 놀라면서 물었다.

"괜찮아? 무슨 땀이 그렇게 나?"

손수건을 꺼내 직접 땀을 닦아 주려던 그녀가 중간에 무슨 생각이 들었는지 입매를 앙다무는가 싶더니 수건을 운흔의 손으로 넘겨줬다.

"내가 손끝이 여물질 못해서, 하핫……."

운흔에게 넘어간 손수건은 원래 용도로 쓰이는 대신 곧장 그의 품속으로 직행했다. 맹부요는 덕분에 얼굴이 살짝 붉어졌지만 못 본 셈 치기로 했다.

곧이어 운흔이 침상 위에 정신을 잃고 늘어져 있는 전남성을 한 번 쳐다보고는 물었다.

"살려 둘 셈인가? 화근이 될 텐데."

"안 그래도 너한테 부탁하려고."

맹부요가 말했다.

"잠깐은 목숨을 붙여 둘 필요가 있어. 지금부터 가짜 조서를 돌려서 문무백관을 근정전 외전에 집결시킬 거야. 위급 시에 병력을 움직일 권한을 가진 중서대신 셋을 묶어 놔야 되거든. 이 바닥에서 오래 굴러먹던 자들이라 여차하면 내전으로 쳐들어올 수도 있는데, 그때 전남성하고 호위들이 살아 있어야 의심을 피하면서 시간 끌기가 가능해. 이쪽은 너한테 맡길 테니까 내 호위무사인 척하고 있다가 사태가 심상치 않게 돌아간다 싶으면 전남성을 처리해 줘. 반대로 계획이 성공하거든…… 그래도 죽여 버리고."

운흔이 흠칫하자 맹부요가 어쩔 수 없는 일 아니겠냐는 표정으로 웃음 섞어 덧붙였다.

"전북야는 물러 터져서 아마 자기 손으로는 못 할 거야. 그렇다고 전남성을 살려 뒀다가는 암 덩어리를 키우는 것밖에 안 되잖아. 전북야는 깨끗한 황제 하라지 뭐, 형제 죽인 죄는 내가 대신 지고 갈 거니까."

맹부요가 미소 지었다. 거리낌 없는 웃음이었다.

"나야 어차피 주 태사 어르신 뒤를 이어서 희대의 변절자로 등극할 게 확실해 보이거든, 으하하!"

나아감과 책임짐에 대하여 그 어떠한 두려움도 느끼지 않는 듯한, 그녀의 환한 웃음을 지긋이 바라보던 운흔이 이내 눈길을 피하면서 말했다.

"그래."

그러자 맹부요가 싱글벙글 그를 쳐다보면서 전남성한테서 벗겨 온 마고자를 건네줬다.

"황제 모가지 딱 잡고서 밑에 있는 제후들 쥐었다 폈다 하고 말이야, 사내대장부면 이 정도는 해 봐야지!"

조금 전 맹부요가 썼던 술잔과 술병까지 마저 건네받은 운흔이 아리송하다는 투로 물었다.

"그나저나 무슨 병이길래 증상이 저리 괴이하지? 물소리도 못 듣고 빛도 못 본다니."

"나도 잘 몰라."

맹부요가 어깨를 으쓱했다.

죽음을 앞둔 전북항에게서 전남성의 병에 관해 들은 그녀는 그날 곧장 돌팔이 선생에게 자문을 구하러 갔었다. 돌팔이 선생은 전남성의 얼굴색부터 시작해서 손톱 색깔까지 별의별 걸 다 캐물었다. 그러고는 며칠 뒤 소량의 가루약을 주면서 전남성을 알현하러 갈 때 관복 소맷자락에다 뿌리라고 했다. 다른 짓은 할 필요 없이 그냥 소매만 최대한 열심히 흔들다가 오면 된다는 것이었다.

전남성은 평소 신변에 누군가 접근하는 것을 극도로 꺼리지만, 그래도 며칠 전 창룡대군에 대한 대응을 놓고 논쟁이 벌어졌을 때 맹부요가 얼마나 열과 성을 다해 팔을 휘젓다가 왔는가를 돌이켜 보면 불운한 황제 폐하께서는 많든 적든 일단 가루를 마시긴 마셨을 터였다.

이쯤에서 과연 병명이 무엇인가를 논해 보자면, 물과 빛을 무서워하는 게 살짝 광견병 느낌이긴 한데, 증상이 딱 떨어지는 건 또 아니었다. 광견병이야 잘못 걸리면 그냥 죽는 거지, 그게 어디 특정 계절마다 도지는 병인가.

십중팔구는 돌팔이 선생이 신경독 계통의 약을 써서 전남성이 원래 가지고 있던 증상을 대폭 악화시켰지 싶었다. 중추 신경을 손상시켜 약한 자극에도 경련을 일으키게 만든 것이리라.

에그, 전남성도 불쌍하게 됐지. 대체 능력자 몇 명이 동시에 달라붙어서 머리채를 잡은 건지…….

운흔을 보며 피식 미소를 지은 그녀가 휘장을 홱 젖혔다. 그녀는 그 너머에 멍청히 굳어 있던 근정전 총관태감을 향해 이를 드러내고 웃어 보였다.

"재밌게 들었나?"

창졸간에 얼굴에서 핏기가 싹 가신 태감이 한 발자국 뒤로 물러나서는 털썩 무릎을 꿇더니 필사적으로 머리를 조아렸다.

"맹 통령, 살려 주십시오! 제발 목숨만은…….

"내가 자네를 왜 죽여?"

싱긋 웃으며 태감의 어깨를 토닥여 준 맹부요가 그의 입에 환약을 쑤셔 넣었다.

"자, 사탕 하나 줄게, 달지? 먹고 나가서 황명 전해."

조작된 조서를 받아 드는 태감의 동작에서 망설임이 묻어났다. 손가락이 바들바들 떨리고 있었다.

"시키는 대로 잘하고 오면 사탕 하나 더 줄 테니까."

빙긋이 미소 지으며 말한 맹부요가 돌연 표정을 바꿔 싸늘하게 덧붙였다.

"지금 폐하 몰골이 어떻고 조정 꼴이 어떤지 누구보다도 빤할 테니 뭘 해야 하는지 알고 있겠지?"

태감이 눈을 들어 어두컴컴한 내전 안쪽을 힐긋 들여다봤다. 그곳에서는 죽음을 앞둔 자의 위태롭고도 무거운 호흡이 천살국 천추 7년 역사의 마지막을 써 내려가고 있었다. 그런가 하면 저 멀리 성문 밖에서는 한참 젊은 맹장이 말을 몰고 질주해 오는 중이었다.

이미 정해진 죽음이요, 정해진 결말인 것을. 세상 누가 그러한 핏빛 몰락에 자신의 미래를 통째로 걸겠다 하겠는가.

태감이 깍듯이 허리를 굽혔다. 그러자 맹부요가 빙긋 웃으며 팔을 뻗었다.

"누구보다 먼저 열왕 전하의 측근 자리를 선점했으니 축하해 줘야겠군."

눈을 반짝 빛낸 태감이 종종걸음으로 전각을 빠져나갔고, 맹부요는 그런 그의 뒷모습을 향해 희미한 냉소를 보냈다.

처한 신세가 워낙 비참해서 그런지 몰라도 환관들이란 하나 같이 음흉하고 아부에 능하며 제 잇속 챙기기에 혈안이 된 족속들이었다. 잔뜩 겁을 줘 놓고 나서 당근으로 뒷마무리까지 단단히 해 두었으니 저자가 문제를 일으킬 일은 없을 것이다.

전각을 성큼성큼 나온 그녀가 궁문 밖에서 말에 올랐을 즈음, 철성을 비롯한 호위병들이 커다란 수레 두 대를 끌고 나타났다. 맹부요는 그들에게 고개를 끄덕해 보인 뒤 곧장 황영으로 향했다.

황영에 당도하자 비호狐영 통령 간쌍금簡雙金이 꽤나 똥줄이 탔던 모양새로 냉큼 달려와 질문부터 들이댔다.

"대인, 병력 배치는 어떻게, 말씀이 있으셨습니까?"

미간에 주름을 잔뜩 잡은 맹부요가 고개를 가로저으며 탄식을 흘렸다.

"폐하께서 아무도 보지 않겠다 하시는지라 나도 허탕이었네."

"아니, 이게 무슨 경우랍니까?"

간쌍금이 피 마르는 기색으로 두 손을 마주 비벼 댔다.

"적이 저렇게 맹공을 퍼붓는데 황영 10만 남아들은 그냥 보고만 있어야 한다니요. 이게……, 이게 뭡니까, 지금!"

"간 통령, 자네 지금 폐하의 판단력을 의심하는 건가?"

맹부요가 그를 비스듬히 쏘아봤다.

"폐하의 영명하신 뜻을 우리 따위가 감히 헤아릴 수 있으려고?"

166

그러자 내심 질겁한 간쌍금이 허둥지둥 고개를 숙이면서 얼버무렸다.

"의심이라니, 제가 어찌 감히."

'흥' 하고 콧방귀를 뀐 맹부요가 의사청으로 향하는데, 간쌍금이 뒤를 쫓아오면서 넌지시 말했다.

"대인, 장수가 밖에서 싸우다 보면 일일이 위에서 내려오는 명령만 기다리고 그럴 수는 없지 않습니까. 폐하께서 말씀이 없으시면 중서대신들이 가지고 있는 도장 세 개를 받아 와도 되는데……."

중서대신들이 가진 도장?

맹부요의 입꼬리가 보일 듯 말 듯 말려 올라갔다.

아마 지금쯤이면 요신이 작업을 완료했을 것이다. 그 '금손'을 그간 썩혀 두느라 얼마나 근질근질했겠는가. 그러다가 간만에 큰 건을 맡았으니 살판이 났을 터, 노인네들 고샅 가릴 빤스 한 장씩이나마 남으면 다행이다.

문득 걸음을 멈춘 그녀가 간쌍금을 슬쩍 쳐다봤다. 황영 내에서도 대책 없기로 유명한 다혈질, 마음에 없는 소리는 곧 죽어도 못 하는 성격.

쓱싹 처치하는 거야 어려운 일이 아니지만, 지금은 괜한 잡음을 만들어서 좋을 게 없는 시점이었다. 그래도 싸움터에서는 날아다니는 녀석인 만큼 전북야한테 남겨 줘도 나쁘지 않을 것 같고…….

순식간에 궁리를 마친 맹부요가 방긋 웃는 얼굴로 돌아섰다.

"옳은 말일세. 반도가 포위당한 위급 상황에 조정 무관으로서 성을 지키는 데 몸을 사려서야 되겠나. 폐하께서 명을 안 주시면 중서대신을 찾아가고, 중서대신도 안 되거든 까짓것 우리끼리 밑에 애들 데리고 성루로 튀어 올라가면 그만이지! 뒷일은 내가 책임지도록 함세!"

그녀의 격앙된 어조에서 뿜어져 나온 기개가 간쌍금의 가슴에 불을 댕겨 버린 결과, 간쌍금은 감격을 주체하지 못하고 우렁차게 외쳤다.

"절대로 혼자 책임지게 두지 않습니다! 절반은 제 몫입니다!"

그러더니만 별안간 죄지은 사람처럼 목소리가 개미만 해지는 것이었다.

"부끄럽습니다……. 잠시나마 대인의 의중을 의심할 뻔했던 것이……."

그의 어깨를 툭툭 두드려 준 맹부요가 저 멀리 하늘가를 지긋이 응시하며 몹시 아련하게 당태종의 시 한 수를 읊조렸다.

"한 인간의 진가는 역경 속에서 비로소 드러나는 법, 혼란한 시국이 진정한 충신을 가려내리니……."

이때 느닷없이 하늘에서 벼락이 떨어졌다. 근처에 있던 나무 한 그루가 날벼락을 정통으로 맞고 숯덩이가 됐다.

그때껏 자책 중이던 간쌍금을 향해 맹부요가 점잖게 말했다.

"자, 자, 전투가 코앞일세. 번거롭겠지만 자네가 군영마다 돌아다니면서 대비 태세 점검 좀 해 주고, 그 김에 요, 유, 왕, 소, 네 부통령도 이리로 불러 주게. 소소하게 상의할 일이 있어서 그러네."

표정이 풀어진 간쌍금이 총총히 자리를 뜬 지 얼마 지나지 않아 부통령 넷이 의사청으로 맹부요를 보러 왔다. 그간 주사위 놀이며 골패 노름으로 다져 온 친분이 있는지라 넷 다 맹부요와는 예의고 뭐고 차릴 것도 없는 사이였다. 부통령들은 안에 들어서자마자 껄껄 웃음부터 풀어놨다.

"대인, 무슨 일로 찾으셨습니까?"

상석에 앉아 느긋하게 차를 홀짝이고 있던 맹부요가 손을 한 번 내젓자 출입문이 '쾅' 하고 닫혔다.

네 부통령이 흠칫하는 찰나 맹부요가 한 번 더 손을 내저었고, 그러자 이번에는 그녀의 전담 호위병들이 쟁반 두 개를 옮겨 왔다. 쟁반 하나에는 엄지손가락만 한 진주가 잔뜩 담겨 있었고, 다른 하나에는 비수가 덜렁 올라 있었다.

어두컴컴한 의사청 안, 모두가 반짝이는 진주의 광채에서 눈을 떼지 못했다.

네 부통령도 나름 어디 가서 세상 물정 모른다는 소리는 안 들을 인물들이었지만, 이 정도 수량의 고품질 진주를 한자리에서 보기는 처음이었다. 네 사람의 눈동자가 진주의 광채를 받아 번뜩거렸다.

맹부요는 그들의 반응을 흡족하게 지켜보면서 찻잔을 입으로 가져갔다.

지금 이 자리에 앉아 있는 네 명의 사내들로 말할 것 같으면 그녀가 부통령급 이상만 모이는 노름판에서 고르고 골라 의도적으로 친분을 쌓은, 잔돈 한두 푼에도 목숨을 거는 자들이었다. 그런 자들에게 굳은 심지나 대쪽 같은 절개 따위가 있을 턱이 있나.

그녀가 황영에 들어온 그날부로 매일 노름판에서 살다시피 한 것은 다 나름의 생각이 있어서였다. 돈 풀어서 인심 얻는 건 부차적인 활동, 진짜 목적은 골패 노름을 수단으로 상대의 됨됨이를 파악하고 만만해 보이는 인물들을 포섭하는 것이었다.

이곳은 보는 이 없는 밀실이었고 진주알은 백설처럼 희었다. 네 사람의 눈빛과 호흡이 눈앞에 알알이 놓인 보배에 짓눌려 극심히 불안정한 양상을 띠기 시작했을 즈음, 맹부요가 찻잔을 내려놨다. 값비싼 도자기 찻잔 밑면과 화류목 탁자가 맞부딪치며 만들어 낸 청아한 울림에 네 부통령이 흠칫 떨며 고개를 들었다.

"내 자네들에게 부귀영화를 주려 하네."

맹부요의 손가락이 진주를 가리키는 것을 본 네 사람은 만면에 희색을 띠고서도 짐짓 곤혹스러운 표정을 내비쳤다.

그러자 맹부요가 이번에는 비수를 가리켜 보였다.

"그게 싫으면, 도륙을 당하든지."

❀

의사청 출입문이 천천히 열린 건 그로부터 1각이 지나서였다. 맹부요는 여전히 미소 띤 얼굴로 상석에 앉아 있었고, 진주와 비수는 모습을 감춘 뒤였으며, 아랫자리에 앉은 네 부통령은 그녀를 보며 다소 경직된 웃음을 짓고 있었다. 하나같이 소맷부리는 묵직한 채로.

시간이 조금 더 흐르자 나머지 간부들도 연락을 받고 의사청으로 모여들었다.

황영 소속 병영 세 곳은 각각 통령 한 명과 부통령 두 명씩을 두고 있었으나, 맹부요가 현재 황영 총통령과 비호영 통령직을 겸하는 데서 알 수 있듯이 편제에 등록된 직책의 개수와 실질 근무자 수가 꼭 맞아떨어지는 건 아니었다.

하여, 맹부요 본인, 순찰을 돌러 나간 간쌍금, 미리 당도한 부통령 넷을 열외로 빼면, 마저 모여야 할 인원은 황영 부총통령, 비호虎영 통령과 부통령 한 명, 비호狐영 부통령 한 명, 비표영 부통령 한 명이었다.

황영 부총통령 정휘鄭輝는 전임 총통령 사욱의 심복으로, 사욱이 병부로 좌천되자 내심 본인이 총통령직을 꿰찰 수 있을 줄 알고 기대했다가 닭 쫓던 개가 된 인물이었다. 황제 폐하가 그 자리에서 머리에 피도 안 마른 맹부요 놈에게 그 엄청난 요직을 던져 주리라고 누가 상상이나 했겠는가. 도저히 받아들일 수가 없는 일이었던 고로, 정휘는 앞에서야 '네, 네.' 할지언정 뒤로는 맹부요를 우습게 여겼다.

그리고 조금 전, 창백하게 빼빼 마른 얼굴에 마뜩잖은 기색을 노골적으로 드러내고서 남들보다 유독 길고 폭이 좁은 콧대를 칼날처럼 세운 채 등장한 그는 자리에 앉자마자 가자미눈으로 천장이나 보며 딴청 중이었다.

하지만 맹부요는 불쾌한 기색이기는커녕 점잖게 손을 무릎에 올리고 앉아서 그를 보며 미소 짓고 있었다.

"자, 내 아까 궐에 갔다가 폐하의 조서를 받았소이다. 우리 황영에는 궁을 지키라는 명이 내려졌소. 잠시 후에 어림군과 교대가 있을 것이외다."

자리에 앉아 있던 이들 모두가 움찔 어깨를 굳힌 직후, 비표영 부통령이 당황스럽다는 양 입을 열었다.

"황영의 주된 임무는 본래가 성곽을 지키는 것 아닙니까? 지금 밖에서 역적 놈들이 저 난리인데 당장 성벽에 올려보내 줘도 모자랄 걸 우리더러 어림군하고 자리를 바꾸라니요?"

맹부요가 무릎을 만지작거리며 미간을 찌푸렸다.

"그렇다고 폐하께서 내리신 결정을 거역할 수야 없으니."

그러더니 의자에서 일어나면서 말했다.

"다들 교대 준비를 부탁드리겠소."

"잠깐!"

맹부요가 천천히 몸을 틀어 왼편 첫 번째 자리를 돌아봤다. 예상대로 정휘였다.

눈을 비스듬히 내리깔고서 기다란 코로 숨을 '킁' 들이마신 그가 여유만만하게 말을 시작했다.

"대인, 황영은 전쟁을 하는 군대지, 마마님들 공주님네들 대문 앞이나 지키는 어림군이 아닙니다. 그런 명령을 군소리 한마디 없이 넙죽 수용하다니요, 폐하께 항의를 해서라도 바로잡

앉어야 하는 거 아닙니까?"

"정 대인, 하나 물으리다. 나더러 무어라 항의를 하라는 거요?"

맹부요가 피식 웃더니 짐짓 사근사근한 투로 말을 이었다.

"아이고, 폐하네 어림군이 무슨 싸움을 합니까. 황궁 대문만 지키고 앉어 있느라 칼도 다 녹슬었을 텐데 싸움은 저희 황영이 하겠사오니 집 지키던 애들은 계속 집이나 지키라고 두세요. 뭐 이딴 소리라도 하오리까?"

말문이 막혔는지 아무 대꾸도 못 하던 정휘가 잠시 후 같잖다는 듯 한마디를 내뱉었다.

"대인이 못 하겠다면 내가 직접 하지요!"

그러더니 자리를 박차고 나가려는 게 아닌가.

"게 서지 못할까!"

벽력같이 터져 나온 일갈에 번쩍번쩍한 갑옷을 갖춰 입은 간부 일동이 화들짝 소스라쳤다. 아마 골이 웅웅 울렸으리라. 그와 동시에 장식장에서 청화 법랑 꽃병이 떨어져 와장창 산산조각이 났다. 부통령 몇몇은 사방으로 튀는 청람색 자기 파편을 피해 허둥지둥 발을 뒤쪽으로 물려야 했다.

기겁해 심장이 벌렁거리기는 정휘 역시 마찬가지였다. 저 소문난 얼치기 놈이 이번 진무대회 우승자라는 사실이 떠오르고 나자 자리를 뜨고 싶어도 다리가 움직여 주질 않았다.

곧이어 아까까지만 해도 봄바람처럼 살랑살랑 온화하게 웃던 소년 통령의 급작스러운 진노가 맹렬한 폭풍우로 화해 그를 들이덮쳤다.

"정휘!"

우레가 우르릉대는 듯한 소리. 폭발 직전의 분노를 실은 노호가 이어졌다.

"똑똑히 들어라. 나는 지금 명령을 내리는 것이지, 네놈과 상의를 하자는 게 아니다. 정 명령을 따르지 못하겠다면 네놈과 나 사이에는 더 이상 상관과 부하의 관계가 성립되지 않을 터. 이 문제를 해결할 방법은 둘 중 하나다. 내가 총통령을 때려치우든가, 아니면 네가 부총통령을 때려치우든가. 그런데 나는 아직 관둘 생각이 없으니 만약 네놈이 계속 명령에 불복한다면 두 가지 선택지를 제시하는 수밖에 없을 것 같군. 첫 번째, 네놈이 즉시 장수들을 데리고 가서 내 명령을 이행한다. 두 번째, 내가 즉시 장수들을 데리고……."

날벼락을 맞은 정휘는 빠르고도 또박또박하게 쏟아져 나오는 단어들에 치여 현기증이 나고 가슴이 벌렁거리는 통에 이도 저도 못 하고 제자리에 뻣뻣하게 굳어 버렸다.

그 상태에서 무의식적으로 상대의 마지막 말을 기다리고 있는데, 맹부요가 돌연 옷자락을 펄럭 떨치더니 깨진 도자기 조각을 밟으며 성난 맹수처럼 그를 덮쳐 왔다.

"네놈을 없앤다!"

맹부요의 몸에서 뿜어져 나온 진기가 바닥에 흩어져 있던 도자기 파편을 모조리 휘말아 사방으로 쏘아 보냈다. 반사적으로 소매를 들어 얼굴을 가린 간부들이 소맷부리 틈새로 본 것은 검은 옷자락이 허공에 칠흑의 칼날 같은 반원을 그리는 모습이었다.

정체된 공기를 반으로 갈라놓은 옷자락이 다시 한번 역동적으로 출렁였을 때, 맹부요는 이미 정휘의 코앞까지 들이닥쳐 봉황이 사냥감을 쪼듯 손가락 두 개를 내뻗고 있었다. 그대로 목울대를 찌른 맹부요는 연결 동작으로 상대의 목을 단단히 틀어잡았다.

까득.

호두 껍데기가 깨질 때 나는 정도의 작은 소리에 불과했으나, 그 소리는 간부 전원을 의자에 박제시켜 버렸다.

움직인 사람은 딱 한 명, 정휘뿐이었다. 그는 으깨진 목젖을 기괴하게 꿈틀거리면서 소름 끼치는 소리를 토하고 있었다. 하지만 그것도 잠시, 곧 목 줄기가 힘없이 내려앉는 동시에 정휘가 꼿꼿이 선 채 뒤로 넘어갔다.

쿵, 도자기 파편으로 빽빽한 지면이 그를 받아 내며 둔탁한 소리로 울었다. 곧이어 등허리 아래에서 가느다란 핏줄기가 흘러나오기 시작했다. 깨진 꽃병 조각이 살가죽을 뚫어서 낸 피였다. 양이 많거나 농도가 짙지는 않지만, 그 피는 뱀처럼 구불구불 간부들의 발밑까지 기어갔다.

간부들은 다리를 움츠리지도, 도망치지도 못했다. 마음과 달리 몸이 움직여 주질 않아서였다. 조금 전 정휘의 숨이 끊어지는 광경을 보고 얼어붙은 찰나, 맹부요에게 매수당한 동료들이 잽싸게 그들을 제압했던 것이다.

정휘의 시체를 한 번, 곁에 서 있는 동료들을 한 번 쳐다보고 난 그들은 금방 조용해졌다. 반항을 시도한 사람은 단 한 명도 없었다.

정휘의 시신 앞에 서 있던 맹부요는 느릿하게 입꼬리를 끌어 올렸다. 최소 인원을 죽여 최대 효과를 얻을 것. 장손무극의 말이었다.

사전 작업이 어느 정도 되어 있기도 했고 그녀 자신의 능력치도 충분했기에 간부급 전원을 몰살하는 것도 얼마든지 가능했지만, 꼭 그렇게까지 수고를 들일 필요가 있나 싶었다.

굳이 저들을 막다른 골목까지 몰아붙여서 얻는 게 무엇이란 말인가. 불필요한 반항과 그로 인한 변수?

그러느니 상관의 죽음과 동료들의 변절을 본인 눈으로 생생히 지켜보게 하는 편이 훨씬 덜 번거롭고 확실한 방법이리라.

인간은 군중 심리의 동물이다. 남들이 죽자고 저항하면 나도 같이 목숨 내놔야 할 것 같고, 남들이 다 백기를 들면 나 하나쯤 더 묻어간들 어떻겠냐 싶어지는 것이 사람 마음.

맹부요는 피 웅덩이 한복판에 선 채 다소 피로한 기색으로 고개를 들어 성벽 쪽을 바라봤다. 시간이 너무 촉박했던 게 아쉬웠다. 낙하산으로 황영에 들어와 권력의 최정점까지 오르기는 했지만, 결국 그녀가 이룬 것이라고는 마지막 순간 아슬아슬하게 총통령 자리를 낚아챈 게 고작이었다. 황영을 뼛속까지 장악해 자신을 따라 전남성과 대척점에 서게 하는 데는 실패하고 말았다.

그렇다면 이제 그녀에게 남은 최선은 도성 방위의 세 축 중

하나를 담당하고 있는 반도 최강 군사 집단의 요해를, 무시무시한 힘으로 전북야를 옭아맬 수 있을 뱀의 급소를 어떻게든 박살 내는 것이었다.

부통령 넷이 어림군과 교대할 병력을 이끌고 황궁으로 출발한 뒤, 나머지 간부들과 간쌍금을 감방 한 칸에 몰아넣고 자물쇠를 채운 맹부요는 그제야 가까스로 한숨을 돌릴 수 있었다. 그러고 나서 본영 밖으로 막 나서는 길에 딱 맞닥뜨린 인물이 있었으니, 다름 아닌 사욱이었다.

맹부요는 눈을 가늘게 좁히면서 생각했다.

요놈 봐라, 근정전으로 집결하라는 연락을 분명 받았을 텐데 지금 여기에 나타났다? 이거 귀찮게 됐구먼.

굳은 표정으로 그녀를 응시하고 있던 사욱이 입을 열려는 찰나, 맹부요가 먼저 방긋 웃으면서 품에 넣어 뒀던 자필본 조서와 호부를 꺼내 들었다.

"뭘 또 이렇게 딱 맞춰 와 주시고. 지금 금위군 통솔권을 인계받으러 가는 길인데, 동행해 주고자 오셨을 테지요? 폐하께서 황영과 금위군을 몽땅 저한테 맡기시며 성 안팎 수비를 책임지라 하셨으니 말입니다."

사욱의 미간이 꿈틀 경련했다. 그는 일단 조서를 넘겨받아 샅샅이 뜯어본 후 옆에 있던 호부까지 상세히 살폈다. 병영에 몸담은 세월이 있는 만큼 진짜임을 알아보는 건 어렵지 않았다. 그는 대번에 낯빛이 창백해졌지만, 그렇다고 그냥 물러나지는 않았다.

"맹 장군 나이에 감당하기에는 너무 무거운 책임인 듯한데. 그렇지 않아도 방금 중서대신께서 지시하시기를, 잠시 금위군을 맡아 맹 장군과 함께 전투에 임하라더군. 내 보기에는 폐하께서 장군을 많이 의지하시니 장군은 가서 폐하 곁을 지키는 게 좋겠소이다. 성벽 쪽은 나한테 맡기고."

"호오?"

맹부요가 눈썹을 까딱하며 미소 지었다.

"중서대신이 훈령을 내렸다고요? 잠깐 볼 수 있겠습니까?"

사욱이 머뭇머뭇 품 안에서 명령서를 꺼내 건네기까지는 약간의 시간이 필요했다.

맹부요는 그 명령서라는 것을 보자마자 피식 웃어 버렸다. 그녀가 손가락으로 가리켜 보인 종잇장 하단, 본래 도장 세 개가 연이어 찍혀 있어야 할 날인 칸에는 인주 자국이 딱 하나밖에 없었다.

사욱을 향해 빙긋이 웃으며 눈썹을 까딱 치켜세운 그녀가 재미있다는 양 말했다.

"제가 듣기로는 도장이 세 개 있어야 한다는 것 같던데, 이렇게 달랑 하나만 찍어 와도 되는 줄은 미처 몰랐습니다그려."

사욱의 안면 근육이 움찔움찔 경련하길 몇 차례, 잠시 후 그가 차갑게 내뱉었다.

"구 대인의 지시를 받아 내가 실행하는 일이오. 추후 폐하께서 죄를 묻더라도 구 대인과 내가 책임질 테니 맹 통령은 협조나 하시오."

"말이 되는 소리를 해야지."

맹부요가 종잇장을 돌려주며 냉소했다.

"뭐 이런 황당한 경우가 다 있답니까? 훈령이랍시고 삼분지 일짜리를 들고 와서는, 정식 조서에 호부까지 가지고 있는 나한테 병권을 내놓으라니. 귀하에게는 구 대인의 삼분지 일짜리 훈령이 폐하께서 내리신 조서와 병부보다 존엄한가 보지요?"

심각한 문제로 번질 수도 있는 말이었지만, 사욱은 전혀 동요하지 않는 모습이었다.

"구 대인께서 이미 금위군을 이끌고 적을 맞으러 성벽에 올라가셨소. 비록 문관의 몸이나, 부귀영화를 누리다가 편히 죽는 것보다는 폐하를 위해 싸우다가 전장에서 죽는 편이 가치 있다 하시더군. 바로 내가 하고 싶은 말이오. 맹 통령이 정 협조하지 못하겠다면 내 황영 장졸들과 직접 이야기하겠소."

맹부요의 미간이 꿈틀했다.

사욱, 이 썩을 놈이 전남성의 열혈 추종자였을 줄이야. 황영이 이자의 손아귀에 있던 세월이 얼마인가.

엄격한 원칙주의자인 사욱은 강직한 성품으로 말미암아 병사들의 존경을 한 몸에 받던 인물이다. 그 영향력은 하늘에서 뚝 떨어져 고작 한두 달 통령을 해 먹은 그녀가 감히 비벼 볼 수준이 아니었다.

사욱이 직접 나서게 되면 이미 그녀 쪽으로 돌아선 장수들은 어떨지 몰라도 일반 병사들의 경우는 분명 그에게 동조할 것이다. 그 말인즉슨 지금까지 애쓴 게 모조리 말짱 도루묵이 된다는 뜻.

생각이 여기까지 미치자 맹부요는 일단 얼굴에 미소를 걸었다. 그러고는 어깨를 으쓱하며 말했다.

"아휴, 우리끼리 신경전을 해서 어디 쓰나요. 어차피 다들 황조의 대업이 천추만대 이어지길 바라며 폐하의 성위를 지키고자 목숨 바쳐 싸울 사람들인 건 매한가지 아니겠습니까. 사 대인께서는 관록 있는 무장으로서 노련함과 신중함, 풍부한 경험을 갖추신바, 일견식도 없는 이 풋내기야 응당 사 대인의 뜻을 따라야겠지요."

그 소리에 얼굴빛이 확 살아난 사욱이 그녀를 위아래로 훑어보며 고개를 끄덕였다.

"그리 생각한다니 다행이군."

"다만."

맹부요가 말을 이었다.

"사 대인께서 가지신 것은 온전치 못한 훈령에 불과하나 제 손에는 멀쩡한 조서와 호부가 들려 있으니 말입니다. 대인께서야 황명을 무시할 배짱이 있으신지 몰라도 저는 아니거든요. 하나는 전장에 몸을 던지고자 하고 다른 하나는 주군의 명을 받들고자 하니, 우리 그 사이에서 절충안을 찾는 게 어떻습니까?"

뒤로 휙 돌아선 그녀가 황영을 가리켰다.

"황영군 3분의 2는 황궁에 투입하고 나머지 3분의 1은 제 지휘하에 사 대인, 구 대인의 금위군과 함께 성벽을 지키는 겁니다. 차후에 폐하께서 불호령을 내리시는 날이 오거든 구 대인과 사 대인이 중간 역할을 잘 좀 해 주시고요. 어떤가요?"

어전에서 재롱이나 피우는 어릿광대 주제에 약아빠져서는.

몹시 혐오스럽다는 눈으로 맹부요를 쓱 한 번 흘겨본 사욱이 짧은 고민 끝에 대답했다.

"그리하리다."

속으로 주판을 튕겨 본 결과, 고작 황영군 3분의 1을 거느린 맹부요가 그의 감시 아래에서 뭔가 일을 친다는 건 불가능이었다. 그가 눈을 시퍼렇게 뜨고서 지켜보고 있는 이상 지휘권 행사 자체가 어려울 것이다.

그나저나 어찌 된 영문인지 몰라도 오늘 밤 폐하는 자꾸만 상식 밖의 명령을 쏟아 내고 있었다. 그와 중서대신 구경홍이 죽을 각오로 황명을 거역하고 있는 것은 오로지 황성을 지켜 내야 한다는 일념에서 나온 몸부림이었다. 어쨌든 지금 궁에 들어가 있는 중서대신 해예가 폐하를 설득해 맹부요에 대한 신뢰를 거두게 하고 새 조서를 받아 내기만 하면, 황영은 통째로 그의 손에 들어올 것이다.

우뚝 솟은 성채의 높이만으로도 천하제일 소리를 듣는 반도성은 두꺼운 성벽과 강력한 화포뿐 아니라 옹성, 양마성, 도개교, 기병을 겨냥한 3단 참호 등 오중에 달하는 방어선을 갖추고 있었다. 또한 성안에는 고도로 훈련된 정예병들과 넉넉한 군량, 각종 무기가 빠짐없이 확보되어 있었다.

이는 지나치게 긴 보급선만도 문제인 데다가 천 리 길을 눈한 번 제대로 못 붙이고 최고 속도로 달려오느라 이미 기진맥

진해 있을 창룡군과는 비교 자체가 안 되는 조건이었다.

사욱은 황영만 자기 손에 들어오면 반도성 성벽 아래가 바로 전북야의 무덤이 되리라 믿어 의심치 않았다.

힐끔, 그가 곁눈질로 천연덕스레 웃고 있는 맹부요를 살폈다. 구경홍한테서 속이 안 읽히는 인물이니 조심하라는 당부를 몇 번이나 받고 온 참이었지만, 병권을 선뜻 내놓는 것으로 봐서는 듣던 만큼 위험한 놈은 아닌 듯했다.

맹부요는 그 순간 상대의 표정을 놓치지 않고 희미하게 입꼬리를 말아 올렸다.

✿

비호狐영 병사들을 소집해 성문을 향해 내달리는 길, 사욱이 수레를 몰고 뒤따라오는 철성을 괴이쩍게 쳐다보자 옆에 있던 맹부요가 말했다.

"금언부와 명륜부 도독의 가솔들입니다. 폐하께서 성벽에 끌고 올라가 계획대로 진행하라 명하셨습니다."

그 말에 사욱이 반색하며 고개를 끄덕였다.

일행은 어느덧 성문 근처에 당도해 있었다. 강렬한 불빛과 지축을 뒤흔드는 함성이 일행을 덮쳐 온 것은 한참 멀리서부터의 일, 성문 부근은 개미 떼처럼 성벽을 오르내리는 흑색 제복의 도성 수비군과 자색의 금위군 병사들로 북적거렸다. 성벽 모서리 누각에서는 기계식 강궁이 삐걱삐걱 360도로 회전하면서 새카만 화살 비를 토해 내고 있었다.

맹부요와 사욱은 계단을 지나 성루에 올라서자마자 중서대신 구경홍의 모습을 볼 수 있었다. 희끗희끗하게 센 수염, 엉망인 옷매무새. 그는 성벽을 타고 올라오는 창룡군 병사의 얼굴에다 대고 어설프게 창질을 했다가 병사가 이를 악물고 내지른 일 장에 맞아 붕 나가떨어지는 중이었다.

주변 사람들이 황급히 달려가 그를 성곽 아래로 끌어 내리려 했으나 구경홍은 아등바등 위쪽으로 기어오르며 소리를 질러댔다.

"발사! 활을 쏴라! 바윗돌, 통나무, 끓인 기름, 모래주머니, 다 들이부어!"

쇳소리를 내지르던 그가 무심코 고개를 돌렸다가 사욱과 맹부요를 발견한 것은 잠시 후의 일이었다. 붉게 타오르는 화염을 배경으로, 검은 옷의 맹부요는 화살이 비처럼 쏟아지는 하늘을 그저 무심히 머리 위에 이고 서 있었다. 희멀건 낯빛과는 어울리지 않는 어둠을 눈 속에 품고서.

구경홍, 긴 세월 천살에 충성을 바쳐 온 노신은 상대의 눈빛에 일순 가슴이 덜컥 내려앉았다. 하지만 다음 순간 맹부요가 웃는 낯으로 다가와 말을 붙이자 그 느낌은 곧바로 지워졌다.

"문관의 신분임에도 오로지 나라를 위하는 마음 하나로 몸소 병사들을 이끄시는 모습, 탄복할 따름입니다."

구경홍이 헐떡거리며 손사래를 치는 사이, 성벽 가장자리로 걸어가 아래를 내려다보던 맹부요의 눈에 한 인물이 포착되었다. 전북야였다.

선홍빛으로 타오르는 광야는 열 맞춰 도열한 군사들과 함성을 지르며 내달리는 선봉대에 점령당한 상태였고, 검은 옷에 검은 말을 탄 사람과 그를 따르는 정예급 기병대가 그 한복판을 성난 용처럼 거침없이 누비고 있었다. 검은 형체는 묵직한 금강저를 손에 든 모습이었는데, 그가 금강저를 휘두를 때면 화광에 물든 밤의 암흑 위에 유성의 꼬리와도 같은 금빛 궤적이 그려졌다.

중간에 만만치 않은 거리가 가로놓여 있음에도 한 번씩 성벽 위쪽을 스치는 그의 눈빛에서는 무섭도록 단단한 힘이 느껴졌다. 금강석처럼 찬란하게 빛나는 그 눈빛의 위세에 강타당한 밤하늘은 흡사 폭죽을 터뜨리듯 은백색 별 가루를 토해 냈다.

바다가 갈라지듯 좌우로 갈라져 길을 터 주는 군사들 사이로, 그는 일직선으로 쏘아져 나가는 검은색 빛줄기처럼 성벽을 향해 질주했다.

머리 위를 덮쳐 오는 육중한 바윗돌도 그에게는 어린애 장난감에 지나지 않았다. 금강저가 돌덩이를 박살 내는 굉음이 이어지는 가운데, 그는 심지어 바윗돌 하나를 성 쪽으로 되쏘기까지 했다. 왔던 궤적을 그대로 밟아 돌아간 바윗돌은 특수 공법으로 축조되어 극한의 견고함을 자랑하는 성벽에 어른 머리통만 한 함몰흔을 남겼다.

진정한 의미의 맹장. 지략과 패기, 발군의 통솔력과 용맹함을 모두 갖춘.

이때 금강저를 휘두르다가 성벽 꼭대기 한 지점에 눈길이 닿은 전북야가 온몸을 흠칫 굳혔다. 맹부요를 발견한 것이다.

드높은 성벽 꼭대기, 경장 갑옷 차림의 가냘픈 소년이 성가퀴를 두 손으로 짚고 서 있었다. 긴장감에 바짝 쪼그라든 주변 병사들과 달리 소년은 수려한 이목구비에 미소를 얹은 채로 여유롭게 아래를 내려다보는 중이었다.

묵연히 치솟은 황성의 거대한 윤곽을 배경으로, 새카만 옷자락이 은빛 머리끈과 어우러져 허공을 너울너울 수놓고 있었다. 홀로 맑기 그지없는, 피를 뒤집어쓰고 허둥거리는 병사들과 확연한 대비를 이루는 그 차분함과 기품은 세상을 발밑에 둔 자의 여유에서 나오는 것이었다.

전북야는 가슴팍을 둔탁하게 얻어맞은 듯한 감각에 하마터면 금강저를 놓칠 뻔했다. 급하게 손아귀에 힘을 넣었다. 그럼에도 어느덧 땀에 흠뻑 젖은 손바닥은 좀처럼 무기를 안정적으로 거머쥐지 못했다.

반년간의 이별, 일야로 그리움만 커지던 시간. 하루하루 쌓이고 쌓인 그리움은 지금 눈앞에 있는 저 성벽보다도 높고 두꺼워진 채로 그의 낮과 밤에, 꿈속에, 여정 가운데, 언제나 그렇게 우뚝 서 있었다.

어딜 가나 그녀의 그림자가 보였다. 어딜 가나 그녀가 눈에 밟혔다. 길을 갈 때는 채찍을 들고 말을 모는 모양이, 물을 마실 때는 항상 따뜻한 물만 찾던 모습이, 밥을 먹을 때는 고상하다고는 못 할 먹음새가, 잠을 잘 때는 언젠가 한 침상에 누워서 보았던 그 가냘픈 뒤태가 떠올랐다.

지척에 있으나 손 닿지는 못할, 초승달과 같은 여인.

그렇게 생각하고 또 생각하고……. 빙빙 돌고 도는 상념으로부터 그는 결코 벗어날 수도, 도망칠 수도 없었다.

재회의 순간을 상상해 본 적도 무수히 많았다.

과연 어느 장소에서 다시 만나게 될 것인가. 황궁에서? 대로변에서? 이전에 함께 지내던 저택에서?

다시 만나는 순간 서로는 어떤 모습일 것인가. 그녀가 먼저 방긋 웃으며 달려올까, 아니면 자신이 먼저 활짝 웃으며 달려갈까.

언제 한 번은 밤중에 자다 말고 소스라쳐 깬 적이 있었다. 꿈 탓이었다. 땀범벅이 된 채로 일어나서 당장 반도로 진격해야겠다며 병마를 소집하는 걸 부하들이 죽기 살기로 뜯어말렸다.

꿈에서 본 것은 그녀의 죽음이었다. 온몸에 피 칠갑을 하고서 선혈이 홍건히 고인 웅덩이 앞에 웅크리고 앉아 바닥에 뭔가를 끄적끄적 그리던 그녀가 갑자기 쓰러지는.

그날 밤 그는 정원에 앉아 무릎을 안고서 달이 지고 동이 트는 걸 뜬눈으로 지켜봤더랬다.

또 한 번은 그녀가 먼저 반도를 떠나 버리는 꿈을 꾸기도 했다. 깨어나서 멍하니 생각해 보니 그래, 맹부요라면 충분히 그랬을 수도 있겠구나 싶었다.

이제 어쩌나. 반도를 함락하자마자 바로 뒤쫓아 가면 따라잡을 수 있을까? 아니면 그냥 반도는 포기해?

하지만 다음 날, 흑풍기 형제들의 얼굴과 기우의 허전한 한쪽 어깨를 본 그는 행군을 마저 이어 가기로 했다.

사나이에게는 사나이로서의 책임이 있는 법, 어찌 매사 가슴이 시키는 대로만 살겠는가.

그리고 지금, 그는 반년 만에 마침내 그녀를 눈앞에 두고 있었다. 그럼으로써 비로소 깨달았다. 자신이 '사무치는 그리움'이라 명명했던 것은 고작해야 얄팍한 감정에 지나지 않았음을. 그토록 애타던 낮과 밤들도 이 순간에 비하면 종잇장 같은 가벼움에 불과함을.

재회의 순간은 벼락처럼 그를 관통했고 지금 그는 오로지 그녀에게 달려가고픈 마음뿐이었다.

그에게 있어 그녀는 목마름으로 죽어 가던 나그네가 사막 한복판에서 마주한 생명의 샘이었다. 거기까지 가는 사이 설령 이 목숨이 다한다 해도, 걸을 힘이 없다면 기어서라도 이르러야 할.

그는 그녀를 향해 달렸다. 금강저를 휘두르며, 화살의 비와 칼날의 숲을 뚫고서.

맹부요는 그런 그를 향해 손가락을 세워 보였다. 멀리까지도 이글대는 열기가 고스란히 전해지는 전북야의 눈을 똑바로 마주 보며, 그녀가 검지와 중지를 '척' 하고 멋들어지게 세워 만든 것은 가위 모양 V 자, 승리의 손동작이었다.

질주를 멈춘 전북야가 당혹스러운 표정으로 위를 올려다볼 때, 맹부요는 고개를 돌려 사욱이 두 도독의 가솔들을 끌고 올라오는 모습을 확인했다. 힘없는 부녀자들과 어린 티를 벗지 못한 소년들이 몸에 포승줄을 둘둘 감고서 맹부요의 호위병들에게 떠밀려 성벽으로 올라서고 있었다.

한 손에 방패를 든 사욱이 다른 손으로 여인 하나를 잡아채 성벽 가장자리로 가더니 상체를 밖으로 내밀고 소리쳤다.

"전북야, 금언부와 명륜부 도독의 가솔들이다!"

열 맞춰 몰려와 성벽을 공격하던 병사들이 일제히 움직임을 뚝 그치고는 당황한 기색으로 전북야 쪽을 돌아봤다. 그러자 흑단보다도 검게 침잠한 눈으로 사욱을 올려다보던 전북야가 손바닥을 펼쳐 천천히 들어 올렸다.

입꼬리를 비틀어 올린 사욱이 몸을 한층 더 길게 성벽 바깥으로 내밀면서 말했다.

"누구보다 먼저 네 밑으로 들어가 천 리 길을 함께 싸워 온 자들이 아닌가. 부귀고 뭐고 다 버리고 널 위해 피 흘렸던 자들의 가족이 지금 이 성벽 위에 있다. 한 걸음이라도 더 진격해 온다면 내 즉시 이들을 죽여 북방의 남아들에게 똑똑히 알려 줄 것이다. 본인들이 충심으로 따르던 역적 놈이 얼마나 피도 눈물도 없는 작자인지!"

군사들의 함성이 잦아든 자리에 서늘한 바람이 스쳤다. 차디찬 달 아래, 횃불이 별처럼 무리 지어 타오르고 있는 평야에서는 간간이 불꽃이 타닥거리는 소리만이 들려왔다. 성벽 위쪽에서, 그리고 그 아래 평원에서, 무수히 많은 눈길이 인파 한복판에 엄숙하게 선 미남자를 주시하고 있었다.

군대 전체가 침묵 속에서 한 사람의 힘겨운 결단을 기다리던 그때, 사욱이 앳된 여인의 목에 칼을 들이대며 일갈했다.

"철군해라!"

전북야는 입을 꾹 다문 채로 사욱을 향해 쇳덩이 같은 눈빛을 쏘아 보냈다. 사욱은 동요는커녕 번뜩이는 칼날을 여자의 목에 더 바짝 갖다 붙였다.

"병력을 철수시킨 다음 네놈은 스스로 오라를 지고 올라와라! 만인의 손가락질을 받는 죄인이 되고 싶지 않거든 시키는 대로 해!"

느릿느릿 고개를 들어 성벽 위를 쳐다보는 전북야의 뒤쪽으로 검은색 옷자락이 바람을 타고 펄럭였다. 불빛 아래 드러난 그의 빼어난 이목구비는 흡사 단단한 금강석을 깎아 만들어 놓은 듯했다.

성벽 위의 인질들을 유심히 훑어본 그는 이어서 옆쪽에 느긋하게 서 있는 맹부요에게도 눈길을 준 후 천천히, 한 걸음 뒤로 물러났다. 험난한 요새를 넘듯, 돌이키지 못할 파멸을 향해 가듯 디딘 한 걸음.

이를 본 사욱이 희열에 찬 눈빛을 뿜어내는 순간이었다.

촷!

새하얀 빛이 번뜩했다. 구중천 구름 속을 누비는 순백의 교룡을 연상케 하는 빛이었다. 구름층 끝자락에서 솟구쳐 오른 교룡이 울부짖음을 토하며 인간 세상을 덮쳐 붉은 피로 배를 채웠으니.

그 은색 빛줄기는 포승줄에 묶인 '금언부 도독의 가녀린 아내'가 입에 머금고 있다가 쏘아 낸 것이었다. 자비 없이 매섭게, 맹렬하고도 기민하게 날아간 은광은 창졸간에 사욱의 미간 깊숙이 들어박혔다.

미간 한가운데서 스며 나오기 시작한 선혈이 한 줄기 직선을 그리며 흙바닥으로 추락했다. 사욱의 몸은 성가퀴 밖으로 상체를 내민 자세 그대로 영영 박제되었고, 그의 희열은 전북야가 뒷걸음질을 치던 그 순간에 단단히 못 박혔다. 생의 최후까지도 그는 절반의 경악과 절반의 기쁨이 뒤섞인, 몹시도 기묘한 웃음을 얼굴에 걸고 있었다.

손아귀에서 스르르 힘이 풀리는 사이, 그가 마지막으로 던진 눈길의 끝에 있었던 인물은 맹부요였다. 성벽 한쪽에서 앞뒤로 호위병들에게 에워싸인 채 뒷짐을 지고 서 있던 소년이 그를 향해 웃음 지었다. 차분하고, 점잖으며, 온화하고, 의미심장한 웃음이었다. 그 눈빛이 절명하기 직전의 사욱에게 모든 것을 말해 주었다.

결국에는…… 지고 말았구나……. 왕조는 이제 곧…… 사멸을 맞으리라.

사욱이 마지막으로 한 생각이었다.

곧이어, 축 늘어진 몸뚱이가 성가퀴 밖으로 거꾸러졌다. 온 천하를 통틀어 가장 높은 성벽에서 추락한 그는 '쿵' 하는 소리와 함께 전북야의 전투마 앞쪽에 처박혔다가 한 번 더 튕겨 올랐고, 그 과정에서 시뻘건 두개골 파편이며 희끄무레한 뇌수 뭉텅이와 누런 흙먼지가 사람 키 높이까지 튀었다.

만리 강산이 숙연히 침묵했다. 한 왕조의 마지막 명장, 충심과 능력을 모두 갖추었던 사내의 죽음을 지켜보며.

차가운 달빛 아래 군사들 사이에도 정적이 흘렀다.

전북야는 천천히 고개를 들어 성벽 위, 풍운 가운데서 홀로 미소 짓고 있는 검은 옷의 소년을 올려다봤다. 소년은 엄숙한 주변 분위기와는 전혀 어울리지 않는, 자신만의 장난기 어린 손동작으로 승리를 표현하고 있었다.

다음 순간, 전북야의 몸이 흠칫 굳어졌다. 소년의 뒤편에서 호위병 복장을 한 사내 하나가 느긋이 걸어 나와 아주 자연스럽게 소년의 곁에 섰기 때문이었다. 소년의 옆쪽, 그보다 더 적당할 수는 없을 위치에 자리를 잡은 사내는 눈빛에서 웃음까지, 그녀의 전부를 자신의 영역 안으로 거두어들였다.

사내의 눈길이 성 밑을 무심히 스쳤다. 그윽한 난향이 묻어나는 눈빛. 그의 눈동자는 누구도 범접 못 할 기품으로 찬란히 빛나고 있었다.

반도에서의 재회

전북야는 성루 위를 올려다보고 있었다. 하지만 조금 전까지만 해도 아래를 내려다보던 맹부요는 그 사내의 등장과 동시에 고개를 돌려 버린 뒤였다. 맹부요가 눈이 동그래진 채로 한마디를 하자 사내가 무언가 답을 했다. 대답을 들은 그녀는 눈동자를 반짝반짝 영롱하게 빛냈다. 온 산야의 꽃들이 한꺼번에 봉오리를 터뜨린 듯한 모습이었다.

성벽 꼭대기 거센 바람 속에 핀 꽃. 황성의 아스라이 검은 윤곽을 배경으로, 그 꽃은 비할 데 없이 아름다우면서도 도저히 닿을 수 없이 아득했다.

전북야는 손을 들어 가슴 한구석을 지그시 눌렀다. 붉게 뚫린 구멍으로 서늘한 바람이 지나갔다.

반년이라는 시간, 천만리에 달하는 여정. 자취를 지우며 갈

아까지 밀행 끝에 숨 돌릴 틈도 없이 병력을 정비하고, 잠을 아껴 가며 작전을 세우고, 고된 싸움의 연속이었던 그 먼 길을 되짚어 오기까지…… 반년. 고작 반년밖에 걸리지 않았다.

그 반년 안에 천살 도처에 잠복해 있던 겹겹 위기를 뚫고, 군대를 이끌고서 성채를 하나하나 함락했다. 선혈과 화염의 대지를 찰나에 가르며 쟁패의 칼날을 내리쳐 만리 강산을 베었다.

세상은 그가 이룩해 낸 것을 군사상의 기적이라 부르겠지만, 실상 그것은 그리움의 기적이었고, 이를 아는 사람은 그 혼자뿐이었다.

이레 밤낮을 내리 말 위에서 버티다가 체력의 한계점에서 낙마한 적도 있었다. 행여 시일이 지체될까 부상 중에도 행군을 이어 온 탓에 지금도 상처에서는 피가 흘렀다.

위험을 무릅쓰고 밤중에 홀로 적진을 습격했다가 그대로 빠져나오지 못할 뻔한 일도 있었다. 적군보다 앞서가서 기습을 성공시켜야만 기선을 제압할 수 있다는 생각에 사흘 내리 강행군을 감행하기도 했다.

그토록 결사적으로 하늘과 싸우고, 땅과 싸우고, 적군과 싸우고, 시간과 싸웠던 것은 그저 한시라도 빨리 반도에 당도하기 위해서였다. 서슬 퍼렇게 사기가 오른 군사들과 웅장하게 휘날리는 깃발을 선두에서 이끄는 내내 그가 나아가는 방향은 한 치도 흔들린 적이 없었으니, 목적지는 오로지 그녀가 있는 곳이었다.

그리하여 바로 오늘 반도성 성루 아래에서 최후의 결전에 임하여 비로소 그녀를 다시 만났건만, 그토록 기다리던 재회의 순간이 이런 모습일 줄이야.

가슴께에 손을 올린 채로, 전북야는 불현듯 망연해졌다.

그 사무치던 아픔과 불면의 밤들이, 적진을 향한 맹목적 내달림이, 피 말리던 진격과 한시도 멈추지 못했던 발걸음이, 고작 이러한 재회를 위해서였단 말인가?

그리움이란 바늘과 같아 그리워하는 이의 온몸에 상처를 남기니, 그 상처가 뱉어 내는 피는 온통 심장에서 쥐어 짜낸 것이더라.

전북야는 마침내 가슴께에서 손을 떼고 긴 한숨을 내뱉었다. 그러고는 뒤쪽을 돌아보며 팔을 묵직하게 아래로 내리그었다.

"공격!"

호각 소리에 진홍빛 아침노을이 산산이 부서짐과 동시에 우리를 나온 호랑이의 포효와도 같은 함성이 지축을 뒤흔들었다. 군사들의 공세는 불꽃처럼 맹렬했고, 그들의 창칼은 숲처럼 빽빽했다. 피비린내 섞인 바람이 이는 가운데 전쟁의 급류가 광활한 대지를 세차게 휩쓸었다.

그 한복판에 말고삐를 틀어쥔 채 위풍당당한 자세로 성벽 위를 올려다보는 전북야가 있었다. 바람결에 휘날리는 그의 검은 머리카락은 깃발, 전장의 깃발이었다.

이 땅의 만 리 강산을 통째로 눈앞에 들이민다 한들 그것이 가슴속 깊은 정만큼 중할까.

지금의 그에게는 천살국 강역도조차 긴 여정에 먼지 탄 신발을 닦는 용도에 지나지 않았다. 거북한 지위, 끝없는 음모, 발목을 잡는 혈족들에게서 벗어난다면 한결 자유롭게, 더 멀리까지 그녀의 뒤를 쫓을 수 있으리라.

장손무극이 한 걸음 앞으로 나서면 이 전북야는 기죽어 한 걸음 물러설 거라고, 누가 그러던가?

이런 식의 재회는 용납 불가요, 방금 맹부요를 놓고 벌인 기싸움에서 내가 졌다는 것 또한 인정 불가다. 졌다고 인정하는 순간 진짜 패자가 되는 것이기에.

저 꽃 같은 미소는 비록 나를 향한 것이 아닐지라도 맹부요는 아직 한창나이, 머리도 올리기 전이 아닌가.

봉황관 쓰고 예복을 차려입고서 상양궁 문지방을 넘기 전에는, 장손씨 족보에 맹부요라는 이름이 오르기 전까지는, 이 전북야, 절대로 패배를 인정하지 않으리니! 장손무극, 내 결단코 맹부요를 빼앗아 오고야 말 것이다!

❀

성벽 아래의 전북야가 얼마나 격렬한 감정의 소용돌이에 휘말렸는지 전혀 모르는 맹부요는 호위 복장의 장손무극을 얼떨떨하게 쳐다보고 있었다. 그녀가 입 모양으로 물었다.

'어떻게 여기 있어요?'

장손무극이 엷게 웃으며 말했다.

"결정적인 순간에 자리를 비워서야 되겠소?"

맹부요는 그 '결정적 순간'을 그저 천살 황조가 멸망하는 순간이라고만 해석하고는 피식 웃었다.

눈길을 옆으로 돌리자 '도독 댁 가솔들'로 변장한 호위병에게 꼼짝없이 붙들린 구경홍과 여타 지휘관들이 흙빛이 다 된 얼굴로 자신을 노려보고 있는 게 눈에 들어왔다. 더하여 성루 위아래에서 갈팡질팡 어쩔 줄을 모르는 병사들의 모습까지 확인하고 나자 입꼬리가 절로 말려 올라갔다.

이때 옆에 있던 장손무극이 넌지시 한마디를 일렀다.

"반도성 수비군은 천하제일의 성채를 지키는 것을 긍지로 여기는 최정예 집단이오. 피를 보지 않고 투항시키려면 설득에 상당한 수고를 들여야……."

맹부요는 의기양양하게 웃으며 그의 어깨를 툭툭 두드렸다.

"형씨, 감탄할 준비나 해 둬요."

그리고는 성큼 앞으로 나서서 목청 높여 소리쳤다.

"폐하께서는 이미 승하하셨다!"

한바탕 소란이 일었다. 그때껏 결사 저항하던 병사들 전원이 충격에 빠진 표정으로 맹부요를 돌아봤다.

맹부요가 차분히 말을 이었다.

"궁성이 함락되고 황제는 이 세상 사람이 아니며 장수들은 전부 투항하거나 목이 잘렸건만…… 그런데도 다들 여기서 개죽음을 당하겠다는 건가? 이 자리에서 옳은 선택을 하면 열왕 전하의 개국 공신이 될 것이나 만약 끝까지 정신을 못 차린다면……."

그녀의 손가락이 성벽 아래에서 무서운 공세를 펼치고 있는 창룡군을 가리켰다.

"백만 대군의 삼척 보검이 너희를 겨눌 것이다!"

병사들이 서로서로 눈치를 살피는 사이, 맹부요가 하급 군관들을 보며 의미심장하게 덧붙였다.

"열왕이 불과 수개월 만에 반도까지 진격해 올 수 있었던 것은 그의 어진 덕德에 천하가 감복했기 때문일 터. 대세는 이미 열왕에게로 기운바, 자고로 크게 될 인물은 시국의 흐름을 읽을 줄 안다 하였다. 자, 새 황제 폐하를 권좌로 모심으로써 가문을 일으키고 출세 가도를 달릴 것인가, 아니면 무의미한 객기로 말미암아 본인은 이 성벽 위에서 생죽임을 당하고 기댈 곳 없는 식구들은 전쟁 통에 난자당하는 꼴을 볼 것인가. 선택은 각자에게 맡기겠다!"

군사들은 비록 말이 없을지언정 느끼는 바들이 있는 얼굴이었다. 그들에게서 눈길을 거둔 맹부요가 돌아서서 계단을 내려가려는데, 구경홍이 뒤에서 '퉤' 하고 핏물 섞인 침을 뱉더니 호통을 쳤다.

"파렴치한 변절자 놈!"

"말씀 한번 잘하셨습니다!"

맹부요는 시원하게 웃음을 터뜨렸다.

"평생 동경해 오던 변절자 소리를 드디어 들어 봅니다그려! 기분 최고구먼!"

주변에 있던 모두가 눈을 휘둥그렇게 뜨고 그녀를 쳐다봤다. 평소에도 별종인 줄은 알았지만, 이제는 하다 하다 변절자 되어 보는 게 원이었다는 소리까지 하다니.

무릇 사람이라면 누구나 평판과 체면에 집착하기 마련이거늘, 저자는 어찌 저렇게도 겁이 없단 말인가? 세인들의 입에서 입으로 어떤 이야기가 전해질지, 역사서에는 얼마나 신랄한 평가가 실릴지 불 보듯 뻔하건만, 천추만고에 길이 남을 오명이 정녕 두렵지 않은 것인가?

맹부요는 그저 미소 지었을 뿐이었다. '세상 다시없을 변절자', 주 태사를 떠올리며.

어르신, 이제 편히 쉬소서.

한편, 구경홍은 아직 입을 다물기 전이었다. 그의 목구멍에서 또 한 번 호통이 터졌다.

"신하 된 자라면 응당 조정에 충성을 다해야지, 전쟁터에서 장수가 싸우기도 전에 투항이라니, 자네들은 지조도 없⋯⋯."

빠각!

맹부요의 손에서 날아간 돌멩이가 구경홍의 앞니 세 개를 부러뜨리고 입을 콱 틀어막았다. 앞으로 한 걸음 나선 맹부요가 으르렁거리듯 말했다.

"당신이야 당연히 충성하고 싶겠지. 전남성한테서 관작도 받아, 으리으리한 저택도 받아, 절세미인에, 금은보화에, 일인지하 만인지상의 자리에 있으면서 한평생 전남성 덕을 봤으니 아무렴 목숨 바쳐 충성해야지, 누가 말린대? 아니 그런데, 호강이라고는 근처에도 못 가 보고 팍팍하게 사는 이 친구들을 왜 거기 끌어들여서 같이 죽자고 하시나? 그간의 도를 넘은 횡포와

충신들을 향한 핍박을 생각하면 새 주군을 모심은 어디까지나 대의를 따르는 일일 뿐. 10년이면 강산도 변한다지 않나. 당신은 당신 윗분하고 같이 지옥에나 떨어져. 우리는 우리 주군 따라서 구름 꼭대기에 오를 테니. 어디 한번 두고 보자고!"

침묵에 잠긴 성벽 위, 들리는 소리는 저 멀리서부터 성벽을 향해 육박해 오는 함성뿐이었다. 서슬 퍼런 살기가 시시각각 선명해지는 가운데 군사들은 속으로 제각기 주판을 튕기고 있었다.

조금 전 맹부요가 쓴 전략은 상대와 유대감을 형성해 감정을 건드리는 것. 거기에 직설적인 표현으로 듣는 이의 귀를 솔깃하게 만들었고, 급기야는 '대의'까지 갖다 붙여 정당한 명분 또한 부여했다. 하급 군관들은 그녀의 말에 깊이 공감하지 않을 수 없었다.

그래, 벼슬아치들이야 목숨 바쳐 충성하는 게 당연하다지만, 나는 무슨 영화를 누렸다고 여기서 개죽임을 당하나? 나 한 사람 죽는 거야 그렇다 쳐도 나머지 식구들은 무슨 죄가 있어서?

게다가 열왕이라면 천하에 이름난 인물이 아닌가. 백성들에게 어질기로 유명한 인물한테 목숨 걸고 덤비라니, 어디 싸울 의욕이 나겠느냐는 말이다.

성벽 방어에 구멍이 뚫리자 창룡군의 공세는 즉각 가시적인 성과로 이어졌다. 덩치 좋은 창룡군 병사 하나가 마침내 성벽 꼭대기에 올라선 것이다.

그가 거의 반사적으로 칼을 뽑아 눈앞의 사병을 베려던 때였다. 번뜩이는 반사광을 보고 홱 몸을 돌린 사병이 하얀 속적삼 한 귀퉁이를 잽싸게 찢어 내 창룡군 병사 앞에다 대고 흔들면서 소리쳤다.

"투항하겠다!"

그 한 마디가 경직된 침묵을 깨뜨림과 동시에 여기저기서 같은 외침들이 한꺼번에 터져 나왔다.

"투항하겠다!"

챙챙챙……

병기를 땅바닥에 내던지는 소리가 이어졌다. 백기를 꺼내 드는 자도, 일단 내빼고 보겠다는 자들도 있었지만, 병사 대부분은 성문을 열기 위해 아래로 몰려 내려갔다.

이에 구경홍은 일그러진 표정으로 두 눈을 질끈 감았다.

천하무적이라 불리던 반도성이 한낱 소인의 손에 무너지는 구나. 반도성의 불패 신화를 긍지 삼아 줄곧 완벽한 수비 태세로 명성을 날리던 도성 수비군이 고작 그 몇 마디 꾐수에 무기를 내던질 줄이야!

구경홍은 알지 못했다. 시국, 명분, 감성, 대의가 바로 심리 전의 사대 핵심축임을.

그를 내버려 둔 채, 맹부요는 장손무극과 함께 미소 지으며 성벽 아래로 내려갔다.

성문은 창룡군의 무시무시한 공세에 이미 위태로이 덜컹거리고 있었다. 거기에 도성 수비군 수백 명이 달라붙어 힘을 쓰자 거대한 검은색 문짝 사이가 서서히 벌어지면서 눈부신 햇살이 쏟아져 들어왔다.

그때였다. 옥석 파편처럼 흩뿌려진 햇빛을 밟으며 흙먼지를 몰고 등장한 흑마 한 필이 계단 맨 아래 칸에 막 발을 디딘 맹부요를 향해 곧장 돌진해 왔다.

말을 모는 사내는 그 긴긴 여로를 거치고도 여전히 영준한 모습이었다. 안장 위 그의 자태는 곧게 뻗은 청송을 연상시켰고, 바람을 타고 펄럭이는 흑색 장포 끝자락에 언뜻언뜻 비치는 붉은색 무늬는 절벽 가장자리에서 타오르는 불꽃인 듯했다. 광활한 사해 팔황 첩첩 운산을 배경으로 약동하는 불꽃.

그는 한 치의 주저도 없이, 맹부요를 향해 날듯이 질주했다.

그 시각 맹부요는 계단 맨 아래 칸에서 빙긋이 미소 짓고 있었다. 전북야의 새카맣게 타오르는 눈을 보며. 그가 특유의 시원한 웃음과 함께 손을 흔들며 건넬 한마디, '부요, 드디어 반도에서 다시 보는구나!'를 기대하며.

그러나 전북야는 아무 말도 건네지 않았다. 그의 채찍질에 말이 쏜살같이 내달렸다. 말은 맹부요의 곁을 지나면서도 속력을 줄이지 않았다.

당혹으로 휘둥그레진 그녀의 눈동자에 코앞을 지나치는 말의 잔영이 맺혔다. 바로 그 찰나, 전북야가 허리를 숙이면서 팔을 뻗더니 그녀를 단숨에 낚아챘다.

맹부요는 상황 파악이 되기도 전에 이미 말 위에 끌려 올라가 있었다. 한 손으로는 고삐를 잡고 다른 한 손으로는 맹부요의 허리를 감싼 전북야가 빠른 속도로 장손무극을 스쳐 지나갔다. 벌 떼같이 새카만 호위 부대가 우르르 뒤따라와 흙먼지를 자욱하게 일으켜 놓고는 성 중심을 향해 멀어져 갔다.

그 자리에 미동 없이 서서 웃음 짓고 있던 장손무극이 이내 흙먼지 속에서 가볍게 기침을 뱉었다. 그리고는 저만치, 미처 손쓸 틈도 없이 붙잡혀 가는 맹부요를 바라보며 고개를 절레절레 젓더니 품속의 원보 대인을 향해 말했다.

"보아라, 날강도란 바로 저리 만들어지는 게다."

원보 대인은 수염을 쓸어내리며 조용히 생각했다.

침묵 속에서 폭발하지 않는다면 침묵 속에서 종말을 맞으리니……. 가만, 아닌가? 폭발해도 십중팔구는 거기서 그대로 끝이려나…….

원보를 안은 채로 허리를 약간 뒤로 젖힌 장손무극이 빠르게 멀어져 가는 흙먼지를 보며 느릿느릿 읊조렸다.

"완력이 아닌 덕으로 행해야 할진대……."

한편, 불운한 맹부요는 그대로 3리쯤 더 끌려가서야 겨우 정신을 차렸다. 상황 파악이 되자 당장에 열불부터 치미는지라 그녀는 팔꿈치로 뒤에 있는 전북야를 냅다 찍어 버렸다.

"무슨 인간이 이래? 당장 안 내려놔요?"

꽤 힘이 실린 한 방이었다. 그러나 전북야는 등을 움츠리면서 '윽' 소리를 냈을지언정 손을 풀지는 않았다.

그 순간, 맹부요는 팔꿈치에 닿는 감촉이 뭔가 이상하다는 느낌을 받았다. 상체를 비틀어 뒤를 돌아봤더니 전북야의 검은색 장포가 오늘따라 유독 더 새카맣질 않은가.

짙은 색깔을 가진 모종의 액체가 동그랗게 번져 가는 모습이 눈에 포착된 찰나, 코끝에 피비린내가 스쳤다.

맹부요는 하늘을 보며 생각했다.

왜 난 번번이 쓸데없는 짓을 해서 발등을 찍는 것인가…….

어수선한 성안에서는 창룡군이 도성 수비대와 자리를 바꿔 봉화대를 차지하는 한편, 식량 창고와 무기 창고를 접수하느라 바쁜 참이었고 일부 병력은 전북야를 따라 황궁을 향해 내달리고 있었다.

전북야는 내내 말이 없었다. 그저 맹부요를 품 안에 단단히 가두고 있을 뿐.

그의 묵직한 바람막이 자락 아래에서, 맹부요는 짙은 남자 냄새, 그리고 희미한 피비린내와 화약 냄새가 호흡 사이사이를 파고드는 걸 느꼈다.

어두컴컴한 바람막이 속에서 고개를 살짝 들어 올린 그녀가 미간을 찌푸렸다. 피 냄새가 이 정도면 부상 부위가 한둘이 아니라는 뜻이었다. 지금 당장 전북야의 품을 벗어날 방법이야 얼마든지 있었지만, 어느 방법을 택하든 상처 부위를 벌려 놓는 결과를 낳을 공산이 크다는 게 문제였다.

혈도를 제압하지 않는 이상에야…….

한숨이 절로 나왔다.

지금이 어디 한가하게 혈도나 찍고 있을 때인가.

그래도 전북야는 장손무극이 아닌지라, 독한 주제에 또 은근히 약한 누군가를 상대로 자기 부상을 무기 삼아 양보를 종용하는 뻔뻔한 짓은 하지 않았다.

아니, 그는 지금 맹부요가 무슨 생각을 하고 있는지 자체를 아예 몰랐다. 품속의 여인이 더 이상 표독스럽게 발버둥 치지도, 소란을 피우지도, 주먹질을 하지도 않는다는 사실이 그저 기쁠 따름.

한바탕 달리고 나서 성루 위에서 장손무극이 그녀 곁을 떡하니 차지하는 걸 본 순간의 분노와 무력감도 서서히 잊히는 듯했다. 전북야가 입꼬리를 끌어 올렸다.

흐음, 지난 반년 사이에 맹부요도 드디어 상냥함이라는 걸 좀 배운 건가?

생각이 여기까지 미쳤을 때였다. 문득 무언가가 가슴속을 콱 틀어막았다.

그 상냥함, 설마 장손무극 놈이 가르쳐 놓은 건 아니겠지?

말 등이 흔들릴 때마다 서로의 몸이 가볍게 맞부딪쳤다. 가슴 앞에 맹부요를 안은 전북야는 자기도 모르는 사이 온몸에 힘이 들어가 있었다. 맹부요의 목덜미 부근에서 나풀거리던 머리카락 한 가닥이 어느새 둥실 날아올라 땀에 젖은 그의 턱에 내려앉았다.

고개를 확 틀어서 중간을 끊어 버릴 수도 있었으나 그는 대신에 머리카락을 가만히 잇새에 물었다. 가늘디가는 머리카락 한 가닥에 불과한데도 그녀만의 맛이 느껴지는 듯했다. 맑고도 감미로운.

그는 고삐를 모아 한 손에 틀어쥔 채로 맹부요를 열심히 힐끔거리고 있었지만, 지금 눈높이에서 볼 수 있는 건 그녀의 정수리가 고작이었다. 아까 그가 본의 아니게 건드리는 바람에 반쯤 풀어 헤쳐진 머리카락 사이로 가마가 보였다. 그는 살살 바람을 불어 머리카락을 헤치고 가마를 세 보기 시작했다.

한 개, 두 개, 세 개……. 허어, 무려 셋. 그 고집이 어디서 나오나 했더니.

이어서 작고 뽀얀 귓불이 눈에 들어왔다. 진주처럼 영롱한 양쪽 귓불에는 의외로 귀고리 구멍이 없었다.

전북야는 세상에서 가장 아름다운 귀는 원래 모습 그대로 손을 대지 않은 귀임을 새삼 깨달았다. 저렇게 어여쁜 귓불에 구멍을 내는 건 신의 피조물에 대한 모독이다.

귓불을 놓고 이런 생각 저런 생각을 하다 보니 문득 만져 보고 싶어졌다. 저 반드르르한 질감이 손까지 그대로 전해질지 궁금했다.

밑으로 더 내려가서 가녀린 어깨에 손을 올려 보고도 싶었다. 반년 사이 더 여윈 것 같았다. 하현달처럼 투명하면서도 부러질 듯 가냘픈 자태도 아리땁긴 하지만, 아무래도 살이 좀 붙는 편이 마음은 놓이지 싶었다.

여윈 어깨를 훑어보던 전북야는 이내 작게 코웃음을 쳤다.

장손무극하고 종월은 뭐 하는 자식들이길래 옆에 붙어 있으면서도 사람 하나 제대로 못 챙기는지.

역시 자신이 직접 돌보아야 안심일 것 같았다. 이번 일만 마무리되고 나면 그는 누구의 방해도 받지 않고 온전히, 그녀에게 자신의 모든 것을 내어 줄 생각이었다.

홀로 기분에 취한 전북야는 맹부요의 허리를 붙들고 있던 손을 슬그머니 어깨 위로 옮겼다. 바로 그 동작이 그의 품 안에 여유 공간을 만들어 낸 순간, '휘릭' 하고 아름다운 호선을 그리며 몸을 뒤로 젖힌 맹부요가 그대로 전북야의 어깨를 사뿐히 넘어 등 뒤에 척 자리를 잡았다.

전북야의 귓가에 그녀의 경쾌한 목소리가 울렸다. 옅은 웃음기와 나무람이 한데 섞인 소리였다.

"늑대 띠쯤 되시나? 겁 없이 더듬어 대다가 손모가지 날아가는 수가 있거든요?"

전북야가 보기 좋게 뻗은 눈썹을 우그러뜨리면서 뒤를 흘겨봤다.

맹부요, 그게 어디 마음대로 제어가 되는 일이더냐?

맹부요야 그게 제어가 되는지 마는지 알 턱이 없었다. 그녀의 관점에서 자신의 목 아래부터 무릎 위 구간에 동의 없이 손을 대는 놈들은 무조건 늑대였다. 장손무극도 포함해서.

그래도 뭐, 원래 꼬투리 하나 잡았다 하면 죽자고 달려드는 밴댕이 소갈딱지가 아니기도 하고, 오랜만의 재회가 퍽 반갑기도 한지라 그녀는 전북야의 귀에다 대고 그간 본인이 올린 성과를 조잘조잘 떠들어 대기 시작했다.

진무대회 우승, 꾀를 써서 황영에 잠입한 일, 전북항을 함정에 빠뜨리고 전남성의 신임을 얻어 권력 중심부에 차근차근 접근했던 과정, 전남성을 거꾸러뜨리고 오늘 펼친 활약상까지.

물론 그녀는 침을 튀겨 가며 싱글벙글 이야기를 이어 가면서도 영민한 머리의 소유자답게 자기가 당했던 부상, 공격, 업신여김 등등을 쏙 빼놓는 걸 잊지 않았다.

그럼에도 그녀가 눈치채지 못하는 사이에 점점 시커멓게 썩어 가던 전북야의 낯빛은 급기야 가마솥 밑바닥과 별 차이가 없는 지경까지 이르렀다.

"아니 글쎄, 전남성 그 망할 놈이 호부 감춰 놓은 데까지 치사하게 수를 써 놨더라니까요. 오른편 조각상에서 나온 건 대체 무슨 빌어먹을 물건이었는지 모르겠는데, 와아, 세상에, 뭔 놈의 눈물 한 방울까지 살인 무기야. 내가 평소에 미남들을 두루두루 끼고 살았기에 망정이지……."

"맹……부……요!"

착 가라앉은 으르렁거림이 한창 자랑질에 신이 나 있던 맹부요의 목소리를 뚝 잘랐다.

맹부요의 눈이 휘둥그레진 찰나, 낯빛이 썩어 문드러진 전북야가 뒤를 돌아봤다. 이글이글 타오르는 눈 안에는 핏발이 벌겋게 섰고 목과 이마에도 힘줄이 울퉁불퉁 솟은 게, 헉 소리 나오게 살벌한 모습이었다.

"제정신인가? 누가 너한테 그렇게 쓸데없는 짓을 하고 다니랬지? 그건 천살 황궁에 모셔져 있는 호국신수다, 온 천하를 통틀어 가장 무서운 독물이라 불리는 자리紫魑라고! 어디 눈물에만 독이 있을까, 그놈 털 한 가닥만 살갗에 닿았어도 넌 그 자리에서 일만 번은 더 죽었어!"

맹부요는 눈을 끔뻑끔뻑하면서 잠시 고민에 빠졌다.

'누가 너한테 그렇게 쓸데없는 짓을 하고 다니랬냐.'가 영 듣기 거슬리긴 하는데…….

결국은 통 크게 한번 넘어가 주기로 한 그녀가 혼자서 작게 투덜거림을 뱉었을 때였다.

"어쨌든 해치웠으니까 됐……."

"천운이 따랐던 거다!"

전북야가 다시 한번 무자비하게 말을 잘랐다.

"과거 진무대회를 제패하고 천살 제일검으로 불리던 설무사薛无邪의 목숨을 앗아 간 것도 바로 '자리'의 발톱이었단 말이다! 놈이 생채기 하나만 냈어도 그대로 끝이었다고! 그런데도……, 그런데도 넌……, 넌……."

그는 성질을 주체 못 하고 부들부들 떨다가 급기야 고삐까지 놓칠 뻔했다.

"하룻강아지 범 무서운 줄 모른다더니! 호부가 다 뭐고 황영 지휘권이 뭐라고 그걸 목숨하고 바꿔? 정신이 빠져서는!"

"정신 빠진 건 본인이겠지!"

마침내 불같은 성미가 폭발한 맹부요가 말 위에서 펄쩍 뛰었다.

"전북야, 이 나쁜 새끼야! 반년 만에 만나자마자 한다는 짓이 납치에, 욕질에, 미친 거 아니야? 그래, 내가 좋아서 황영도 먹고 호부도 빼 왔다. 남이야 뭘 하든 무슨 상관인데?"

"당연히 상관있지! 네 목숨이 왔다 갔다 했다는데 어떻게 나하고 상관이 없어?"

전북야의 목청은 그녀보다 더 쩌렁쩌렁했다.

"열흘이 걸리든 보름이 걸리든 내 힘으로 싸워서 반도를 함락하는 게 훨씬 나았지, 네가 그런 위험을 감수해서는 안 되는 거였다. 맹부요, 너 자신한테 무슨 짓을 한 거며, 사나이 대장부 자존심에는 또 무슨 짓을 한 거냐?"

어조가 점점 격앙되어 가던 그가 자기 얼굴에다 대고 삿대질을 하며 소리쳤다.

"이 전북야가, 원수 갚고 황위 차지하겠답시고 내가…… 여자를 그 사지에 밀어 넣어 성문을 열게 하다니. 이제 나는 무슨 낯으로 세상 사람들을 보고 네 앞에서는 어떻게 얼굴을 들라는 말이냐?"

"하! 여자라서 우습다 이거구먼? 여자가 뭐. 그러는 본인은 엄마 배 속에서 안 나오셨고?"

뚜껑이 '뻥' 하고 열려 버린 맹부요는 남존여비 사상에 찌든 눈앞의 잡놈을 확 긁어 버릴 요량으로 손톱을 바짝 세웠다.

"내가 댁보다 뭐가 부족해서? 댁은 해도 되는 일을 나는 왜 못 하는데? 그래, 천살국 이 넓은 땅덩이 전부 다 댁이 정벌한 거야. 행여 내가 숟가락이라도 얹겠다고 할까 무서운가 보지? 걱정 마셔, 위대하신 댁하고 달리 이 맹부요는 그냥 오지랖 넓은 인간일 뿐이니까! 나 아니었으면 성문 못 뚫었을 거라는 생각 따위는 해 본 적도 없으니까 걱정 접으라고! 나는 그저……, 그저……."

말을 잇지 못하고 씨근덕거리던 그녀가 입술을 잘근 씹더니 다시 입을 열었다.

"죄 없는 사람들 죽어 나가는 꼴에 이제 진력난단 말이야! 피 안 보고 해결할 방법이 있는데 왜 시도를 안 해? 왕좌 놓고 벌이는 싸움은 꼭 피가 흥건해야만 해? 병사들도 집에서는 귀한 자식이고 우리랑 똑같이 귀중한 목숨들인데, 몇 명이라도 덜 죽일 수는 없냐고!"

전북야만 흠칫한 게 아니라 말싸움이 벌어지는 동안 곁에서 묵묵히 두 사람을 호위하고 있던 흑풍기 병사들도 움찔 몸을 굳혔다.

다들 전북야 뒤편에 있는 소녀를 쳐다봤다. 말 위에 엉거주춤하게 선 채 양 옆구리에 손을 짚고서 분개하고 있는 소녀를.

잠시 후, 병사 일동은 말없이 눈길을 옮겨 몹시 탐탁지 않은 눈으로 그들의 왕을 흘겨보았으니. 전북야로서는 일생 처음 부하들로부터 경멸의 눈초리를 받아 보는 순간이었다.

노기충천한 맹부요는 급기야 전북야의 바람막이를 퍽퍽 짓밟았다.

"남자라고 유세 한번 더럽게 떠네!"

전북야는 입을 한일자로 굳게 다물었다.

빌어먹을, 또 오해를 사고야 말았나. 오지랖 취급? 숟가락 얹을까 무서워? 목숨 걸고 성문 열어 줬더니 체면 깎였다고 생각해? 그럴 리가.

알량한 허영심과 명예욕 채우자고 수천수만 철혈남아를 희생시키는 짓은 전북야 본인도 용납할 수 없었다. 조금 전에 한 말은 그저…… 그녀가 위험에 뛰어들길 원치 않는 마음에서 나온 것뿐이었다.

말 위에서 조잘대는 이야기를 듣는 내내 얼마나 가슴이 졸아들고 겁이 나던지, 나중에는 손에 힘이 풀려 하마터면 고삐까지 놓칠 뻔했다. 그것은 칼날 위에서 추는 춤이요, 피바다를 헤엄쳐 건너는 일이었다. 한순간의 실수가 곧 죽음으로 이어질 수 있는.

그런데도 맹부요는 속도 없이 그걸 무용담이랍시고 늘어놓고 있었다. 저 겁 없는 성격 탓에 정말로 뭔가 사달이 나기라도 하는 날에는……. 자신이 이번 생에 가진 모든 것들을 남김없이 쏟아부은들 이미 일어난 일을 돌이킬 수는 없으리라.

그사이에도 등 뒤에서는 바람막이가 맹부요의 발에 짓밟혀 걸레짝이 되어 가고 있었다. 전북야는 기분 내키는 데까지 실컷 밟으라고 아예 바람막이를 벗어 줬다.

그러면서도 억울한 마음이 드는 건 어찌할 수가 없었다. 조금 전 그의 입에서 나왔던 '여자를 사지에 밀어 넣어 성문을 열게 하다니.'는 사실 앞쪽이 생략된 문장이었다. 원래 하고 싶었던 말은 '사랑하는 여자를 사지에 밀어 넣어 성문을 열게 하다니.'였다.

하지만 남들 다 있는 데서 어떻게 그런 소리를 입에 담겠나.

전북야는 갑갑한 마음에 괜히 허공에다 대고 소맷부리를 휘둘렀다.

으으! 번번이 의도치 않게 저 성질머리를 건드리게 되는 건 워낙에 안 따라 주는 말재간 탓이었다. 그렇다고 적극적으로 해명을 하자니 그것도 엄두가 안 났다.

잘못해서 지금보다 더 꼬이기라도 하면?

별수 없이 입을 다문 전북야는 애꿎은 말고삐만 으스러뜨릴 듯 감아쥐었다. 손등에 핏대가 툭툭 불거져 나왔다.

반년 만에 어렵사리 만나 놓고 얼굴 보자마자 쌈박질이라니, 뭐 이딴 경우가 다 있나.

맹부요는 바람막이를 짓밟을 만큼 짓밟고 나서도 의외로 곧장 자리를 뜨지는 않았다. 표정을 딱딱하게 굳힌 채로 말 등에 주저앉은 그녀가 말했다.

"황궁 돌아가는 상황 아직 모를 것 같은데. 신료들을 근정전에 다 불러 모아 놨으니까 오리 몰듯이 자루에다 몰아넣으면 되고. 전남성은 운흔한테 처리해 달라고 부탁해서 그쪽 손에 피 묻힐 필요 없을 것이외다. 그리고 머리가 있거든 근정전에 들어가자마자 일단 한바탕 대성통곡부터 해요. 울면서 대사는 뭐라고 치느냐. 이를테면, '소신, 역심 같은 것은 추호도 품어본 적이 없사옵니다. 하늘이 알고 땅이 아는 신의 충심을 증명해 오해를 풀고자 천 리 길을 한달음에 달려왔건만, 어찌 폐하께서는 신을 기다려 주지 않고 가 버리셨사옵니까. 이제 신은 한 맺힌 슬픔을 어디에 호소해야 할지……' 뭐 이런 거 있잖아요. 살다 보면 빤히 눈에 보이는 연극을 해야 할 때가 있는 법이에요. 도저히 눈물이 안 나거든 여기, 둘 중에 하나 고르고."

주절주절 지껄이면서 주머니를 뒤적거리던 그녀가 잠시 후 꺼내 놓은 것은 마늘과 고추였다.

"생활, 여행, 눈물 연기의 필수품이랄까."

흑풍기 병사들이 다시 한번 고개를 틀어 조용히 그녀를 쳐다보다가 이내 눈길을 전북야에게로 옮겼다. 그들이 이번에 보낸 건 부러움의 눈초리였다.

세상에 성질부리는 와중에도 저리 주도면밀하게 뒷일을 챙겨 줄 여자가 몇이나 있겠나……

전북야는 맹부요를 바라보며 가슴속에 번져 나가는 온기를 느끼고 있었다. 검게 빛나는 그의 눈동자에 어렴풋이 물기가 어렸다.

그는 헛기침을 뱉어 목을 가다듬었다. 능력이 받쳐 주는 내에서 최대한 부드러운 목소리로 미안하다는 말을 건네 볼 요량이었다.

그러나 전북야가 건네려던 사과는 맹부요가 바로 뒤이어서 내뱉은 꿍얼거림에 밀려나고 말았다.

"아, 슬슬 피곤하네. 대단하신 분 하는 일에 계속 훈수 둬 봤자 사람 무시하냐는 소리나 들을 게 뻔하니까 나머지는 알아서 해요. 그럼 난 이만."

그러더니 말에서 내리려다 말고 덧붙였다.

"나한테 볼일 있으면 남이항南二巷에 있는 통령부로 와요. 주주랑 다 같이 거기서 지내고 있으니까. 단, 찾아올 거면 한 가지 꼭 기억해 둬요. 어제가 주주 생일이었는데 내가 그쪽한테 부탁받은 셈 치고 축하 인사 대신 전해 줬으니까 나중에 주주 있는 데서 딴소리하면 안 돼요."

눈썹을 곧추세웠을지언정 제 깐에는 인내심을 발휘해 이야기를 끝까지 듣고 난 전북야가 차갑게 말했다.

"내가 그걸 왜 기억해야 하지?"

쿨럭, 기침을 뱉은 맹부요가 버럭 성을 냈다.

"그쪽한테 부탁받은 거라고 했다니까요!"

전북야의 새카만 눈썹이 낮게 가라앉았다. 분노의 불길이 이글거리는 눈으로 맹부요를 쏘아보던 그가 아까보다 한층 더 냉랭해진 목소리로 물었다.

"그게 나하고 무슨 상관이어서?"

막 땅에 발을 딛는 참이던 맹부요는 그 소리에 하마터면 휘청 고꾸라질 뻔했다. 홱 뒤로 돌아선 그녀가 소리쳤다.

"그러게! 그게 그쪽이랑 무슨 상관이려나? 그쪽하고 나는 또 무슨 상관이고?"

움찔 몸을 굳힌 전북야가 고개를 틀더니 칠흑 같은 눈동자로 그녀를 뚫어져라 노려봤다.

불꽃이 튀는 그의 눈빛에 당혹한 맹부요가 한 걸음 뒤로 물러섰을 때였다. 전북야가 돌연 말에서 뛰어내렸다. 그러고는 성큼성큼 맹부요의 바로 앞까지 걸어와 다짜고짜 그녀를 붙들더니 고개 숙여 거칠게 입을 맞췄다.

잠시 후, 뭉툭한 통증에 눈동자를 굴려 하복부를 내려다본 전북야가 자신의 주요 부위를 겨누고 있는 칼끝을 발견했다.

그는 한순간 멈칫했다. 정말로 딱 한순간만.

설마하니 맹부요한테 진짜로 칼질을 할 배짱이 있겠는가?

그러나 애석하게도, 그의 마음을 앗아 간 여인은 그저 그런 청순가련형이 아니었으며, 강제로 입맞춤을 당하던 끝에 상대방의 혀를 깨물어서 굳이 피 맛을 보는 전개를 선호하지도 않았다.

대신 그녀는 손을 뻗어 전북야의 아래턱을 붙잡고 손끝에 회전력을 줬다. 그러자 '뿌득' 소리와 함께 원위치를 벗어난 전북야의 턱이 아래로 툭 빠졌으니…….

한 방에 적을 제압한 그녀는 곧장 뒤로 물러서면서 거리를 벌렸다. 그러고는 턱을 제자리에 끼워 넣는 전북야를 보며 표정을 구기고 있다가, 경악한 행인들과 흑풍기 병사들의 눈길에 아랑곳하지 않고 뾰족하게 쏘아붙였다.

"반년 못 봤다고 그사이에 많이 크셨네. 길바닥에서 거침없이 부녀자 추행할 정도로 대단한 호색한이 다 되셨어. 이런 경사가 있나!"

말을 뱉고 난 그녀가 돌아서서 자리를 뜨려는데 윗분 눈치를 살피던 흑풍기 병사 하나가 슬그머니 앞을 막아섰다. 그녀는 병사를 뻥 걷어차서 타고 있던 말과 함께 저 멀리 날려 버렸다.

그녀의 뒷모습이 거리 끄트머리로 사라지는 걸 지켜보는 동안, 전북야의 눈빛은 심연처럼 어둡게 가라앉았다.

또 실수였다.

맹부요만 만났다 하면 번번이 실수 연발이었고, 그 실수는 그녀를 점점 더 멀리 밀어냈다. 그의 본질이자 자랑이었던 냉정한 이성도 그녀 앞에만 서면 불길 앞의 눈 뭉치처럼 순식간에 녹아 없어지기 일쑤였다.

아니 어쩌면, 본래의 자신은 이미 정념의 불꽃 속에서 재가 되어 사라져 버렸는지도 몰랐다.

고집 세고 긍지 높은 여자라는 것도, 겉보기는 유들유들해도 속은 그렇지 않다는 것도, 강압적인 태도를 질색한다는 것도, 전부 잘 알고 있었다. 그렇기에 여자를 보호와 지배의 대상으로만 봤던 자신을 바꾸려 줄곧 노력해 왔고, 가능한 한 그녀를 옭아매지 않으려 최선을 다했다. 구속받는다는 느낌이 그녀를 자신의 사랑으로부터 더욱 필사적으로 도망치게 만들까 봐.

그런데 맹부요는 그 똑똑한 머리를 가지고도 남녀 간의 감정 방면에서는 말도 안 되게 둔한 모습을 보여 줄 때가 많았다. 그녀가 남의 속에 천불을 내는 재주와 그가 전장에서 발휘하는 무위를 절대적 수치로 비교하자면 누가 뭐래도 맹부요 쪽의 압승이었다. 하여, 그는 매번 불에 그슬려 숯덩이가 된 채 그녀의 일격에 처참히 나가떨어지곤 했다.

부요, 맞은편 기슭에서의 이 긴긴 배회를 끝내고 네 마음의 강을 건널 사람이 과연 있기는 한 것이냐?

궁문 앞 탁 트인 대로에 전북야의 검은 옷자락이 휘날렸다. 거리를 가득 메우고 있는 병사들과 백성들 같은 건 눈에 들어오지도 않는 양, 그는 홀로 길 한복판에 묵묵히 서 있었다. 그 뒷모습은 꼿꼿했지만, 사람들은 어째서인지 그가 한없이 외로워 보인다고 느꼈다.

곁의 흑풍기 병사들도 입을 꾹 다물고 있기는 마찬가지였다. 이 상황에 감히 무슨 말을 꺼낼 수 있을까.

어질고도 무자비한, 아주 특별한 여인. 도저히 시선을 뗄 수가 없으리만치 반짝반짝 빛나는 그 여인이 이 나라의 국모가 되어 준다면 얼마나 좋은 일이랴.

하지만 조금 전에 하는 양을 보아 하니 열왕 전하의 앞날이 순탄할 것 같지는 않았다.

돌연 안장 위로 몸을 날린 전북야가 채찍을 인정사정없이 휘갈겨 말을 출발시켰다. 채찍을 쥔 팔을 끝까지 들어 올렸다가 매섭게 내리칠 때의 그 기세는 평소 말을 지극정성으로 아끼는 전북야에게서 나왔다고는 도저히 믿기 힘든 것이었다.

거센 바람에 그의 흑발이 등 뒤에서 격렬하게 나부꼈다. 마치 검은색으로 타오르는 불꽃인 양.

분노와 우울에 물든 그 불꽃은, 가슴 한가득 터질 듯 차오른 연정을 바치고자 천 리 길을 달려왔으나 불행히도 찬물을 뒤집어쓰고 만 사내의 노여움이 타오르는 모습, 그 자체였다.

❀

맹부요는 왔던 길을 큰 걸음으로 되짚어 가면서 길바닥에 굴러다니는 돌멩이를 눈에 띄는 대로 걷어차고 있었다. 분노의 발길질에 차인 돌멩이들은 불꽃을 파바밧 튀기면서 사방으로 쏘아져 나갔다.

"내가 미쳤지, 진짜. 그 존엄하시고, 거만하시고, 혼자만 엄청 잘나신 열왕 전하께서 본인의 고귀하신 머리를 흔쾌히 숙여 줄 리가 있나. 아무리 상대가 자기한테 눈물 나게 진심인 여자애여도 거짓말씩이나 해 줄 리가 있느냐는 말이야. 미쳤었나봐, 진짜. 제 잘난 맛 하나로 살던 인간이 고작 반년 못 본 사이에 배려라든지, 이해심이라든지, 무언가를 소중히 여기는 마음이라든지, 그런 걸 잘도 배웠겠다. 그래, 내가 제정신이 아니었지. 어차피 되지도 않을 일을 뭐 하러 가서 비벼 댔을까."

"호오? 누구한테 가서 어딜 비비적거렸다는 것인지?"

웃음기 섞인 음성.

전북야 생각에 이를 갈고 있던 맹부요는 반사적으로 말을 덥석 받아 버렸다.

"전북…… 어어음, 아무것도 아니에요!"

뒤늦게 정신이 든 그녀가 얼굴을 손으로 가린 채 고개를 푹 수그리고서 현장 이탈을 시도했다.

"어휴, 내 정신 좀 봐. 운흔 혼자 궁에 두고 왔는데 얼른 가봐야겠다!"

"이미 은위들을 보냈소. 환관이며 궁녀들이 한꺼번에 도망쳐 나오느라 지금쯤 황궁은 난장판일 터. 지휘관을 잃은 금위군은 궁문을 지키기만도 힘에 부쳐 어차피 운흔에게 시비 걸 겨를이 없겠지만."

느긋한 걸음걸이로 다가온 장손무극이 빙긋이 웃으며 그녀의 소매를 붙들었다.

"어딜 도망을. 원보가 그대를 무척이나 보고 싶어 했다오."

듣고 있던 원보 대인이 눈을 희번득 치떴다.

어젯밤에도 같은 방에서 잤는데 보고 싶긴 개뿔. 맨날 만만한 게 나지, 둘 다 마음에 안 들어!

"난 쥐 새끼 얼굴 안 보고 싶은데."

맹부요의 거절 의사는 명확했다.

"질려서."

원보 대인은 분개했다.

나도 그 돼지머리 보기 싫거든!

"그럼……."

상대는 여전히 미소를 머금고서 맹부요의 소맷자락을 잡고 있었다.

"내가 보고 싶었다면?"

"느글거리게!"

맹부요가 눈을 흘겼다.

"1각 전에 봤잖아요."

"그 1각 사이에 그대가 사무치게 그리워졌소."

상대가 자못 진지하게 말했다.

"1각 동안의 이별이 내게 일깨워 준 것이 있소. 세상에는 그저 풀어만 놓는 것이 능사가 아닌 일도 있다는 사실. 모래를 한 움큼 쥔 채로 손가락에서 힘을 빼면 바람이 모래알을 모두 실어 가 버리듯 말이오."

듣고 있자니 왜 이리 찔리는가.

그나저나 맹부요는 상대의 말본새가 영 탐탁지 않았다.

입만 열면 암시에, 비유에, 에둘러치기에, 도대체가 농담 삼아 하는 소리인지 뼈가 있는 소리인지, 사람 헷갈리게 진짜!

으으, 아까 주변이 꽤 시끌벅적했던 것 같은데 설마 뭘 알고 이러는 건 아니겠지?

소매는 여전히 장손무극에게 붙들린 상태였다. 그녀는 기습적으로 돌아서서 얼굴을 그의 코앞에 들이밀었다가 얼른 다시 뒤로 빠지며 약은 웃음을 흘렸다.

"봤죠? 이제 됐죠? 자, 그럼 난 자다가 만 잠, 마저 자러 갑니다."

장손무극 곁을 빙 돌아서 총총히 처소로 향하는데, 몇 걸음 가지 않아 뒤쪽에서 탄식하는 소리가 들려왔다.

"어렴풋한 윤곽을 알아볼 길 없으나, 피처럼 붉은 입술만은 선연하여라."

그 즉시 맹부요는 '펑' 하고 불타는 고구마가 됐다.

뒤쪽에서 다가와 어깨에 손을 얹은 장손무극이 그녀를 돌려 세우더니 발갛게 부어오른 입술을 손끝으로 살며시 더듬었다. 순간 그의 눈 안에 스친 것은 짙은 노여움.

하지만 그는 이것저것 캐묻는 대신 잠시 침묵하다가 딱 한마디만을 뱉었다.

"속상한 일이 있었소?"

그 질문에 갑자기 서러움이 북받친 맹부요가 훈장한테 혼나는 학동처럼 고개를 푹 떨구고 코를 훌쩍이던 끝에 입을 열었다.

"전북야, 그 망나니 폭군 놈이……."

장손무극이 빙긋이 웃으며 머리를 쓰다듬어 주더니 그녀의 어깨를 감싸 안고 저택 안으로 향하며 말했다.

"음, 내 그자에게서 보상을 받아 낼 방법을 생각해 보리 다……."

❁

천살 천추 7년 9월 5일, 열왕 전북야가 반도성을 함락했다.

황영 삼대 군영은 정식 개전에 앞서 투항하고 성루 수비군 은 자진해서 성문을 개방하매, 벽력처럼 황궁으로 몰아쳐 들어 간 창룡군이 어림군과 금위군을 일거에 격파하였으니, 그로써 열왕은 천살 도성을 수호하던 무장 세력 전체를 자신의 발아래 무릎 꿇렸다.

때는 가을, 성안은 단풍으로 온통 붉게 물들어 있었다. 궁문 앞 한백옥 광장과 끝이 보이지 않는 계단 위에도 가을 단풍이 새 왕조의 새로운 주인을 위해 한껏 화려하게 준비한 융단이 펼쳐졌다.

불꽃이 수놓인 흑색 장포를 걸친 열왕이 새빨간 단풍잎 융단 을 밟으며, 비처럼 흩날리는 오동잎 사이를 헤치고 황궁에 당 도했을 때, 무양문舞陽門 밖에는 의관을 정제한 귀족과 신료들 이 열 맞춰 꿇어앉아 있었다. 물론 조정 신료 전원이 순순히 새 주군의 휘하에 몸을 낮춘 것은 아니었으니, 구경홍을 제외한 중서대신 둘이 절개를 지키고자 목숨을 버렸다. 이에 열왕이 두 사람을 융숭히 장사 지내 줄 것을 명하매, 그 어진 덕행을 칭송하는 신료들의 목소리가 하늘에까지 닿았다.

구경홍은 어전에 붙들려 와서도 무릎 꿇기를 거부하고 상스러운 욕설을 서슴지 않았으나, 열왕은 진노한 기색 없이 손수 구경홍의 결박을 풀어 주며.

"나의 진정을 하늘이 알고 땅이 알거늘 경은 어찌하여 그릇된 의심을 겨누는가."

하고 개탄했다.

이어서 그는 못다 나눈 형제간의 우애를 애달파하는 일장 연설로 신료들 사이에서 흐느낌을 끌어냈고, 마무리로 구경홍을 곱게 고향으로 돌려보내 사서에 길이 남을 미담을 탄생시켰다.

후일 어느 눈치 좋은 신료가 전한 말에 따르면, 당시 열왕은 구경홍이 한바탕 퍼붓기 전부터 심기가 영 불편한 표정이었고, 욕지거리를 다 듣고 난 후에는 눈썹 머리를 꿈틀하는 게 금방이라도 폭발할 조짐마저 보였다고 했다.

그런데 뭐가 어떻게 된 건지는 몰라도, 돌연 손안에 든 무언가를 힘줘 감아쥐는가 싶더니 표정이 거짓말처럼 가라앉더라는 것이다. 그 물건의 정체에 대해…… 진정 눈치가 장난 없는 신료는 마늘 아니면 고추였던 것 같노라 증언했다.

너무나 당연하게도, 그의 말을 믿어 주는 사람은 아무도 없었다.

긴 정벌 전쟁 끝에 도성을 함락하고 마침내 정전 옥좌에 오른 양반이 그 순간에 고추랑 마늘은 왜 들고 있나? 무슨 호신부라도 돼서? 씨알도 안 먹힐 소리!

그날은 전남성의 서거 일이기도 했지만, 황궁에는 조종弔鐘이 울리지 않았다. 예부에서 새 황제의 탄생을 송축하는 의미로 타종을 생략해 버린 것이다.

물론 그렇다고 해서 전북야 본인이 관을 임시로 안치해 둔 전각에 들르지 않은 것은 아니었다. 전북야가 홀로 오래오래 전각 안에 머무르는 동안, 문 앞을 지키던 기우와 소칠은 안에서 흘러나오는 말소리를 어렴풋이나마 들을 수 있었다.

"죽임당한 것이 억울하여 구천을 떠돌고 있더라도 그 한풀이는 그녀가 아닌 내게 하시오."

두 사내는 서로 눈빛을 교환하면서 조용히 한숨을 내쉬었다.

당일 새 황제는 대전이 아닌 별전에서 밤을 보냈다. 대전 입성은 정식 즉위 이후에나 가능하기 때문이었다.

이날 별전에는 밤새 불빛이 밝았고 미색 창호지에 비친 전북야의 윤곽, 홀로 묵묵히 등불을 마주하고 앉아 있는 그 모습에서는 아마도 절대자의 고독이라 해야 할 소슬함이 묻어났다.

기우와 소칠은 다시금 눈빛을 교환하면서 탄식을 흘렸다. 결국 보다 못한 기우가 궁을 나서 남이항 통령부로 향했지만, 굳게 닫힌 통령부 대문에는 지렁이 기어가는 글씨체로 '방문객 사절, 황제는 더 사절!'이라는 문구가 떡하니 붙어 있었다.

문구 아래 대문 틈바구니에 서신이 한 통 끼워져 있는 것을 발견한 기우는 서신만 챙겨서 어깨를 축 늘어뜨린 채 궁으로 복귀했다.

그는 열왕 전하가 자신의 출궁 사실을 까맣게 모르리라 생각했으나, 소칠이 고새 입을 놀린 덕에 전북야는 그때껏 잠자리에 들지 않고 틈틈이 고개를 내밀어 바깥을 살피고 있었다. 그러다가 기우가 예상보다 너무 일찍 돌아오는 걸 보고는 '쾅' 하고 신경질적으로 문을 닫아거는 것이었다.

기우가 허겁지겁 달려가 서신을 바치고 나서야 전북야는 비로소 눈을 환하게 빛냈다. 하지만 흐뭇한 표정도 잠시였다. 문을 닫고 서신을 읽어 본 그는 대번에 탁자를 후려치면서 으르렁거렸다.

"빌어먹을 장손무극, 날 이렇게 물먹여?"

비극적 오해

천살 천추 7년은 천살국 최후의 해이기도 했다.

그해 가을, 칼날처럼 도래한 창룡군의 깃발이 대지를 갈라놓는 한편, 천살국 내부에서는 암살과 침투 작전이 동시에 진행되었다. 이미 오래전 그 땅을 떠난 인물이 한평생을 바쳐 비축해 두었던 세력이 마침내 긴긴 잠복을 끝내고 수면 위로 올라온 것이다.

그 기습적인 궐기가 낳은 것은 수만 구의 시체. 천자의 용안이 바뀌기에 앞서 광풍과 우레가 먼저 몰아닥쳤음이었다. 반도에 은신해 있던 전북야 휘하 비밀 책사단의 지시에 따라 무수한 보수파 요인들이 제거당하고, 그들의 시신은 흔적도 없이 처리되었다.

한편, 문인들과 학당들은 새 황조의 정통성을 옹호하는 글로 열왕에게 힘을 실어 주었으며, 전국 지방 관아에서는 말단 관리들이 갑작스레 고위직으로 등진하여 군사 행정을 장악하는 경우가 속출했다. 겉보기에는 그저 시시한 하전일지언정 실상은 지방 행정의 핵심을 틀어쥐고서 민심을 꿰뚫고 있던 그들이 하루아침에 용문에 오르게 된 배경에는 같은 시기, 일사불란하게 전국으로 파견된 조력자들의 은밀한 지원이 있었다.

하늘 꼭대기에 불어닥친 바람은 물가 부평초 가장자리에도 일었다. 무력을 동원해 기세등등하게 국토를 휩쓴 것은 단지 한 측면일 뿐, 다른 쪽에서는 칼을 쓰지 않고서도 정치, 사상, 민심, 조정 공론을 야금야금 잠식해 나가는 작전이 진행 중이었다.

마치 팔괘도 안에서 돌고 도는 음과 양처럼, 강경책과 유화책이 교묘하게 섞여 작용하는 가운데 천살국 정치계는 작금의 판을 설계한 조종자의 손안에서 속절없이 놀아나는 모양새였다.

이제는 죽고 없으나 한때는 관록 있는 원로대신이었던 한 인물이 빈틈없이 깔아 놓은 포석과 그의 능수능란한 수완 덕에 정국은 지극히 짧고도 평온한 과도기를 넘기고 빠르게 안정을 회복했다.

그리하여 먼 훗날, 천살국의 사멸에 얽힌 미미한 실마리들을 끈질기게 추적하던 역사학자들은 다음과 같은 총평을 남겼다.

당시 천살을 멸한 주역은 공히 셋으로, 이는 각각 전북야, 맹부요, 주 태사였노라고.

천추 7년 9월 16일, 황궁 영덕대전永德大殿에서 즉위식을 치른 전북야는 국호를 대한大瀚으로 바꾸고 연호를 영계永繼라 하였으니, 이로써 천추 7년은 영계 원년으로 다시 태어났다. 천추도, 천살도, 더는 세상에 존재하지 않게 된 것이다.

국호를 어찌하여 '한'으로 정했는가. 그 이유는 전북야가 알고, 맹부요가 알고, 기우가 알고, 장한밀림 깊숙이 영원히 남겨진 흑풍기 병사 8인의 영혼 역시 알았다.

8인의 병사들이 써 내려간 용맹, 충정, 희생, 사랑의 역사는 그들과 함께했던 이들의 가슴속에서 지금껏 한순간도 잊힌 적이 없었다. 남은 이들은 각자의 방식으로 그 역사를 추억하고 기렸으니, 조정에 잠입해 섬섬옥수로 천지를 뒤엎은 것은 맹부요의 방식이었다. 군사를 이끌고 진군하면서 소맷자락을 떨쳐 풍운을 일으킨 것은 전북야의 방식이었다. 그리고 마지막에 이르러, 두 사람은 영원토록 소멸하지 아니할 영혼들의 제단 앞에 천살의 죽음과 대한의 탄생을 바쳤다.

전북야의 즉위식 당일. 하늘은 더할 나위 없이 쾌청했고 드높은 층계 위, 눈부시도록 화려하게 새 단장한 영덕대전은 찬란한 햇빛을 받아 마치 구름 위에 올라앉아 있는 듯한 모습이었다. 칠흑색 바탕에 금빛 용이 수놓인 여덟 폭 비단 곤룡포를 걸친 새 황제가 영덕대전 섬돌 꼭대기에서 뒤를 돌아보자, 시야 한가득 광활하게 펼쳐진 광장에 엄숙히 도열해 있던 문무백관이 바람에 풀대 눕듯 일제히 머리를 조아렸다.

이어서 금으로 된 종과 옥으로 된 북이 울리고, 옥새와 책봉서가 수여되고 나자 만인 위에 우뚝 솟은 황금빛 옥좌, 무수한 용의 형상이 꿈틀대는 그 자리에 마침내 대한 황조의 개국 황제가 앉았다.

새 왕조의 논공행상에 있어 그 첫 번째 대상은 바로 세상을 뒤흔든 변절자, 맹부요였다. 조용히 조정에 침투해 권력을 손에 넣은 뒤 전남성을 처리하고, 성루에서 사욱을 절묘하게 제거하는 동시에 현란한 말재주로 군사들의 투항을 이끌어 냈으며, 10만 황영군을 털끝 하나 다치게 하지 않고 고스란히 새 황제에게 넘겨주는 기적을 일궈 낸 변절자.

그 공로를 따지자면 전쟁 초기, 제일 먼저 전북야 휘하에 합류했던 금언부와 명륜부 도독을 제치고 1등 자리를 차지할 자격이 충분했다. 호랑이 같은 황제가 떡 버티고 있는 조정에서 입을 털기란 사실상 전쟁터에서 칼질하기보다 훨씬 고단한 일이므로.

한데, 대한국 개국의 일등 공신께는 다소 교만한 구석이 있었다. 그만큼 고생해서 공을 세웠으면 이 기회에 새 황제의 눈도장을 제대로 받아 보려 하는 게 인지상정이겠거늘, 맹부요는 와병을 핑계로 조회에 나오지 않았다. 사정을 좀 봐 달라며 보낸 상소문에 적힌 글자는 달랑 셋, '갱년기'가 전부였다.

전북야는 상소문에서 한참이나 눈을 떼지 못했다. 아무리 생각해 봐도 욕인 것 같았다. 그가 아는 맹부요라면 본인이 갱년기라는 소리가 아니라 분명 황제 폐하, 니가 갱년기라는 말을 하는 것이리라. 이쯤 되면 황제 체면이 꽁지 빠진 수탉 꼴.

가련한 새 황제는 손아귀에 마늘을 움켜쥔 채 마지못해 상소를 준허했고, 당사자가 빠진 논공행상은 계속되었다. 그는 황영 총통령 맹부요를 한왕瀚王에 봉하고 왕의 작위를 대대손손 세습할 수 있도록 하였으며, 장한산을 비롯한 주변 여섯 개 현을 영지로 하사하면서 군사 행정, 소금과 철의 매매, 통행 관리상의 자율권을 부여했다.

황명이 떨어짐과 동시에 문무백관은 충격에 휩싸였다.

후한 상이 내려질 줄이야 알았지만, 아무리 그래도 이 정도라니!

대한에는 친왕이 존재할 수 없었다. 천살국 황족이었던 전씨 가문의 일원이 새 나라에서 왕작을 받는 것이야 얼토당토않은 소리였고, 다른 성씨를 가진 신료는 관례에 따라 공작 이상에 봉해질 수 없었기 때문이었다.

맹부요야 기여도 면에서 타의 추종을 불허하는 개국 공신이니 예외를 인정할 수 있다손 치더라도, 문제는 그 이후였다.

맹부요의 나이는 고작 18세, 앞으로도 공을 세울 일이 진진할 터인데 그때마다 상응하는 보상을 해 주려면 점진적인 신분 상승의 여지를 남겨 두어야 한다. 시작부터 덜컥 왕작을 줘 버리면 나중에는 상을 내리고 싶어도 내릴 게 없을뿐더러 군주의 지위까지 위협하게 되지 않겠는가?

대한에 친왕은 절대 없으리라 생각했거늘 폐하께서 이토록 거침없는 은혜를 베푸실 줄이야.

더 주목할 만한 의의는 세습이 반복됨에 따라 품계가 점차 강등되는 일반 작위와 달리 맹부요가 받은 왕작은 대대손손 그

지위가 영원불변이라는 데 있었다.

지금 맹부요는 단순한 영지가 아니라 국토를 하사받은 셈이었다. 변왕은 허울만이 아닌 진정한 의미의 집권자로서 자체적인 군과 관료 체계를 보유하며, 조정 율령으로도 그 권한에 함부로 제동을 걸 수 없었다.

장한밀림 근방은 척박한 산지가 대부분이라고는 하나 그 또한 대한의 영토인 것을. 폐하께서는 나라 땅의 6분의 1을 생판 남에게 뚝 떼어 주고도 훗날 본인의 손으로 키운 호랑이에게 화를 당할 것이 두렵지 않으시단 말인가?

그런가 하면 쓸데없이 사소한 데 집착하는 일부 신료들은 바닥에 꿇어앉아 벽돌 틈새를 후벼 파면서 '한왕'이라는 봉호를 곱씹고 또 곱씹는 중이었다.

새 국호가 '대한'인 상황에서 하필 맹부요에게 내려진 봉호가 한왕이라니, 이게……, 이게 대관절 무슨 뜻인가?

대체……, 대체 세상천지에 어느 황제가 아랫사람에게 이런 봉호를 하사하겠나? 신하 된 자에게 제왕의 총애란 곁에 끼고 있는 화로와도 같아 그 불이 지나치게 성하면 도리어 해를 입는다 하였으니, 혹여 한왕이라는 봉호 이면에는 무언가 깊은 의미가 숨겨져 있는 게 아닐까?

설마…… 맹부요는 이제 토사구팽당하는 것인가?

혼돈에 빠진 신료들과는 별개로, 옥좌의 전북야는 그저 침통한 표정을 한 채 손안의 마늘을 장손무극 삼아 와그작와그작 짓이기고 있을 뿐이었다.

장손무극, 이 파렴치한 놈. 쓰기는 남의 것을 쓰고 생색은 제가 내겠다?

본래 그의 계획은 반도 근방에서 가장 풍요로운 세 개 주州를 맹부요에게 내어 주는 것이었다. 그 정도는 받을 만한 자격이 충분히 있는 여자니까. 아무 내색하지 않고 있다가 조회에서 기습적으로 작위를 내리면 깜짝 놀라겠지, 하고 작전도 다 짜 두었다.

그런데 장손무극의 서신 한 통이 그 모든 장밋빛 계획을 와장창 깨부숴 버릴 줄이야.

장손무극이 편지에다 지껄여 놓은 말의 요지인즉슨, 부요가 얼마나 큰 공로를 세웠는지를 생각해서라도 예외적으로 번왕 작위를 수여하여 평생토록 의지할 수 있는 언덕을 만들어 달라는 것이었다. 그러면서 만일 신료들의 반대와 세인들의 수군거림이 마음에 걸린다면 거기에 대해서는 자기가 개인적으로 보상을 해 주겠다던가.

그에 덧붙여서 대단히 겸손한 투로 한다는 소리가, 본인도 이번에 이러저러하게 소소한 이바지를 한 바 있으나 사실 그게 뭐 별거냐, 보답은 안 바라는데 굳이 은혜를 잊지 못하겠다면야 본인이 아닌 부요의 공으로 쳐서 논공행상에나 반영해 달라, 영지 문제 같은 경우는 자기가 이미 '왕작만도 이례적인 대우인데 땅까지 너무 좋은 곳을 바라면 못쓴다.'고 부요를 타일러 뒀고 폐하 입장도 생각해서 장한산으로 정했다, 부요도 자기한테 의미가 특별한 곳이라고 하더라…….

서신을 다 읽고 난 전북야는 하마터면 그 즉시 군사들을 소집해 놈의 목을 따러 갈 뻔했다.

부요에게 무언가를 주는 일에 그가 인색하게 굴 턱이 있나. 그는 당연히 최고 수준의 포상을 계획하고 있었다.

그런데 장손무극의 말 몇 마디가 그걸 꼭 아까운데 마지못해 내놓는 것처럼 만들어 버렸고, 부요의 번왕 작위 역시 장손무극이 세운 공까지 싹싹 긁다가 계산한 끝에야 겨우 내어 주는 모양새가 되고 말았다. 그가 부요에게 주려던 깜짝 선물로 졸지에 장손무극이 점수를 따게 생긴 것이다.

그의 소유임이 분명한 대한의 영토가 창졸간에 그자의 손으로 넘어간 상황. 남의 물건을 주인보다 먼저 부요한테 갖다 바친 건 그렇다 치자. 멋대로 땅을 고른답시고 고른 게 하필 그 망할 장한산맥이라니.

마음에 안 드는데 거절할 수가 없는 게 더 분통이 터졌다. 워낙 척박한 땅인지라 다른 곳에 비해 신료들의 저항이 미미하리라 예상되는 거야 사실이긴 했지만, 그가 거절할 수 없는 가장 큰 이유는 따로 있었다.

부요가 그곳이 좋다 했기에.

기쁘게 주려던 선물이 마지못해서 주는 물건이 됐고, 가장 좋은 걸 주고자 했으나 결과적으로는 보잘것없는 걸 줄 수밖에 없게 됐으며, 진작부터 주려 계획했던 것은 장손무극한테 옆구리 찔려서 토해 낸 것이 되고 말았으니…….

아아, 비통하도다! 태자의 간사함이 하늘의 농간을 능가하는

구나!

또 하나, 무엇보다 전북야를 울적하게, 성나게, 절망스럽게, 애통하게 하는 것은 이로써 장한산이 장손무극의 밥이 되었다는 현실이었다.

장한산이 어떤 곳이던가. 대한과 무극 양국 사이의 경계이자, 전쟁이 날 경우 유일하게 다른 나라를 거치지 않고도 군을 무극국까지 곧장 진격시킬 수 있는 통로이다.

그런데 그곳에 부요를 왕으로 세워 뒀으니, 이제 그와 장손무극 사이에는 장벽이 하나 생겨 버린 것이다.

훗날 그가 오늘 당한 설움을 갚고자 장한산맥을 넘는다 치자. 그게 과연 마음대로 되겠는가. 부요는 절대 그 꼴을 보고만 있지 않을 것이다. 정말로 출병을 감행했다가는 무극국보다 분노에 찬 부요의 반격에 먼저 직면하게 될 공산이 컸다.

부요 정도면 얼마든지 그를 궁지에 몰아넣고도 남을 재목이다. 제 앞가림만도 급급한 처지에 내몰려서는 무슨 놈의 침략 전쟁을 하겠나.

만에 하나 부요가 직접적인 개입까지는 안 한다 쳐도 홧김에 그대로 잠적이라도 해 버린다면 자신은 그녀의 마음을 얻을 기회를 영영 잃게 될 터.

실로 음험한 계책이로다. 일말의 가망조차 남겨 주지 않겠다는 뜻이렷다…….

번번이 한 발씩 뒤지고 번번이 그 손바닥 안에서 놀아나더니 이제는 마음을 담아 바치려던 정성마저 가로채였다. 급기야는 맹부요에게 주는 것이 곧 장손무극에게 주는 것임을 뻔히 알면서도 직접 장한산을 들어다 바칠 수밖에 없는 지경까지 온 것이다.

과연, 무극 태자가 베푸는 도움에는 반드시 노림수가 있음이라……

그날 전북야는 날이 밝도록 손에서 서신을 놓지 못했다. 서신상의 요구를 묵살하고 원래 생각해 뒀던 세 개 주를 영지로 하사할 수도 있었지만, 그러자니 한 가지가 마음에 걸렸다.

장손무극은 분명 자신의 의도를 간접적으로나마 부요에게 내비쳤을 터였다. 각국 정세에 빠삭한 만큼 장한산이 가지는 의의를 모를 리가 없는 부요가 장손무극을 저지하지 않았다는 건, 다시 말해 그녀 본인도 두 남자 사이의 완충 지대가 되는 걸 기꺼이 받아들였다는 의미였다.

이 상황에 장한산을 못 내놓겠다고 했다가는 부요와의 관계가 한순간에 틀어져 버릴 수도 있었다.

장손무극의 서신이 그에게 내민 선택지는 분명했다.

무극국을 집어삼킬 기회를 포기하느냐, 아니면 부요를 포기하느냐!

가련한 전북야는 하룻밤 사이에 흰머리를 얻었다.

언제나 속전속결의 과단성을 자랑하던 그가 그토록 근심하고, 그토록 망설이고, 그토록 고민했던 이유는 오직 하나, 사랑 때문이었다. 사랑하기에 그녀의 뜻을 거역하고 싶지 않았던 것이다.

그 사랑을 두고 진행 중인 쟁탈전에서 그는 시작부터 장손무극에게 뒤진 처지였다. 거기에 장한산 문제로 부요의 노여움을 사기까지 한다면 자신에게 남은 희망은 무한히 무無에 수렴하리라.

강산과 미인, 둘을 다 가지는 것은 역시 욕심이란 말인가.

동녘이 밝아 올 무렵에 이르러 전북야는 마침내 서신을 조각조각 찢어 버렸다.

그래, 대한 땅의 절반은 본디 부요의 몫이 아니던가. 그녀의 활약이 아니었더라면 이리 쉽게 황위에 앉는 것은 어림도 없는 일이었을 터. 그녀를 위해서라면야 약간의 희생쯤은 감수하지 못할 것도 없으리라.

그는 애초부터 천하를 손에 넣겠다는 둥 야심에 불타는 종류의 인간은 아니었다. 황위를 얻고자 한 것도 그저 어머니를 보호하고, 천살을 멸하리라던 당초 장한산에서의 맹세를 지키기 위해서였을 뿐. 장손무극이 저렇게 애를 쓰는 건 순전히 본인의 의심병 탓이었다.

그리고 사실 대한에서 왕작을 받으면 그때부터는 대한이 부요의 집인 셈으로, 그와는 바로 옆집 사는 사이가 되지 않겠나. 달빛도 하늘 가까운 물가 누각에 먼저 든다고 했다. 앞으로는 얼굴 보기도 쉬울 테고. 또 하나, 그녀가 중간에 버티고 있으면 장손무극 쪽에서도 감히 대한을 넘보지 못할 게 아닌가?

전북야의 입가에 가느다란 웃음이 걸렸다.

장손무극, 네놈 나름대로는 완벽한 계책이었다 여기겠지만, 부요가 내 집에 머무는 이상 유리한 건 내 쪽이다! 기회는 어떤 식으로든 분명 올 테니까!

　이제 막 즉위한 새 황제로서 처리해야 할 일이 산더미인지라 전북야는 줄곧 통령부에 들러 보지 못했지만, 그 와중에도 독조사督造司에 예산을 할당하여 반도성 내 목 좋은 자리에 한왕부를 짓게 하는 것만큼은 잊지 않았다.

　맹부요의 반응은 시큰둥했다. 포상이 내려온 후에도 그녀가 감사의 표시랍시고 한 일이라고는 무성의하게 상소나 한 장 써서 올려 보낸 것이 전부였다. 그마저도 글자는 삐뚤빼뚤, 종이 질은 최악, 먹에서는 묵은내가 풀풀. 거기다가 원보 대인 발바닥 자국까지 떡하니 찍힌 상소문이었건만, 전북야는 그걸 아주 오래도록 손에서 놓지 못하고 들여다봤다.

⁂

　9월 18일, 맹부요는 운흔을 본국으로 떠나보냈다.

　가을, 하늘은 청명하고 공기는 맑은 계절. 온 하늘을 통틀어 가장 새하얀 구름 아래에서 검은 옷의 소년이 지어 보인 미소에 맹부요는 눈물이 났다. 그녀가 잔에 따라서 내민 이별주는 그 말간 수면에 청운 노니는 하늘과 단풍에 물든 땅을, 그녀의 눈동자에 맺힌 석별의 아쉬움을 고스란히 품고 있었다.

　운흔이 순백색 표면에 매화가 돋을새김된 술잔을 건네받으려던 찰나, 그의 손끝이 맹부요의 손가락을 살짝 스쳤다. 비단결을 만지는 양 매끄러운 감촉에 운흔이 화들짝 손을 움츠리면서 얼굴을 붉혔다.

그러자 소년 모양새로 꾸민 여인이 맞은편에서 그를 보며 환하게 웃었다. 햇빛에 씻긴 듯, 달빛에 물든 듯, 티 없이 깨끗한 웃음이었다. 매화는 술잔에만 새겨져 있는 것이 아니라 여인의 손가락에서도 그윽한 향을 발하였으니, 그토록 기품 넘치는 매혹이 또 있을까.

저만치 앞쪽 강가, 임자 모를 조각배에서 비파 소리가 흘러나오매 이별의 정자 곁에 흐드러지게 핀 계화꽃이 비처럼 흩날려 내렸다. 헤어짐을 앞두고 있어서일까, 물결 따라 정처 없이 떠도는 나그네의 곡조가 유독 가슴에 와닿았다. 누군가의 가느다란 손가락이 가슴속 현을 퉁겨 강줄기와 같이 긴긴 울림을 만들어 내듯.

오래전 처음 만났던 날, 추한 변장으로 본모습을 감춘 여인이 고개 들어 그를 보았던 찰나, 그 예리하도록 투명한 눈빛은 미혼술 '유동'을 익힌 그의 눈 안에 깃들어 있던 불티마저 흩어 버릴 뻔했을 만큼 위력적이었다. 그녀가 칼을 뽑고, 앞으로 걸어 나오고, 검광이 현란하게 춤추기 시작하자 그와 동시에 18년 간 깊은 연못처럼 시리기만 하던 그의 마음에도 마침내 소용돌이가 일었다.

당시 그를 현원 산장으로 이끈 것은 증오였다. 불구대천까지는 아니어도 반쪽짜리 원수 정도는 되는 임현원을 죽이고자 갔던 그곳을, 완전히 넋이 빠진 채로 걸어 나오게 될 줄이야.

그녀가 웃는 순간 그는 햇살 아래에서 넘실거리는 물결의 반짝임을 보았노라 생각했다. 신선들이 산다는 봉래산 앞바다와도 같은 눈빛. 그 눈빛에 머리끝까지 풍덩 삼켜져 눈앞이 아찔해진 직후, 이번에는 선홍빛 핏방울이 산호 목걸이 툭 끊어져 풀어지듯 시야를 알알이 수놓았다. 복사꽃 그려진 부채를 눈앞에 펼쳐 놓은 양, 너무도 선명하여 도취될 수밖에 없는 아름다움이었다.

그렇게, 마음이 동해 버렸다. 마음새가 어찌 그리 가벼운가 묻는다면 아무리 나 자신을 다잡아 보려 애쓴들 세상에는 그 모든 노력을 한순간에 무의미하게 만들어 버리는 사람 또한 있더라 답하리라.

오늘껏 만난 횟수는 많지 않았다. 그래서 오히려 다행이라는 생각이 들 때도 있었다. 오색찬란한 그녀는 미혼약과도 같은 존재였다. 모든 만남의 순간이 눈부신 기쁨이지만, 찰나의 해후만으로도 기어코 그녀만의 무지갯빛 상흔을 남기고야 마는 것이다.

세 번의 만남. 고작 세 번만으로도 그는 한 걸음 한 걸음 복사꽃 넘실대는 도원경에 들어서는 듯한 황홀함을 맛보았다. 그러나 이루 다 눈에 담지도 못할 만큼 벅찬 아름다움에 둘러싸여서도 매 순간 똑똑히 알고 있었다. 자신은 기껏해야 그 별천지를 한때 스쳐 지나는 나그네에 불과함을.

운흔의 입가에 희미한 미소가 번졌다.

발을 뺄 수 있을 때 떠나야 한다. 지금 미적거리면 훗날에는 친우 사이로조차 남지 못할 테니.

손끝에 잡힌 술잔을 천천히 돌려 가며 도기 표면에 남아 있던 가을 계화와 겨울 매화 향기를 가슴 깊숙이 간직해 넣은 운흔은 피식 한 번 웃고서 잔을 단번에 비웠다.

"몸조심해."

"너도."

마주 웃던 맹부요가 잠시 망설이더니 단어를 최대한 신중하게 골라 가며 말했다.

"만약 집에 갔는데 뭔가…… 특별한 일이 있거든 꼭 나한테 연락해. 내가 또 시끌벅적하고 그런 걸 워낙 좋아하잖아!"

그런 그녀를 바라보는 운흔의 눈동자 안에서 극광 같은 불꽃이 빛났다. 무슨 말인지 못 알아들을 그가 아니었다. 진무대회에서도 좋은 성적을 내지 못했고, 연씨 가문과의 관계가 밝혀질 가능성도 있으니 걱정이 되는 것이리라.

그가 엷은 웃음을 섞어 답했다.

"드디어 맹 장군이 왕야 소리를 듣는 날이 왔는데 힘 있는 친구 뒀다가 뭐 하나. 필요할 때는 당연히 신세 져야지."

평소답지 않은 그의 농담에 초승달눈을 하고 웃은 맹부요가 해맑게 말을 받았다.

"벼슬아치가 하는 일이라는 게 원래 조정 피 빨아서 친구 좋은 일 시켜 주고 그러는 거라……."

그러자 어깨 위에 있던 원보 대인도 해맑게 입을 귀에 걸었다.

오오, 황금 변기도 슬슬 식상했는데, 이참에 흑진주 변기로 바꿔 달라고 해야겠다!

그 모습에 픽 웃어 버린 운흔은 함께 배웅하러 나온 아란주에게도 손을 흔들어 준 뒤 성큼 마차에 올랐다. 마차 곁에서는 그간 반도성 모처에서 따로 대기 중이던 그의 호위대가 경계를 서고 있었다.

맹부요는 관도 저 멀리 사라지는 마차를 끝까지 지켜봤다. 그러다가 조용히 한숨을 흘리며 시 한 소절을 읊조렸다.

"나의 벗 손 흔들며 떠나가니, 말 울음소리마저 쓸쓸하구나⋯⋯."[6]

옆에서 놀란 아란주가 물었다.

"뭐야, 맹부요. 시 같은 것도 읊을 줄 알아?"

"어디 방금 그거뿐이겠니."

금방 신이 난 맹부요가 아란주의 어깨에 팔을 두르고는 얼굴을 가까이 가져다 댔다.

"더 쌈박한 거로 한 수 읊어 줄게. 침대 머리맡에는 달빛 밝고, 바닥에는 신발 두 켤레 놓였는데[7], 한 쌍의 남녀가 Have, Nothing, On⋯⋯."

"응? 마지막은 뭐야?"

순진한 아란주 공주가 못 알아들은 부분이 나오자 스스럼없이 해석을 구했다.

맹부요가 의미심장하게 실실거리면서 요 깜찍한 공주님을

6 당나라 시인 이백의 〈친구를 보내며送友人〉의 마지막 구절.

7 이백의 〈정야사靜夜思〉 중 한 구절을 익살스럽게 변형한 것이다.

한번 더럽혀 봐 말아 하던 그때, 뒤에서 불쑥 끼어든 음성이 있었다.

"아마 옷을 안 걸쳤다는 소리일 거다."

"어어? 나 말고도 저쪽 세계에서 넘어온 사람이……."

중간에 '헉' 하고 입을 다문 맹부요가 슬그머니 뒤를 돌아보는 사이, 옆에 있던 아란주는 이미 폴짝폴짝 그쪽으로 뛰어가고 있었다.

"전북야! 전북야……."

저만치 측백나무 아래, 검은 옷에 검은 말을 탄 남자가 보였다. 짙푸른 나무 그늘과 담백색 측백나무 줄기가 그의 새카만 눈썹과 눈동자에 한층 짙은 색채를 더해 주고 있었다. 화살 같은 안광에는 철옹성 또는 심연이 그러하듯 흔들릴 줄 모르는 힘이 실려 있었다.

그의 모습은 먼 산꼭대기에 곧게 서 있는 유창목을 연상케 했다. 하늘을 배경으로 우뚝 솟은 채 바람이 지나노라면 쩌렁쩌렁한 쇳소리를 내는.

맹부요는 속으로 생각했다.

꼴랑 며칠 안 본 사이에 뭔 신수가 더 훤해졌냐. 역시 황제 자리가 좋긴 좋구나. 이쯤 되면 생활, 여행, 품격 향상의 필수품이라고 불러야겠구먼.

아란주를 무심히 스쳐 지난 전북야의 눈길이 자연스럽게 맹부요에게로 향했다. 그 대가로 돌아온 것은 '아란주 무시하기만 해라, 한평생 후회하게 해 줄라니까!'라는 눈빛.

전북야는 떨떠름하게 아란주 쪽으로 눈길을 돌리며 억지웃음을 지었다.

"아란주 공주, 오랜만이군."

"맞아, 진짜 오랜만이야!"

눈썹 위에 손으로 차양을 만든 아란주가 눈부신 햇빛 속에서 아래를 내려다보고 있는 전북야를 향해 고개를 들며 환하게 웃었다.

"이백십삼 일 하고도 다섯 시진 만이니까."

순간적으로 말문이 막힌 전북야가 그제야 새카만 눈동자로 아란주를 제대로 쳐다봤다. 그러고는 잠시 머릿속을 더듬던 끝에 입을 열었다.

"내가 알기로는 백구십칠 일 하고도 세 시진 같은데?"

듣던 맹부요는 얼굴색이 노래졌다.

뭐라는 거야. 설마 지금 나하고 헤어진 날짜 세고 있니? 셀 거면 혼자 세든가 그 소리를 왜 아란주 세워 놓고 지껄여?

맹부요는 흉악한 얼굴을 하고 있다가 아란주가 뒤를 흘깃 돌아보자 잽싸게 송곳니를 감췄다. 이에 아란주는 아무것도 못 본 척 다시 전북야 쪽으로 고개를 돌리며 배시시 미소 지었다.

"그래? 내가 잘못 알았나 보네."

그러자 눈빛이 한결 누그러진 전북야가 말투만은 여전히 뻣뻣하게 굳은 채로 대꾸했다.

"어제가 생일이었지? 축하도 못 해 주고, 미안하다."

아란주 뒤쪽에서 맹부요가 자기 머리통을 한 대 쥐어박았다.

죽일 놈의 전북야, 굽히고 들어올 거면 최소한의 성의는 보이라고! 나랑 며칠 만에 보는지는 쓸데없이 잘만 알더니 어떻게 남의 생일에는 그리도 무관심하냐?

"괜찮아."

아란주는 전북야가 날짜를 기억하지 못한 것을 무시해 버리고 기분 좋게 웃었다.

"어차피 매년 까먹었었잖아."

아무 말 없이 듣고 있던 전북야가 잠시 후 품 안에서 상자 하나를 꺼내 건넸다.

"선물."

아란주는 좋아 어쩔 줄을 몰랐고, 맹부요는 장하다는 의미로 입가에 웃음을 걸었다. 전북야가 얼굴색이 시커멓게 죽어서는 침통한 소리로 덧붙였다.

"근정전 총관 태감이 고른 거다. 뭔지는 나도 몰라."

맹부요가 웃다 말고 입을 삐죽 일그러뜨렸다.

이 화상아, 할 거면 끝까지 제대로 좀 할 수 없니?

하지만 전북야 본인은 나름대로 대단한 양보를 했고, 엄청난 억울함을 견뎌 냈으며, 심심한 유감의 뜻을 표명했다고 생각했다. 그리하여 아란주는 그쯤에서 팽개쳐 두고 열기가 이글거리는 눈으로 맹부요를 바라보며 그가 말했다.

"네 생일이 언제인지는 아직 안 알려 준 것 같은데."

그러자 맹부요가 턱을 바짝 치켜들고 대꾸했다.

"난 돌덩이 깨고 나온 몸이라, 궁금하면 돌한테 가서 물어보든가.”

전북야가 애써 화를 다스리며 화제를 돌렸다.

“새 왕부 한번 둘러보러 가면 어때? 장한산 쪽에도 터를 물색할 인력을 보냈다. 어느 현이 좋겠나? 경치는 강을 끼고 있는 교현喬縣이 좋고, 여섯 현 중에 물산이 제일 풍부하기로는 감현甘縣이…….”

“이보세요, 폐하. 되게 한가하신가 봐요?”

맹부요가 아란주를 끌어당기며 말했다.

“늦게 와서 운흔 얼굴은 보지도 못했으면서 왕부 자리 골라줄 시간은 있나 보네?”

전북야의 눈썹이 꿈틀 곤두섰다. 폭발 직전까지 간 기색이었건만, 용케도 화를 꾹꾹 누른 그가 짧은 간격을 두고서 다시 운을 뗐다.

“부요, 그날 일로 화가 많이 난 건 알지만…….”

“어음……. 주주, 성안에 술맛 기가 막히는 주루가 있다던데 가서 한잔할까?”

일부러 목청을 높여 전북야의 말소리를 뭉개 버린 맹부요가 귀를 쫑긋 세우고 있던 아란주를 잽싸게 잡아끌었다.

“내가 모실게, 돈만 네가 내.”

꽁지 빠지게 내빼는 그녀의 뒷모습을 망연히 쳐다보고 있던 전북야가 한참 만에 씁쓸한 웃음을 흘리자 뒤에 있던 소칠이 괄괄한 목소리로 말했다.

“폐하, 따끔하게 손 한번 봐 주시죠!”

전북야가 고개를 휙 틀어 눈을 부라리는데도 소칠은 아랑곳하지 않고 마저 지껄여 댔다.

"저희 동네에도 정신 못 차리고 말 안 들어 처먹는 왈패들이 있었는데, 버릇 고치는 거 간단합니다. 땔감 창고에 묶어 놓고 채찍질 한바탕 해 주면 끝이에요. 바로 고분고분해져서 그때부터는 현모양처라니까요? 이거 진짜 확실한 방법인데."

고놈 참 발칙하구나, 하며 듣고 있던 전북야가 결국 한 소리를 했다.

"무식한 놈!"

"폐하, 여자는 매로 길들이는 겁니다. 제 말대로 한번 해 보십시오, 확실하다니까요!"

소칠이 자꾸 나불대는 게 전북야의 귀에는 짜증스럽기만 했다.

맹부요 생각하랴, 어서방에 산더미처럼 쌓여서 보기만 해도 숨이 턱 막히는 상소문 생각하랴, 안 그래도 바쁜데 무식한 부하 놈 잡소리까지 들어 줄 마음의 여유가 어디 있겠는가.

성가심을 견디다 못한 그는 말을 황궁 쪽으로 몰면서 대충 한마디를 던졌다.

"재주 있으면 네가 잡아다 가둬 놓고 손봐 줘라."

울적한 기분을 실은 채찍이 말 엉덩이를 힘껏 내리치자 흑마가 땅을 박차고 질풍처럼 쏘아져 나가면서 길 위에 짙은 황색 흙먼지의 선을 그었다.

소칠은 바로 뒤따르는 대신 말 위에서 턱을 만지작거리고 있었다. 앞뒤 가릴 줄 모르는 외골수 소년에게 내려진 '황명'을 진지하게 곱씹으며…….

사람 팔자가 꼬이려면 말 한마디로도 사달이 날 수 있는 법이니. 본디 오해란 말과 말 사이에서 기똥차게 탄생하는 것이 아니겠는가…….

"나는야, 북방의 음흉한 늑대…….'

"호랑이 두 마리, 호랑이 두 마리, 빨리 달린다, 빨리 달려…….'

"찍찍, 찍찍, 찍찍찍…….'

밤의 어둠 속, 대로 저 끄트머리 지평선 너머에서 사람 둘에 쥐 한 마리로 구성된 합창단이 비틀거리는 서로를 부축해 주며 등장했다.

그 뒤쪽으로는 감히 주정뱅이들에게 접근할 엄두를 못 내는 호위들이 일정 거리를 유지하면서 따라오고 있었다. 하나는 무조건 끌어안고 통곡을 해 대고, 다른 하나는 걸렸다 하면 주먹질이니 선뜻 옆에 붙을 수 있을 리가.

합창단이 우여곡절 끝에 통령부에 당도하자 장손무극과 철성이 마중을 나왔다. 철성은 아란주를 부축해서 들어갔고, 장손무극은 얼큰하게 취한 본인 최애 둘을 맡아 한 손에는 고주망태를, 다른 한 손에는 술독에 빠졌다가 나온 쥐를 달랑 들고서 방으로 향했다. 그사이에 고주망태가 슬쩍 눈길을 돌려 장손무극을 쳐다보더니 반쯤 내지르다 만 주먹을 공손하게 다시 집어넣었다.

하늘, 땅, 황제한테 대고는 주먹질을 해도 태자 전하는 곤란하다. 독이 있으니까. 지난번에 고까짓 거 살짝 다치게 한 대가로 얼마 동안 부엌데기 인생을 살았는지 돌이켜 보자. 맨날 붕대 갈아 주고 안마해 주고……

그래도 뭐, 몸매가 원체 훌륭하신 덕에 눈 호강 하나는 제대로였다. 좋은 구경 실컷 했지…….

흐흐흐 웃던 누군가의 입가에서 침이 주르륵 흘러내렸다.

장손무극은 그녀를 침상에 반듯이 눕히고 이불을 잘 덮어 준 뒤 침상 가장자리에 앉았다. 그대로 앉아서 근심 어린 눈빛을 보내던 그가 말했다.

"앞으로 지위가 점점 높아지면 단속해 줄 사람도 없어질 터인데 그 술버릇을 못 고쳐서야. 내가 곁을 비웠을 때는 어느 누가 챙겨 주겠소?"

맹부요는 그 소리에 깔깔 웃으며 장손무극의 얼굴을 향해 손을 뻗었다. 그런데 미남자의 얼굴은 도무지 제자리에 붙어 있질 못하고 자꾸만 울렁거려 보는 사람의 머리를 다 어질어질 핑 돌게 했다.

이에 아예 양손을 한꺼번에 써서 상대의 얼굴을 꽉 붙든 그녀가 게슴츠레한 표정으로 대꾸했다.

"이쁜이, 한 나라 조정도…… 쥐락펴락하는 본 왕이 설마……,

딸꾹……, 내 몸 하나 간수 못할까?"

피식 웃어 버린 장손무극이 그녀의 손을 얼굴에서 끌어 내려 손바닥 안에 감아쥐었다. 그러고는 자기 손끝을 하나하나 그녀의 손끝에 맞대더니 손깍지를 끼었다.

그는 맞닿은 열 손가락을 통해 이 순간 그녀의 몽롱하게 일렁이는 마음속을 읽어 보려는 듯, 앉은 자세에서 고개를 약간 위로 젖혔다. 맑은 달빛에 잠긴 그의 얼굴은 한없이 고요하되 붉게 피어난 찔레꽃 같은 농염함을 품고 있었고, 살짝 찌푸린 미간은 세상 시름을 다 담고서도 아스라이 고왔다.

잠시 후 그가 입을 열었다.

"그대 가슴에 맺힌 근심이 깊어 반평생을 신음하였기로, 앞으로만 향하여 가는 길에 마음은 이미 저 건너에 두었으니……. 누구를 위해서도 그 걸음을 멈추지 않겠구려."

맹부요는 그의 손에 붙어 쿨쿨 잘도 자면서 고상하지 못하게 침까지 흘리고 있었다. 손가락을 가만가만 빼낸 장손무극이 저 멀리 창밖을 잠시 바라보다가 말했다.

"부요, 존사님의 부름을 받았소. 사문에 다녀와야 할 듯하오."

이에 맹부요가 반대쪽으로 돌아누우면서.

"으응."

하고 소리를 냈다.

"한동안은 그대 소식을 받아 보지 못할 수도 있소."

미간을 찌푸린 장손무극이 그녀의 어깨를 살며시 토닥였다.

"조심해야 하오."

맹부요는 술 트림을 한 번 하고는 원보 대인을 붙잡아 허공에다 대고 휘휘 흔들었다.

"원보는 남겨 두고 가리다."

짧은 망설임 끝에 그가 덧붙였다.

"녀석의 능력에는 되도록 기대지 말고, 가능한 한 본인이 신변에 주의하오."

맹부요가 콧방귀를 뀌었다.

내가 쥐 새끼한테 기대? 됐네요!

당부는 거기까지였다. 장손무극은 침상 머리맡에 등을 기댄 채로 그녀에게 품을 내어 줬고, 그녀는 그의 허벅지를 베고 나른하게 늘어졌다. 꼼짝 않고 그냥 이대로 쭉 있고 싶었다. 그만의 그윽한 향내에 에워싸여 있자니 구름 위에 두둥실 뜬 기분이었다.

어느덧 아련한 꿈결에 빠져 버렸는지, 끊길 듯 말 듯 구불구불 이어진 구름 사이로 눈부시게 화려한 성이 나타났다. 아름다운 성은 구중천 꼭대기에서 10만 리 인간 세상을 홀로 굽어보고 있었다. 3천 층 옥섬돌 위로 눈발 같은 꽃송이들이 나풀나풀 날아내려 하얗게 쌓였다.

그러다가 문득, 어디선가 보랏빛 오동꽃이 구름처럼 무리 지어 흩날려 왔다. 그 꽃구름 가운데서 뒤돌아보며 미소 짓는 이 있었으니, 옥 같은 용모에 꽃 같은 나이, 가히 경국지색의 자태라.

맹부요는 그렇게 그의 품에서 그의 향기와 체온에 따스하게 에워싸여 일생 가장 황홀한 꿈결에 취했다.

그와 같은 꿈이 지나고 침상 위에 아침 햇살이 들었을 즈음에는 온기도, 향기도, 끝내 사그라져 가고 있었다. 맹부요는 몸을 일으키지 않았다. 눈을 감은 채 바닥에 뺨을 대고 엎드려 있는 동안만큼은 온기가 아직 남아 있는 듯, 향기가 여전히 가시지 않은 듯하여서.

그의 체취는 참으로 신기한 것이, 그전까지는 포근한 향이라 생각했으나 지금 이부자리에 코를 대고 가만히 맡아 보니 오히려 눈발 같은 서늘함이 느껴졌다. 아니, 어쩌면 향이 문제가 아니라 포근함을 나누어 줄 이가 이미 떠나 버리고 없기 때문이려나.

어젯밤 그녀는 취하지 않고도 취했다. 결국은 떠나보내야 할 사람임을 알면서도 차마 현실 앞에 의연할 수 없어서였다. 일생을 필사적으로 도망치며 살았으나 그녀는 이별이 두려웠다.

시끌벅적하게 한데 모여 있던 이들이 썰물처럼 빠지고 난 뒤에는 마치 한바탕 화려한 연회가 끝난 자리에 홀로 남겨진 듯 유난히 더 쓸쓸했다. 혼자서 텅 빈 그릇들을 하나하나 치우노라면 환한 불빛과 단란한 분위기의 단편이 담긴 음식 찌꺼기가 자꾸만 손가락에 치덕치덕 묻어나는 것이었다.

하지만 두렵다고 해서 언제까지고 물러서기만 할 수는 없는 일. 지금 이별에 익숙해지는 법을 배워 두지 못한다면 앞으로의 삶은 더욱 쓸쓸한 무채색으로 빛바랠 터였다.

부디 시간이 가위처럼 예리한 날을 가져 자신도 모르는 새 마음속에 남아 버린 접힌 자국을 싹둑 잘라 내 주길 바랄 따름이었다.

맹부요가 몸을 일으켜 앉았다. 요 위에 움푹 들어간 자국이 보였다. 밤새 자신을 안고 있었던 장손무극이 남긴 것이었다. 그녀는 손을 뻗어 요를 판판히 다독이려다가 결국에는 단념하고 말았다.

민들레 홀씨 같은 입자가 떠다니는 햇빛 속에 묵묵히 앉아 있던 끝에 세수를 하러 일어났다. 오늘은 정식 작위 수여식이 있는 날이었다. 이만큼 뻗댔으면 이제 그만 새 황제 체면도 돌보아 줄 때가 되었다 싶어 마침내 조정에 나가기로 한 것이다.

아침밥을 먹고 나서 철성을 불러 호위대 일부와 함께 장한산 영지에 가 있으라 했다. 요신은 벌써 전북야에게서 받은 하사품을 두둑이 챙겨 출발한 뒤였다.

그러나 철성은 지극히 간략한 한마디로 명령을 거부했다.

"네가 있는 곳이 내가 있어야 할 곳이야."

그렇게 나오는 데야 맹부요도 어찌할 도리가 없었다.

"그럼 오늘은 일단 궐에 따라오지 말고 여기 남아. 아란주가 아직 술이 안 깬 것 같은데 돌봐 줄 사람이 있어야지. 종 선생은 어디 갔는지 보이지도 않고, 보안상 집사도 안 쓰는 데다가 요신도 없으니 어쩌겠어."

고민스러워 보이는 철성에게서 결국은 알겠다는 대답을 받아 낸 후, 맹부요는 옷을 갈아입고 구리거울 앞에서 한참 요리조리 매무새를 다듬은 후에야 가마에 올랐다.

현재 그녀는 엄청난 유명인 신분이었다. 문밖에만 나섰다 하면 구경꾼들이 얼마나 바글바글 몰려드는지. 하여, 오늘은 작정하고 만든 흑수정 색안경을 끼고 나왔더니 전생에 보던 유명 연예인 느낌이 얼추 비슷하게 나는 것 같았다.

짧은 봄밤 아쉬워 해가 높아서야 일어나더니, 한왕이 어인 일로 조회에 나왔더라.[8]

맹부요가 아침 댓바람부터 조회 대기실에 출현하자 크고 작은 벼슬아치들이 우르르 무릎을 꿇었다. 개중에 관직을 얻은 지 얼마 되지 않아 그녀를 모르는 자들은 옆 사람한테 슬그머니 정체를 물었다가 화들짝 소스라치기도 했다.

오오, 저 양반이 바로 성루에서 대놓고 변절자 선언을 했다던 그 맹부요 대왕인가!

그사이 참하게 구석 자리를 골라 앉은 맹부요는 차를 홀짝이면서 끝도 없는 문안 인사 행렬을 상대하고 있었다.

"왕야, 강녕하시······."

"그래, 그래. 골골 다 죽어 간다네."

"······."

"왕야, 모쪼록 하시는 일······."

"그래, 그래, 날씨 한번 쨍하구먼."

"······."

"왕야."

---

8 당나라 시인 백거이의 〈장한가〉의 일부를 변형한 것. 원 시는 조회에 나오지 않았다고 되어 있다.

"그래, 그……."

어쩌 귀에 익은 목소리에 맹부요가 고개를 들었다.

"긴히 상의할 일이 있으니 조회가 끝나면 행궁에 잠시 들르라는 폐하의 명이십니다."

소칠을 응시하는 맹부요의 눈동자에 의심이 번졌다.

할 말이 있으면 조정에서 할 것이지, 황궁 안도 아니고 행궁까지 불러내?

하지만 남들 다 보는 데서 이것저것 꼬치꼬치 캐묻기는 또 곤란한지라 그녀는 떨떠름하게 고개를 끄덕였다.

소칠은 인사를 올리고 난 후 태연자약하게 밖으로 향했고, 맹부요는 그런 그의 뒷모습을 보며 좀 찜찜하긴 하다만 그래도 없는 소리 지어낼 녀석은 못 되지, 하고서는 의심을 거뒀다. 십중팔구는 전북야가 또 무슨 수작을 준비한 것 아니겠나.

곧이어 종소리가 울리자 대소 신료들이 가지런하게 줄을 지어 정전에 입장했다. 드높은 궁륭형 천장을 가진 정전은 천자의 위엄을 유감없이 드러내고 있었다.

감히 기침 소리 하나 내뱉는 사람이 없는 가운데, 전각 한복판에 준비된 금빛 탁자와 그 위에 놓인 왕위 책봉서, 황금 인장이 눈에 띄었다. 맹부요는 신료들 한가운데 서서 바닥 벽돌이 몇 칸인지 시큰둥하게 세어 보다가 나중에는 탁자 위에 놓인 인장이 금 몇 돈이나 나갈지 눈대중으로 어림짐작을 해 보고 있었는데, 돌연 태감의 외침이 귓전을 때렸다.

"황제 폐하 납시오!"

신료 전원이 우르르 무릎을 꿇었다. 맹부요는 그제야 자신이 직면한 문제를 깨달았다.

빌어먹을 전북야한테 허리를 굽실거려야 하는 것이다!

납작하게 꿇어앉은 문무백관 사이에서 그녀 혼자만 덩그러니 서 있는 상황. 튀어도 그렇게 튈 수가 없었다.

하여, 겸연쩍게 코끝을 훔친 맹부요가 슬금슬금 무릎을 굽힐 결심을 했을 때였다. 낮게 가라앉은 전북야의 목소리가 들려왔다.

"근래 무릎이 안 좋다던데, 차도는 좀 있는가?"

"앗, 폐하!"

듣던 중 반가운 소리에 맹부요가 잽싸게 무르팍을 문질렀다.

"말도 못 합니다요, 퇴행성 관절염인데……."

방년 18세에 관절염을 앓는다는 맹부요를 향해 문무백관의 따가운 눈초리가 쏟아졌지만, 그녀는 눈 하나 깜짝하지 않았다. 전북야의 짙은 눈썹 아래 새카맣게 침잠한 눈동자가 그녀의 얼굴을 훑고 지나간 직후, 그가 말했다.

"하면 그대로 서 있어도 좋다."

"성은이 망극하옵나이다!"

맹부요가 냉큼 답했다.

가끔 저렇게 대견한 짓을 하는 걸 보면 살짝 정상을 참작해 줘도 될 듯도 하고.

다시 종소리가 울리자 맹부요가 탁자 앞에 가서 섰다. 천살국 시절 친왕 책봉식은 정1품 관원 한 명과 보좌역 종1품 관원

한 명이 함께 진행했었다.

그러나 오늘 그녀의 앞에 서 있는 두 명은 모두 천살 조정 출신 원로대신으로, 두 왕조에 걸쳐 혁혁한 정1품의 지위에 빛나는 인물들이었으니, 대단히 파격적인 대우라고 할 수 있었다. 일순간 신료들 사이에서 작게 웅성거림이 일었으나, 그 소리는 전북야가 쓱 한 번 눈길을 주는 즉시 뚝 그쳤다.

비록 즉위한 지 얼마 되지는 않았지만, 신료들은 이미 새 황제의 성향을 어느 정도 파악한 뒤였다. 기본적으로 어질고 너그러우나 성질머리가 만만하지는 않은 사내. 칼 같은 결단력과 실행력의 소유자이면서도 당근과 채찍을 적절히 쓸 줄 알고, 심지어 정무에까지 지극히 능통했다.

즉위 후 그 짧은 기간 안에 혼란하던 정국을 쾌도난마로 정리해 버리고, 인사부터 시작해 병마, 형률, 호적 행정, 경제에 이르기까지 환히 꿰고 있지 않은 방면이 없는 게 바로 그 방증이었다.

그간 하는 일 없이 빈둥대며 사는 것 같더니 어느 틈에 이리 숙련된 일솜씨를 익혔는지는 오리무중이나, 어쨌든 새 황제가 단기간 만에 공고한 권위를 구축한 것만은 부정할 수 없는 사실이었다. 이렇듯 대한의 걸출한 군주는 벌써 그 두각을 뚜렷이 드러낸바, 무심한 눈길 한 번만으로도 만인을 우러러 탄복하게 만들기에 이른 것이다.

칙명을 낭독하고 난 원로대신 둘이 각각 책봉서와 인장을 받쳐 들고서 소칠의 안내에 따라 맹부요를 향해 걸어왔다. 친왕 본인 외에는 책봉서와 인장에 손을 댈 수 없었으므로 지금 두 물건은 쟁반 위에 올라가 있었다. 원로대신들이 쟁반을 내밀자 칙명 낭독 때부터 허리를 굽히고 있느라 죽을 맛이던 맹부요는 히죽 웃으면서 재빠르게 손을 내밀었다.

경계심 따위는 없었다. 정전 한복판, 전북야가 보는 앞에서 그가 직접 쓴 책봉서를 받는데 그 물건에 문제가 있으리라는 생각을 어떻게 하겠나. 그런고로 소칠의 입꼬리가 올라가는 것 또한 눈치채지 못했다.

책봉식은 장중한 분위기에서 진행되었으나 절차는 정식보다 훨씬 간소했다. 번잡한 걸 못 견디는 맹부요의 성질을 너무 잘 아시는 황제 폐하 덕이었다.

전북야는 가까이에서 그녀를 볼 수 있는 시간이 조금이라도 더 길어지기를 바랐지만, '오줌보 터지겠으니까 후딱 끝내라.' 는 눈빛에 떠밀려 일찌감치 종료를 선언하고야 말았다. 책봉식 이 끝난 후, 본래대로라면 마저 자리를 지키고 서 있었어야 할 맹 왕야께서는 관절염이 도졌다며 퇴청을 청하더니 유유히 정 전을 빠져나갔다.

그녀가 막 전각 모퉁이를 돌았을 때였다. 그새 뒤따라 나온 소칠이 말을 붙였다.

"왕야, 폐하께서 반드시 행궁에서 기다리라 하셨습니다. 아 주 긴요하게 의논할 일이 있다고요."

맹부요가 그를 쓱 쳐다보며 말했다.

"무슨 긴요한 일이길래 굳이 행궁이야? 그냥 궐 안에서 기다

릴게.”

그러자 소칠이 종이쪽지 한 장을 주섬주섬 꺼내 슬쩍 훑어보
더니 주머니에 다시 집어넣으면서 서책을 읽듯 대답했다.

“폐하께서 황궁 안은 불편하다 하셨습니다.”

맹부요가 ‘요것 봐라?’ 하는 표정으로 그의 소매를 향해 손을
뻗었다.

“지침서까지 있어?”

소칠은 얼른 한쪽으로 비켜서는 동시에 또 다른 쪽지를 꺼내
서 읽어 보고는 어색하게 굳은 표정으로 대사를 읊었다.

“폐하께서 말씀하시기를, 지침서까지 만든 이유가 궁금하거
든 행궁에서 기다리라 하셨습니다.”

그러고는 소매 안에서 몰래 종이쪽지 두 장을 짓뭉개 가루로
만들었다.

사실 쪽지에는 아무것도 적혀 있지 않았다. 그가 내뱉은 말
한마디 한마디와 어수룩하게 쪽지를 꺼내 훑어보는 동작은 전
부 폐하 휘하 비밀 책사단 소속의 영감들이 찔러 준 방책이었
다. 똑똑하고 조심성도 많은데 하필 궁금한 건 못 참는 상대에
게 특화된.

아니나 다를까, 호기심에 불이 붙은 맹부요가 호탕하게 웃으
며 말했다.

“전북야도 꽤 재주가 늘었구먼. 간다, 가!”

궁문 밖에서 말에 오른 그녀는 소칠을 따라 반도 북쪽에 있
는 유산渝山 행궁으로 향했다. 행궁은 아담한 규모로, 앞뒤 총

다섯 채의 전각으로 이루어져 있었다.

소칠은 그녀를 제일 안쪽 건물로 데려가다가 내전 화음각華音閣 계단 앞에서 발걸음을 멈췄다. 화음각 앞쪽에는 아기자기하게 생긴 탁자와 새하얀 옥석을 정교하게 깎아 만든 걸상 네 개가 놓여 있었다.

그 앙증맞은 모양새에 마음을 빼앗긴 맹부요가 말했다.

"이쁘게도 생겼네. 안에는 답답할 것 같은데 그냥 여기서 바람 쐬면서 차나 마셔야겠다."

그러면서 성큼성큼 걸어가 걸상에 풀썩 앉는 순간.

콰앙!

지면에 갑자기 구멍이 뚫리면서 걸상이 밑으로 쑥 꺼지는 게 아닌가.

전북야의 부하라는 생각에 소칠을 전적으로 신뢰하고 있던 맹부요는 완전히 무방비한 상태에서 아래로 추락했고, 곧이어 탁자 상판이 우르릉 미끄러져 구멍을 단단히 봉쇄해 그녀는 빛이라고는 한 점도 들지 않는 공간에 갇히고 말았다.

기겁해 주변을 살펴본 맹부요는 자신이 석실에 갇혔음을 깨달았다. 허둥지둥 석판을 향해 일 장을 날리려 진기를 운용하는데, 소맷부리에서 책봉서가 툭 떨어져 펼쳐지더니 희미한 연무를 뿜어냈다.

맹부요는 즉각 숨을 참았지만, 좁은 공간 안에 연무가 가득 차는 데는 불과 찰나의 시간밖에 걸리지 않았다. 그 결과 소량이나마 연기를 들이마시고 말았다.

곧바로 눈앞이 어질해지는 걸 느끼며, 그녀는 바닥에 가부좌를 틀고 앉아 운기조식에 들어갔다. 정신이 몽롱한 와중에 머리 위에서 소칠이 웃는 소리가 들려왔다.

"으하하! 폐하, 제가 잡을 수 있다고 하지 않았습니까? 지금부터 제가 폐하 대신 확실하게 손봐 주겠습니다!"

운명은 무심코 결정된다

전북야? 전북야가 꾸민 짓이라고?

맹부요는 멍한 머리를 싸매고서 생각했다.

전북야가 날 노리고 이걸 다 준비했어? 손을 봐줘? 오늘 조정에서는 그렇게 아무렇지도 않게 눈을 맞췄으면서 뒤로는 손 봐 줄 생각을 하고 있었단 말이야?

한참 요리조리 머리를 굴려 봤지만, 아무리 생각해도 전북야 수준이 그 정도까지 처참하리라고는 믿기 어려웠다. 누구 성질 머리를 모르는 것도 아니고.

그러다가 또 잠시 후에는 백주 대낮에 길바닥에서 강제로 입까지 맞췄던 놈이 뭔들 못 하겠냐 싶기도 했다.

이때 머리 위에서 소칠이 쿵쿵거리는 소리가 울렸다. 뭔가 기관 같은 걸 발로 밟아 작동시킨 듯했다. 등 뒤쪽 석벽이 갑자기 획 뒤집히면서 밧줄이 가닥가닥 쏟아져 나와 허공에서 어지럽게 교차하더니, 석벽 뒷면 용수철이 수축함에 따라 급속하게 조여들 조짐이 보였다.

저기 걸렸다가는 꼼짝없이 석벽에 결박당하고 말리라.

맹부요는 즉각 몸을 날려 밧줄이 서로 엇갈리는 틈새를 통과했다. 착지 후 밧줄들이 허공을 졸라매는 것을 본 그녀는 아까 함께 추락한 걸상을 잽싸게 끌어다가 그 한복판에 밀어 넣었다. 그러자 줄이 일제히 무섭게 수축해 걸상을 벽에 단단히 잡아 묶었다.

벽에 묶인 걸상을 보며, 그녀는 눈을 가느다랗게 좁혔다. 밧줄 다발 위쪽과 지면의 연결부가 미세하게 진동하고 있는 게 눈에 띄었다.

한편, 땅 밑 상황을 눈으로 확인할 수 없는 소칠은 그저 지면 위로 드러난 밧줄의 형태만 보고서 무언가가 걸렸다는 걸 눈치챈 참이었다. 당연히 맹부요가 붙잡혔으리라 판단한 그가 잔뜩 흥분한 투로 말했다.

"하하! 이 왈패 계집, 드디어 걸렸구나! 매운맛을 보여 주마!"

다음 순간, 밑으로 내려가기 위해 개폐 장치를 작동시키던 그가 멈칫하더니 고개를 갸웃하면서 중얼거렸다.

"잠깐, 내 마누라도 아닌데 내가 왜? 손을 대도 폐하가 직접 대야지!"

무릎을 탁 친 소칠은 '똘똘하게도' 돌아서서 밖으로 나가면서 경비병을 향해 걸걸한 소리로 분부를 내렸다.

"파리 한 마리 못 빠져나가게 단단히 지켜!"

"예!"

멀어져 가는 소칠의 발소리를 듣고 있는 사이, 맹부요의 입꼬리가 꿈틀꿈틀 경련했다.

저게 진짜 죽고 싶어서 환장을 했나.

그녀는 허리를 쭉 펴며 기지개를 켰다. 아무리 요양 기간이라 몸 상태가 최상은 아니라고 해도, 기본적으로 쌓인 공력이 있고 그간 돌팔이 선생이 들이부은 약재 덕에 만들어진 체질이 있는데 그까짓 미혼약에 기절까지 할 리가 있겠는가.

잠깐 어지럽게 만들었던 것만도 장하다 해 주마.

하지만 팔을 뻗어 천장을 밀어 본 그녀는 미간을 찌푸렸다. 돌판이 워낙 두꺼운 탓에 지금 자세에서는 단번에 뚫고 올라가기가 어려울 것 같았다.

이렇게 되면 다른 출구를 찾는 수밖에.

차분히 주변을 살피다 보니 아무래도 단순한 지하 석실이라기보다는 아주 오래된 비밀 통로의 한 부분인 것 같다는 느낌이 들었다. 얼룩덜룩한 벽면 하며, 먼지로 뒤덮인 바닥 하며, 얼핏 보기에도 세월의 흔적이 느껴지는 게 아마 사람이 자주 출입하지는 않는 듯했다.

그녀의 눈길이 석실을 한 바퀴 빙 훑었다. 망할 도사 영감한테 학대당해 가면서 배웠던 기문팔괘와 태자 전하께서 벼락치기로 가르치신 잡지식이 드디어 쓸모를 발휘하는 순간이었다.

마침내 벽면에 툭 튀어나온 기린 형상에 시선을 고정한 그녀는 손가락을 뻗어 기린의 뒷다리를 슬쩍 밀어 올렸다. 그러자 '우르릉' 하는 울림과 함께 용수철 여러 개가 맞물려 움직이는 소리가 났다.

순간, 이건 아니라는 생각이 뒤통수를 강타했다. 맹부요는 곧장 바닥을 박차고 오르며 몸을 회전시켰다. 아니나 다를까, 몸이 붕 뜨자마자 '쐐액' 하고 예리한 파공음이 울리는가 싶더니, 바늘도 아니고 그렇다고 화살이라고도 못 할 암기 다발이 소나기처럼 날아들었다. 무시무시한 기세와 속도로 등장한 암기들은 순식간에 사방으로 산개해 석실 전체를 점령했다.

빗발처럼 빽빽하고 먹구름처럼 시커먼 암기가 폭죽 터지듯 작렬하자 본래 몸 한 번 돌리기도 힘들 만큼 좁았던 공간에는 아예 빈틈이랄 게 남지 않았다. 사람은 고사하고 고슴도치를 갖다 놔도 가시 사이사이마다 암기가 몇 개씩은 줄줄이 박힐 판국이었다.

도망칠 곳이 없어진 맹부요는 등판을 석실 천장에 바짝 붙이고 배와 가슴을 최대한 끌어당기면서 팔다리를 납작하게 대자로 펼쳤다.

어둠 속에서 바늘이 코끝을 휙휙 스쳐 갔다. 바늘 끄트머리에 맺힌 독액의 소름 끼치는 냄새가 고스란히 감지될 정도로 가까운 거리였다. 그 실낱같은 한기가 살갗을 훑고 지나는 순간, 그녀는 마치 한바탕 우박이 지나간 듯 뼛속까지 사무치는 냉기를 느꼈다.

눈이라도 한 번 깜빡였다가는 속눈썹 사이에 바늘이 걸릴 것 같았다. 수가 많아도 너무 많았다. 맹부요는 숨을 참으며 실수로라도 몸을 움직이지 않으려 애썼다.

그대로 도마뱀처럼 천장에 붙어 있길 한참, 드디어 '팅' 하고 용수철이 튀는 소리가 나더니 난사가 중지되고 사방 벽면이 나지막하게 '퉁탕퉁탕' 울었다. 사뿐히 바닥으로 날아내린 그녀는 여전히 심장이 벌렁대는 와중에 일단 옷부터 살폈다. 그 결과 가슴 부위에서 구멍이 발견됐다. 살짝만 비껴갔어도 옷이 아니라 몸이 관통당했을 위치였다.

아멘! 75B였기에 망정이지…….

이 순간, 그녀는 절감하고 있었다. 강호에서 굴러먹으려면 역시 가슴은 작은 편이 적절함을. 돌출 정도의 작은 차이가 결정적인 순간에는 목숨을 들었다 놨다 할 수도 있음이라…….

주변 벽은 온통 바늘 자국으로 **빽빽**했다. 그토록 가느다란 바늘이 석재의 어마어마한 강도를 뚫고 벽 깊숙이 박혔을 정도면 용수철의 위력이 대체 어땠다는 건가.

소칠, 그 쌍놈의 새끼가 사람을 아주 보내 버리려고!

이쯤 되자 사태의 배후에 대한 의심이 다시금 고개를 쳐들었다. 전북야였다면 목숨에 위협이 될 만한 수단은 쓰지 않았을 것이다. 전북야한테 그 정도 신뢰는 있었다. 물론, 딱 그 정도가 전부이긴 했지만. 최근 들어 영 태도가 불량한지라 현재 그의 점수는 0점 밑이었다.

어둠 속에 웅크리고 앉아 요리조리 눈을 굴리다 보니 아마 전북야는 지하실에 이렇게 무서운 기관이 숨겨져 있는 줄 몰랐을 거라는 생각이 들었다.

하지만 이러니저러니 해도 소칠은 결국 전북야의 밑에 있는 녀석이다. 수하 관리를 제대로 못 한 결과이거나, 아니면 은근슬쩍 소칠한테 암시를 줬다든지 한 걸까? 혹은 녀석이 뭘 저지를지 알면서도 그냥 놔둔 걸까?

어쨌든 간에 결론적으로, 이번 일에 책임을 져야 할 사람은 전북야 그 작자다!

용수철에 연결된 암기가 다 소진되고 나자 마침내 벽 한 면에 숨겨져 있던 문이 열렸지만, 막상 눈앞에 시커멓게 펼쳐진 통로를 쳐다보고 있자니 발길이 쉽게 떨어지질 않았다.

가, 말아?

문 하나 여는 데도 그렇게 무지막지한 함정을 통과해야 했는데 안에는 뭐가 있을지 알 게 뭔가. 하지만 이대로 얌전히 쪼그리고 앉아서 누가 구해 주러 오거나, 또는 손봐 주러 오기를 기다리는 건 너무 모양 빠지는 짓이다. 맹부요 대왕의 위풍당당한 역사에 그런 굴욕은 없었거늘.

한참 고민 끝에 결론이 났다.

실컷 처맞기만 하고 한 대 받아치지도 못해서야 훌륭한 어른이 아니지. 어디 한번 당해 봐라, 전북야!

그녀는 일단 겉옷 귀퉁이를 찢어서 천 조각을 여러 개 만든 뒤 아까운 손끝을 깨물어 피를 냈다. 그러고는 바닥에 피를 몇 방울 뿌리고 천 조각에도 점점이 묻혔다.

흐흐, 텅 빈 석실에 핏자국만 남아 있는 걸 보면 별생각이 다들 거다. 세상에는 시신을 아예 녹여 없애는 독도 있다는 걸 모르지는 않겠지. 마침 종월도 자리를 비워서 바늘에 묻은 독의 정체를 알아낼 길이 없을 텐데, 생각할수록 겁날걸? 여기서 나간 다음 몰래 반응을 지켜보다 보면 누구 짓인지 알게 되겠지.

진짜 전북야 당신 짓이면 곧바로 뭣 되는 거고, 만약 소칠이면 그놈도 뭣 되고 당신은 더 뭣 되는 거야. 똥줄 한번 신나게 타 봐라, 음하하!

그녀는 천 조각을 대충 마구잡이로 뭉쳐 사람 형태를 잡았다. 정황상 옷이 사람 모양으로 있는 게 더 말이 안 되기는 하지만, 그래도 전북야한테는 이 편이 제대로 먹힐 것이다. 작업을 마친 맹부요가 자세를 사선으로 튼 채 조심스레 통로에 진입하자 뒤쪽에서 문이 우르릉 닫혔다.

그녀는 조금 전의 기린 표식을 떠올리며 이상하다는 생각을 하고 있었다. 전씨 가문의 상징은 분명 창룡이건만, 행궁 비밀 통로에는 웬 기린 문양이 있는 걸까? 그러고 보니 기린을 황가의 상징으로 쓰는 나라가 있었던 것 같은데, 그게 어디더라.

통로는 칠흑같이 어두웠고 다소 투박하게 만들어진 느낌이었다. 무릇 궁궐 비밀 통로라 하면 청석 바닥재와 벽에 걸린 등불이 기본이건만, 지금 딛고 있는 바닥은 걸음마다 높낮이가 제멋대로였다.

안으로 들어서자마자 그녀를 제일 먼저 반긴 건 진흙 냄새와 지하 통로 특유의 퀴퀴한 썩은 내였다. 그래도 참기 힘든 정도는 아닌 걸 보면 출구와 통풍구가 멀쩡히 존재한다는 뜻이었다. 맹부요는 벽에 되도록 손을 대지 않으면서 조심조심 앞으로 나아갔다. 벽면은 아마도 화강암을 쌓아 만든 듯했는데, 돌틈새 각이 딱딱 맞는 것이 울퉁불퉁한 바닥과는 완전히 딴판이었다. 대체 왜 이렇게 차이가 나는지는 모르겠지만.

그녀는 걸음을 내디딜 때마다 손에 들린 자갈을 하나씩 앞쪽으로 던지고 있었다. 통로 중간까지 가도록 수상스러운 낌새는 전혀 포착된 게 없었지만, 경계를 늦출 엄두는 나지 않았다.

그렇게 손끝에서 돌멩이가 날아가며 내는 단조로운 소리 속에서 머릿속을 어지럽히는 생각들을 정리하고 있던 때였다.

팅.

정체불명의 음향이 발걸음을 멈춰 세웠다. 맹부요는 동공을 가늘게 좁히면서 큼지막한 자갈 하나를 골라 있는 힘껏 집어 던졌다.

스르릉.

바로 그때 저만치 앞쪽에서 지면이 미끄러지듯 갈라지더니 둘레 한 장 가량의 구멍이 입을 벌렸다.

구멍 아래쪽에는 놀랍게도 물줄기가, 그것도 세차게 굽이치는 급류가 흐르고 있었다!

설마 수중 통로였나?

통로가 뻗어 나간 모양새를 다시금 살펴본 맹부요는 전체가 물속에 잠겨 있는 건 아니리라는 결론에 도달했다. 구멍이 생긴 위치는 길이 급격히 꺾이는 부분이었다.

아마 일부 구간 정도만 물줄기와 맞닿아 있는 것이리라. 어쩐지 벽이 유독 탄탄하고 방수재까지 발려 있더라니.

반도성 근방 지형을 머릿속으로 더듬어 보니 유산에서 3리 거리에 정하汀河라는 강줄기가 흐른다는 게 떠올랐다. 성 밖으로 통하는 강이라고 들었는데, 부지불식간에 반도성을 벗어났단 말인가?

통로에 설치된 함정은 많지 않았지만, 대신 하나하나가 소름 끼치게 살벌했다. 저 구멍만 해도 행여 빠졌다가는 어찌해 볼 틈도 없이 급류에 휩쓸려 가고 말 것이다.

맹부요가 물살 위를 뛰어넘자 구멍은 다시금 소리 없이 닫혔다. 용수철이 이 정도로 조용히 움직인다는 건 작동 빈도가 꽤 높다는 뜻이리라.

나머지 구간은 별 탈 없이 지날 수 있었다. 그리고 마침내 통로 끝에 도달했을 때, 맹부요의 눈앞에 나타난 건 밀실도 아니었고 그렇다고 다른 뭔가도 아니었다. 그저 휑한 벽면이 있었을 뿐. 벽에는 입구에서 봤던 것과 똑같은 기린 문양이 붙어 있었다.

앞서 얻은 교훈이 있었기에 무턱대고 손부터 뻗지는 않았다. 문양 주변을 살피다 보니 기린 아래쪽에 조그맣게 튀어나온 돌기가 눈에 띄었다. 전체적인 배치로 봤을 때 저 돌기야말로 진짜 개폐 장치인 것 같았다. 맹부요는 안도의 한숨을 내쉬었다.

역시나, 대뜸 기린부터 건드리지 않길 잘했지.

그녀는 통로 한쪽에 납작하게 붙어서 조심스럽게 돌기를 눌렀다.

촤아앗!

벽 한 면 전체가 위로 밀려 올라가는 동시에 거대한 파도가 쏟아져 들어왔다.

허리 높이까지 열린 공간을 통해 한꺼번에 밀려든 강물은 투명한 거인의 망치처럼 맹부요의 가슴팍을 후려쳤고, 그녀는 무서운 기세로 날아가 뒤쪽 벽에 처박혔다. 본래 그녀의 등 뒤는 길게 뻗은 통로였으나, 돌기를 누르는 순간 2미터 정도 뒤편에 소리 없이 벽 하나가 솟아올랐던 것이다.

머리가 어질어질, 눈앞에 별이 보였다. 강물의 위력은 어지간한 고수가 가슴팍에 정통으로 꽂아 넣은 주먹 못지않았다.

입가를 따라 핏줄기가 흘러내렸다. 하지만 지금 중요한 건 그게 아니었다. 갑자기 솟아오른 벽 때문에 지금 그녀가 있는 곳은 가로세로 2미터 크기의 밀실로 변모한 상황!

미친 듯이 쏟아져 들어온 강물이 그새 목까지 차올랐고, 수위는 계속 상승하는 중이었다. 머리 위쪽 호흡이 가능한 공간은 시시각각 줄어들어 갔다. 맹부요는 몸부림을 치다시피 바닥 쪽으로 잠수했다.

강물이 유입되는 틈바구니를 통해 밖으로 나가 볼 생각이었다. 그러나 유입구는 그사이 벽면이 아래로 내려오면서 손바닥 너비 정도로 좁아져 있었다.

다시 수면 위로 올라왔을 때 물은 이미 머리 높이였다. 그녀는 입을 한 번 벌렸다가 얼굴 옆에서 출렁거리던 강물을 된통 먹었다. 공기는 점점 희박해지는데 그 와중에도 수위는 계속 올라갔다.

시커먼 천장이 시야를 짓눌러 왔다. 커다란 바윗덩이가 가슴속을 틀어막은 듯, 숨이 쉬어지질 않았다. 이제는 헐떡이는 것조차 마음껏 할 수 없었다. 입을 벌렸다가는 당장 물이 밀려 들어올 테니 명을 재촉하는 짓이었다.

그래 봤자 남은 시간은 고작 몇 초. 조금 뒤 강물이 코끝까지 차면 그녀는 이 빌어먹을 석실에서 물귀신이 될 것이다.

전북아, 나가기만 하면 죽여 버리겠어…….

순간적으로 스친 생각에 맹부요는 맥없이 웃어 버렸다.

당장 내 목숨 걱정부터 해야 할 판에 무슨 쓸데없는 생각을 하는 건지.

그녀는 젖 먹던 힘까지 다해 팔다리를 놀리면서 사방을 휘젓고 다녔다. 움직일수록 산소 소모가 극심해진다는 걸 알지만 희망의 끈을 놓고 싶지는 않았다. 그러던 중 문득, 손끝에 기린 문양이 만져졌다.

얼음처럼 차가운, 강물보다 서늘한 금속의 감촉을 느끼며 맹부요는 아주 잠시 망설였다. 기린 문양 뒤쪽에는 아까처럼 무시무시한 위력의 암기가 숨겨져 있을 가능성이 농후했다.

지금 그녀는 암기가 날아온들 피할 수도 없는 처지였다. 기관이 발동되면 벌집 신세가 될 건 자명한 일. 하지만 벌집 신세를 면해 봤자 기껏해야 물 풍선밖에 더 되겠나. 선택의 여지가 없었다.

물은 코 바로 밑까지 와 있었다. 이마에 불거진 핏대가 압력을 이기지 못하고 불뚝불뚝 뛰는 게 느껴졌다. 피가 몰려 시뻘 겋게 달아올랐던 얼굴이 점차 창백해지기 시작했다. 거대한 압력이 차오르고 있었다. 계속 숨을 참다가는 조만간 몸이 터져 나갈 것 같았다. 끔찍한 감각이었다.

그래, 죽을 거면 차라리 빨리 죽자!

맹부요는 손을 뻗어 기린 문양에 붙은 발동 장치를 비틀었다.

쿠르릉!

이제 끝이겠거니 하고 눈을 질끈 감았던 그녀는 뭔가 이상하 다는 느낌을 받았다. 귀에 들려온 음향이 아까같이 용수철 튀 는 소리가 아니었던 것이다.

머리 위쪽에서 서늘한 공기가 느껴졌다. 맹부요는 반색하며 위로 솟구쳐 올랐다.

고개를 드는 동시에 마주한 것은 아까만 해도 감히 기대조차 하지 못했던 풍경이었다. 천장에 어느덧 자그마한 틈이 생겨 있고 그 사이로 새로운 석실이 보이는 게 아닌가.

그녀가 물에 빠진 생쥐 꼴로 위쪽 방에 기어오르는 즉시 발 밑에서 석판이 도로 닫혔다. 이제 아래쪽 물바다와는 완전히 격리된 것이다.

맹부요는 바닥에 축 늘어진 채 한참을 헐떡거렸다.

귀한 목숨을 빌어먹을 지하 통로에 쑤셔 박을 뻔하다니.

열불이 뻗친 그녀가 잇새로 한마디를 씹어뱉었다.

"전북야, 내 기필코 고대로 갚아 준다⋯⋯."

시간이 꽤 흘러서야 끙끙거리며 몸을 일으킨 그녀는 주변부터 죽 훑어봤다. 일단 생긴 모양새는 처음에 소칠한테 속아서 떨어졌던 방과 흡사한데, 크기는 훨씬 커서 둘레가 다섯 장은 될 것 같았다.

맞은편에는 책걸상과 침상이 보이고 그 위에는 옷가지며 잡다한 물건들이 쌓여 있었다. 이 밀실이야말로 비밀 통로의 최종 목적지이지 싶었다.

그리고 아까 아래쪽에서 만났던 벽에는 출구 두 개를 여는 장치가 동시에 숨겨져 있었던 것이다. 하나는 강으로 통하는 죽음의 출구, 다른 하나는 이곳 밀실로 통하는 제대로 된 출구. 사람의 심리를 예리하게 꿰뚫어 본 설계였다.

통로에 진입하기 전 기린 문양을 건드렸다가 독화살 세례를 받았던 침입자라면 두 번째에는 감히 기린에 손을 대지 못하리라는 게 설계자의 노림수였으리라.

맹부요는 바닥에 주저앉아 한참을 더 씩씩거리고 나서야 차츰차츰 마음을 가라앉힐 수 있었다. 그리고 나자 문득 드는 생각이, 어째 통로 형태가 곤족 무덤하고 비슷한 구석이 많은 것 같다였다.

설마 둘 사이에 뭔가 연관이 있는 건가?

한창 머리를 굴리고 있는데 갑자기 희미한 말소리가 들려왔다. 소리가 웅웅 뭉개지는 게, 아마 상당한 거리 밖에서 전해져 오는 듯했다.

어두컴컴한 석실 안에는 아까부터 기묘한 냄새가 떠돌고 있었다. 석재 자체의 냄새와 눅눅한 습기, 거기에 옅은 피비린내가 더해진.

인적 없는 숲속, 차가운 달빛이 개울을 비추는 가운데 반쯤 파헤쳐진 무덤에서 피를 뚝뚝 흘리고 있는 시체가 연상되는 냄새였다.

냄새 더하기 새카만 어둠, 그리고 극도의 적막.

그 속에 돌연히 섞여 든 말소리는 공포 분위기를 조성하기에 부족함이 없었다. 맹부요는 머리털이 쭈뼛 곤두서는 걸 느끼며 진저리를 쳤다.

반사적으로 화절자를 꺼내려 품을 뒤지던 그녀는 손에 물기가 흥건히 묻어나고서야 화절자가 이미 못 쓰게 되었음을 깨달았다. 이렇게 된 이상 얌전히 가부좌 틀고 앉아서 뭔 소리를 하는지나 들어 볼 수밖에.

자욱한 안개가 거무스름한 띠 형태를 이뤄 공기 중을 느릿느릿 떠다니고 있었다. 어딘가에서 밤새가 날카롭게 우짖으며 날개를 퍼덕이는 소리가 어둠을 가르고 전해져 왔다.

빙설처럼 투명한 눈동자가 암흑 속에서 반짝임을 더해 가고 있었다. 맹부요는 바닥을 박차고 훌쩍 날아올라 목소리가 들려오는 방향을 따라 주변을 더듬어 갔다.

역시나, 얼마 가지 않아 천장에서 작은 구멍이 만져졌다. 귀를 가까이 가져다 대자 즉시 말소리가 또렷해졌다. 보아하니 구멍은 바깥과 연결된 통풍구이고, 바로 위쪽에서 누군가 이야기를 나누고 있는 모양이었다.

오밤중에 성 밖 숲속에서 은밀히 나눌 만한 이야기라면 당연히 구린내 나는 내용 아니겠는가?

맹부요는 귀를 바짝 갖다 붙이고 말소리에 집중했다.

"여기 근처라더니, 다들 달라붙어서 이 부근만 뒤진 게 벌써 며칠째인데 안 나오는구먼."

"애초에 없는 거 아니야? 그때 문의文懿 태자 일가는 전원 몰살당하고 가산도 조정에서 모조리 거둬들였잖아. 운 좋게 도망쳤다고 쳐도 혼자 무슨 재력이 있어서 이 나라 저 나라에 지하 세력을 키워?"

"아니 땐 굴뚝에 연기 날까. 섭정왕께서 샅샅이 수색하라 그러셨지 않나. 놈의 본거지를 반드시 알아내야 한다고."

"이미 잡아들였으면 궁금한 건 그 입으로 직접 들을 것이지. 눈앞에 형구 들이대 봐, 제깟 놈이 안 불고 배겨? 뭐 하러 여기다가 인력 낭비에, 돈 낭비에, 이제는 야밤에 몰래 무덤까지 파라고 하질 않나……."

"섭정왕이 어떤 분이신데, 그분이 종월의 본거지를 찾아내라고 할 때는 다 생각이 있는 거겠지……. 잔소리 그만하고 입단속 잘해! 종월이 오주 각국에서 어느 정도 위치인지, 얼마나 엄청난 인맥을 자랑하는지 잊지 말라고. 우리한테 붙들려 있는 게 밖에 알려지기라도 했다가는 사달이 나도 크게 날 테니까……."

종월!

종월이라는 이름이 나온 이후부터는 아무것도 귀에 들리지 않았다. 눈은 튀어나올 것처럼 휘둥그렇게 벌어지고, 머릿속은 웅웅 울렸다.

종월이 붙들려 갔다고? 섭정왕? 오주대륙을 통틀어 섭정왕을 둔 나라는 헌원국 하나일 텐데. 그럼 헌원성 짓인가? 방금 듣자 하니 뭐? 종월이 문의 태자인가 하는 사람 핏줄이라는 건가?

헌원국 역사에 대해서는 깊이 알아본 바가 없었다. 헌원성이 섭정왕 자리를 꿰찬 배경에는 오래전 일어났던 정변이 있다는 것 정도만 장손무극한테 들어서 어렴풋이 알고 있을 뿐.

왜 본인이 직접 황위에 오르지 않고 일족 내에서 나이 어린 소년을 골라 허수아비 황제 노릇을 시키는지, 그 이유는 딱히 물어보지 않았었다. 당시 장손무극도 특별한 언급 없이 넘어갔었건만, 설마 종월이 거기 얽혀 있었을 줄이야.

가만 생각해 보면 종월은 대륙 구석구석을 누비며 숭고한 인물로 받들어지는 데다가 본인 소유의 첩보망과 측정 불가능한 규모의 지하 세력까지 이끌고 있었다. 하물며 평소에도 워낙 비밀이 많고, 더하여 헌원운과의 관계까지……. 그쯤 되면 사연 있는 황족 신분에 찰떡같이 어울리기는 했다.

조용히 숨을 들이켠 맹부요는 귀를 구멍에 더 바짝 들이댔다. 두 사람의 대화 속에서 종월이 현재 감금된 위치를 알아낼 수 있길 바라며.

하필 그때 인기척이 싹 사라졌다. 희미한 바람 소리만이 남은 가운데 홀연 으스스한 까마귀 울음이 끼어들었다.

까악, 까악.

소름 끼치는 소리. 맹부요는 한기가 온몸을 훑고 지나는 걸 느꼈다. 조금 전 두 사람의 대화로 볼 때 위쪽은 공동묘지였다.

그녀는 실없이 픽 웃으며 생각했다.

아무 말이 없는 게 설마 귀신이라도 나와서는 아니겠지?

그 직후, 귀신 같은 발걸음 소리가 귓가에 포착됐다. 아주 가볍디가벼운.

베개를 털다 빠져나온 깃털, 또는 나무 꼭대기에서 날아내린 어린 새의 솜털, 아니면 버드나무 가지 끝에서도 가장 여린 꽃솜이 만들어 내는 듯한, 거의 무음에 가까운 발소리가 접근해 오고 있었다.

지면에 귀를 붙이고 있었기에 그나마 미세한 진동을 잡아냈지, 그게 아니었다면 아예 눈치조차 못 챘을 것이다. 그녀조차 이럴진대 그저 그런 무림 고수 수준에서야 낌새를 느꼈을 턱이 있나.

극도로 민첩한 발소리에서는 독특한 운율마저 배어났다. 지나치게 가벼운 존재는 보통 속도감이 없기 마련이건만, 이 소리는 달랐다. 바람을 딛고 날아오르노라면 천만리도 한달음에 갈 듯한 느낌이었다.

스윽.

이어진 것은 단 한 음절.

"읍."

다시금 정적이 찾아드는가 싶더니 까마귀가 한층 처절하게 우짖었다. 단지 그뿐이었다. 지면에서 들려오는 소리는 없었다.

맹부요는 온 신경을 청각에 집중시켰다. 마지막으로 들려온 '읍.' 소리는 대체 뭐였을까,

276

한창 궁리 중인데 갑자기 귓바퀴가 선뜩했다. 뭔지 모를 액체가 귀 안으로 흘러든 것 같았다.

그녀는 소스라쳤다.

망할!

종월의 행방에만 집중하느라 귀를 너무 바짝 대고 있었던 것이다. 위에서 낌새를 채고 수은 한 방울만 흘려보내면 그길로 황천행인 걸 생각하지 못하고!

대경실색한 그녀가 허겁지겁 고개를 기울여 액체를 귀 밖으로 빼냈다. 손끝을 살짝 갖다 대 봤더니 진득한 질감이 만져졌다. 이어서 통풍구로 새어 들어오는 빛에 손가락을 비춰 본 결과 붉은색을 확인할 수 있었다.

피.

위에 두 놈, 설마 그새 죽은 건가?

맹부요는 '쓰읍' 밭은 숨을 들이켰다.

그렇다면 아까 그 '읍.'은 두 놈이 동시에 뱉은 소리였단 말인가. 어쩐지 괴상하다 싶더라니.

둘을 단번에 처리한 솜씨를 보면 뒤늦게 등장한 자는 아무래도 엄청난 쾌검을 쓰는 모양이었다. 목구멍에 걸려 제대로 나오지도 못한 '읍.'이 조금 전까지만 해도 더운 피가 돌던 두 사내의 마지막 목소리였을 줄이야.

속도로 보나 군더더기 없는 살인 수법으로 보나 그저 감탄스러울 따름이었다. 맹부요는 지금껏 자신이 적을 얼마나 상냥하게 대접해 주었는지를 새삼 실감했다.

통풍구는 여전히 지면에서 흘러내린 선혈을 뱉어 내고 있었다. 방울져 떨어져 내린 피가 바닥에 웅덩이를 만든 건 순식간의 일이었다.

위쪽 정체불명의 인물은 우아하게 시체에 붉은 점 하나만 남기기보다는 도살장에서 쓰는 방식을 선호하는 듯했다. 바닥에 고인 피 웅덩이를 쳐다보던 맹부요는 핏물에 비친 그림자의 모양이 미세하게 일렁이는 걸 발견했다.

꼭…… 석실 어딘가가 흔들리고 있기라도 한 것처럼.

그녀는 즉각 몸을 날려 천장에 찰싹 달라붙었다. 오늘 밤은 영 해괴한 일이 줄줄이 이어지는 게, 조심하는 편이 상책이지 싶었다.

역시나 직감이 옳았다. 신형을 숨기기가 무섭게 아래편 벽한 면이 소리 없이 열리더니 안개를 두른 달빛이 석실 깊숙이 쏟아져 들어와 바닥에 은백색 융단을 펼쳐 놓았다.

잠시 후, 그 달빛의 융단을 배경으로 검은 옷을 입은 사람이 조용하게 등장했다.

늘씬하게 쭉 빠진 체격, 꽉 조이는 흑색 의복이 달빛 속에서 남자의 착 올라 붙은 몸 선을 가감 없이 드러내 주고 있었다.

단지 눈으로만 봐도 힘과 탄력이 고스란히 느껴질 정도이건만, 둔한 근육 덩어리라는 느낌은 전혀 없었다. 그보다는 묘한 야성미가 풍겨 나온다고나 할까. 하나로 높게 묶어 올린 머리는 살짝 흐트러진 모양새이긴 했지만, 새카만 머릿결에 자르르하게 흐르는 광택은 비단 못지않았다.

달빛을 바람막이처럼 걸치고서 안으로 들어서는 남자의 걸음걸이에서는 독특한 운율이 느껴졌다. 밀림을 거침없이 누비는 표범이 연상되는.

실로 훌륭한 몸매로다!

맹부요는 휘파람이 절로 나오려는 걸 가까스로 참아 냈다. 얼굴은 아직 못 봤지만, 저 정도면 몸매가 이미 다했다.

맹부요는 숨을 죽인 채 음흉한 눈길로 남자를 훑어봤다. 그러면서 등을 천장에 한층 바짝 붙였다. 상대는 몸매도 좋지만 무공 실력은 더 좋은 자였다. 지금은 싸움을 벌이고 싶지 않았다.

남자가 안쪽으로 걸어 들어오면서 어딘가를 눌렀는지 출입구가 느릿느릿 닫히는 게 보였다. 곧이어 의복이며 잡동사니가 한 뭉텅이 쌓여 있는 데까지 온 그는 초에 불을 붙이고서 탁자 위에 있던 옷 한 벌을 집어 들었다.

촛불을 흘깃 쳐다본 맹부요는 조용히 몸을 옮겨 더 어두운 구석으로 숨어들었다. 그러고는 다시 아래를 내려다봤다가……하마터면 눈이 튀어나올 뻔했다.

남자가 어스름한 촛불 앞에서…… 옷을 벗고 있었던 것이다!

옷가지를 멀쩡히 걸치고 있는 상태에서도 눈을 뗄 수 없는 몸매였건만, 벗고 나니…… 그야말로 절경이었다!

피부색도 어쩌면 저리 예쁜지. 노르스레한 촛불에 비친 그의 피부는 흡사 벌꿀을 바른 것처럼 반짝였다. 섬약한 강남 사내들의 새하얀 살갗과는 달리 원시적인 관능미가 살아 있는 모습. 불빛 덕에 더욱 도드라져 보이는 몸 선은 어디 하나 늘어진 곳 없이 탄탄하고 쫀쫀했으며, 구석구석 경이로운 탄력과 금방이라도 폭발할 듯한 힘이 느껴졌다. 그러면서도 부담스러운 근육질은 절대 아닌 것이, 딱 보기 좋게 우아하면서도 유혹적이었다.

다행히 남자는 단 한 번도 뒤쪽을 돌아보지 않았다. 아까와 다를 바 없어 보이는 흑의를 새로 걸치고 피가 얼룩덜룩하게 튄 옷을 하나로 뭉쳐 손에 든 그는 이내 밀실 문을 열고서 특유의 율동감 있는 걸음걸이로 밖을 향해 사라졌다.

맹부요는 잠시 더 천장에 붙어 있다가 남자가 다시 돌아오지 않으리라는 확신이 서고 나서야 천천히 아래로 내려왔다. 나날이 심후해지는 파구소의 공력 덕에 남들보다 훨씬 오래 숨을 참을 수 있기에 망정이지, 그렇지 않았다면 아무리 거리가 꽤 있었어도 남자의 예리한 감각에 발각되고 말았을 것이다.

아까 남자가 건드렸던 위치를 떠올리며 벽을 더듬거리던 그녀는 곧 출입문 개폐 장치를 찾아내 밀실을 빠져나왔다.

바깥은 짐작대로 공동묘지였다. 온전치 못한 묘비가 군데군데 삐뚤빼뚤하게 꽂혀 있고, 아마도 늑대가 파헤쳐 놨을 백골이 아무렇게나 굴러다니고 있었다. 말라 죽은 나무 꼭대기 잔가지에는 창백한 달이 걸렸고 그 옆에서는 까마귀가 간헐적으로 울어 댔다. 짙은 피비린내가 주위를 메우고 있었지만, 아무리 두리번거려 봐도 두 사내의 시체는 눈에 띄지 않았다.

싸늘한 달빛 아래에 멍하니 서 있길 잠시, 맹부요는 조금 전 자신이 빠져나온 밀실 쪽을 돌아봤다. 마른 나뭇가지와 잎사귀에 가려져서 언뜻 봐서는 전혀 문이 있는 티가 나지 않았다.

오늘 밤은 어째 아슬아슬한 사건의 연속이었다. 소칠 녀석도 멋모르고 짠 계략이었을 텐데, 그게 꼬리에 꼬리를 무는 위기로 연결될 줄이야.

암기가 난무하는 밀실에 갇히고, 물에 빠져 죽을 뻔하고, 귀에 피가 흘러드는 바람에 기겁하고, 마지막에는 미남이 옷 벗는 모습 구경까지……. 거기다가 무엇보다 충격적인 정보를 접하지 않았나.

종월이 헌원성한테 붙잡혀 본국으로 끌려갔다는!

헌원국 방향을 바라보던 맹부요의 입가에 가느다란 냉소가 걸렸다. 그녀는 반도성을 향해 곧장 내달렸다. 신분을 대면서 성문을 열라 말라 하는 건 경공이 형편없는 자들이나 하는 짓이었다. 그녀는 성벽을 훌쩍 넘어 통령부로 직행했다.

저택에 당도하자마자 제일 먼저 확인한 건 종월의 처소였다. 처소 안은 평소 그대로, 주인이 떠난 방 같은 느낌은 딱히 없었다. 하지만 막상 이부자리 속에 손을 넣어 보자 싸늘한 냉기가 느껴졌다. 보아하니 침상을 쓴 지가 꽤 오래전인 것 같았다.

그녀는 방 한가운데 우두커니 선 채 지난날을 돌이켜 봤다. 그간 독설남한테 무관심해도 너무 무관심했지 싶었다. 뭔가 바빠 보이기도 하고 외출이 급격히 잦아진 것도 알면서 정작 뭘 하고 다니는지 한 번을 물어보지 않았었다. 실종됐다는 것조차도 이제야 알았지, 사실 관계를 확인해 줄 측근이나 수하와 연락이 닿는 것도 아니지.

어쩌면, 언제부터인가 종월에게 의지하는 게 습관이 되어 버렸는지도 모른다. 말은 까칠하게 해도 문제가 생기면 꼬박꼬박 해결해 주다 보니 어느덧 그게 너무나 당연해져서, 종월이 위험에 빠지는 상황 같은 건 아예 생각을 안 해 봤던 것이다.

물론 이 지경이 되도록 사태 파악을 못 했던 데는 다른 이유도 있었다. 스스로 인정하기는 불편한 사실이지만, 그녀는 무의식적으로 주변인들과 거리를 유지 중이었다. 언젠가 떠나야 할 날이 왔을 때 관계를 깨끗이 정리하려면 그 편이 좋으니까.

텅 빈 종월의 방 안에 서 있는 이 순간, 맹부요는 문득 자신이 얼마나 이기적이었는지를 깨달았다.

그만큼 도움을 받았으면 애정까지는 못 주더라도 관심 어린 말 한두 마디 정도는 건네는 게 인지상정 아닌가. 적어도 친구 사이라면 근황쯤은 물어봐 줄 의무가 있지 않나. 행여라도 얽힐까 무서워 죽겠다는 양 멀찍이 피해 다니기만 한 건 너무 양심 없는 짓이 아니었을까.

맹부요는 더 이상 이기적이지 않기로 했다. 지금껏 돌팔이 선생의 약에 신세를 졌으니 이제 자신이 나서서 약해진 그를 돌볼 차례가 온 것이다.

재빠르게 노잣돈을 챙기는 한편 세상모르고 잠든 원보 대인을 짐 보따리에 밀어 넣은 그녀는 마지막으로 아란주의 거처 쪽을 한 번 쳐다봤다. 아마 아란주는 여기 남는 걸 택하겠지, 하고는 봇짐을 짊어지고서 문을 열었는데 검을 끌어안고 문 앞에 앉아 있던 철성과 눈이 딱 마주쳤다.

못 당하겠다는 듯 웃어 버린 맹부요가 미간을 문지르며 말했다.

"떼 놓고 가려던 게 아니라 좀 급해서 먼저 움직이려고. 넌 여기 있다가 무극국 은위들이랑 연락이 닿고 나거든 그때……."

"같이 가."

철성은 시키는 대로 할 기색이 전혀 아니었다.

"은위들한테는 암호 남겨 두면 돼. 그들이 쓰는 암호는 나도 아니까."

픽 웃음을 흘린 그녀가 짐 보따리를 그에게 넘기며 말했다.

"그럼 가 볼까!"

두 사람이 나눈 대화는 그들의 행선지를 알고자 하는 이들의 귀에까지 흘러들기 전에 바람결에 휩쓸려 흔적도 없이 흩어져 버렸다.

또한 맹부요는 그저 종월 생각에 애를 태우느라 조만간 하늘로 솟았는지 땅으로 꺼졌는지 모를 그녀의 행방을 놓고 적잖이 괴로워하게 될 한 사람을 깜빡 잊고 말았으니…….

한밤중, 적막한 거리를 스쳐 지난 검은 형체 둘이 흡사 회오리바람처럼 성벽을 넘었다. 성문을 지키던 병사가 서늘한 바람에 눈을 비비면서 위를 올려다봤을 때는 누렇게 말라붙은 낙엽한 장만이 지면에서부터 나선을 그리며 느릿느릿 날아오르고 있었을 뿐이었다.

두 사람은 그사이에 벌써 성 밖 관도 위를 전광석화처럼 내달려 아득히 멀어져 가고 있었다.

"목적지는?"

"헌원."

✿

새벽녘, 유산 행궁.

산기슭에서부터 정상까지 사람이 다닐 수 있는 길이란 길에는 어디든 흑의에 금갑을 걸친 황영군이 쫙 깔려 있었다. 세 걸음에 한 번씩 나오는 게 검문 초소요, 다섯 걸음마다 한 번씩 만나는 게 순찰대였으니, 실로 삼엄하다 할 경계 태세였다.

평소처럼 땔감을 하러 나섰다가 입산을 금지당한 근방 나무꾼들은 멀찍이 청록과 노랑이 섞인 가을 산 나뭇잎들 사이로 용이 그려진 깃발이 펄럭이는 걸 발견하고서 화들짝 놀라 혀를 빼물었다.

"어젯밤에 폐하께서 밤새 산을 타셨다지?"

"뭔 일인지 모르겠네. 특별한 낌새 같은 건 없었는데."

"악명 높은 도적놈이 도망쳤다더라고."

"히익……."

누군가는 소스라치고, 누군가는 겁에 질려 탄식했다.

아침 일찍부터 채소를 짊어지고서 시장에 나가는 길이던 농부 하나가 대화 내용을 듣고는 해죽이 웃으며 끼어들었다.

"그러게, 밤새 분위기가 뒤숭숭하더이다. 까마귀가 하도 소름 끼치게 울어 대길래 밖에 나가 보기까지 했는데 막상 뵈는 건 없고."

그가 사는 곳은 성 밖 강줄기 서편이었다.

"도적놈이 거기서 사람이라도 죽인 거 아니오?"

누군가 키득거렸다.

"얼른 가서 폐하께 아뢰지 그러시나!"

상대를 향해 눈을 한 번 부라린 농부는 짐을 챙겨 고개를 절레절레 저으면서 자리를 떴다.

아쉽게도 전북야는 결정적 실마리가 될 수 있었던 농부의 한마디를 미처 듣지 못했다. 물론, 들었다 쳐도 거기서 즉각 맹부요의 그림자를 포착해 내기란 어려운 일이었을 테지만.

지금 그의 엉망진창인 머릿속에서는 오로지 한 가지 생각만이 맴맴 제자리를 돌고 있었다.

그녀가 사라졌다. 그것도 단순한 실종이 아니라 정황상 목숨을 잃었을 확률이 높은 상황이었다.

어젯밤 소칠의 보고를 들은 그는 하마터면 그 자리에서 피를 토할 뻔했다. 의기양양하게 자랑질인 소칠 놈을 걷어차 벌러덩 날려 버리고서 미친 듯이 궁에서 달려 나왔다. 어가 행렬을 준비시킬 정신 따위가 어디 있나.

어마감御馬監에 들입다 뛰어들어 아무 말이나 한 마리 잡아타고는 행궁으로 내달렸다. 어마감에서는 말과 안장을 따로따로 두는데 그에게는 말 등에 안장을 올릴 여유조차도 없었다. 그렇게 맨몸으로 질주한 결과 유산 행궁에 당도했을 즈음에는 허벅지 사이가 쓸려 피가 흥건하게 배어나고 있었지만, 상처고 뭐고

간에 그는 고삐를 놓자마자 부리나케 화음각으로 직행했다.

급하게 달리는 동안에도 내내 속이 어수선하기 이를 데 없었다. 조금 이따 지하실 문을 열었을 때 부요가 뭔가 오해를 하고 있으면⋯⋯, 어찌⋯⋯, 어찌해야⋯⋯, 어떻게 해명을 해야 좋단 말인가?

소칠은 그의 심복이었고, 부요가 고작 녀석의 잔꾀에 넘어가 함정에 빠진 데는 그 점이 큰 작용을 했을 것이다. 그러니 소칠이 한 짓은 곧 그가 한 짓이요, 책임져야 할 사람은 결국 그였다. 부요한테 무슨 나무람을 듣는대도 할 말이 없는 처지였다.

그런데 현장에서 그를 기다리고 있었던 것은 예상보다 훨씬 심각한 상황이었다. 지하실 문을 열었는데 안에 부요가 없었던 것이다. 소칠도 텅 빈 석실을 보고는 당황하는 눈치였다. 곧이어 녀석이 머리를 긁적거리면서 더듬더듬 말했다.

"으잉⋯⋯. 빠지는 거 봤는데⋯⋯."

처음에는 알아서 빠져나갔구나, 하고 안도했다. 하지만 그것도 잠시, 바닥에 남아 있는 핏자국과 사람 모양새로 펼쳐져 있는 옷감 조각, 그리고 단단한 석벽을 깊숙이 뚫고 들어가 있는 독침의 무시무시한 숫자를 확인하는 순간 눈앞이 캄캄해졌다.

그는 당장 석실로 뛰어내려 헝겊 조각을 주워 들었다. 부요의 옷이 확실했다. 심장이 쿵 내려앉는 기분이었다.

손아귀에 힘이 들어갔다. 안에 쥐어진 헝겊 조각의 감촉은 싸늘했다. 창백하게 식어 버린 누군가의 손을 잡고 있는 느낌이었다. 그의 심장을 붙들고 놓아주지 않는 손. 심장 박동이 천둥소리 같았다. 팔다리에서 힘이 탁 풀리고 이마에는 식은땀이 흥건히 배어났다.

그런 윗분의 안색을 보고서 자신이 사고를 쳐도 크게 쳤음을 깨달은 소칠이 허겁지겁 벽면을 살피기 시작했다. 돌덩이 안에서 맹부요를 발굴해 내기라도 할 기세였다.

한참 뒤, 닥치는 대로 이곳저곳을 더듬던 손이 우연히 기린 문양을 건드렸는지, 감춰져 있던 문이 스르르 열렸다.

정신이 번쩍 뜬 전북야가 제일 먼저 안으로 뛰어들려는 걸 호위들이 목숨 걸고 막아섰다. 그사이 소칠이 그의 발밑에 털썩 무릎을 꿇더니 '쿵쿵' 소리가 나도록 연신 머리를 조아리며 말했다.

"제가 저지른 일이니 제가 가겠습니다!"

그러고는 시위들을 이끌고 통로 안으로 사라졌다.

그로부터 얼마 지나지 않아, 소칠은 물에 빠진 생쥐 꼴로 몇 남지 않은 시위들의 부축을 받으며 입구에 나타났다. 처음에 같이 들어갔던 시위 절반은 수로에서 물살에 휩쓸려 떠내려갔고, 나머지 절반만이 소칠과 함께 통로를 완주했다고 했다.

나름 조심한답시고 소칠을 중간에 세우고 일렬종대로 늘어서서 전진한 결과, 전방에 느닷없이 벽이 생겨났을 때도 행렬 앞쪽 인원들은 벽 너머에 갇혔을지언정 나머지가 소칠을 재빨리 피신시킬 수 있었다는 것이다.

그들은 석벽 하나를 사이에 둔 채, 물속에서 허우적대며 살려 달라고 외치는 동료들의 목소리를, 그 소리가 점차 잦아드는 걸 고스란히 들었다고 했다. 소칠은 그 두껍고 단단한 석벽이 하얗게 벗겨지도록 돌 표면을 긁어 댄 탓에 손톱이 다 뒤집히고 빠져서 눈 뜨고는 보기 힘든 몰골이었다.

전북야는 피범벅이 된 소칠의 손과 시위들의 겁에 질린 눈빛을 차례로 응시하다가 주춤주춤 뒷걸음질을 쳐 벽에 등을 기댔다. 그의 안색은 이미 안 좋다는 말 따위로 형용할 수준이 아니었다. 시위들은 감히 그와 눈을 맞추지 못했고, 소칠은 멍하니 바닥에 꿇어앉았다. 머리를 조아리는 것도 잊은 양 묵묵히 무릎을 꿇고 있던 소칠이 갑자기 벌떡 일어나 자기 목에 번뜩이는 칼날을 들이댄 것은 잠시 후의 일이었다.

그 즉시 전북야의 주먹이 그를 강타했다. 무지막지한 위력의 일격에 소칠은 그대로 붕 떠서 날아가 벽에 처박혔다. '우드득' 하고 관절이 어긋나는 소리가 울리는 동시에 한쪽 팔이 아래로 축 늘어졌다.

전북야가 서슬 퍼런 눈으로 소칠을 노려봤다. 하룻밤을 꼬박 새운 그의 낯빛은 무섭도록 창백했다. 입 주변에는 수염이 까칠까칠하게 돋았고 눈에는 핏발이 빽빽하게 서 있었다. 가닥가닥 얽힌 그 핏발이 그물이 되어, 화염이 되어 소칠을 덮쳤다.

"지금 죽는 건 겁쟁이나 할 짓이다! 일어나라, 가서 찾아와! 살아 있으면 살아 있는 대로 죽었……, 분명 살아 있을 거다! 온 세상을 다 뒤져서라도 찾아서 내 앞에 대령해! 그러기 전에는 돌아올 꿈도 꾸지 말고!"

채찍을 무기로 쓰는 시위에게로 손을 뻗은 전북야가 상대의 채찍을 낚아채 소칠 앞에 던져 놨다.

"그걸 등에 메고 가거라! 가서 부요를 찾아내거든 비로소 너를 벌할 사람을 만난 것이니 채찍을 주면서 사정없이 치라고 해. 무모한 방종과 독선의 결과가 무엇인지, 목숨값보다 비싼 그 교훈이 뼛속 깊이 새겨질 때까지."

바닥에 꿇어앉아 입을 꾹 다물고 있던 소칠이 이내 채찍을 집어 들어 등에 걸쳤다. 그러고는 입술을 깨문 채 전북야를 향해 '쿵' 하고 머리를 한 번 조아린 뒤 비척비척 일어나 밖으로 향했다.

이때, 옆쪽에서 내내 우려스러운 눈빛을 보내고 있던 기우가 반사적으로 한 걸음 앞에 나서자, 전북야가 버럭 호통을 쳤다.

"한 발자국만 더 떼면 너도 다시는 안 볼 것이다!"

기우는 조용히 그 자리에 멈춰 섰다.

전북야는 꼿꼿한 자세로 미동도 없이 서 있다가 소칠의 뒷모습이 화음각 밖으로 완전히 사라질 즈음이 되어서야 몸을 약간 틀어 그쪽에 눈길을 던졌다. 그 순간 전북야의 눈 안에 가득 차 있던 감정은 분노였으나 이는 점차 깊은 안타까움으로 변모해 갔고, 마지막에 이르러서는 영영 지워지지 않을 아픔이 되었다.

그는 일생을 통틀어 단 한 번도 본인 손으로 형제를 내쳐 본 적이 없는 사람이었다. 그랬던 그가 오늘에 이르러 저 어린것을 떠돌이 신세로 만들었다. 그가 아꼈던 천진하고 순박한 소칠은 오늘부로 죽을 것이요, 그가 지켜 주고자 애썼던 소년의 귀한 품성, 세상 얼룩이라고는 한 톨도 튀지 않은 깨끗함은 이제 그로 인하여 압살당하고 말 것이다.

소칠을 비롯한 몇몇 녀석들이 고삐 풀린 망아지가 된 건 그가 너무 오냐오냐해서 키운 탓이었다. 제 손으로 수하들 버릇을 망쳐 놓을 때는 언제고 이제 와서 그 쓰라린 교훈은 스스로 감당하라 하니, 이 얼마나 야멸찬 군주란 말인가.

전북야는 새벽녘 소슬한 가을바람 속에 서 있었다. 설산처럼 빛나던 풍채가 불과 하룻밤 사이에 몰라보게 초췌해진 뒤였다. 곁에 있던 기우는 물기가 차오른 그의 눈동자에서 눈길을 떼지 못했다.

하지만 전북야 본인은 그 누구도 쳐다보지 않고서 그저 묵묵히 한자리를 지키고 있었을 뿐이었다. 그러던 중 통령부를 살피러 갔던 시위들이 돌아와 맹부요의 행방을 확인하지 못했다는 소식을 전하자, 그의 눈빛은 촛불처럼 어스레하게 가라앉았다.

마지막으로 그는 몸소 비밀 통로 안으로 들어가서 통로 중간을 가로막은 석벽 앞에 섰다. 그가 석벽을 향해 가공할 일 장을 내지르자 굉음이 천지를 뒤흔들고 돌가루가 희뿌옇게 피어올랐다.

"부요, 어디로 사라져 버린 것이냐!"

✽

대한 영계 원년 9월 20일, 대한국 유일의 번왕이 작위 수여식 직후 실종되었다. 무심히 던진 말 한마디와 악의 없던 농담으로부터 촉발된 일이었다. 이로써 대한국 전역에는 긴급 수배령이 떨어졌다.

물론 '한왕을 찾습니다.' 따위의 사회 혼란을 조장할 만한 표어를 떡하니 내걸고 벌어진 일은 아니었으나, 전국의 각급 지방관아는 너 나 할 것 없이 모래밭에서 바늘을 찾는 심정으로 '역용을 즐기고, 하얀 생쥐와 피부가 가무잡잡한 호위(이쪽도 역용 가능성 있음)를 데리고 다니는' 소년을 찾아 헤매고 있었다.

제시된 인상착의 자체가 워낙 모호한 탓에 지방관들은 수배 문서를 들고서 머리만 쥐어뜯을 뿐이었고, 급기야는 인근 다른 나라들까지 대한국 새 황제의 국서를 받아 보기에 이르렀다.

해당 국서는 평소 안하무인 오만불손인 신조인 전북야가 쓴 것 같지 않게, 날씨 이야기부터 시작해서 양국 간 평화, 경제, 정치를 두루두루 언급한 뒤 맨 마지막에 은근슬쩍 '혹여 귀국에서 이러이러한 소년이 발견될 경우 모쪼록 서둘러 저희 쪽에 알려 주신다면 그 호의에 감읍하여 마지않을 것인 바…….'를 덧붙인 형식이었다.

사실상 이는 가련한 대한의 새 황제가 벼랑 끝에서 울며 겨자 먹기로 동원한 방책이었다. 나라 땅을 모조리 뒤집어엎다 못해 흙에 굴러다니는 돌멩이 밑까지 하나하나 다 확인하고도 아무런 소득이 없었으니, 남은 방도는 대륙 규모의 수배령이 유일했던 것이다.

과연 이를 통해 그 양심 없는 실종자 녀석을 찾아낼 수 있을지는 전적으로 황제의 운에 달렸을 테지만.

대한 영계 원년, 황조가 전복되고 역사가 새로 쓰인 당해. 전쟁의 불길과 피의 시련을 견뎌 낸 대한은 마침내 표면적으로나마 안정 국면에 접어들고 있었다.

그러나 그 이웃 나라 헌원은 한 인물의 도래로 말미암아 조만간 황성에 몰아닥칠 거센 풍운을 앞두고 있었다.

헌원 소녕昭寧 12년, 황조의 위업은 빛나고 국경은 평안했다.

국경 모처에서는 어깨에 새하얀 생쥐를 얹은 검은 옷의 소년이 전방에 보이는 성채를 향해 자신만만한 눈빛을 보내고 있었다. 가늘게 뜬 눈 안에 잔꾀가 그득했다.

이때 갑자기 눈을 반짝 빛낸 소년이 옆에 있는 듬직한 동료를 툭 치면서 소곤거렸다.

"저기 봐, 조각 몸매 납시셨다!"

4부
헌원 황가의 후예

원보의 길거리 공연

그때 그 조각상이 틀림없다. 저 환상적인 몸매를 코앞에서 감상한 게 불과 며칠 전 일이 아닌가.

여인네 뺨치게 간드러지는 미남들이야 현대에 있을 때 책 속에서 질리게 보았다 자부한다. 그런고로 인체의 예술적 미학에 심오하고도 통찰력 있는 이해를 가졌으며, 그러하기에 쉬이 자제력을 잃을 리 없는 맹부요 대왕이 그 자리에서 침을 질질 흘린 것만도 모자라 지금껏 오매불망 헤어나지 못했을 정도면 얼마나 기막히는 몸매인지는 이미 증명된 것이다.

머릿속에서 축포가 팡팡 터졌지만, 정작 맹부요의 몸은 슬금슬금 뒤로 물러났다.

옆에서 검을 안고 있던 철성은 제 윗사람을 향해 별 해괴한 꼴 다 본다는 눈빛을 보냈다. 표정만 봐서는 당장이라도 들이

덮칠 기세인데 팔다리는 또 내빼는 중이었다.

대체 뭘 하고 싶은 거냐.

호위 무사 철성에게 윗전의 정조 문제는 단 한 번도 걱정거리였던 적이 없었다. 몹쓸 인간이라면 평소에도 주변에 차고 넘치지 않나.

무극 태자는 간사하고, 대한 황제는 폭군이고, 종월은 까칠하고, 운흔은……. 그는 운흔이 마음에 안 들었다. 이유는 묻지 마시라, 모르니까.

세상천지에 과연 맹부요한테 걸맞은 사내라는 게 존재하기는 할까?

몇 번을 물어도 철성의 대답은 단호한 절레절레였다.

맹부요는 철성의 눈빛을 보며 피식 웃음을 흘렸다.

이 어르신께서 온몸으로 구르며 깨달은 만고불역의 인생 진리를 네 녀석이 알 턱이 있겠니. '미인=말썽', 둘 사이에는 완벽한 정비례가 성립한단다.

국경 관문 앞 언덕 꼭대기에 뒷짐을 지고 서서 어둠에 잠긴 성채를 굽어보고 있는 조각상은 오늘도 위아래로 새카맣게 빼입은 모습이었다.

그에게는 검은색이 제격이었다. 늘씬한 몸에서 뿜어져 나오는 냉혹함과 민첩함이 빠르고도 흔적 없이 대지에 스며들어 밤의 일부를 이루고 있었다. 머리부터 발끝까지 여분 원단이라고는 한 조각도 없어 보이는 저 옷매무새는 평소 취향인 것 같았다. 본인의 훌륭한 몸매를 어떻게 좀 강조해 보고자 하는 건 확실히 아니고, 아마 기동성을 위해서일 거다.

맹부요는 상상해 낼 수 있었다.

저 날렵한 선을 가진 몸이 본격적으로 어둠을 향해 뛰어드는 순간의 모습을. 비할 데 없이 날카롭고, 예리하고, 유려하고, 생체 역학적으로 만들어진 비수처럼 암흑을 거침없이 가르고 앞을 향해 나아갈 그 모습을.

그것은 마치 흑색 공단 폭이 서슬 퍼런 가윗날에 닿자마자 '쓰윽' 하고 단숨에 찢어지는 듯한 광경이리라.

단언컨대, 저자의 직업은 살수다.

맹부요는 조각 몸매 살수를 멀찍이 두고 쪼그려 앉아서, 상대가 과연 무슨 수로 국경을 넘을지 곰곰이 생각해 봤다. 헌원국 국경 관문에는 거대한 성채와 무시 못 할 규모의 병력이 버티고 있는 데다가, 검문도 엄격해서 통행패 소지자를 제외하고는 일절 입경이 거부되는 게 보통이었다.

물론 그녀에게는 통행패가 있었다. 하지만 가진 건 딱 한 개뿐이고 철성 녀석은 죽어도 옆에서 안 떨어지겠다고 하니 문제였다. 그렇다고 벌건 대낮에 힘으로 밀고 들어가는 건 평소 조용한 일 처리를 지향하는, 사람 죽이는 데 밤을 선호하는 편인, 맹부요 대왕의 풍격에 영 안 맞고……

하여, 밤을 틈타 살그머니 국경을 넘으려다가 예상 밖에 저자와 딱 마주친 것이다.

저 기막힌 뒷모습을 보아 하니 통행패처럼 진부한 물건 따위는 안 가지신 것 같은데 대체 무슨 재주로 관문을 통과할 건지 궁금할 따름이었다.

잠시 후, 미동도 없이 밤의 어둠에 젖어 있던 형체가 낙엽처럼 훌쩍 날아올랐다. 그대로 성채까지 날아간 남자는 성루에 걸린 등불이 미처 닿지 않는 사각지대를 교묘하게 통과해 성벽에 찰싹 달라붙어 시커먼 벽면과 한 몸이 됐다.

자세로만 따지자면 다소 기묘한 모습이었다. 지금 그는 성벽 틈새에 발끝을 걸고 거꾸로 매달려 머리와 양팔을 성문 바로 위쪽에 축 늘어뜨려 놓은 상태였다. 엄청난 경공이 뒷받침되어야 할 뿐 아니라 설사 경공이 받쳐 준다 해도 아무나 흉내 낼 수 없는 자세.

밤을 틈타 성을 타고 넘으면서 필요에 따라 몇 놈 정도만 처리할 작정이었던 맹부요는 본디 상대 역시 자신과 같은 계획이리라 생각했다. 하지만 꼼짝 안 하고 성문 위에 매달려 있는 모양새를 보니 아무래도 상대는 뭔가 기다리는 게 있는 듯했다.

호기심에 불이 붙은 맹부요는 살금살금 성벽 쪽으로 더 다가가 풀숲에 몸을 숨겼다. 그녀는 그 무언가를 같이 기다리기 시작했다.

가을밤 달빛은 서늘하고 국경선 주변은 평온했다. 달빛 아래에서 순찰을 도는 병사들은 꿈에도 상상치 못했다. 이 시각, 자신들의 발아래 성벽에서 누군가가 조용히 몸을 숨긴 채 결정적 순간을 기다리고 있음을. 또한 저만치 보이는 언덕배기 풀숲에서는 한 쌍의 눈동자가 달처럼 환하게 빛나고 있음도.

병사들은 더더욱이 알지 못했다. 그 눈동자의 주인이 이제 곧 자신들의 조국에 돌이킬 수 없는 파란을 몰고 오리란 걸.

밤도 절반 이상 지나갔다. 달이 차츰차츰 서편으로 기울고 있었다. 남자는 대단한 인내심의 소유자였고, 맹부요의 인내심 역시 그에 못지않았다.

땅바닥에 엎드려 있던 그녀의 귓가에 희미한 말발굽 소리가 들려왔다. 말굽이 긴박하게 지면을 때리는 소리가 순식간에 가까워졌다. 드디어 달빛 아래 흙길에 백마 한 필이 등장했다.

근육질의 백마는 거의 날듯이 질주 중이었는데도 말 등에 납작 엎드린 인물은 채찍질을 멈추지 않고 있었다. 무언가 대단히 급한 일이 있는 모양이었다. 덕분에 말은 그야말로 눈 깜짝할 사이에 성문 앞에 당도했다.

맹부요가 눈동자를 반짝 빛냈다.

조각남의 계획이 뭔지 알 것 같았다! 다만…….

그녀의 미간에 금세 주름이 잡혔다.

뒷수습은 어떻게 하려고 저러지?

느닷없이 어둠을 뚫고 들이닥친 마필의 존재는 성문 수비병들을 당혹시켰다. 어지러운 발소리와 구호가 울리는가 싶더니 성벽 꼭대기에 횃불이 밝혀졌다.

대장급으로 보이는 사내가 아래를 내려다보며 쩌렁쩌렁 소리를 질렀다.

"누구냐? 밤에는 관문을 지날 수 없다!"

복면을 쓴 흑의인이 말 위에서 코웃음을 쳤다. 그는 긴말 대신 성벽 위에서부터 내리비추는 등롱 불빛을 향해 황금색 영패를 번쩍 들어 보였다.

맹부요가 있는 곳에서는 거리 탓에 영패의 모양을 똑똑히 확인할 수 없었지만, 어쨌든 성벽 위의 수비군 대장은 퍽 놀란 모양으로, 말투마저 대번에 딴사람이 됐다.

"성궁聖宮 특사이신 줄 미처 몰라뵙고 결례를 범했습니다. 여봐라, 대인께 문을 열어 드려라!"

성벽 밖으로 삐죽이 나왔던 등롱이 원위치되고, 또 한 차례 부산한 발소리가 울렸다. 이에 말 위에 탄 인물은 한 번 더 의기양양하게 코웃음을 쳤다. 그는 팔짱을 낀 채 문이 열리기를 기다렸다.

성궁 특사라는 자는 홀로 남았고, 신분 확인을 마친 병사들은 제자리로 돌아갔으며, 성문은 아직 열리기 전인 바로 그때. 단 한 번뿐일 기회를 맞이한 살수가 지금껏 매달려 있던 성문 위쪽에서부터 날아내렸다. 마른 이파리가 가지 끝에서 떨어지듯 가볍게 하강한 그는 특사가 탄 백마 바로 앞쪽에 내려섰다.

동공에 희미한 검은색 그림자가 포착됨과 동시에, 특사는 목울대 쪽이 선뜩해지는 걸 느꼈다. 미녀의 섬섬옥수가 꽃송이를 스치듯 무심하면서도 사뿐한 동작.

하지만 그 손길을 맞이한 생명의 꽃은 그대로 허망하게 꺾여 버리고 말았다. 선혈이 분출되기에 앞서 검은 옷의 미인이 칼끝으로 검상 부위를 툭 치자, 무슨 수를 쓴 건지는 몰라도 피가 살갗 안쪽에 틀어막혀 단 한 방울도 뿜어져 나오지 못했다.

살수는 악기를 다루는 양 우아한 자세로 어둠 속에서 지극히 기민하고도 유려하게 칼끝을 놀렸다. 다음 순간 그의 손에는 어느덧 피가 뚝뚝 떨어지는 인피면구가 들려 있었다.

그가 시체를 위쪽으로 휙 던져 올렸다. 그러더니 시체가 성벽을 끼고 소리 없이 날아오를 때, 기습적으로 소매를 떨쳤다. 소맷부리에서 은백색 빛줄기가 쏘아져 나가 시체를 조금 전 그가 매달려 있던 위치에 정확하게 못 박았다.

끼익.

묵중한 성문이 마침내 열렸다.

수비병의 눈에 들어온 것은 조금 전의 그 오만한 복면인이 금빛 영패를 들고 있는 모습 그대로였다. 수비병은 공손히 허리를 굽혔고, 나머지 동료들은 관례대로 성문 밖으로 나가 주변을 죽 훑어봤다.

헌원국 국경 성곽은 주위에 몸을 숨길 만한 엄폐물이라고는 그 흔한 덤불 하나도 없을 정도로 방비가 철저한 곳이었다. 개중 냄새에 유독 예민한 병사 하나가 코를 쿵쿵거리면서 미심쩍다는 투로 말했다.

"어째 피비린내가 나는 것 같은……."

말이 끝나기도 전에 옆에 있던 대장이 병사를 쿡 찌르더니 입을 삐죽 내밀어 특사의 뒷모습을 가리켰다. 병사는 그제야 아차 싶었다.

성궁 기마병 전원은 1급 비밀 임무를 수행하는 살수라 했던가. 그렇다면 피비린내쯤 풍기고 다녀도 이상할 게 없다.

아무런 문제를 발견하지 못한 성곽 수비대는 마음 편히 성문 안으로 복귀한 뒤 정중한 안내 자세를 취해 보이며 '특사'를 헌원국 경내로 인도했다. 이에 말 위의 사내는 무심하게 고개를 까딱하고는 홀연 몸을 틀어 후방에 눈길을 던지는가 싶더니, 언제 그랬냐는 듯 말을 재촉해 가을밤의 달빛을 밟으며 멀어져 갔다.

성문이 느릿느릿 닫힌 후, 언덕 위의 맹부요는 참았던 숨을 몰아쉬었다.

미친……. 뭐 저런 괴물이 다 있나. 정확도도 그렇고 악랄함도 그렇고, 게다가 저 완벽한 타이밍 계산까지.

성문 위에 매달린 채로 사냥감이 영패를 내보여 성문을 열게 만들기까지 진득이 기다리고 나서야 움직이기 시작하더니, 영패를 확인한 수비병이 성벽에서 내려오기까지 고작 찻잔 절반을 비울 정도밖에 안 되는 시간 안에 밑으로 뛰어내리고, 상대를 베고, 얼굴 가죽을 벗기고, 시체를 성벽에 못 박는 과정 전체를 단숨에 해치워 버린 것이다.

슬슬 시작하나 했더니만 바로 끝이라니, 이 정도면 살인이 아니라 예술을 한 것이다.

그중에서도 신의 한 수는 사람 생각의 맹점을 이용해 시체를 성벽에 매달아 놓은 점이었다. 애초에 사방 어디에도 무언가를 숨길 만한 구석이 없다는 고정 관념 탓에 그 누구도 시체가 매달려 있는 성문 위쪽까지 확인할 생각을 못 한 것이다.

날이 밝은 뒤 성벽에 못 박힌 시체가 발견되면 저들은 얼마나 큰 혼란과 충격에 빠지려나.

미인 살수는 사람 죽이는 기술만 발군인 게 아니라 헌원국 내부 사정에도 밝은 듯했다. 오늘 밤 '성궁 특사'가 국경을 통과할 것도 미리 알고 있었음이 분명했다. 처음부터 신분을 훔칠 작정으로 기다리고 있었던 것이다.

그가 가져간 영패 역시 보통 물건은 아니리라는 감이 왔다. 저런 인물이 드나드는 걸 보면 헌원국에 조만간 큰일이 있으려는 모양이었다.

맹부요는 문득, 남자가 떠나기 전 보냈던 눈길을 떠올렸다.

역시 뒤에서 훔쳐보는 걸 알고 있었던 거겠지? 그럼 그 눈길은 무슨 뜻인데. 자기처럼 해 보라고?

하여, 그녀는 남자를 적극적으로 본받아 보았다. 결과는 그다지 만족스럽지 못했다.

남의 얼굴 가죽 벗기는 솜씨가 거의 입신의 경지에 든 남자와 달리, 생초짜 맹부요는 상대의 낯가죽에 대문짝만한 횡십자를 새기고야 말았던 것이다.

※

각국 황제 직속 정보기관의 책상 위에는 다음과 같은 첩보가 놓였다.

X년 X월 X일, 헌원국 국경에 무단 입경 사고 발생. 침입자는 성문 위에 시체 세 구를 걸어 놓는 악랄하고도 대담한 수법을 보임.

그중 한 구는 얼굴 피부가 벗겨져 나갔고 나머지 두 구는 안면부에 횡십자 자상이 확인됨. 인근국 XX와 XX의 의도적 도발로 의심되며 헌원국 측에서는 범인 추포를 위해 더더적 수색에 나섬. 그간 평화로웠던 오주대륙에 다시금 전쟁의 불길이 타오를 날이 머지않은 것으로 예상.

이러한 첩보는 자연히 대한국 정보기관에도 들어갔다. 그러나 애석하게도 대한의 밀정들은 돌멩이 밑을 뒤지느라 바쁜 탓에 근래 관서라고는 근처도 못 가 본 처지였다.

그런 사연이 있었던 고로, 대한 황제가 마침내 그 결정적인 정보를 접한 것은 시일이 지나도 너무 처참하게 지나 버린 뒤의 일이었다…….

❀

호국사護國寺 일대는 헌원국 곤경昆京에서도 가장 붐비는 장소이다. 이를테면 현대 북경의 천교天橋와 비슷한 느낌이었다. 이곳에는 온갖 노점이며 음식 가게, 골동품 암거래상, 무술 시범단 등등 오만 종류의 인간 군상과 물건들이 없는 거 없이 뒤섞여 있었다.

당연하게도 여기서 팔리는 물건 중에 제대로 된 놈을 찾기란 어려웠다.

예를 들어 호국사 담벼락 밑에서 파는 부엌세간, 빗자루, 쓰레받기, 광주리는 대체로 세 번만 쓰면 명이 다했다. 향은 여기서 사서 집에 도착할 때쯤이면 이미 냄새의 흔적을 찾아볼 수 없었다. 나무 빗은 금방 이가 빠지고, 돌소금에는 밀가루가 섞여 있었다. 천 파는 가판대에 올라와 있는 거라고는 광목과 무명이 전부인데 그마저도 색깔은 흰색, 회색, 흐린 파란색밖에 없었다. 창고에서 세월아 네월아 묵었다 나온 옷감들은 두어 번만 빨아도 둘레가 너덜너덜해지는 게 다반사였다.

요컨대 이곳은 악덕 상인들의 집합소요, 사기꾼들의 본진인 것이다.

하지만 바로 그 난잡함 덕에 왕왕 참신한 문물을 발굴하거나 예상 밖의 보물을 만날 수도 있는 장소가 바로 여기 호국사였다. 호국사 서편 담벼락 쪽은 보통 경극단이나 무술 시범단이 차지하는데, 따로 정해진 자리 없이 먼저 도착한 사람이 임자였다. 오늘 이곳에는 아침 댓바람부터 징 소리가 요란했다.

"거기 가시는 나리, 마님, 형님, 누님, 동네 어르신들……."

땅땅땅땅…….

새끼줄과 하얀 천을 주변에 둘러쳐 놓고 징을 두드리는 소년의 모습에 길 가던 사람들이 삼삼오오 걸음을 멈췄다.

"그냥 가시면 서운합니다요……."

땅땅땅땅…….

이마에 개가죽 고약을 떡 붙인 소년이 나무 걸상을 꺼내 놓는 사이 구경꾼들이 조금씩 늘어 갔다.

"형님과 저는 곤경 초행인데……."

징 치는 소년은 걸상에 올라섰고 구경꾼들은 하품을 했다.

"기댈 곳 없는 빈털터리인지라 형님이 몸져누웠어도 의원한테 보일 돈 한 푼 없고……."

소년은 눈물을 훔쳤고 구경꾼들은 하품을 마저 참았다.

"결국에는 짐 보따리랑 같이 쫓겨나 저잣거리에 내던져졌으니……."

소년은 눈물을 닦았고 구경꾼들은 무표정이었다.

"하필 그때 처박힌 곳이 시궁창이라……."

소년은 계속 눈물 바람이고 구경꾼들은 계속 심드렁했다.

"시궁창 안 뼈다귀 위에 떨어졌더니 그거 놓고 싸우던 개들이 먹이 뺏으러 온 놈인 줄 알고 와락 달려들어서 턱석 물어뜯는데……."

소년은 눈물을 글썽이면서 상처를 보여 주겠답시고 바지춤을 주섬주섬 만지작댔고 구경꾼들은 일제히 '어휴.' 했다.

"그 꼴을 당하고 시궁창에서 기어 나오는데 이번에는 지나가던 마차 바퀴가 우리 형님 손을 그냥 콰지직……."

소년이 통곡을 하면서 붕대로 둘둘 감아 놓은 형님 손을 붙잡아 들어 보이자 마침내 구경꾼들도 표정이 변하기 시작했다.

팔자가 사나워도 어찌 저리 사나울꼬?

"형님이 약값이라도 받아 내 보겠다고 기어이 붙잡고 늘어졌더니만, 아니 글쎄 그 여인네가 우리 형님 거시기에 발길질을 퍽……."

소년은 오열했고 형님은 부들부들 떨면서 이를 빠드득 갈았다. 구경꾼들은 안타까움을 금치 못했다.

어린것이 얼마나 한이 맺혔으면 저렇게 부들거릴꼬.

"의원한테 가 보기는 했어도 좋은 약 살 돈이 어디 있었겠습니까요. 심보 고약한 의원 놈이 약이랍시고 준 게 뭔지는 몰라도 웬 썩은 내가 그렇게 나는지, 거짓말 같거든 다들 한번 맡아 보심이……."

소년이 형님의 바지를 내리려 하자 구경꾼들은 저마다 목을 쭉 빼고서 눈을 빛냈고, 형님은 바짓가랑이를 부여잡고서 이를 부득부득 갈았다.

"작작 좀 하시지?"

"……그리고 나서는 악질 세도가 놈한테 걸려서……."

"옜다, 그래. 까짓거 적선 한번 한다!"

중년 부인네 하나가 눈물을 머금고 앞섶을 풀었다. 옷섶 안쪽 삼중 여밈을 헤치고는 거기서 손수건 열세 겹으로 싸인 무언가를 꺼내 들었다. 천을 한 겹 한 겹 풀어 헤친 끝에 비로소 이중으로 갈무리된 돈주머니가 나왔다. 그녀는 파르르 떨리는 손으로 그 안에서…… 엽전 한 닢을 추려 냈다.

무려 엽전 한 닢!

구경꾼 전원이 징 치는 소년을 향해 존경의 눈길을 보냈다.

저쯤 되면 신이 내린 주둥이다! 30년간 적선이라고는 해 본 역사가 없는 짠순이한테서 돈을 뜯어내다니!

헌원국 곤경 철각거리 감나무 골목의 이씨댁 부인으로 말할 것 같으면, '곤경 제일의 왕소금'으로 유명한 인물이었다. 엽전

한 닢일지언정 그 주머니에서 군돈이 나오기를 기대하느니 차라리 헌원왕부 토깽이 군주의 규방에 사내놈을 밀어 넣는 편이 쉽다는 소리가 있을 정도였다.

구경꾼들의 눈이 튀어나올 일이 또 하나 벌어졌다.

그 엽전 한 닢이 가진 혁명적이며 역사적인 상징성을 전혀 이해하지 못하는 애송이 놈이 귀한 엽전을 거절하며 자못 숙연하게 한마디를 던진 것이다.

"공짜로 받아먹을 수야 있나요! 우리 형제가 가난하긴 해도 남의 돈, 날로 먹을 놈들은 아닙니다. 오늘 이 자리에 나온 건 가진 재주로 정당한 노동의 대가를 얻기 위해서라고요. 공짜로 먹는 건 거지새끼죠."

"어린게 패기가 있네?"

이씨댁 부인이 징 치는 소년을 향해 흐뭇한 눈길을 보냈다.

생긴 것도 예쁘장하고 말이야. 기루에 팔아넘기면 최소 은자 한 냥은 받겠는데…….

"입만 살아서는!"

군중 속에서 누군가가 지겹다는 양 투덜거렸다.

"네놈이 칼을 쓸 줄 아냐, 월아산을 휘두를 줄을 아냐? 아니면 뭐, 줄타기를 보여 줄 거야, 깃발 곡예를 보여 줄 거야?"

그러자 징 치는 소년이 씩 웃으면서 손가락 하나를 세우고는 고개를 도리도리 저었다.

"그딴 흔해 빠진 게 무슨 재미인가요? 모처럼 나라님 계신 도성까지 왔는데 여기 모이신 어르신들 눈이 번쩍 뜨일 만한 걸 보여 드려야지요! 이 넓은 세상에 신기한 게 얼마나 많게요. 자, 그럼……."

땅땅땅땅!

또 한바탕 징 소리가 울렸다.

"천하무쌍, 당대 제일, 옥골선풍, 천지가 놀라고 귀신도 울고 갈 꽃미모, 하늘 끝에서 땅끝까지 어딜 가도 볼 수 없을…… 천하제일 영물 토끼를 모시겠습니다!"

땅땅땅땅!

'영물 토끼'가 등장했으니. 온몸에 두른 검은 털은 역용의 결과물이요, 붉은 장포는 괴나리봇짐에서 나온 것이요, 짧은 네 다리는 원보 대인의 것이었음이라.

무대 삼아 붉은 칠을 해 놓은 상자 위로 의젓하게 올라선 영물 토끼가 하얗게 반짝이는 앞니 네 개가 딱 드러나도록 완벽한 미소를 지으며 구경꾼들을 향해 앞발을 흔들었다.

토끼 녀석의 원래 주인이 봤다면 피를 토했을 장면이었다. 백 년에 한 번 나오는 신수, 사람과 같은 수준의 머리를 가진 보배가 맹부요의 손에 들어가서는 시장 바닥에서 앵벌이나 하는 신세로 전락했으니……

그러나 신수 본인은 고귀한 혈통에 대한 자각이라고는 털끝만큼도 없는 상태였다.

군중의 눈길에 한껏 취한 녀석이 추종자들을 향해 새초롬히 웃음을 보내니, 은근하게 드러난 앞니 네 개에서 요염함이란 것이 폭발했다.

"오! 까만 토끼네!"

"쥐잖아!"

"살쾡이구먼!"

"족제비다!"

즉시 낯빛이 어두워진 원보 대인이 맹부요를 잡아먹을 듯 노려봤다.

그러게 이딴 염색은 왜 해 놓냐고! 이 몸의 빼어난 풍채가 다 죽잖아!

"자, 여기들 좀 보십시오!"

맹부요는 열과 성을 다해 징을 치고 있었다.

"세상에 하나뿐인, 글을 깨친 토끼가 바로 여기 있습니다!"

"글을 깨쳤다고?"

"말이 돼? 허풍이구먼!"

"너 그렇게 되는대로 지껄이다가 돌 맞는다, 이놈아!"

맹부요가 손사랫짓을 하면서 씩 웃어 보였다.

"켕기는 게 없는데 겁날 건 또 뭐랍니까. 똥인지 된장인지, 토끼인지 족제비인지야 지금부터 보면 알겠지요."

맹부요는 징 소리에 이끌려 모여든 사람들 사이에서 차림새는 평범할지 몰라도 어딘지 남다른 무게감을 뿜어내는 사내 몇몇을 발견했다. 그녀가 대번에 눈을 반짝 빛내면서 입가에 미소를 걸었다.

"솔직히 말해 뭐 그리 대단한 재주가 있는 건 아니옵고, 다만 요 녀석이 대구對句는 좀 짓습니다."

인파 사이에 와자지껄한 소란이 일었다.

글을 아는 것만도 신기한데 문장까지 짓는다?

구경꾼 하나가 흥분한 목소리로 외쳤다.

"만약에 짝이 맞는 문장을 못 만들어 내면?"

"저희 형님을 그 집 노비로 데려가십시오!"

악덕 '아우' 맹부요가 비운의 '형님' 철성을 가리켰다.

"저래 봬도 병만 고치면 소처럼 일을 잘할 장정입니다요!"

"좋았어, 그럼 내가 한번 해 보지⋯⋯. 홍화!"

원보 대인은 상대하기도 싫다는 모양새로 고개를 팩 틀었다.

저놈이 어르신 수준을 뭐로 보고.

"저기요? 그래도 다섯 자 이상은 해 주셔야지!"

맹부요가 한숨을 내쉬었다.

"우리 토끼 대인의 지능을 이렇게 모욕하시면 곤란합니다요."

그때부터 다들 고민에 빠졌다. 하루 벌어 하루 살기도 빠듯한 자들한테 어디 먹물 먹을 틈이랄 게 있었겠는가.

그런 이들 사이에서 얼굴을 벅벅 긁으며 고심하던 사내 하나가 우연찮게 손톱에 걸린 머릿니를 입으로 가져가서 뽀득 깨물었다.

아니 그런데 요놈이 워낙 몸집이 좋아서 그런가 이뿌리가 다 시큰하질 않겠나. 젊은 나이에 벌써부터 후들거리는 잇몸 상태를 통탄하던 중 번뜩 영감이 떠오른 사내가 소리쳤다.

"토끼 놈 앞 이빨이 크기도 하다!"

발끈한 원보 대인이 글자가 적힌 복령병 몇 개를 물어다가

좌좌좌촷 던졌다.

니 어미 뒷다리가 굵기도 하다!

“······.”
“니 애비가 요새 횡재수 들었다더라!”

니 어미는 너 낳고 역마살이 들었다더라!

“······.”
“곤경 땅은 산 좋고 물 맑으니, 큰 인물이 날 형세로다.”
가난뱅이 선비 하나가 냉큼 끼어들어 의기양양하게 한 구절
을 읊었다.

니 어미 얼굴은 찰흙으로 얼렁뚱땅 뭉쳐 놓은 형세로다.

“······.”
“어허! 짐승 놈이 사람과 지혜를 겨루려 하느냐!”
선비가 벌컥 성을 냈다.

아하! 니 어미는 어떻게 쥐 새끼보다 멍청하냐!

넋이 빠진 채로 듣고 있던 이씨댁 부인이 맹부요에게 물었다.

"말끝마다 니 어미는 왜?"

그러자 맹부요가 슬픈 표정으로 답했다.

"원체 어미 정에 굶주린 녀석인지라……."

이씨댁 부인은 빠진 넋을 좀처럼 되찾지 못했다.

"저, 저……, 저게 진짜 토끼라고?"

"그게……."

맹부요가 의미심장하게 뜸을 들이자 이씨댁 부인을 비롯한 구경꾼들이 귀를 쫑긋 세웠다.

"토끼 맞습니다요."

"……."

"신통방통하구먼!"

군중 사이에서 환호성이 터졌다. 부근에서 얼쩡대던 사람들이 모조리 몰려들고 엽전이 비 오듯 날아들었다.

영물이로다, 참으로 영물이야!

우쭐한 자세로 히죽거리고 있던 원보 대인은 역할극에 지나치게 이입한 나머지 친히 엽전을 물어다가 광주리에 모으기 시작했다.

땀 흘려 돈을 번다는 게 이토록 보람찬 일이었다니! 물론 이 엽전을 다 긁어모아도 내 도포에 달린 단추 하나 살 돈이 안 되겠지만…….

그사이 맹부요는 포권 자세로 방글방글 웃으며 구경꾼들을 향해 연신 허리를 굽실거리고 있었다.

"아이고, 감사합니다! 감사합니다……."

신통하게도 글을 깨우쳐 '니 어미'를 입에 달고 산다는 토끼 대인을 한 번이라도 알현하고자 무수한 인파가 몰려들었다.

하지만 맹부요는 자기표현 욕구에 불타는 원보 녀석을 가차 없이 소맷부리 안에 쑤셔 넣었다. 그러고는 능청스럽게 미소 지으며 말했다.

"수줍음이 많은 성격이라서요. 새 공연을 위해 홀로 사색할 시간이 좀 필요하니 용건이 있는 분들은 부족한 대리인인 소인 에게 말씀을 해 주시면……."

그 시각 원보 대인은 소매 안에서 죽기 살기로 발버둥을 치고 있었다.

놔라, 이놈아! 어르신께서 이제야 겨우 인생의 소소한 낙을 찾았거늘…….

이때 이씨댁 부인이 인파 사이를 비집고 들어오더니 금덩이 라도 감상하는 양 흐뭇한 눈으로 맹부요와 그녀의 소맷부리를 훑어보다가 말했다.

"총각, 보아하니 곤경에는 아는 사람 하나 없는 것 같고 더군 다나 형님 몸도 성치 못한데, 괜찮으면 우리 집에서 당분간……."

"잠깐 이야기 좀 나누지."

중간에 말을 자른 건 웬 사내의 굵직한 음성이었다. 정중한 어조였으되 반항할 수 없는 위엄이 풍겨 나오는.

게다가 상대편은 한 명이 아니었다. 사내의 일행이 이씨댁 부인을 양쪽에서 붙잡아 맹부요 앞에서 끌어냈다.

한마디 쏘아붙이려던 이씨댁 부인은 사내들의 허리춤에 삐죽이 나와 있는 기린 문양 주머니가 눈에 들어오는 순간 얼굴색이 급변해서는 찍소리도 못 하고 물러났다.

섭정왕부 인간들 눈에 들다니, 어린놈이 운이 좋다고 해야 할지 재수가 더럽게 없다고 해야 할지…….

"어찌 그러십니까요?"

맹부요가 생글생글 웃으며 물었다.

"구경값 쳐주시게요?"

"그야 어련히 치를까. 생각보다 훨씬 큰돈일 수도 있고."

상대는 빙 둘러 이야기하지 않고 곧장 맹부요의 소맷부리를 가리켰다.

"아까 그 '영물 토끼'인지 뭔지, 우리가 사겠다."

물음이 아니라 통보였다. 사내가 품 안에서 묵직한 돈주머니를 꺼내 툭 던져 줬다.

"3백 냥이다."

멀찍이 동그랗게 모여 있던 구경꾼들 사이에 소란이 일었다.

3백 냥! 어지간한 집이면 온 식구가 10년은 먹고살 돈 아닌가. 섭정왕부 것들은 손도 크구먼!

개중 몇몇은 어찌 돌아가는지 알겠다는 표정으로 맹부요를 향해 부러움의 눈길을 보냈다.

그 댁 어린 군주가 근래 왕부를 한동안 비웠다가 돌아온 이후로 통 웃음이 없고 잔병치레도 잦다지. 하여, 따님이라면 끔찍한 왕야께서 사람을 풀어 여기저기 군주의 흥미를 끌 만한 물건들을 수소문하고 다니신다더니. 아마 이번에는 대구를 읊을 줄 아는 토끼가 눈에 든 모양이었다.

운이 트일 놈은 저리 트이는구나. 3백 냥이면 완전히 횡재한 게지!

돈주머니를 내놓고 난 호위가 토끼를 넘겨받기만을 기다리는 사이, 주머니를 손바닥 위에 올려놓고 무게를 대중해 보던 맹부요가 배시시 웃었다.

"묵직하기도 해라……."

그러더니 느닷없이 돈주머니를 도로 던져 주는 게 아닌가.

이번에는 섭정왕부 쪽이 당황할 차례였다. 호위가 인상을 쓰면서 말했다.

"설마 금액이 적다는 게냐?"

"아니, 그렇다는 게 아니라."

맹부요가 손가락을 까딱까딱 저어 보였다.

"인생, 하루만 살고 말 거는 아니잖아요. 떠돌이 신세에 돈 나올 구멍이라고는 토끼 녀석 하나입니다요. 녀석이 벌어 오는 돈으로 형님이랑 저랑 평생 먹고살아야 하는데, 지금 홀딱 팔아넘기면 저희 목숨은 앞으로 어떻게 부지하라고요."

"3백 냥이면 먹고 살기는 충분할 텐데?"

"3백 냥이라……."

피식 웃은 맹부요가 호위를 쳐다봤다.

"이치대로 따지면야 충분합니다만, 그것도 쓸 목숨이 붙어 있을 때 이야기 아닐는지요?"

"무슨 뜻이지?"

흠칫한 호위가 곧 성을 냈다.

"우리가 뒤통수라도 칠 거라는 소리냐?"

맹부요가 고개를 절레절레 저으며 상대에게 동정의 눈길을 보냈다.

어쩜 머리 쓰는 게 대구의 달인, '니 어미' 원보 선생보다도 못하니.

"지금 그 3백 냥을 받아 챙긴다고 칩시다. 시장판을 벗어나자마자 곤경 바닥 오만 도둑놈, 화적 떼, 인신매매꾼, 노름패들이 눈에 불을 켜고 따라붙을걸요."

그녀의 웃음기 어린 눈빛이 가리키는 곳에서는 인파 사이에 섞여서 눈을 번뜩이던 덩치들과 이씨댁 부인이 한마음으로 안색이 노래져서 뒷걸음질을 치고 있었다.

"저같이 비리비리 소심한 놈은 감당 못합니다요."

무슨 말인지 재깍 알아들은 호위도 눈썹을 까딱하면서 웃음을 흘렸다.

"꽤 똘똘한 녀석이구나. 그럼 어찌해 주랴?"

"해 주려면 실속 있는 걸 해 주셔야죠."

맹부요가 어깨를 으쓱했다.

"저희 둘 다 떠돌이 신세라면 이제 지긋지긋하거든요. 3백 냥에 형님하고 저를 그 댁 노비로 사들인 셈 쳐 주십시오. 공정하고, 실속 있고, 상도덕에 부합하는 거래 아닙니까?"

누가 봐도 무리한 요구는 아니었으나, 호위는 선뜻 대답을 내놓지 못했다.

섭정왕부는 이름만 왕부지 여타 왕공들의 저택과는 급이 다른 곳이었다. 섭정왕이 누구신가, 그 권위는 천하를 무릎 꿇리고 그 세도는 하늘을 찌르는 분이시다. 황궁과 직접 연결된 섭정왕부에 드나드는 일은 곧 궁궐 출입과 같은 의미이기에, 출입 인원에 대한 통제 역시 극도로 엄격했다.

구체적인 조건은 곤경 호적을 가졌으며 출신이 깨끗하고 보증인이 있을 것. 이러한 조건을 다 충족한다 쳐도 일반 노비들은 외곽 청소나 담당하는 게 고작이었고, 저택 중심부로 들어가면 노비 대신 태감과 궁녀들이 시중을 들었다. 상황이 이러한지라 호위도 윗선의 허락을 받지 않고서는 대답을 줄 수가 없는 것이다.

상대의 반응을 조용히 살피던 맹부요가 빙긋이 미소 지으며 말했다.

"며칠 더 여기서 판을 벌이다가 다른 데로 옮길 생각입니다. 오늘 보여 드린 재주가 마음에 드셨거든 또 찾아 주십시오!"

말을 마친 그녀가 미련 없이 돌아서서 걸음을 옮겼다.

"어어, 너······."

맹부요를 불러 세우려던 호위가 도중에 입을 닫은 직후, 곁에 있던 동료가 말했다.

"고 토끼 놈, 참 신통한 게 군주께서 분명 좋아하실 것 같은데 돌아가서 말씀드려 볼까? 탐이 나면 군주께서 친히 나서시겠지."

호위 무리는 서로 마주 보며 고개를 끄덕인 후 빠르게 자리를 떴다. 그들의 대화에 유심히 귀를 기울이고 있던 맹부요는 슬며시 입꼬리를 말아 올렸다.

그래, 미끼가 무려 원보인데 안 물고 배기겠냐.

사흘간 이어진 길거리 공연에서 맹부요 일행은 날마다 다른 재주를 선보였다.

첫날 대구 짓기에서는 니 어미 원보 선생의 위엄이 세인들을 까무러치게 했고.

둘째 날은 빙판 위에서 발레를 선보였으니, 영물 토끼 대인께서 오색찬란한 꿈과 환상의 공연을 펼칠 얼음판은 맹부요가 월백의 진기를 이용해 손수 제작했다. 전반적으로 공연은 대성공을 거뒀다. 토끼 대인의 몸매가 아주 살짝 미관을 해쳤던 것만 제외하면.

셋째 날 킥복싱 시합에서는 원보 대인이 '손 짚고 앞 돌기에 이은 몸 펴 앞 공중 돌며 180도 틀기'를 시전, 생쥐 세 마리를 눈탱이 밤탱이로 만들어 쥐구멍으로 쫓아 보냈다.

그렇게 사흘이 지나자 '호국사 시장판에 대구도 짓고, 춤도 추고, 싸움도 잘하는 만능 재주꾼 토끼가 나타났다더라.' 하는 소문이 곤경 전역을 폭풍처럼 휩쓸었다. 그때부터 호국사 앞은 인파로 미어터졌고, 원보 대인의 명성은 오주대륙 정치계를 통틀어서도 가장 전설적인 인물로 꼽히는 어느 태자분을 위협할 수준에 이르렀다.

공연을 마친 저녁, 셋이 옹기종기 머리를 맞대고서 액면가는 별 볼 일 없을지언정 수량만은 무시무시한 엽전을 세던 중, 북받치는 감정을 주체하지 못한 둘이 뜨거운 눈물을 쏟기 시작했다. 맹부요는 본인이 마침내 무한한 잠재력을 가진 차세대 톱스타를 발굴해 냈다는 사실에 감격했고, 원보 대인은 자신의 인생이 얼마나 가치 있는가를 새삼 깨닫고서 울컥했다.

긴 세월 주인의 곁에서 그 한없이 찬란한 후광과 압도적 기세에 짓눌려 자신은 고작해야 '취미이자 할 줄 아는 일이라고는 먹고 자는 것뿐이요, 머리보다는 똥배가, 똥배보다는 궁둥이가 알찬 관계로 아는 거라고는 쥐뿔도 없는 애완동물(태자 전하 가라사대)'밖에 못 되는 줄 알고 살아왔었다.

맹부요 놈이 비록 속이 시커먼 파렴치한에, 빤질빤질한 간신에, 지독한 게으름뱅이에, 괘씸한 능구렁이긴 해도…… 보는 눈 하나는 무시할 수가 없구나.

오로지 본인의 능력만으로 장정 둘을 먹여 살리게 된 원보 대인은 새삼 거대하게 빛나는 존재로 거듭난 기분이었다. 장손무극도, 흑진주도, 태연도, 맹부요도, 지금만큼은 형편없이 쪼그라들어 원보 님의 똥배 아래에 그 보잘것없는 몸을 의탁한 찌꺼기들에 지나지 않았다.

이날 저녁 원보 대인은 맹부요의 귓바퀴를 틀어잡고 곤경성 주루 중에서도 호화롭기로 제일가는 천상루天上樓로 직행했다. 그러고는 점소이가 주문을 받으러 오자 차림표를 낚아채 앞발로 오만 요리를 마구마구 찍었다. 두 사람에게 거하게 한턱낼 요량으로 한 일이었다.

이에 맹부요는 빙긋이 웃으며 그의 아량에 감사를 표하는 한편, 음식값을 계산할 때에 이르러서는 탁자 아래로 몰래 점소이에게 은자 하나를 쥐여 줬다. 원보 대인이 벌어들인 엽전으로는 사실 밥값의 절반도 치를 수가 없었기에.

나흘 차, 이날도 평소처럼 징을 울리던 맹부요는 도중에 손동작을 깜빡 잊는 순간을 맞이했다. 인파 사이에서 낯익은 남자가 눈에 띄었던 것이다. 전신에 착 붙는 검은색 옷, 늘씬하게 쪽 빠진 몸매. 와글거리는 군중 속에 홀로 고요히 서 있는 그는 거센 물살 한복판에서도 흔들릴 줄 모르고 우뚝 솟은 흑색 암초와도 같은 모습이었다.

남자는 멀찍이서 그녀를 향해 눈길을 보내고 있었다. 살짝 치켜 올라간 눈꼬리는 날카로우면서도 화려한 느낌을 줬고, 눈동자는 흡사 최상품 유리가 그러하듯 어느 각도에서나 감히 똑바로 바라볼 수 없을 정도로 찬란하게 빛났으며, 윤곽이 또렷한 입술은 가슴 떨리리만치 고운 붉은빛이었다.

미색美色.

순간 맹부요의 머릿속에 떠오른 단어였다. 특히 방점이 찍힌 곳은 뒤에 붙은 색色 자.

맹부요는 지금껏 저토록 선명한 색을 가진 남자를 본 적이 없었다. 우아하고도 분명한 선을 자랑하는 몸매 못지않게 그는 얼굴 또한 아름다운 사내였다.

이목구비가 완벽까지는 아니었다. 그러나 먹물 같은 귀밑머리, 옥석 같은 질감의 피부, 유리알 같은 눈동자, 불꽃같이 붉은 입술이 사람 자체를 다채로운 빛깔로 나부끼는 화려한 깃발처럼 보이게 해, 상대의 눈 안 깊숙이 각인시키는 것이다.

장손무극의 고상함과도, 전북야의 강렬함과도, 종월의 벚꽃처럼 여리면서 투명한 분위기와도 전연 다른 결을 가진 사내는 자신을 바라보고 있는 맹부요를 향해 짧은 미소를 보낸 후 미련 없이 그 자리에서 돌아섰다.

그 찰나, 인파 사이에 틈이 벌어졌다가 사라졌다. 맹부요는 더 이상 어디에서도 그를 찾을 수 없었다.

조금 전까지 그녀의 눈동자를 찬란한 색채로 물들이던 남자는 애초에 거기 존재한 적 없는 환상이었던가. 그녀는 눈길을 거둬들이며 피식 미소 지었다.

어차피 다시 보게 될 날이 오리라.

그러고는 막 징을 잡는데, 인파가 갈라지면서 지난번에 봤던 섭정왕부 호위들이 기세등등하게 등장했다. 각 잡힌 보폭을 일사불란하게 내디디며 대오를 맞춰 다가오는 그들의 입가에는 황송한 줄 알라는 식의 미소가 걸려 있었다.

맹부요는 마주 웃으며 징을 내려놓았다. 그녀는 열띤 공연 중이던 원보 대인의 털을 가만가만 쓰다듬었다.

장손무극의 귀한 애완동물을 길바닥 구경거리로 내놓는 건 사실 그녀로서도 속이 쓰린 일이었다. 그나마 이쯤에서 마무리 됐기에 망정이지, 계속 내돌리다가 장손무극한테 걸리기라도 했으면 무슨 봉변을 당했을지……

그녀는 웃음기 담긴 눈을 들어 가을과 겨울 사이, 유난히도 높은 하늘을 올려다봤다.

바로 그때, 새파란 하늘을 지나며 오르락내리락 날갯짓을 하던 기러기 무리가 먹물로 쓴 것 같은 글자를 만들어 냈다.

'ㅂ' 그리고 'ㅌ'…….

섭정왕 헌원성, 맹부요 대왕께서 납시셨느니라!

❀

섭정왕부는 실로 어마어마한 규모였다. 이곳에 입주한 지도 어느덧 보름 가까운 시간이 지났으나 왕부는 여전히 신입 애완동물 겸 사환 일행이 발 들여 보지 못한 곳 천지였다. 내원 중심부에서 가장 높은 건물인 임천루臨天樓 같은 경우는 날마다 그저 멀찍이서 우러러보는 것만으로 만족해야 했다.

물론 이는 맹부요의 신분 탓이기도 했다. 군주의 애완동물 겸 사환으로서 일행이 배정받은 숙소는 내원 행랑채에 딸린 방 한 칸이었다. 활동 범위도 내원 최외곽 뜰 세 곳까지로 한정됐다.

그중에 특히 내원 제일 안쪽 원락은 일행의 출입이 엄금되는 곳이었다. 들리는 이야기로는 원락 안에 커다란 붉은색 문을 낸 담장이 있는데, 그 담장 너머가 바로 황궁이라는 것 같았다.

'형제 둘'이 한 방을 써야 하는 상황도 문제였다. 그냥 그렇구나, 한 맹부요 쪽과 달리 철성은 불편하다며 차라리 밤마다 문

밖에서 보초를 서겠다고 한사코 고집을 부렸다. 결국 맹부요한 테 한 대 맞고서 붕 날아 방 안에 처박히긴 했지만.

어디에 무슨 위험이 도사리고 있을지 모르는 섭정왕부에서 티 나게 보초를 서? 의심받게 해 달라고 고사를 지내라.

이리하여 형제는 바닥에 이부자리를 깔고 누웠다. 둘 사이에 는 원보 대인이 자리를 잡았다. 언제 어디서나 최고의 대우를 누리는 존재답게 원보 대인은 이 상황에서도 개인용 침상을 보 유 중이었다. 황금 변기통은 포기할 수밖에 없었지만, 군주가 손수 만들어 준 오리털 이불은 원보 대인의 취향에 딱 맞았다.

역시 어느 여인이든지 간에 맹부요랑 비교하면 세상 현숙한 요조숙녀로다.

한편 토깽이 군주 헌원운은 오랜만에 봐도 여전히 토끼 같 은 모습이었다. 맹부요와의 첫 대면에서 뺨이 발그레해진 그녀 는 철성을 보고도 얼굴을 붉혔고, 원보를 보고도…… 홍조를 띠었다.

당연하게도 맹부요는 진무대회 때와는 생판 다른 얼굴을 하 고 있었다. 인피면구가 차고 넘치는 마당에 얼굴 바꾸는 게 뭐 어려운 일이겠는가.

그녀가 개인적으로 선호하는 얼굴은 꽃수 계열 미소년이었 다. 반반한 낯짝이라는 물건은 말썽을 불러오는 동시에 꽤 많 은 편의를 제공하기도 하는 법이다. 어지간한 말썽쯤은 그저 우스운 그녀가 최대한의 편의를 누리는 데만 집중하기로 한 건 지극히 자연스러운 일이었다.

첫 대면부터 헌원운한테 점수를 따서 내원 뜰 세 곳을 마음 대로 드나들 수 있게 된 것도 다 얼굴 덕에 얻은 편의였다. 하지만 내원 제일 안쪽 원락에는 역시나 절대 들어가면 안 된다는 당부가 따라붙었다.

맹부요는 순순히 그러마 했고, 그날부터 매일 한 시진씩 원보 대인을 데리고 군주의 방에 들었다.

하루는 원보 녀석이 재주 부릴 생각은 안 하고 헌원운의 손에 매달려 거듭 한숨만 쉬어 댔다. 이에 헌원운이 어리둥절한 눈길을 보내자 맹부요가 미간을 좁히고서 말했다.

"먼 친척이 늑대한테 잡아먹혔다지 뭔가요. 속이 상하기도 하겠죠."

맹부요는 말을 하는 내내 한순간도 헌원운의 표정 변화를 놓치지 않았다.

과연 토깽이 군주는 종월이 납치당한 걸 알고 있을지?

딱히 흠칫하는 기색이 포착되지는 않았다. 단지 원보 대인의 처연한 모습에 눈시울이 조금 붉어졌을 뿐.

잠시 후, 헌원운이 갑자기 눈물을 쏟기 시작하자 맹부요가 눈을 반짝 빛냈다.

이거 재미있게 돌아가는데?

그녀가 짐짓 당혹한 투로 군주에게 용서를 빌었다.

"녀석 때문에 괜히 마음이 상하셨는가 봅니다. 제가 당장 끌고 나가서, 콱!"

"아니!"

헌원운이 허둥지둥 그녀를 말리며 눈물을 훔쳤다.

"그런 게, 그런 게 아니라……. 나 혼자 속상한 일이 생각나서 그만……."

맹부요는 입을 딱 다물고 통나무처럼 서서 허공에 눈길을 던졌다. 이럴 때 먼저 꼬치꼬치 캐묻는 건 금물이다. 어차피 제 감정에 못 이겨 알아서 다 털어놓을 거.

아나나 다를까, 아무리 기다려도 맹부요가 다른 하인들처럼 뻣뻣한 반응밖에 보여 주지 않자 실망 섞인 한숨을 내쉰 헌원운이 원보 대인을 끌어안고서 조용히 중얼거리기 시작했다.

"네 슬픔은 친척에게 바치는 거라지만, 내 슬픔은 갈 곳조차 찾지 못하는구나……."

맹부요가 귀머거리 연기에 매진하는 사이, 헌원운은 조금의 경계심도 없이 독백을 이어 갔다.

"월 오라버니는 언제쯤이나 돌아올까? 부왕께서 꼭 다시 데려와 작위를 회복시켜 주겠다 약속하신 게 언제인데 여태껏 감감무소식이니, 혹시 아버지 말씀대로 영영 안 돌아올 작정인 걸까……."

맹부요의 눈썹이 꿈틀 곤추섰다. 헌원운은 종월이 제 아비 손아귀에 있는 줄 꿈에도 모르는 것 같았다.

게다가 헌원성한테 종월의 작위를 회복시켜 달라는 부탁까지 했었다는 건가. 그 말인즉슨 종월의 진짜 신분과 그의 소재를 노출시킨 원흉이 바로 헌원운이라는 뜻이었다.

아버지는 무려 왕에, 본인은 세상 어디보다도 썩어 빠지고 음모가 판치고 한 치 앞 일을 모른다는 황가에서 나고 자랐으면서 애가 어쩌면 저렇게 철이 없을 수 있지?

맹부요는 날이 선 눈으로 헌원운을 노려보았다. 그러나 맹부요의 눈에 들어온 것은 앳된 소녀가 걸친 연노랑 치마, 말간 눈동자, 앙증맞은 콧날과 백옥 같은 살결, 분홍빛 부용화 꽃망울처럼 보드라운 뺨이었다.

원보 대인의 매끄러운 털에 얼굴을 기댄 소녀가 눈시울을 살며시 붉히자, 그 부용화는 싸늘한 가을바람을 이기지 못하고 금방이라도 송이를 떨구고 말 듯 한층 애처로운 아름다움을 발했다. 소녀는 세상의 더러움이나 무정한 인심 따위에는 전혀 무지한 채로 온실 안에서만 자란, 진주알 같은 공주님 그 자체였다.

열두 살 때부터 남의 나라를 헤매고 다닌 아란주와도, 어려서부터 '전심전력으로 불도를 닦느라' 거의 외교 대사 수준으로 대륙을 휘젓고 다닌 봉정범과도 다르게 소녀의 인생은 작은 흠집 하나 없는 거울 표면과도 같았다.

지금껏 거기에 비친 것들은 모두 부친이 그녀를 위해 인위적으로 만들어 놓은 풍광이었다. 평생 살면서 겪었던 가장 큰 고초라고 해 봐야 아마 통령부 대문 앞에서 하룻밤 노숙을 했던 일이 고작일 것이다.

어쩐지 진무대회 막판에 섭정왕이 대회장에 나타났더라니, 어린 공주가 행여 속세의 풍상에 다치기라도 할까 몸소 챙기러 달려왔었던가.

맹부요는 속으로 한숨을 내쉬었다.

얘는 대관절 어떻게 종월을 한눈에 알아본 걸까. 게다가 고걸 또 쪼르르 섭정왕한테 가서 고하기까지.

따지고 보면 자기 잘못도 있긴 했다.

그러게 마음이 왜 약해져서 둘을 만나게 해 줬던가. 그래, 이제 와서 한탄한다고 뭐가 달라지겠나.

헌원운도 일부러 종월을 해하려던 건 아닌 만큼 상황을 수습할 기회는 아직 있다. 눈길이 한군데 머무는 시간이 길어지자 나름대로 고수 축에 드는 헌원운도 묘한 낌새를 채고는 맹부요 쪽을 돌아봤다. 하지만 그즈음 맹부요는 이미 고개를 돌린 뒤였다.

맹부요는 이내 헌원운에게 인사를 올린 뒤 본인 처소를 향해 급할 것 없는 걸음을 옮겼다. 내원 세 번째 원락을 지나던 길에 화원 연못가 정자에 비스듬히 기대 있는 인물이 눈에 들어왔다. 뒷모습으로 보나 입은 옷으로 보나 사내는 사내인 것 같은데, 몸 선이 유난히도 가냘팠다.

허 참, 사내 허리가 저렇게 낭창낭창한 건 또 처음 보네. 뒷모습이 저렇게…… 요염한 것도 처음이고.

사내의 길게 늘어진 소맷자락은 수면에 살포시 닿아 있었다. 구름처럼 드리운 월백색 운금雲錦 자락이 맑은 물결을 간질일 때마다 연못 표면에는 보름달처럼 동그란 파문이 잔잔히 번져 나갔다.

한 줌이나 될까 싶은 허리, 꽃 같은 섬섬옥수. 맹부요를 등진 채 이제 막 풍성한 수술 같은 꽃잎을 터뜨린 자색 국화 송이를 감상하던 사내의 입에서 가느다란 노랫소리가 흘러나왔다. 양귀비를 노래한 경극의 한 구절이었다.

"바닷가 외딴 섬에 달이 떠올랐으니, 동녘의 옥토끼가 일찍이 나왔도다. 달이 섬을 떠나 천지를 환히 밝히는구나. 하늘에 휘영청 밝은 달 걸리매, 항아가 월궁에서 강림하였는가……."

적막한 정원에 바람이 지나자 만개한 꽃송이들이 가지에서 쏟아져 내렸다. 푸르른 물결 위 새하얀 정자, 그곳에 자리한 사내의 자태에는 낭창거리는 버들가지와 같이 우아한 멋이 있었고, 그의 노랫소리는 듣는 이를 취하게 했다.

예상 밖에 사내는 타고난 소리꾼의 목청을 가지고 있었다. 옥석을 깨는 양, 비단을 찢는 양, 카랑카랑한 것 같으면서도 나긋하게 감기는 데가 있는 목소리.

게다가 노랫말 한 글자 한 글자를 잇새에 슬그머니 물었다가 놓아주듯, 입술 사이에 은근히 머금었다가 흘리듯, 교묘하게 가지고 놀면서 사람을 홀려 놓는 재주도 있었다.

그 무엇보다도 감탄스러운 점은 따로 있었다. 노랫말을 통해 전달되는 함초롬한 한恨의 정서, 설렘과 원망 사이를 오가는 표현력이었다. 단정함 가운데 은근히 배어나는 교태가 정신 못 차리게 고혹적이면서도, 또 한편으로는 범접할 수 없이 고아한 선인의 풍모마저 느껴지는 것이 바로 그의 노래였다.

맹부요는 자기도 모르는 새에 그 자리에 붙박여 버리고 말았다.

경극을 제대로 접한 적이 없는 그녀에게 매란방梅蘭芳 같은 남자 배우들이 요염한 여성 역을 도맡는 경극계의 관례는 항상 의문의 대상이었다. 그러나 지금 눈앞에서 노래를 부르고 있는 사내의 후광을 직접 목도하고 나니 세상에는 성별을 초월한 매혹이라는 것도 분명 존재하는구나, 하는 깨달음이 찾아들었다.

그녀의 손바닥에 올라앉아 있던 원보 대인이 '쓰읍' 하고 침을 들이켰다. 그 소리를 들었는지 가냘픈 미인이 노래를 뚝 그쳤다.

무척 아쉬워하는 참인데, 가늘고 길게 빠진 선이 퍽 매력적인 눈매를 틀어 맹부요를 흘깃 쳐다본 미인이 순간 눈동자를 반짝 빛내더니, 날쌔게 일어나 그녀를 향해 달려왔다.

"삼랑三郎!"

귀비가 술에 취하다[9]

삼랑……. 나 졸지에 명황[10] 된 거니?

입꼬리를 씰룩거리길 일순, 맹부요가 후닥닥 뒤로 물러났다. 구선녀 같은 애는 한 명으로 족하다. 땔감 창고에 갇혀서 '제가 진짜 미련했습니다, 진짜로요!'나 끄적이는 짓을 또 하고 싶진 않다만.

이때 길게 빠진 눈매를 맹부요 쪽으로 비스듬히 튼 미인이 그윽한 눈길로 흘깃, 얇은 입술을 삐죽거렸다. 미인은 서운함이 뚝뚝 떨어지는 눈으로 맹부요를 마저 응시하다가 가느다란

---

9   원문은 귀비취주貴妃醉酒. 중국 경극 제목으로 양귀비가 당나라 현종을 기다리면서 술에 취하는 내용을 다루고 있다.

10 明皇. 당나라 제6대 황제 현종을 가리킨다. 예종의 3남이라서 삼랑이라고도 불렸다. 후궁 양귀비와의 로맨스로 유명하다.

손가락으로 그녀의 뺨을 톡 건드렸다.

"폐하께서는? 서궁에 듭신 건 아니겠지?"

서궁이라……. 아하, 이제 매비[11] 질투하는 대목인가.

공손하게 허리를 숙인 맹부요가 잰걸음으로 몇 발자국을 더 물러섰다.

"마마, 폐하께서는 동궁으로 행차하셨사옵니다."

"그럴 수가!"

미인이 손으로 입을 틀어막았다.

"어제만 해도 백화청百花廳에 술자리를 마련해 놓으라 하시더니, 아아. 난데없이 동궁이 웬 말이더냐? 그래, 그 불여우 같은 것이 수를 쓴 게 틀림없어! 하아, 마음 내키는 대로 하시라지. 고역사[12], 주안상을 내오너라. 나 홀로라도 한잔해야겠으니."

주안상은 개뿔. 어느 가게 창기 놈이길래 헬렐레하니 애먼데 기어들어 와서는 비운의 귀비 흉내냐.

'고역사' 역할 맹부요는 이내 음험하게 웃으며 찻주전자를 집어 들어서는 연못 물을 한가득 퍼서 사내의 앞에 공손히 내밀었다.

"마마, 한 잔 올리겠나이다."

주전자 안 맑디맑은 수면이 미인의 풍성한 흑발을 비추었다.

---

11 梅妃. 당나라 현종의 총희 강채빈江采蘋을 가리킨다. 양귀비와 총애를 다투는 이야기를 다룬 소설 《매비전》이 유명하다.

12 高力士. 당나라 현종 때 유명한 환관으로 환관의 대명사로 쓰일 만큼 유명하다. 현종 사후, 슬퍼하다가 7일 만에 숨졌다.

아련한 눈빛의 미인은 손으로 입을 가리고 허리를 배배 꼬다가, 웃는 듯 마는 듯 묘한 표정으로 맹부요를 한 번 흘깃 훑어봤다.

미인의 눈동자에 스친 것은 다소 놀란 듯한 기색이었다. 그러나 이는 금방 고혹적인 눈웃음에 묻혀 흔적을 감췄다.

"무슨 술이더냐?"

"철야주[13]이옵나이다."

맹부요는 속으로 회심의 미소를 지었다. 가수 이옥강[14] 버전 〈귀비취주貴妃醉酒〉는 들어 본 적이 있었는데, 가사에 등장하는 '철야주'가 영 엉큼한 의미로 들려 기억에 남았던 것이다.

"나 참!"

작게 한소리를 뱉은 미인이 입술을 살짝 벌린 채로 고개를 새초롬히 갸울였다.

"누구 마음대로 밤을 지새우자는 거람."

맹부요, 아니, 맹역사는 머리를 긁적였다.

이다음에는 뭐라고 받아치더라? 가물가물하네.

그런데 이게 웬일, 미인은 대사를 까먹은 맹역사를 타박하기는커녕 오히려 교태롭게 생글거리며 몸을 바싹 갖다 붙였다.

"그래도 명색이 철야주라는데야, 본 궁과 이 밤이 다하도록…… 취해 보겠어?"

---

13 원문은 통소주通宵酒. '통소'는 철야라는 뜻이다.

14 李玉剛. 여자 음색으로 노래를 부르는 중국의 이색 가수.

마지막 한마디는 잘 들리지도 않을 만큼 은밀한 속삭임이
었다.

맹부요가 착잡하게 이마를 짚었다.

어이쿠야, 멀쩡한 전개를 이렇게 몰고 가 버리나. 이 마마님
발랑 까진 것 좀 보소.

"당치 않은 말씀이십니다. 소인이 어찌 폐하의 여인과⋯⋯."

그러자 술을 벌컥벌컥 들이켠 미인이 돌연 소맷자락을 휘날
리며 몸을 던져 맹부요의 품에 안겼다. 그녀는 생긋 웃는 얼굴
로 '철야주'를 주전자째 다소곳이 들어 맹부요의 입에다가 들이
부었다.

"남들도 다 틈틈이 재미 보면서 사는데 뭘. 역사, 우리 이대
로 장생전長生殿에 가서 운우지정을 나누어 볼까?"

품에 기대 맹부요를 물 먹이던 미인의 나머지 한쪽 손이 거
침없이 주요 부위로 미끄러져 들어왔다.

고급진 연지분 냄새에 숨이 턱턱 막히는 걸 느끼며, 맹부요
는 부아가 상투 끝까지 치밀어 올랐다.

망할 창기 놈이 대왕님을 희롱하는 거로도 모자라 감히 연못
물까지 먹여?

덥석 손을 뻗어 마마님의 허리춤을 휘잡은 그녀가 주전자를
빼앗아 들면서 씩 웃었다.

"정 그러시다면야 소인이 힘 좀 써 보도록 합지요."

그러고는 상대를 질질 끌고서 으슥한 나무 그늘로 향했다.

"그래, 가자꾸나, 궁으로 가자꾸나!"

미인은 짐짝처럼 끌려가는 와중에도 소맷자락을 춤추듯 우아하게 흔들었다.

"명황께서 신첩을 기만하시니 이 좋은 밤은 부질없이 지나게 생겼고 신첩의 설렘은 헛되었기로, 폐하, 신첩은 고역사와 동침하러 가옵니다!"

"……예에, 가십시다!"

맹부요의 입가가 경련하듯 씰룩였다.

참자, 참자, 참아야 하느니라!

맹부요가 미인을 대충 담 모퉁이에 처박은 직후, 담장 위로 부연 흙먼지가 날리는 동시에 어렴풋이 '퍽퍽' 하는 소리가 울렸다. 그리고 시간이 조금 더 지나, 아무 일도 없었던 양 태연한 얼굴을 한 그녀가 주먹을 '후' 불면서 느긋하게 담 모퉁이에서 걸어 나왔다.

곧이어 그녀는 본인의 '토끼'를 품에 넣고서 정원 안을 마저 어슬렁대고 다니기 시작했다. 조금 전의 광대 나부랭이는 고새 까맣게 잊어버린 채로.

담 모퉁이의 미인은 다 짓밟혀서 엉망이 된 꽃나무 잔해 위에 봉두난발인 채로 엎어져 있었다. 흐트러진 옷매무새, 푸르딩딩하게 부어터진 얼굴, 이마에 붙은 진흙 덩어리, 게다가 머리에는 물까지 뒤집어썼는지 긴 흑발이 흥건하게 젖어 등판에 찰싹 엉겨 붙어 있었다. 그야말로 무참하게 유린당한 모습. 그의 몸뚱이 전체를 통틀어 조금이라도 움직임을 찾아볼 수 있는 부위라고는 미세하게 움찔거리는 어깨가 유일했다.

그렇게 있길 잠시, 화살처럼 날아온 몇몇이 그를 발견하고는 들뜬 목소리로 소리쳤다.

"찾았다!"

하지만 기쁨은 오래가지 못했다. 미인의 꼬락서니가 제대로 눈에 들어온 순간 다들 기겁을 하고 말았던 것이다.

"폐하께서 습격당하셨다! 당장 섭정왕께 알려!"

괴한의 습격을 받고 쓰러져 있는 인물은 바로 헌원국의 황제, 헌원민軒轅旻.

헌원민의 어깨는 그때까지도 가늘게 떨리고 있었다.

시위들은 그 옆에 무릎을 꿇고 앉아 난처한 기색으로 서로서로 눈치를 살폈다.

황궁에만 적적하게 갇혀 지내시는 폐하께 평소 낙이랄 것은 경극 흉내 하나요, 궐 이외에 돌아다닐 수 있는 곳은 섭정왕부 제일 안쪽 뜰이 유일하지 않던가. 그런데 오늘은 어쩌다가 외곽까지 나와서 이 꼴로 누워 계시는 걸까. 보아하니 연약한 폐하께서 아무래도 울고 계신 듯한데?

시위 하나가 머뭇머뭇 손을 뻗는 찰나, 헌원민이 번쩍 고개를 들었다. 진흙투성이 얼굴이었다. 매끈하던 피부에는 낙엽 쪼가리가 덕지덕지 붙었고 코 밑에는 피가 주르륵 흘러내리고 있었으며 입술 한쪽은 벌겋게 부은 게 지지리 궁상의 최고점을 찍은 건 맞으나, 그 얼굴에 눈물 자국 따위는 없었다.

도리어 그는 웃고 있었다. 이제는 어깨만 떠는 게 아니라 온몸을 흔들면서…… 신나게, 아주 진탕. 하도 웃다가 찔끔 나와 버린 눈물은 뜻밖의 조우가 남긴 설렘과 흥미로 반짝이고 있었다.

참으로…… 기분 좋은 날이로구나…….

괴괴한 궁전 안에 끝도 없이 이어진 회랑, 천장까지는 눈길이 닿지도 않을 만큼 거대한 전각, 앞길을 가로막고서 악몽처럼 팔다리를 붙잡는 겹겹 두꺼운 휘장, 시종일관 한 가지 표정과 말투로 시체처럼 창백하게 시립해 있는 것밖에 할 줄 모르는 태감과 궁녀들……. 그것이 그의 일상이었다.

그 웅장하고도 화려한 공간 안에서 얼마나 많은 밤을 맨발로 헤매고 다니며 들어 주는 이 없는 노래를 불렀던가.

걷는 데 지치고 노래하는 데 지쳐 물먹은 솜처럼 되고 나면 동녘이 밝아 오곤 했고, 그 상태로 조회에 나가면 옥좌에 앉아 꾸벅꾸벅 졸기에 딱 좋았다. 그렇게라도 하지 않으면 중증 불면증 환자가 무슨 수로 조회 내내 비몽사몽이길 바라는 누군가의 기대에 부응할 수 있겠는가.

한밤중에 궁궐을 훑고 가는 바람은 쇳덩어리처럼 무거웠다. 호화로운 전각도, 겹겹 비단 휘장도, 그 안의 사람까지도 납작하게 짓눌려 숨을 쉴 수 없게 만드는 바람이었다. 그러한 압력 속에 갇혀 있자면 미친 듯이 소리라도 질러 속박과 암흑을 깨고 싶은 게 인지상정이었다.

그러나 다른 이들은 그저 말소리를 낮추고 숨소리를 죽이기에만 바빴다. 그가 홀로 흥얼거리는 노랫가락에도 마치 천둥소리라도 들은 양 화들짝 놀라 눈을 휘둥그렇게 떴다.

하여, 그는 천 명을 한꺼번에 들여도 좁지 않을 침전을 두고도 노래를 부를 때는 침상 뒤로 숨어들어 목소리를 최대한 억눌러야만 했다.

무한한 부귀를 가졌다 한들 꿈조차 적막한 세월.

그러다가 오늘에 이르러, 허락되지 않은 담장을 넘었다. 큰 기대 같은 게 있어서 한 일은 아니었다. 그저 물가 정자에 앉아 바람결에 실려 오는 그윽한 향기 즐기며 낚싯대나 드리우고자 하였다가…… 소년을 만났다.

너무나도 생동감 있게 반짝이는, 주먹질도 참 시원스럽게 할 줄 아는.

소년은 이 나라에서 황궁보다도 중한 대접을 받는 섭정왕부 안에서도 그 고귀한 위엄에 짓눌려 말소리를 낮추거나 하지 않았다. 입에서 나오는 대로 대사를 받아치고, 손 가는 대로 술을 권하고, 마음 내키는 대로 주먹질을 해 대고.

재미있도다, 재미있어!

헌원민은 기분 좋게 웃으면서 시위들을 향해 소리쳤다.

"여봐라, 섭정왕을 모셔 오너라!"

◈

한편, 본인이 얼마나 대단한 팔자를 타고났는지 전혀 모르는 맹부요는 별생각 없이 쥐어 패고 온 게 하필 이 나라 황제일 줄은 상상도 못 하고 있었다. 만약 상대의 신분을 알았다면 사주에 웬 황족 살이 끼었다고 몹시도 개탄했을 것이다.

그녀의 신경은 온통 종월에게 가 있었다. 정작 사고 친 장본인인 헌원운은 본인이 무슨 짓을 저질렀는지 전혀 모르는 상황, 어떻게든 고것을 구슬려 도움을 받는 일이 시급했다.

종월이 납치된 지도 시일이 꽤 흘렀다. 섭정왕부 내에는 딱히 의심이 가는 장소가 없었다. 아무래도 붉은 문 뒤편, 황궁에가 봐야 할 것 같았다.

그런고로 그녀는 바로 오늘 밤 그 커다란 문을 넘기로 했다.

방해하는 놈이 있거든 죽여 버리면 그만.

주위에 어둠이 내리기 시작하자 맹부요는 채비를 단단히 하고서 원보와 철성을 데리고 붉은 문으로 향했다. 섭정왕부 지리라면 이미 손바닥 보듯 환히 꿰고 있었다.

발소리를 최대한 죽인 그녀가 내원을 구불구불 가로질러 헌원운의 처소 옆을 지나던 때였다. 담벼락 너머로 헌원운이 시녀에게 분부하는 소리가 들렸다.

"향로 탁자 좀 밖으로 옮겨 줘. 향을 올려야겠어."

쯧쯧, 답답한 것아. 매사 기도가 능사는 아니란다. 하늘이라는 놈은 대부분의 경우 방해밖에 안 되거늘. 목표를 이루려거든 행동할 때가 왔을 때 바로 움직일 줄을 알아야지.

허공에다 대고 멱살 잡듯 뭔가를 틀어쥐는 시늉을 하던 맹부요가 문득 걸음을 멈췄다. 저만치 앞쪽에 커다란 붉은색 문이 나타난 것이다.

경계는 말 그대로 삼엄했다. 담벼락을 따라 순찰을 도는 인원만 해도 어림잡아 천 명은 될 것 같았다.

숲처럼 **빽빽하게** 들어찬 날붙이들이 초겨울 달빛을 받아 유난히 서늘하게 번뜩이고 있었다. 무리를 지어 서로 교차하는 순찰대 사이에 뚫고 들어갈 틈이라고는 전혀 눈에 띄지 않았다. 게다가 주변에는 등불을 대낮처럼 밝혀 놓아, 사람 덩치는 말할 것도 없고 원보 대인마저도 지금보다 백팔십 배 정도는 날씬해져야 무사히 통과할 수 있을 듯해 보였다.

저걸 뚫어? 뚫리겠어? 진짜로…… 뚫어 봐?

에라, 해 보는 거다!

철성의 귀에다 대고 몇 마디를 속닥거린 맹부요는 떨떠름한 표정의 철성에게 거부할 틈을 주지 않고 다짜고짜 등판에다 일장을 날렸다. 그러고는 제자리에서 껑충껑충 뛰면서 소리쳤다.

"채화대도 놈! 어딜 내빼려느냐!"

곧이어 마구잡이로 집어 던진 돌멩이들이 '슉슉' 바람 소리를 내며 날아가 주변 수풀을 요란하게 흔들어 놓자 병사 여럿이 우르르 누군가의 뒤를 쫓는 듯한 모양새가 만들어졌다.

맹부요는 계속해서 아무 말이나 떠들어 댔다.

"더러운 색마! 게 섰거라! 네 이놈! 감히 군주님 처소에 뛰어들려고? 죽고 싶어 환장을 했구나!"

등판을 얻어맞고 붕 날아가던 철성은 허공에서 몸을 틀어 일단 덤불 속으로 숨어들었고, 붉은 문 앞의 시위들은 소란을 감지하고도 난처한 표정으로 서로 눈치만 살피고 있었다.

섭정왕께서 보초를 서는 중에 절대로 궁문 앞을 비우지 말라 하시지 않았던가.

하지만 다른 사람도 아니고 왕야께서 목숨처럼 끔찍이 아끼시는 보배가 위험에 처한 상황이었다. 게다가 상대는 무려 '색마'라는데 이러다가 정말로 무슨 사달이라도 난다면? 코앞을 지나쳐 군주의 규방으로 뛰어드는 색마 놈을 빤히 보고도 모른 척한 대역죄를 어찌 감당할 것인가.

고뇌하던 시위 대장이 마침내 부하들에게 수신호를 내렸다.

"절반은 침입자를 쫓는다!"

문 앞을 지키는 인원이 절반으로 줄어든 직후, 시위 대장이 순찰조를 다시 편성하려는데, 이번에는 담벼락 너머 황궁 경내에서 떠들썩한 외침이 들려왔다.

"자객이다!"

"폐하를 보호하라!"

맹부요의 눈이 번쩍 뜨였다.

대체 누가 또 이렇게 약속이나 한 듯 기막힌 시점에 쳐들어와 줬단 말인가?

안 그래도 나머지 절반은 어떻게 따돌리나 고민이었는데, 덕분에 고민은 이쯤에서 관둬도 될 것 같았다.

당장에 문을 열라고 명령한 시위 대장이 자객을 쫓아 달려온 황궁 쪽 병사들을 붙잡고 상황을 묻기 시작했다. 마침내 담벼락 양편 순찰 대열이 흐트러지는 순간이 온 것이다.

맹부요는 그 틈을 놓치지 않고 몸을 날려 순찰대 뒤꽁무니에 합류한 후, 맨 뒤에 있던 병사의 혈도를 제압해 근처 덤불에 처박았다. 미리 옷을 훔쳐 시위로 변장한 채였던 그녀는 대열을 따라 다음 문 안쪽으로 진입하자마자 엉거주춤한 자세로 아랫배를 끌어안고서 한쪽에 우거진 관목림을 향해 내달렸다.

그 모습을 용케 또 목격한 시위 한 놈이 뒤에서 피식거리는 소리가 들려왔다.

"안자女子, 너냐? 그놈의 배는 뭔 일만 터졌다 하면 꼭 말썽이구먼. 어이, 지금이 똥 쌀 때냐, 후딱 다녀와!"

맹부요는 대충 팔만 뻗어 손사래를 치고서 뒤도 안 돌아보고 관목림으로 뛰어들었다. 그러자 상대가 말했다.

"자객 조심해라! 똥 싸다 비명횡사할라."

이때, 옆에 있던 황궁 제3호 시위 분대 부대장이 잔뜩 곤두선 말투로 끼어들었다.

"비상령이 떨어졌는데 대오 이탈이라니! 노유老劉, 당장 가서 끌고 오도록. 지금부터 서쪽 여섯 개 전각 전체를 이 잡듯이 뒤질 거다. 이상하단 말이지, 분명 검은 그림자가 스쳐 가는 걸 봤건만."

"어쨌든 왕부 쪽으로 넘어간 것만 아니면 되지 않습니까."

노유가 관목림 쪽으로 걸어가며 히죽 웃었다.

"폐하께서야 저희도 어디 계시는지 잘 모르는데 자객 놈이라고 찾아낼 재간이 있으려고요."

"입조심해!"

부대장의 호통에 혀를 날름 한 번 빼문 노유가 시커먼 관목 림 안쪽에다 대고 툭툭 발길질을 하며 키득거렸다.

"안자, 아직 덜 됐냐? 빨리 나와!"

하지만 발에 챈 건 허공뿐.

수풀 안쪽으로 고개를 들이민 그는 눈이 똥그래졌다.

"어디 갔지?"

맹부요는 층층 담벼락과 용마루를 넘어 궁궐 중심부로 직행 중이었다. 황궁이야 그간 종류별로 질리게 드나들었던 그녀였 다. 태연 황궁은 아기자기하면서도 우아한 맛이 있었고, 무극 황궁은 정교하면서 화려했고, 천살 황궁은 수수하되 웅건한 느 낌이었다면, 이곳 헌원 황궁은…… 뭔가 괴상했다.

띄엄띄엄 보이는 전각은 하나같이 진노랑 담장에 유리 유약 이 발린 청기와를 얹은 모습으로, 겹처마 우진각 지붕과 궁륭 형 천장 설계가 공통점이었다.

건물의 수가 많다거나 장식이 호화롭지는 않았지만, 그 크기 만큼은 어마어마한 게 다른 나라 황궁 정전의 두 배는 됨 직해 보였다.

저 정도면 목이 부러지도록 고개를 꺾어도 천장이 안 보일 것 같은데, 저런 건물 안에 있는 사람들은 본인이 너무나 하찮 은 존재로 느껴지지 않을까?

맹부요는 개중에서도 가장 높은 전각을 골라 지붕 꼭대기 용마루에 올라앉았다. 종월이 갇혀 있을 만한 곳을 찾아 주위를 두리번거리는데, 저만치 서쪽 어두컴컴한 별전 한 군데에서 불빛이 깜빡하는 게 눈에 띄었다.

불이 들어왔던 것은 지극히 짧은 한순간뿐, 건물은 금세 다시 어둠에 잠겼다. 심야의 캄캄한 황궁을 배경으로, 그것은 잠시 귀신에라도 홀렸었나 싶은 기분이 들 만큼 위화감을 자아내는 광경이었다.

맹부요는 망설임 없이 그쪽으로 몸을 날렸다. 도깨비불처럼 파르스름한 불빛이 명멸하는 지점은 별전 서편에 딸린 사랑채였다.

그녀가 소리 없이 뜰 안으로 날아들었다. 딱 봐도 사람이 사는 건물 같지는 않고 주변에 돌아다니는 이도 눈에 띄지 않더니만, 조금 집중하자 근방 곳곳에서 시위와 태감들의 기척이 느껴졌다. 어렴풋하게 빛이 번져 나오는 사랑채 안에서도 가느다란 숨소리가 들리는 듯했다.

전형적인 비밀 감옥 느낌이 오는데…….

즉시 지면을 박차고 오른 맹부요는 그길로 담장을 끼고 별전 외곽을 한 바퀴 빙 돌면서 시위들의 혈도를 제압했다. 담 꼭대기를 훌쩍 넘어 나뭇잎처럼 사뿐하게 뜰 안에 착지했다.

뜰은 적막했다. 초겨울 밤의 어슴푸레한 안개 속에 잠긴 화원 누각은 벽면마다 얼음 결정처럼 맑은 이슬을 방울방울 달고 있었다.

벽면에 손을 짚자 축축한 물기만이 아니라 그 영롱함까지도 피부를 통해 느껴지는 듯했다. 버들잎처럼 가느다란 달빛이 대지를 어스름하게 비추고 있었다.

맹부요는 달그림자의 가장 희미한 일부가 되어 너른 뜰을 가로질렀고, 눈 깜짝할 사이에 사랑채 앞에 당도했다. 그러자 지금껏 간헐적으로 명멸하던 불빛이 홀연 자취를 감췄다.

흠칫한 맹부요가 감각을 최대치로 끌어올리면서 주변 동태를 살폈으나 수상한 낌새는 감지되지 않았다. 품속에 든 '위험 감지 센서' 역시 쿨쿨 잘만 자는 중. 모든 게 더할 나위 없이 정상적이었다.

하지만 이 시점, 이 장소에서 모든 게 정상적으로 보인다면 그거야말로 비정상이다. 분별 있는 강호인이었다면 이쯤에서 발길을 돌렸거나 최소한 고민에라도 빠졌을 것이다.

하지만 맹부요 대왕은 애초에 겁이란 걸 모르는 인사였고, 그녀 사전에 '중도 포기'라는 단어는 아예 존재하지 않았다. 그건 이 상황에서도 마찬가지여서, 지금 그녀는 사랑채 안에서 드문드문 흘러나오는 숨소리를 들으며 어떻게든 안을 확인하고 싶어 안달을 내고 있었다.

그리하여 택한 방책은, 당당하게 문을 열고 들어가는 것이었다.

여느 궁실 내부와 같은 방 안에는 딱히 기물이랄 게 없어서 사면의 벽이 한눈에 들어왔다. 주변을 쓱 훑어보고 난 맹부요가 한쪽 벽에 걸린 서화를 더듬자 예상대로 벽면이 스르르 미끄러지듯 열렸다.

쯧, 창의성이라고는 없는 설계군.

벽면 뒤쪽에서 드러난 것은 모호한 어둠 속으로 뻗어 있는 계단이었다. 맹부요는 스스럼없이 계단을 오르기 시작했다.

몇 칸 올라가지 않아 하얀 바탕에 매화가 수놓인 병풍이 보였다. 병풍 너머, 푸르스름한 등잔불이 밝혀진 공간에는 흰옷을 입은 인물이 양팔을 크게 벌린 채로 형틀에 매달려 허공에 붕 떠 있었다. 병풍이 하반신을 가리고 있긴 했으나 흐트러진 옷매무새와 점점이 찍힌 핏자국이 어렴풋이나마 눈에 띄었다.

금사 섞인 밧줄에 결박당한 손목은 섬세하고도 가냘팠으며, 소맷자락이 처져 내리면서 드러난 팔뚝은 온통 상처투성이였다. 다만 얼굴은 확인할 수가 없었다. 아마도 혼절한 듯, 고개를 비스듬히 떨군 자세인 데다가 흑발을 길게 늘어뜨리고 있는 탓이었다.

맹부요의 어깨가 움찔 굳었다.

종월……?

그날 밤 환풍구를 통해 엿들은 내용 중에 종월을 고문해서 대륙 전역에 퍼져 있는 지하 세력에 관해 알아내겠다는 소리가 있었다.

헌원성이 정말로 그 짓을 했단 말인가?

맹부요는 서슬 퍼런 안광을 번뜩이며 계단 맨 위 칸으로 뛰어올랐다. 그렇다고 해서 곧바로 종월을 향해 달려간 건 아니었다. 여기까지 오는 과정이 너무 순조로웠던 게 찜찜했다. 헌원성의 머리가 고작 이 수준밖에 안 될 것 같지는 않았다.

기껏 종월을 붙잡아 와 놓고는 설마하니 이토록 허술한 감시 하에 뒀겠는가.

물론 밖에 배치된 시위들과 방에 설치된 기관만으로도 어지간한 무림 고수는 걸러 낼 수 있을 것이다. 하지만 맹부요급 일류 고수에게 이 정도는 어린애 장난 축에도 못 들었다. 오주대륙에 종월과 친교를 나누고 그에게 목숨을 빚진 유력 인사가 얼마인가?

헌원성이라고 절정급 고수가 찾아오리라는 생각을 정말 못했을까?

맹부요는 제자리에 조용히 서서 병풍 너머, 높다란 형틀에 묶여 피 흘리고 있는 남자를 응시했다. 저게 진짜 종월이라면 함정은 여기서부터 종월의 발밑까지, 그 사이에 도사리고 있을 것이다.

거리라고 해 봐야 고작 수십 보나 될까, 바닥은 평탄했고 시야에 걸리적거리는 장애물 따위는 존재하지 않았다. 병풍도 평범한 물건으로 보였다. 반투명한 재질에 무슨 재주로 기관을 숨겨 놓았겠는가. 모든 면면이 방심을 종용하고 있었다.

실제로 그녀도 하마터면 거기에 넘어갈 뻔했다. 그러나 대륙 곳곳을 구르면서 온몸을 던져 쌓은 실전 경험이 제동을 걸었다. 저기까지 가는 길이 평안할 리는 절대로 없다고.

그녀가 수없이 많은 가능성을 떠올렸다가 하나하나 제치는 사이에도 시간은 계속 흘렀다. 밖에서는 달이 차츰차츰 서편으로 기울어 가고, 실내에서는 천장 쪽에 고여 있던 안개가 서서히 아래로 침잠해 공기 중을 너울너울 떠돌고 있었다.

미동조차 없이 형틀에 매달린 남자는 위태로운 호흡을 겨우 이어 가는 중이었다. 천장 가까이 난 창을 통해 하늘빛을 올려다본 맹부요가 마침내 이를 악물었다.

에라, 모르겠다! 함정이 있으면 또 어때, 설마 이 몸이 그까짓 거에 당하려고?

그녀가 과감하게 몸을 날렸다. 바로 그 순간, 남자의 뒤쪽에서 용수철 튀는 소리가 나더니 새카만 무언가가 그의 등판을 과녁으로 번개처럼 쏘아져 나왔다.

발이 붕 뜬 채 매달려 있는 남자는 피하려야 피할 수가 없는 처지였다. 비수가 소리 없이 등을 파고들자 새빨간 피가 뿜어져 나왔다. 순간 전신을 뻣뻣하게 경직시킨 남자는 이내 고통을 이기지 못하고 경련하면서 고개를 뒤로 꺾었다.

얼굴을 뒤덮은 흑발 중 한 가닥이 새하얀 치아 사이에 물려 있었다. 남자의 목구멍에서 단말마의 신음이 흘러나왔다.

맹부요는 허공에서 흠칫 몸을 떨었다. 지면을 박차고 오르는 동시에 비수가 쏘아져 나오는 걸 똑똑히 봐 버린 그녀였다. 공중에 흩뿌려지는 선혈 역시 생생하게 목도했다.

머릿속이 웅웅 울렸다. 거대한 망치 수천수만 개가 동시에 들이닥쳐 그녀의 냉정과 신중을 산산이 박살 내 버렸다. 이제 그 자리에 남은 것은 두려움과 혼란이 전부.

어떻게 이럴 수가? 대체 어딜 건드렸다고?

단지 제자리에서 도약했을 뿐, 분명 그 어디와도 접촉하지 않았다.

어떻게 함정이 발동됐지? 게다가 비수는 왜 그녀가 아니라 형틀에 묶인 쪽을 노린 걸까?

종월!

맹부요는 돌진했다. 광포한 질풍이 되어, 칠흑의 번개가 되어, 순식간에 천 리를 내달리는 천둥이 되어, 찰나에 강림한 벼락이 되어, 공기를 쪼개고, 병풍을 깨부수고, 현란한 다리 움직임이 남긴 잔영으로 공간 전체를 채우며.

그 잔영이 미처 흩어지기도 전에 그녀는 이미 형틀 아래에 당도해 있었다. 이것저것 따질 겨를 없이 일단 단도부터 빼서 휘둘렀다. 금사 섞인 밧줄이 썩둑 잘려 나가면서 빈사 상태에 이르러 싸늘하게 식은 몸이 그녀의 품 안으로 무너져 내렸다.

축 늘어진 몸뚱이를 허겁지겁 부축하며, 맹부요는 상대의 턱을 들어 올리고 얼굴을 가린 머리카락을 치웠다. 그러면서 어쩔 줄 모르고 소리쳤다.

"종월! 종……."

홀연, 그녀의 외침이 목구멍 안에 갇혔다. 곧이어 팔다리 역시 움직임을 잃었다.

온몸이 피투성이에 머리는 산발인 채로 품에 안겨 있던 백의의 남자가 기습적으로 그녀의 전신을 더듬으면서 혈도를 모조리 찍어 버려 일어난 일이었다.

고개를 든 남자가 가느다란 손가락으로 얼굴 주변의 머리카락을 걷어 내더니 그녀를 향해 생긋 미소 지었다.

"이제야 폐하께 인사를 올리는 신첩의 죄를, 부디 용서하시어요."

"……."

맹부요는 공황 상태였다.

저 창기 놈이 오밤중에 궁궐에 숨어들어 와 자해 놀이 중일 줄 누가 상상이나 했을까. 그야말로 피를 토할 일이다.

간드러진 미소를 입가에 건 헌원민은 본인의 '황제 폐하'를 번쩍 안아 들고는 미리 준비해 둔 발판을 밟고 의기양양하게 형틀에서 내려섰다. 다음으로는 장애물을 만나면 칼날이 손잡이 안으로 들어가도록 설계된 비수를 등에서 뽑아냈다. 닭 피를 채워 등판에 묶어 놨던 물주머니도 끌러 냈다. 정교하게 만들어진 가짜 상처를 살에서 뜯어낸 뒤 그 전부를 형틀 아래에 숨겨져 있던 수납공간에 처박았다.

눈만 겨우 굴려 아래를 내려다본 맹부요는 그 안에서 가발, 의족, 스스로 풀 수 있도록 교묘하게 매듭지어진 밧줄, 보물 상자, 길이 조절이 가능한 방망이, 의수 등등을 발견할 수 있었다.

황궁 안에 웬 직업 마술사가 은거 중이었을 줄이야…….

마술사 겸 자해 중독자 겸 정상급 연기자께서는 본인이 올린 성과가 퍽 만족스러운 모습이셨다. 맹부요를 안고서 실내 한쪽으로 향한 그가 문짝을 걷어차서 열자 침상이 완비된 내실이 호화로운 모습을 드러냈다. 방 안 깊숙이에는 따로 자그마한 공간이 하나 더 있는 것 같았는데, 거기서는 뜨거운 수증기가 모락모락 피어오르고 있었다.

마술사 헌원민은 황제 맹부요를 조심조심 이부자리에 눕힌 후 침상 가장자리에 앉아 턱을 괴고서 그녀를 위아래로 뜯어보기 시작했다. 길게 빠진 눈꼬리가 매혹적인 헌원민의 눈은 본디가 넘실거리는 광채를 담고 있었다.

잔잔하게 흐르는 물결, 혹은 봄날의 실바람과도 같은 눈빛이 온몸 구석구석을 몇 번이고 훑어 대자 맹부요는 벌레가 스멀스멀 기어 다니는 듯한 느낌에 심기가 몹시 불편해졌다.

그녀는 눈빛으로 명확한 경고를 전달했다.

당장 고개 안 돌리면 눈깔을 파 버리겠노라고.

그러나 경극 애호가에, 시체 꼴로 야밤의 자해 놀이를 즐기시는 황제께서 경고성 눈빛 정도에 움찔할 가능성은 애초에 그리 크지 않았다. 아무리 그 눈빛의 임자가 맹부요라 해도.

요염한 미소를 띤 헌원민이 도화색 연지로 아찔하게 강조된 눈매를 사뭇 유혹적으로 깜빡거리며 맹부요 곁으로 다가붙더니 방 안쪽에 따로 마련된 공간을 가리켰다.

"폐하, 함께 욕탕에 드시겠나이까?"

욕탕 좋아한다, 확 그냥 박박 문질러 빨아서 껍데기를 한 겹 홀라당 벗겨 버릴라.

하지만 헌원민의 욕탕 발언은 사실상 물음이라기보다는 선언의 성격이었다. 그가 맹부요의 앞섶 매듭을 끄르기 시작하면서 말했다.

"신기하게 몸이 보들보들하네. 으음, 이건 왜 이렇게 안 풀려? 어라, 어깨 쪽에 불룩하게 솟은 건 뭐…….”

옷을 아예 찢어 버리려다 말고 갑자기 동작을 멈춘 그가 귀를 쫑긋 세웠다. 바람 소리 사이에 옷자락이 펄럭이는 소리가 희미하게 섞여 있었다.

그대로 잠시 머리를 굴리던 그가 중얼거렸다.

“또 손님인가? 이번엔 과연 누가 잡힐지 볼까나.”

침상에서 일어난 헌원민이 문을 닫고 나갔다. 바깥에서는 예의 잡동사니 상자를 뒤지는 소리가 들려왔다.

옴짝달싹 못 하고 어둠 속에 남겨진 맹부요는 천장을 올려다보며 절망했다.

천하무적 맹부요 대왕님께서 이런 꼴을 당하는 날이 다 오는구나.

비수를 보고 이성을 완전히 놓아 버린 게 패착이었다. 조심성이 부족했다기보다는 종월의 안위가 워낙 중차대한 문제였던 탓이었다.

어떻게든 구해 내야만 하는 대상이 도리어 자기 때문에 죽는 꼴을 바로 눈앞에서 보게 됐는데, 제아무리 신중한 사람인들 그 상황에 달려가지 않고 배길까. 한데 그게 자해 중독 광대 놈과의 우연한 조우로 이어질 줄이야.

가만…….

맹부요가 미간을 찌푸렸다.

정말 우연이었을까? 정말로 창기 놈 놀이터에 자신이 우연히 뛰어들었을 뿐일까? 만약 모든 게 계획된 일이었다면, 저거 진짜 무서운 작자다.

하지만 그렇다 치기에는 자신이 궁에 나타날 줄 어찌 알고 기다렸단 말인가. 아니면…… 원래 기다리던 사람은 따로 있었나?

맹부요가 한숨을 내쉬는 찰나, 어깨 쪽이 근질거리는가 싶더니 옷깃 밑에서 원보 대인이 기어 나왔다. 가슴 위로 올라가 오동통한 다리를 가까스로 꼰 녀석이 그녀와 빤히 눈을 맞춘 순간을 기점으로, 둘 사이에 무언의 눈빛 대화가 시작됐다.

'아주 세상모르고 처자더라? 위험하다는 경고 한마디 없이!'

'이게 무슨 위험이라고, 알지도 못하면서. 난 살기에만 반응하거든? 저놈한테는 살기가 없었다고.'

'살기는 없었어도 발정 난 기운은 있었을 거 아니냐…….'

'잘됐지 뭐. 네가 저놈이랑 얼레리꼴레리해서 주인님한테 내쳐지면 그 자리는 내 차지니까.'

'……이거 지금 보니까 불련 2호였구먼!'

눈과 눈이 맞부딪치면서 불꽃이 파지직 튀었다. 물론 말만 까칠하지 원보는 사실 맹부요에게 일종의 동지 의식 같은 것을 느끼고 있었다.

게다가 주인님 도화살이 어디 만만하게 볼 수준이던가. 맹부요를 치워 봤자 어차피 또 새로운 여자가 나타날 게 뻔했다.

그러느니 속은 좀 시커멓고, 인간은 좀 덜됐고, 성깔 좀 악독하고, 사람 좀 잘 죽이고, 꿍꿍이 좀 많고, 도무지 여자다운 구석이라고는 없기는 해도…… 맹부요 쪽이 딱 손톱만큼은 낫지 않겠나.

원보 대인은 맹부요의 눈짓에 따라 꾸물꾸물 앞발을 내밀어 가슴 정중앙 단중혈膻中穴을 두드리고 문지르길 반복했다.

잠시 후, 맹부요가 '아이구야.' 하면서 일어나 앉더니 싱글벙글 말했다.

"역시 쥐 새끼라서 잽싸네! 내가 하는 것보다 훨씬 빨라!"

원보 대인이 꼴같잖다는 눈길로 응수했다. 목적을 달성한 맹부요는 녀석을 가차 없이 소맷부리에 도로 쑤셔 넣은 뒤 발소리를 죽이고 문간으로 다가가 밖을 빼꼼 내다봤다.

아나나 다를까, 아까처럼 형틀에 매달린 창기 놈이 보였다. 상처도, 선혈도, 비수도, 파르스름한 조명 아래에서 보자니 정말 감쪽같았다. 섬세한 소품 제작에, 몰입도 높은 연기에, 저 정도면 아카데미 남우주연상감이다.

그사이 바람 소리는 어느덧 지척까지 와 있었다. 촛불이 휘청하는 동시에 실내 공기가 크게 한 번 요동치는가 싶더니, 돌계단 맨 위 칸에 홀연 검은 옷을 입은 사람이 등장했다.

길고 미끈하게 빠진 몸매, 군더더기 없는 날렵함 가운데 오묘하게 배어나는 화려함, 빠름과 여유로움의 조화가 독특한 운율을 만들어 내는 걸음걸이, 전신의 근육에서 꿈틀대는 힘, 우아하게 사냥감을 쫓는 밀림의 표범과도 같은 사내.

조각 몸매 살수!

사내가 고개를 살짝 들어 형틀에 매달린 창기 놈을 쳐다봤다.

그가 차고 있는 얇은 검을 본 맹부요가 눈을 반짝 빛냈다. 비로소 사내의 정체를 알 것 같았다.

천하제일 살수 암매.

언젠가 태연국에서 저 검을 팔뚝에 바짝 붙여 놓고 쓰는 모습을 본 적이 있었다.

당시 숲속에서 그와 싸움이 붙었던 상대는 전북야.

고수들 간의 대결을 난생처음 제대로 본 그녀는 그 무시무시한 기세에 완전히 넋을 잃었었다. 장손무극이 억지로 끌고 가지만 않았어도 아마 싸움이 끝나도록 거기 쪼그리고 앉아 꼼짝도 안 했을 것이다.

그때도 도움을 받았지만, 얼마 전 국경 성문에서도 막판에 굳이 눈짓을 주고 떠나지 않았던가. 가르침이라기에는 좀 애매하긴 한데 여하튼 그 비슷한 걸 받은 덕에 무사히 헌원국에 잠입할 수 있었다.

정황상 저자는 적이 아니다. 그렇다면 곧 친구라는 얘기.

맹부요는 '내가 망했으니 너도 한번 망해 봐라'는 식의 고약한 심보와는 원체 거리가 먼 인물이었다.

게다가 암매가 똑같은 수법에 당해서 침실로 끌려들어 온다고 생각해 보라. 저 작은 침상에서 셋이 어떻게 자나?

문틈으로 보이는 암매가 형틀 쪽을 훑어보더니 고개를 미미하게 좌우로 내젓는 듯한 동작을 했다. 눈 안에 잠깐 스친 감정이 참 묘하다고 생각하는 찰나였다. 그가 기습적으로 몸을 날리는 게 아닌가.

"안 돼!"

쾅!

석문을 요란하게 밀어젖히고 뛰어 나간 흑색의 가녀린 몸이 형틀 아래 숨겨져 있던 발판을 걷어차 날려 버렸다. 헌원민은 비명 소리와 함께 진짜로 공중에 대롱대롱 매달리고 말았다.

맹부요는 거기서 멈추지 않고 마저 허공을 가로질러 이미 형틀을 향해 빠르게 접근 중이던 암매를 들이받았다.

"함정이에요!"

암매는 모든 신경이 헌원민에게 가 있던 탓에 그야말로 포탄처럼 돌진해 온 맹부요를 미처 피하지 못하고 온 가슴으로 받아 냈다.

반사적으로 맹부요의 어깨를 감싼 그는 그녀를 안은 채 형틀에 매달려 있는 헌원민을 쓱 쳐다봤다.

어스레한 푸른색 조명을 배경으로 서로를 마주 보는 두 남자의 눈동자에 모호한 의미의 안광이 스쳤다.

다음 순간, 암매가 맹부요를 안고서 빙그르르 반대편으로 돌아서더니 나지막이 물었다.

"왜 안 된다는 거지?"

성대를 다친 이력이 있는 사람처럼 다소 잠긴 음성이었다. 하지만 그 꺼끌꺼끌함이 귀에 거슬리기는커녕 오히려 사람을 잡아끌었다. 한 음절 한 음절 귓가에 남는 독특한 미감에 저도 모르게 마음이 기우는 것이었다.

맹부요는 상대의 목소리에 흠뻑 취한 채로 생각했다.

역시 잘생기고 볼 일이라고. 단점이 될 수 있는 목소리조차도 저 얼굴이 더해지니 그저 하늘이 의도한 불완전의 미학이라는 생각밖에 안 드는구나.

"저 자식, 함정이라고요."

그녀가 헌원민을 가리켰다.

"머리부터 발끝까지 전부 다 가짜야, 아주!"

순간 눈을 빛내며 '흐음.' 하고 한마디를 뱉은 암매는 그길로 맹부요를 데리고 밖으로 향했다.

형틀에 매달린 헌원민은 무언가 외치려는 듯하다가 입을 도로 다물었다. 건물을 빠져나가는 둘의 뒷모습을 빤히 응시하는 그의 얼굴에 의미심장한 미소가 떠올랐다.

헌원민이 한쪽 다리를 가볍게 차 올려 왼편 손목을 죄고 있던 밧줄을 풀어냈다. 그가 공중에서 빠르게 몸을 회전시키자 오른손에 남아 있던 밧줄 역시 풀어졌다.

그대로 바닥에 착지한 후, 그는 기다란 손가락을 입술에 올리고는 입꼬리를 새초롬하게 말아 올렸다.

맹부요는 암매에게 손이 붙잡힌 채로 어둠에 잠긴 궁궐 지붕 위를 내달리고 있었다.

궁은 이미 발칵 뒤집힌 상황이었다. 섭정왕부며 황궁이며 할 것 없이 횃불이 대낮처럼 밝혀졌다. 떼 지어 몰려가는 시위들의 발소리가 부산했다. 시위들은 지금 암매와 맹부요가 향하고 있는 방향과는 정반대 쪽으로 달려가는 중이었다.

한 무리의 흑의인들이 번개처럼 움직이며 추적자들의 시야를 종횡무진 넘나들고 있었다. 아마도 암매가 황궁 시위들의 주의를 분산시킬 목적으로 풀어 둔 인원인 것 같았다.

멀찍이서 그쪽을 쳐다보던 맹부요는 시위들에게 겹겹이 둘러싸여 추격 작전을 지휘 중인 남자를 발견했다. 금관을 쓰고 용포를 걸친 남자는 척 보기에도 근엄한 무게감을 풍기는 것이 단번에 헌원성이겠구나, 하는 느낌이 왔다.

흑의인들을 향해 우려 섞인 눈빛을 보내던 맹부요가 작은 소리로 말했다.

"저러다 붙잡히면 빼내기 힘들 텐데."

그러자 암매가 유리알 같은 눈동자로 그녀를 쓱 한 번 쳐다보더니 무심히 물었다.

"왜 빼내야 하지?"

"엥?"

맹부요는 뒤통수를 한 대 얻어맞은 기분이었다.

"안 빼내면……."

그녀가 더듬더듬 말을 이었다.

"어떻게 되라고요."

"죽겠지."

참으로 간단명료하기도 하다. 아주 가차 없구나.

말문이 턱 막혀 버린 맹부요가 고개를 절레절레 저으며 한숨을 내쉬었다.

그녀는 암매의 손을 매몰차게 뿌리치고서 뒤로 돌아섰다. 암매가 급하게 그녀의 소맷자락을 붙들었다.

미간을 찌푸린 맹부요가 한바탕 퍼부어 줄 요량으로 뒤를 돌아보았다. 암매가 느닷없이 그녀의 머리를 찍어 눌렀다.

순간 앞으로 고꾸라질 뻔했을 만큼 엄청난 힘. 맹부요는 본능적으로 원보부터 챙겼다. 품 안에서 찌부러지지나 않았을지 걱정이었다.

그대로 암매의 손에 정수리가 짓눌려 있는 와중에 갑자기 무언가 번쩍하는가 싶더니 머리 위쪽에 거대한 불덩어리가 출현했다. 흡사 작열하는 태양이 뜬 듯 사방 수 리 범위가 환하게 밝아졌다. 동시에 맹부요와 암매가 수색 작전 중이던 시위들에게 고스란히 노출됐다.

저 멀리서 헌원성이 고개를 돌려 이쪽을 담담히 바라보는 게 눈에 들어왔다. 용포 차림에 고상한 인상을 가진 중년 사내의 손에는 기묘하게 생긴 활이 들려 있었다. 조금 전 두 사람의 위치를 까발린 불덩어리의 출처가 확인되는 순간이었다.

두 사람을 쳐다보던 헌원성이 차분하게 수신호를 보냈다. 쇠뇌에 불화살을 먹인 병사들이 앞쪽으로 달려 나왔다.

무수한 불화살이 별똥별같이 화려한 호선을 그리며 밤하늘을 가로질러 암매와 맹부요를 향해 쇄도해 왔다.

"이쪽으로!"

암매가 맹부요를 끌고서 몸을 날렸다. 불화살이 아무리 빠른들 번개처럼 쏘아져 나가는 둘을 따라잡기에는 역부족이었다. 멀리서 보자면, 유성우 또는 꽃불 같은 화살의 그물이 날쌘 흑의인 둘을 집요하게 쫓으면서도 시종일관 거리를 좁히지 못하는 형국이었다.

맹부요가 가까스로 한숨을 돌렸을 때였다. 돌연 등 뒤에서 심상치 않은 파공음이 들려왔다. 흡사 하늘 끝을 향해 치솟아 오르는 교룡처럼, 모종의 물체가 다른 불화살들을 모조리 제치고서 무시무시한 속도로 공기를 찢으며 육박해 오고 있었다. 과녁은 암매보다 한 걸음 뒤처진 맹부요의 등이었다.

감히 말로는 형용할 수 없는 속도, 그 무엇과도 비교 불가능한 힘.

맹부요는 그 순간 전북야를 떠올렸다. 지금껏 오주대륙에 머물면서 본 인물 중에 궁술과 완력이 이 정도 경지에 이른 건 전북야가 유일했다.

헌원국에도 그와 같은 수준의 고수가 존재할 줄이야.

화살은 날카롭게 울며 쇄도해 오고 있었다. 용이 춤추듯, 이글거리는 불길에 휩싸인 채로, 사냥감의 목을 물어뜯기 위해.

헌원성이 연달아 발사한 화살은 총 세 발. 뒤의 화살이 앞의 화살을 때리면서 만들어 내는 세찬 울림 속에, 화살대의 궤적은 육안으로 볼 수 있는 범위 내에서 사라지고 오로지 찬란한 불빛만이 빠르게 깜빡이는 천신의 눈처럼 명멸했다.

가장 먼저 시위를 떠난 화살이 마침내 맹부요의 웃옷 뒤판에 닿았다.

그녀가 코웃음을 치며 시천을 뽑아 화살을 쳐 내려던 때였다. 곁에 있던 암매가 낮게 잠긴 목소리로 외쳤다.

"멈춰!"

말을 끝맺기도 전에 몸을 날린 그가 맹부요를 앞쪽으로 밀쳐 내면서 그녀의 등 뒤를 온몸으로 가로막았다. 급작스럽게 등을 떠밀려 휘청한 맹부요는 다음 순간 '치익' 소리를 들었고, 곧이 어 희미한 탄내를 맡았다.

황급히 뒤로 돌아선 그녀는 제일 앞에서 날아오던 불화살이 암매의 등에 박혀 활활 타오르고 있는 모습을 발견했다. 휘황 한 불꽃이 눈 깜짝할 사이에 등판으로 옮겨 붙으면서 목 뒤에 흘러내려 있던 머리카락이 구불구불하게 말려들다가 이내 재 가 되어 바스러지는 것도 보였다.

기겁한 맹부요가 당장에 뛰어들어 불을 끄려고 하자 암매가 팔을 내저으며 날카롭게 외쳤다.

"손대지 마!"

다급한 목소리에서 고통이 느껴졌다. 그런데 그 다급함의 이 유란 것이, 어째 본인이 입은 부상이라기보다는 화살을 뽑으려 는 그녀의 행동 때문인 것 같았다.

맹부요가 그의 말투에 당황해 멈칫하는 잠깐 사이에 불길이 더욱 맹렬해졌다. 살갗이 타들어 가는 냄새가 주위로 퍼져 나 가고 있었다.

그 섬뜩한 냄새는 맹부요로 하여금 장한산 밀림에서 산 채로 타 죽은 화자를 떠올리게 했다. 화상이야말로 그 어떤 상처보 다도 끔찍한 고문이라는 데 생각이 미치자 눈물이 왈칵 쏟아질 것만 같았다.

정작 암매는 그 와중에도 표정 변화가 없었다. 이어서 침착하게 등 뒤로 손을 뻗은 그가 아주 천천히, 조심조심 화살을 뽑아내기 시작했다.

"뺄 거면 빨리 좀 할 수 없어요? 그러다 죽는다고요!"

맹부요가 발을 동동 구르며 안달을 냈지만, 암매는 그녀의 말을 완전히 무시한 채 불길이 활활 타오르는 화살대를 맨손으로 감아쥐고 있었다. 손바닥이 순식간에 새빨갛게 익는데도 고작 눈썹꼬리를 살짝 꿈틀했을 뿐이었다.

그러고는 마치 대단히 소중한 물건을 다루듯, 화염에 살갗이 익어 가는 걸 아예 느끼지 못하는 듯, 엄청난 인내력으로 고통을 참으면서 느릿느릿 조심스럽게 화살을 뽑아 처마 위에 올려놨다. 본인의 살갗을 계속 지져 대고 있는 불꽃은 눈에 들어오지도 않는지, 흡사 깨지기 쉬운 보물을 다루는 듯한 동작이었다.

극도로 조심스러운 움직임은 딱 거기까지였다.

화살이 손을 떠나자마자 공중제비를 돌면서 기왓장을 내리쳐 손바닥에 붙은 불을 끈 그는 뒤이어 지붕 위에서 한 바퀴를 굴러 등에 붙었던 불꽃까지 신속하게 처리했다.

맹부요가 재빨리 다가붙어 남은 불씨를 꺼 주려고 하자 암매가 그녀의 손을 덥석 붙잡으며 말했다.

"서둘러!"

처마 가장자리에서 여전히 불타고 있는 화살을 돌멩이로 눌러 고정한 그는 품에서 꺼낸 밧줄 한쪽 끝을 돌멩이에 묶은 후 맹부요를 데리고 달리기 시작했다. 그러다가 뒤편에서 쫓아오던 시위들이 아까 그 처마 근처에 당도하는 동시에 쥐고 있던 밧줄을 와락 당겼다.

돌멩이가 한 바퀴 뒤집히면서 화살대를 찍어 누르자 순간 공중으로 튀어 오른 화살이 눈부신 빛을 뿜었다.

콰앙!

무시무시한 굉음에 이미 수 리 밖에 있던 두 사람 발밑의 지붕마저 요동치면서 기왓장이 와르르 쏟아져 박살 났다. 이 정도 거리까지 여파가 미쳤다는 건 폭발의 중심부는 완전히 폐허가 됐으리라는 뜻이었다.

맹부요는 깜짝 놀라 눈이 휘둥그레졌다.

그 화살이 이렇게 무서운 물건이었을 줄이야. 암매가 왜 자기 몸을 던져 가면서까지 쳐 내지 못하게 막았는지, 생살이 타들어 가는 고통 속에서도 왜 그렇게 신중을 기했는지 알 것 같았다.

만약 아까 시천으로 화살을 쳐 냈다면 두 사람뿐 아니라 원보 대인까지 다 같이 그 자리에서 가루가 되고 말았을 것이다.

만약 화살을 맞은 게 암매가 아니라 자신이었어도 주변인들을 살리기 위해 몸이 불로 지져지는 격통을 견디면서 그토록 오래오래 화살대를 붙들고 있는 게 가능했을까?

"무슨 화살이 저렇게 엄청나요?"

질문을 뱉은 직후, 손바닥이 끈적한 느낌에 아래를 내려다본 맹부요는 암매의 손에 잡힌 물집이 터지면서 안에 고여 있던 수분이 치덕치덕하게 흘러나와 있는 걸 발견했다. 분명 말도 못하게 쓰라릴 텐데도 암매는 여전히 그녀의 손을 붙잡고 있었다.

"경신전驚神箭. 단 한 발로도 신을 소스라치게 해 태양과 달마저 빛을 잃게 만든다던가."

암매가 나지막이 대꾸했다.

"바깥세상에는 알려져 있지 않지만, 헌원성은 월백의 동문사제로 사실상 헌원국 제일의 고수지."

맹부요는 순간 할 말을 잃었다.

그것도 모르고 일신의 무공만 믿고서 겁도 없이 황궁에 뛰어들었으니, 천둥벌거숭이가 따로 없었구나.

잠시 후, 그녀가 작게 물었다.

"그런데 괜찮은 거예요?"

말이 끝나자마자 옆쪽에서 가쁜 숨소리가 들리더니 암매의 몸이 돌연 지붕 아래로 고꾸라졌다.

정신을 잃는 순간까지도 그의 손은 맹부요를 단단히 붙들고 있던 상황이었다. 덕분에 맹부요는 '으앗!' 하면서 덩달아 데굴데굴 굴러떨어지는 신세를 면치 못했다.

미인과 함께

추락 직후, 맹부요는 허공에서 자세를 바꿔 암매를 품에 안고서 가볍게 지면에 착지했다.

주위 풍경을 보아 하니 지금 두 사람이 있는 곳은 텅 빈 채 방치된 냉궁인 것 같았다. 기본적인 청소는 되어 있었다. 하지만 허름한 기물들을 보나, 정원이며 건물 안쪽에 쌓아 둔 낡은 똥통과 빗자루 등을 보나, 오랫동안 찾는 이 없이 비어 있던 곳이 확실했다.

황궁이란 원래가 온갖 낭비의 온상 아니던가. 노는 건물 하나쯤 찾아내는 거야 여기서는 그리 힘든 일도 아니다.

맹부요는 화상이 심각한 암매를 내려다보다가 담장 밖에서 시위들이 주고받는 신호와 어지러운 발소리에 잠시 귀를 기울였다. 이대로 암매를 데리고 궁을 빠져나가기는 아무래도 어려울 것 같았다. 일단은 여기서 휴식을 취하다가 암매가 정신을 차리면 함께 대책을 찾아보는 게 나으리라.

실내로 들어가기 위해 암매를 질질 끌고 화단 곁을 지나던 때였다. 갑자기 눈을 번쩍 뜬 그가 화단 쪽을 쳐다보더니 맹부요를 확 밀쳐 내고는 비틀비틀 그쪽으로 걸어갔다.

화단 가장자리에 당도하자마자 다리가 풀려 고꾸라지면서 꽃나무를 무더기로 깔아뭉갠 암매는 그 와중에도 손을 뻗어 풀숲에서 무언가를 뽑아서는 소매 안에 챙겨 넣었다.

이에 맹부요가 얼른 쫓아오면서 말했다.

"필요한 거 있으면 나 시키지, 왜 굳이 거기까지 가서는!"

"호장근虎杖根과 설초雪草는 뿌리까지 통째로 뽑아야 하는데 그쪽은 못할 것 같아서."

암매가 바닥에 엎어져 헐떡거리는 사이, 그의 몸 아래 깔려 엉망이 된 화단을 물끄러미 내려다보던 맹부요가 말했다.

"내 주변에 화초 엄청 좋아하는 친구가 하나 있거든요? 겨울에는 춥다고 자초 화분에 솜옷까지 둘러 줄 정도로. 그 친구는 누가 자기 화단에 손끝만 대도 잡아 죽일 듯이 굴어요. 만약 이 꼴을 봤으면 그쪽은 뼈도 못 추렸을 텐데."

"종월 이야기인가?"

암매가 나지막한 웃음을 흘렸다.

"종월이 감히 날 잡아 죽일 주제는 되고?"

맹부요가 그를 보며 꾸물꾸물 대꾸했다.

"그야 모르는 일이죠."

그러고는 가까이 다가가 손을 내밀었다.

"이러고 있을 게 아니라 일단 안으로 들어가자고요."

거기서부터 건물 안까지 부축을 받아 들어가는 잠깐 사이에 암매의 손바닥은 나머지 수포가 모조리 터지면서 걸레짝이 됐다. 군데군데 새빨간 속살이 적나라하게 밖으로 드러난 게, 보기만 해도 몸서리가 절로 쳐졌다.

얼마 안 남은 옷감이 살갗에 드문드문 눌어붙어 있는 등 쪽도 상태가 안 좋아 보이기로는 만만치 않았다. 맹부요는 그 와중에도 암매의 등을 보면서 예쁜 몸이 망가진 걸 안타까워하고 있었다.

문득 이상하다는 생각이 들었다.

화살이 등에 꽂혔을 정도면 치명상인데 어떻게 화상 부위만 괴로워 보이지? 생명에는 지장이 없는 걸까?

그녀가 허리를 쭉 빼고 상처를 자세히 살피려는 순간 암매가 팔을 뻗어 그녀를 가로막았다.

"기껏해야 옷 정도만 찢어졌을 뿐이야. 경신전을 쓸 줄 알고 나도 나름대로 대비를 했으니까."

말로는 대비를 했다지만, 등에 불이 붙어서 활활 타는 걸 뻔히 본 이상 일단 화상은 확정 아닌가. 게다가 화살에 실려 있었던 내공을 생각하면 절대 등판이 성할 수가 없을 텐데?

맹부요가 기어코 상처를 확인하겠다고 다가붙자 암매가 옆으로 슬쩍 비켜서며 말했다.

"처치는 내가 하지."

맹부요가 눈썹을 꿈틀 치켜세웠다.

"나 되게 좋은 약 있어요."

하지만 암매는 들은 체 만 체 본인 옷섶에서 약병을 꺼냈고, 그걸 본 맹부요는 '칫' 하고 코웃음을 쳤다.

"예, 예! 어련히 있으실까, 괜한 오지랖 떨었습니다요."

그러고는 빈 통통 몇 개를 옮겨다가 일렬로 세워 놓고서 말했다.

"자, 이렇게 해 놓을 테니까 행여나 훔쳐볼까 걱정 안 해도 돼요."

맹부요는 팩하니 뒤로 돌아서며 생각했다.

역시 살수라는 부류는 괴짜 놈들이라고. 나 참, 가리긴 뭘 가려. 홀딱 벗은 것도 진작 다 봤구먼.

이때 납작하게 눌린 채 품에서 엉금엉금 기어 나온 원보 대인이 어깨에 올라가 뒤쪽을 한참 넘어다보다가 갑자기 맹부요를 찰싹 때렸다.

고개를 돌리자 아까만 해도 그렇게나 뻣뻣하게 굴던 망할 작자가 바닥에 맥없이 쓰러져 있는 게 보였다. 조금 전까지 들고 있던 약병도 지금은 옆에 나뒹굴고 있었다.

맹부요가 한숨을 폭 내쉬면서 궁얼거렸다.

"그러게 일찌거니 항복했으면 좀 좋아? 누구 앞에서 앙탈이야, 앙탈이."

연고가 든 옥병을 주워 든 뒤 암매를 뒤집어 눕힌 그녀가 등 부위에 남아 있던 옷감을 일말의 망설임도 박박 찢어발겼다.

벌겋게 달아오른 등판은 온통 물집투성이였다. 그나마 물집이 다 문드러진 손바닥만큼 상태가 심각하지는 않은 게 불행 중 다행이랄까.

연고를 손끝에 살짝 찍어 바르자 미끈미끈하면서도 싸한 청량감이 느껴지는 게 대번에 최상품이라는 감이 왔다. 이 정도 품질의 약이 도와준다면 어여쁜 등판이 본래 모습을 유지할 수도 있겠다는 생각이 들었다. 물론 앞으로 관리를 어떻게 하느냐에 달렸겠지만.

조심스럽게 상처에 약을 바르길 잠시, 맹부요의 미간에 문득 주름이 잡혔다.

먼저 불이 붙은 건 분명 등이었는데, 어째서 화상은 뒤늦게야 불길이 닿은 손바닥 쪽이 더 심한 걸까?

하지만 지금은 쓸데없는 의문에 신경을 쏟을 때가 아니었다. 음흉한 맹부요가 남자의 헐벗은 등을 눈앞에 두고도 찬찬히 감상할 엄두를 못 내는 데는 다 이유가 있었다. 담장 너머에서부터 이쪽을 향해 접근해 오는 시위들의 구령과 소란스러운 발소리가 들려오고 있었던 것이다.

급히 주변을 살피는 맹부요의 눈에 골방 전체의 절반 정도를 차지하고 있는 똥통 더미가 들어왔다. 그녀가 서슴없이 암매를 끌고 똥통 사이로 비집고 들어가는데, 잠시 정신이 돌아온 듯한 암매가 중얼거렸다.

"어디로 들어가는……."

"똥통이요."

대꾸를 들은 암매가 순간 몸을 움찔하자 맹부요는 즉각 저항에 대비했으나 예상밖에 더 이상의 움직임이 감지되지 않았다. 뒤를 돌아본 결과 암매는 그새 또 혼절해 있었다.

"착하기도 해라."

맹부요의 입에서 감탄이 나왔다.

"종월에 비하면 천사네. 그 인간이었으면 나부터 잡아 죽이고 본인도 자결했을 텐데."

암매를 끌고 똥통 더미 뒤편으로 들어간 그녀는 암매의 상처가 눌리지 않도록 조심하면서 두 사람의 앞쪽에 똥통을 겹겹이 쌓아 외부의 눈길을 차단했다.

막 작업을 끝내자 정원 출입문이 요란하게 열리는 소리가 들리더니 우르르 안으로 뛰어든 무리 중 한 사람이 소리쳤다.

"샅샅이 뒤지도록! 한 군데도 빼놓지 말고 살펴야 한다. 놈들은 십중팔구 아직 궁 안에 있다!"

"예!"

하는 외침에 이어서 시위들이 조를 지어 흩어지는 발소리가 났다. 구역별 수색이 시작됨에 따라 횃불 불빛이 지면을 빠르게 스쳐 다니고, 구석에 방치된 빗자루며 쓰레받기 등 잡동사니에도 한 번씩 불빛이 쏟아졌다.

이때 시위 하나가 말했다.

"저기 동편 궁실도 살펴보자고."

곧이어 서너 명 정도 되는 시위들이 방 안으로 들어왔다. 나머지 조원들은 섬돌 아래에서 기다리기로 한 모양이었다.

방에 들어온 자들은 치밀하게도 장창 끄트머리로 똥통 사이 틈새를 하나하나 찔러 보며 무언가 걸리는 게 없는지 확인 작업에 돌입했다.

놈들의 동태를 살피던 맹부요는 표정을 구겼다. 아무래도 무사히 넘어가기는 그른 것 같았다. 그녀는 한 손으로 조용히 시천을 뽑아 들면서 다른 쪽 손으로는 암매를 꽉 붙들었다.

두 사람은 방 제일 안쪽 구석에 숨어 있었다. 그쪽은 똥통이 유독 많이 몰리다 못해 그야말로 물샐틈없이 빡빡하게 들어차 있어 사람 하나가 설 자리를 찾기 힘들 정도였다.

장창으로 온 방을 찔러 보고도 아무런 소득을 얻지 못한 시위들이 점차 구석 쪽으로 접근하던 도중, 한 명이 피식 웃으며 말했다.

"저기는 발 디딜 데도 없구먼. 한 사람만 들어갔다 오면 되겠어."

그러자 나머지 시위들이 제자리에 멈춰 서서 키득거렸다.

"그래, 네가 가서 구린내 실컷 맡고 와라."

처음 말을 꺼냈던 사내가 피식하며 쏘아붙였다.

"치사한 놈들, 선심 쓰는 말투는 뭐냐."

곧이어 발소리가 터벅터벅 가까워졌다. 사내가 구석 쪽으로 다가오고 있었다.

맹부요는 손에 들린 비수를 조용히 직각으로 세웠다.

상대가 틈새로 연신 창끝을 찔러 넣는 통에 머리 위쪽에 쌓인 똥통이 금방이라도 무너질 듯 흔들거리기 시작했다. 맹부요는 미간을 찌푸리며 위를 올려다봤다. 똥통 더미가 쏟아지면서 행여 화상 부위를 건드리면 어쩌나 걱정이었다. 그녀는 살그머니 손을 뻗어 암매의 머리 위를 가렸다.

그 순간, 틈새 한 곳을 통해 쑥 들어온 창이 곧장 암매의 가슴을 향해 돌진해 왔다.

안 그래도 광택이 서늘한 날붙이가 멀찍이서 타오르는 횃불을 반사해 한층 더 눈이 시린 번뜩임을 쏘는 찰나, 시천을 치켜든 맹부요의 곁에서 암매가 번쩍 눈을 떴다.

창날보다도 훨씬 예리한 눈빛. 어둠 속에서 형형하게 빛나는 그의 눈동자는 밀림에 숨어 사냥감을 노리는 표범의 눈을 연상케 했다. 칼을 휘두르려던 맹부요의 손을 단박에 잡아챈 그가 창날을 향해 손가락 하나를 세웠다.

어둡고 비좁은 공간 안, 중상을 입고 혼절해 있던 와중에 가까스로 정신을 차린 암매가 자신의 가슴을 노리고 돌진해 오는 창을 향해 손가락을 세운 결과, 놀랍게도 창날이 허공에서 움직임을 멈췄다.

싸늘하게 번뜩이는 창날과 암매의 가슴 사이에 남은 간격은 고작해야 종잇장 하나가 들어갈 정도.

뒤에서 기다리는 동료들을 등진 채 허리를 구부정하게 숙이고서 창질하던 시위는 짧은 순간 급격한 눈빛 변화를 보여 주더니 이내 창을 거둬들이면서 동료들을 향해 피식 웃어 보였다.

"썩을, 아무것도 없구먼."

다들 한숨을 내쉬는 가운데, 바깥에서 다른 시위의 목소리가 날아들었다.

"섭정왕 전하께서 잠도 안 자고 황궁을 지키고 계신다는데 우리도 정신 바짝 차리고 찾아봐야지 어쩌겠나. 여기 없는 것 같으면 옆에 함영헌솜英軒으로 가 보자고!"

아까 똥통 더미 쪽으로 접근했던 사내가 창을 질질 끌고 걸어가면서 투덜거렸다.

"냄새나는 데서 괜히 고생만 했네."

그러다가 갑자기 넘어질 것처럼 휘청하더니 한마디를 내쏘았다.

"빌어먹을 쥐새끼!"

나머지 동료들은 모두 밖으로 나간 상황, 신발 앞코로 바닥을 쓱쓱 문지르고 난 사내 역시 총총히 문지방을 넘어 사라졌다. 횃불 불빛이 청석 바닥을 스쳐 일사불란하게 뜰을 빠져나가더니 곧이어 '끼익' 하는 소리와 함께 문이 닫히면서 다시금 어둠이 뜰 안을 채웠다.

맹부요는 어둠 속에서 소리 죽여 한숨을 뱉었다.

혼자였다면 솔직히 말해 무서울 게 없었다. 경신전이 위협적인 무기인 건 사실이지만, 피하려고 하면 얼마든지 피할 방법이 있을 테니까.

그러나 부상이 심각한 암매를 데리고 섭정왕의 감시망을 빠져나가기란 거의 불가능에 가까운 일이었다.

에이, 괜히 발목 잡혀서 이게 뭐냐, 진짜.

양심 없는 맹부요는 남 탓이나 하느라 까맣게 모르고 있었다.

사실상 진정 발목이 잡힌 쪽은 자기가 아니란 걸…….

시위들의 말소리가 점차 멀어져 가고 있었다. 황궁이 얼마나 큰지를 생각하면 당분간 수색대가 다시 나타날 걱정은 안 해도 될 것이다.

마음을 가라앉히고 비수를 갈무리해 넣던 맹부요는 자신의 팔목을 붙잡고 있는 암매의 손바닥이 축축하게 젖은 걸 느꼈다. 그녀가 조심스럽게 그의 손을 걷어 냈다.

"긴장 풀어요, 이제 괜찮으니까."

그러고는 물었다.

"궁 안에 첩자를 심어 뒀었어요?"

암매가 한심하다는 눈빛을 보냈다. '바보도 아니고, 남의 황궁에 쳐들어왔을 때 그 정도 대비책은 있는 게 당연하지 않냐.' 는 눈이었다.

맹부요가 씩씩 콧김을 뿜으며 투덜거렸다.

"나처럼 그냥 오는 사람도 있거든요?"

이번에 돌아온 눈빛은 '운 좋은 줄이나 알라.'는 식이었다.

맹부요는 부상자랑 눈싸움이나 하고 있을 기분이 아니었다. 하물며 두 사람이 끼어 있는 곳은 똥통 더미 한가운데. 어느 모로 봐도 대화하기에 적당한 장소가 아니었다.

그리고 하나 더, 암매는 지금 차림새가 몹시 단정치 못했다. 윗옷 등판 부분은 이미 찢겨 나가고 없는지라 앞판만으로 상체를 가까스로 가리고 있는 상황. 선이 곱고 매끈한 어깨가 고스란히 드러나 보였다. 결점 없는 피부에는 광택이 돌았으며, 완벽한 골격은 흡사 예술 작품을 방불케 했다.

흑심은 있되 실행에 옮길 배짱은 없는 맹부요에게 어두운 공간에서 헐벗은 미남과 딱 붙어 있는 건 고문이나 다름없는 일이었다. 하여, 그녀는 허둥지둥 똥통을 밀어내면서 몸을 일으켰다.

"그쪽 끄나풀이 뭐 좋은 거 남겨 놓고 갔나 보고 올게요."

그 순간이었다. 뭔가 아주 묘한 느낌이 뇌리를 스쳤다. 맹부요가 무의식적으로 뒤를 돌아보았다. 하지만 똥통 사이에 몸을 숨기고 있는 암매에게서 이상한 점은 발견할 수 없었다.

짧은 순간 머릿속을 반짝 스쳐 지난 그 느낌을 아무리 다시 돌이켜 보려 해도 도무지 종적을 찾을 길이 없었다. 결국 생각을 포기한 그녀는 아까 시위가 신발 앞코를 문질렀던 부근을 뒤진 끝에 똥통 틈새에서 자그마한 천 주머니를 찾아내 암매에게 건넸다.

주머니 안에는 요패 한 개, 대략적인 황궁 건물 배치도, 시위들의 순찰 노선과 교대 시간 및 암구호가 적힌 종이, 그리고 정체불명의 무늬가 찍힌 쪽지 한 장이 들어 있었다. 쪽지에 찍힌 무늬는 잘은 몰라도 아마 비밀 연락용 암호인 듯했다.

맹부요가 한숨을 내쉬었다.

"하아, 먹을 걸 두고 갔어야지, 다 쓸데없는 거네."

함께 있던 원보 대인도 납작한 배를 문지르며 깊은 공감을 표했다.

천 주머니를 갈무리해 넣은 암매가 잠시 눈을 감고서 호흡을 고르고 나더니 말했다.

"이 똥통들 좀 치워 주겠나?"

맹부요가 발끝으로 원보 대인을 툭툭 찼다.

"야, 쥐 새끼. 주인님한테 걸상 굴려다 줄 때 보니까 엄청 빠르고 기술도 좋더만. 걸상이나 똥통이나 그게 그건데 네가 좀 해 주면 안 되냐?"

그러자 이번에는 원보 대인이 발끝으로 암매를 툭툭 찼다.

"찍찍, 찍찍찍찍⋯⋯."

애완동물이나 보호자나 어찌 저리 똑같은지.

차라리 말을 말자 한 암매는 똥통에 기대 비스듬히 몸을 누였다. 그 모습을 본 맹부요가 싱글벙글 칭찬을 날렸다.

"아유, 무던해서 좋네. 누구누구랑은 하늘과 땅 차이구먼."

그러고는 고개를 바짝 들이밀며 물었다.

"종월이랑 아는 사이예요? 그쪽도 종월 빼내려고 왔어요?"

암매는 반쯤 눈을 감은 채로 가만히 있다가 시간이 조금 흐른 후에야 입을 열었다.

"쓸데없이 끼어들지 않는 게 좋아. 빼낸다는 게 그리 쉬운 일은 아닐 테니."

그러자 맹부요가 눈물 짜는 시늉을 하며 시무룩하게 말했다.

"나라고 좋아서 이러고 있는 줄 알아요? 그놈의 돌팔이, 성격은 못돼 먹었지, 말본새는 글러 먹었지, 머리 쓰는 건 약아 빠졌지, 거기다가 결벽증까지 있어서 세상 사람들은 다 더럽고 본인만 무슨 백설처럼 깨끗한 줄 알지, 종일 그놈의 깔끔은 얼마나 떠는지 공기도 세 번은 빨아서 쓸 기세지……. 누구든 그 인간 옆에서는 자기가 진흙탕에서 뒹굴다 온 돼지쯤 되는 기분일걸요. 내가 자학하는 거 즐기는 변태도 아니고 그런 인간은 옆에 끼고 있어서 뭐 하겠냐고요."

곧이어 눈꺼풀을 든 암매가 유리알 같은 눈동자로 그녀의 얼굴을 쓱 쳐다보더니 한마디를 뱉었다.

"하는 행동만 봐서는 그 자학, 즐기는 중 같은데."

그 소리에 발끈한 맹부요가 이를 박박 갈았다.

"나머지는 다 종월이랑 정반대이면서 제일 몹쓸 거 하나는 유독 똑 닮으셨네. 가시 돋친 혓바닥이랑 독니."

아무 말 없이 있던 암매가 갑자기 화제를 돌린 건 잠시 후의 일이었다.

"헌원성의 눈길이 미치는 범위 안에서는 종월을 구출하는 것만이 아니라 다른 무엇도 쉽지가 않아."

맹부요는 딱히 받아칠 말을 찾지 못했다. 헌원성이 까다로운 상대라는 건 그녀 역시 느끼고 있기 때문이었다. 의심병만 심했지 대단한 재주랄 게 없었던 전남성과는 아마 수준 차이가 상당할 것이다.

배경으로 따지자면 황제를 가까이서 보필하다가 황가의 성씨까지 하사받은 조정 중신 집안 출신이라는 면에서 덕왕과 접점이 있었다. 그러나 헌원성은 덕왕과 비교해도 훨씬 무서운 자였다. 덕왕은 그래도 의뭉스럽기로는 가히 천하제일이라 할 장손무극에게 눌려 평생 기를 못 펴고 살았지만, 헌원성 위에 있는 헌원민은 이렇다 할 활약상 하나 세상에 알려진 게 없는 인물 아닌가.

과거 정변에서 황위 교체를 주도했던 헌원성.

문의 태자를 폐위시키고 죽음에까지 몰아넣은 그가 처음에 황제 자리에 앉혔던 건 문의 태자의 아우, 팔황자였다.

하지만 나이가 너무 많아 입맛대로 주무르기가 힘들었던 게 문제였을까, 팔황자는 두 해를 채우기도 전에 급작스럽게 세상을 떴다.

헌원성은 황가의 먼 일파 중에서도 유독 몸이 부실한 어린아이를 새 황제로 세움으로써 천추만대에 변치 않을 섭정왕의 절대 권위를 굳혔다. 이후 지금껏 헌원국의 실질적인 황제로 군림해 왔다.

여기까지는 정치판에서 째고 쌘 술수라 할 수 있다손 치자. 하지만 종월이라는 요소를 더해 보면 어떨까.

종월의 출신과 그간 의성으로서의 기반을 이용해 차근차근 키워 온 세력을 생각해 보면, 그가 단 하루도 황위를 향한 집념을 버린 적이 없다는 사실쯤이야 쉽게 알 수 있다.

그러나 그의 집념은 적지 않은 세월이 흐른 지금까지도 열매를 맺지 못했다. 심지어는 본인이 헌원성의 손아귀에 떨어지기까지 했다.

맹부요는 종월이 얼마나 대단한 능력자인지 잘 알고 있었다. 절대 만만한 인물이 아닌 종월조차도 당했다는 건 헌원성이 실로 무시무시한 작자라는 뜻이었다. 오늘 밤만 해도 화살 한 방으로 그녀를 보내 버릴 뻔하지 않았는가. 물론 방심했던 탓도 있지만, 언뜻 고상해 보이는 중년 사내가 적을 상대로는 얼마나 무자비해지는지를 똑똑히 확인시켜 준 사건이었다.

"아무리 어렵대도 상관없어요."

상황이 안 좋다 싶을수록 더 피가 끓는 것이 바로 맹부요의 성미였다. 그녀가 이를 악물고 말했다.

"종월한테 손끝 하나라도 댔으면 내가 기필코 그 목을 따 버릴 거니까."

그녀를 흘깃 쳐다본 암매가 무언가 감정을 내비치기도 전에 파렴치한 발언이 이어졌다.

"종월이 죽어 버리면 그 귀한 약을 또 어디 가서 공짜로 얻어먹어요. 게다가 가짜 앞니, 이거 빠지기라도 하면 종월 말고는 수습해 줄 사람도 없고."

"……."

한쪽에 웅크리고 앉아 있던 원보 대인이 이마를 짚었다.

불쌍한 돌팔이 선생, 기껏해야 약상자랑 이빨 의원 취급이라니…….

암매는 잠자코 듣고 있다가 이내 자세를 바꿔 파렴치한 맹부요를 등진 채 잠을 청했다. 맹부요도 멀찍이 떨어진 바닥에 누워 잠시 쉬려는데, 암매의 고르지 못한 숨소리가 들려왔다.

맹부요는 몸을 도로 일으켜 그의 이마를 짚어 보았다가 등쪽을 살폈다.

그러고 보니 화상 상처는 다른 감염에 취약하다지 않던가.

다행히 약이 좋기는 좋았던 모양인지, 가루처럼 하얗게 굳은 연고로 덮인 상처에는 큰 문제가 없어 보였다. 하지만 그와는 별개로 안색이 붉고 숨소리가 불안정한 게 열이 좀 있는 듯했다.

화상 환자는 열독이 오장육부에까지 미쳐 혈과 원기가 쇠하고 갈증, 발열, 불안증, 의식이 혼미해짐에 따라 헛소리를 하는 등 여러 증상을 보일 수 있다고 했다.

맹부요는 습습한 청석 바닥을 내려다보며 난감한 표정을 지었다. 안 그래도 쌀쌀한 초겨울 날씨에, 햇빛이라고는 받아 본적이 없어 한기가 지독하게 밴 궁실 귀퉁이 맨바닥에다 환자를 재우는 건 못 할 짓이었다. 저러다가 상처에 탈이라도 나면 큰일 아닌가.

맹부요는 고민 끝에 벌떡 일어나 똥통을 해체하기 시작했다. 금속 테두리를 낑낑거리며 뜯어내고 나무 판을 하나하나 분리한 뒤 개중에 판판하다 싶은 것들을 골라 우물가로 가져가서 깨끗하게 씻었다. 그다음 판자를 반듯하게 조립해 두고서, 미리 철사처럼 늘려 길게 엮어 둔 금속 테두리에 내력을 주입해 나무 판을 한데 꿰어 고정시켰다.

그렇게 한 시진가량을 바삐 움직인 결과, 마침내 '똥통 침상'이 대략적인 모양새를 갖추었다. 맹부요는 입고 있던 장포를 벗어 침상에 깐 다음 암매를 조심스럽게 그 위로 옮겼다.

맹부요의 손길이 몸에 닿는 동시에 눈을 뜬 암매가 그녀의 손목을 잡아챘다. 그가 나지막한 소리로 물었다.

"……뭘 하느라 그리 분주했지?"

맹부요가 땀을 닦으며 씩 웃었다.

"잘 데가 마땅치 않아 보여서 침상 하나 만들었어요."

발갛게 상기된 그녀의 얼굴을 쳐다보던 암매의 눈동자가 살짝 흔들렸다. 눈빛이 한결 부드러워진 그가 팔에 힘을 줘 맹부요를 잡아당겼다.

"……너도 쉬어."

똥똥 침상……. 나는 사절이다만.

맹부요는 울고 싶었으나 의식이 맑지 못한 암매를 차마 매몰차게 뿌리칠 수가 없었다.

괜히 힘으로 밀어내려다가 안 그래도 너덜너덜한 저 손바닥이 훌러덩 한 겹 벗겨지기라도 하면…….

부르르 진저리를 친 그녀가 얌전히 답했다.

"알았어요."

나무토막처럼 뻣뻣한 자세로 침상에 올라가 한쪽에 몸을 누이자마자 암매가 그녀를 자기 쪽으로 끌어당기며 말했다.

"옷이 한 겹 줄었는데…… 춥지 않나?"

맹부요는 자기 어깨를 끌어안고서 꿋꿋하게 대꾸했다.

"워낙 건강 체질이라."

말이 끝나자마자 옷 한 벌이, 다시 보니 반 벌이, 풀썩 그녀 위에 덮였다. 엎드려 누운 암매가 자기의 앞가슴을 가리고 있던 반쪽짜리 상의를 그녀에게 양보한 것이었다. 맹부요는 그 반쪽짜리 옷을 얼떨떨하게 감아쥐었다.

솔직히 보온에는 전혀 도움이 될 것 같지 않았지만, 부들부들한 검은색 옷감을 손에 붙들고 있자니 어쩐지 그 매끄러우면서도 톡톡한 감촉이 가슴 깊숙이까지 전해지는 듯했다.

서늘한 비단은 물속을 노니는 고기처럼 미끈해서 잠시만 다른 데 정신을 팔아도 손안에서 달아나 버릴 것 같았고, 말랑말랑 따스해진 가슴은 태산이 눈앞에서 무너져도 두렵지 않을 듯 한없이 평온하게 뛰고 있었다.

어두운 방 안에 소리라고는 오직 창을 두드리는 밤바람 소리뿐이었다. 멀리서 타오르는 횃불과 등롱 불빛이 창문을 통해 어렴풋이 비쳐 드는 가운데, 침상 위의 남녀는 한 사람은 누운 채로, 다른 한 사람은 일어나 앉은 채로 조용히 서로를 마주 보고 있었다.

시간이 흘러 앉아 있던 쪽의 몸이 스르르 기울자 누워 있던 쪽이 살며시 손을 뻗어 그녀를 끌어당겼다. 그러고는 바닥에 떨어진 옷을 주워 덮어 준 후 그녀 가까이로 몸을 옮겨 조금 더 바짝 다가붙었다.

그렇게 두 사람은 반쪽짜리 옷을 나눠 덮고서 깊은 잠에 빠져들었다.

맹부요의 꿈속에서는 원보 대인이 촛불을 앞에 두고 연신 요리조리 뛰어다니면서 가면 놀이를 했다. 벽면을 타고 일렁이는 원보 대인의 그림자 탓에 눈앞이 빙빙 돌 지경이 된 맹부요가 참다못해 손을 내저으면서 한마디를 쏘아붙였다.

"쥐 새끼, 정신 사납다고!"

그 한마디가 그녀를 잠에서 깨웠다. 어느덧 희끄무레하게 밝아 오고 있는 하늘을 본 그녀는 얼른 몸을 일으켰다. 옆자리의 암매는 아직 깨기 전이었다.

바싹 말라 갈라진 그의 입술이 눈에 들어오자 화상 환자는 열 때문에 목이 많이 탄다던 이야기가 퍼뜩 떠올랐다. 그길로 우물가에 달려가서 물을 떠 온 그녀는 암매의 상체를 끌어다가 자기 무릎 위에 눕혔다.

암매는 부상이 심각한 와중에도 입술만은 여전히 불꽃처럼 붉었다. 그 입술 위로 맑은 물방울이 떨어지자 흡사 장미꽃에 이슬이 맺힌 듯한 모습이 연출됐다. 비할 데 없이 아름다운 광경에 넋을 잃은 맹부요는 자기도 모르게 손가락을 뻗어 암매의 입술을 스치듯 매만졌다.

어쩌면 붉은 연지 따위가 묻어날지도 모르겠다는 상상과 달리 깨끗한 손끝을 확인한 그녀는 피식 웃음을 흘리며 고개를 가로저었다. 세상 사내들이 다 어젯밤 광대 놈처럼 얼굴에 분칠하는 취미가 있으리라 생각했던 건가.

입꼬리를 스치다가 그 자리에 잠시 멈춰 있던 손가락이 이내 입술을 떠나려는 찰나, 상대가 그녀의 손목을 낚아챘다.

그새 잠에서 깬 암매가 무릎에 기대 말없이 그녀를 응시하고 있었다. 그의 유리알 같은 눈동자는 다소 비현실적인 느낌마저 자아냈다.

도둑이 제 발 저린 맹부요는 손을 빼내려고 했지만, 암매는 그녀의 손을 꽉 붙든 채 햇빛이 비쳐 드는 방향으로 가져갔다.

그러고는 희고 선이 고운 손가락을 감상이라도 하듯 하염없이 바라보다가 갑자기 끌어당겨 입술 사이에 머금더니 가볍게 깨물었다.

"아앗."

급하게 손을 움츠린 맹부요가 성을 냈다.

"뭐 하는 짓이에요?"

암매의 고개가 반대편으로 돌아갔다.

아침 안개 속에서 보는 그의 눈동자는 엷은 연무에 덮인 은빛 호수를 닮아 있었다. 깊고도 광활한, 금빛 햇살과 은백색 달빛 아래에서 눈부시도록 다채로운 빛깔로 반짝이는 호수.

비록 암매는 고개를 틀었지만, 맹부요의 눈높이에서는 곧은 콧대와 또렷한 가장자리 선을 따라 장미 꽃잎 같은 광택이 흐르는 입술을 여전히 볼 수 있었다. 그에게서 느껴지는 것은 어딘지 이국적인, 선명하고도 야성적인 아름다움이었다.

맹부요는 안개 속에서도 윤곽이 전혀 흐려지지 않을 만큼 농염한 빛깔을 띤 한 폭의 그림을 보고 있는 듯한 착각에 빠진 채 심장 박동이 빨라지는 걸 느꼈다. 더하여, 암매는 얼굴만이 아니라 말본새로도 사람 심박수를 올리는 재주가 있었다.

"멋대로 더듬기에 나도 멋대로 깨물어 봤는데."

기가 차서 가슴이 벌렁벌렁 뛰는구나.

순간 할 말을 잃은 맹부요가 벌떡 일어나 상대의 손을 뿌리치고는 성큼성큼 밖으로 향했다. 등 뒤의 암매가 눈을 지그시 감은 채로 물었다.

"어딜 가는 거지?"

맹부요의 대꾸는 퉁명스러웠다.

"이빨 세울 줄 아는 거 보니까 본인 몸 정도는 지키겠길래 나가서 먹을 거랑 소금 좀 찾아보려고요. 금방 옵니다."

뒤에서는 아무런 대답이 없었다.

그대로 몇 걸음을 더 내딛던 맹부요는 아무래도 불안한 마음에 원보 대인이라도 남겨 두고 가기로 했다. 녀석의 머리를 쓰다듬어 주면서 한바탕 보안 교육을 마치고, 똥통을 옮겨다가 암매 주변을 겹겹이 가려 놓고 나서야 마침내 홀가분한 기분으로 방을 나설 수 있었다.

그녀는 내심 본인의 하녀 근성을 저주했다.

뭐 이쁜 작자라고 영양 보충에 수분 부족까지 신경 쓰는지. 사서 고생도 팔자다, 팔자야.

전각 배치도를 들고 식량 물색에 나선 하녀 팔자 맹부요는 지도상 멀지 않은 지점에서 태감과 궁녀들만 쓴다는 큰 주방을 하나 발견하고 시위들의 눈을 피해 목표 지점으로 향했다.

과정은 전반적으로 순조로웠다. 굳이 특이 사항을 짚자면 중간에 대나무 숲을 지나면서 맡았던 괴이쩍은 냄새 정도가 있겠으나, 무슨 냄새인지 확인해 보는 여유까지는 부리지 못했다.

아직 이른 시각인지라 주방은 텅 비어 있었다. 안으로 들어선 맹부요는 찬장에 쌓여 있는 생과자류를 발견했다. 고급까지는 아니어도 배를 채우는 데는 손색이 없어 보였다. 과자를 종류별로 하나씩 챙긴 그녀는 행여나 들키지 않도록 과자 탑을 원래 모양대로 쌓아 놓았다.

소금과 설탕도 약간씩 슬쩍했다. 소금은 이따가 물에 밍밍하게 타서 전해질 보충용으로 암매에게 먹일 생각이었고, 백설탕은 현대에 있을 때 화상에 쓰던 민간요법이 기억나서 챙긴 참이었다. 두부 한 조각에 설탕 다섯 숟가락가량을 섞어서 상처 부위에 붙이면 쓰라림이 곧바로 가신다.

암매가 아픈 티를 안 내서 그렇지 화상의 고통이란 게 어디 인간이 견딜 수준이던가. 저러다가 못 참고 끙끙 앓는 소리라도 흘려 봐라, 괜히 다 같이 붙들려 가는 수가 있다……까지가 맹부요 대왕의 공식적인 입장이었다. 짠해서 그런다는 걸 인정할 의향은 절대 없었으므로.

목표물을 바리바리 챙기고 난 맹부요 대왕은 잠시 딴생각에 빠졌다.

화상 환자는 오줌이 잘 안 나온다고 들은 것 같은데. 그러고 보니 지금껏 암매가 쉬야하는 꼴을 못 봤네. 애써 참고 있었던 건 아니겠지?

땅바닥에 쪼그리고 앉아 쓸데없이 남의 오줌 문제를 걱정하기 시작한 맹부요는 시간이 흐를수록 점점 더 큰 노파심에 사로잡혔다.

아아, 대황大黃이랑 빙편冰片이 좀 있으면 열도 내려 주고 해독에도 좋으련만. 태의서에 가면 구할 수 있으려나?

고민 끝에 태의서에 가 보기로 마음을 굳힌 참이었다. 문득 찬장 아래쪽에 '두부'라고 적힌 단지가 놓여 있는 게 보였다.

이리 반가울 데가 있나. 아무리 두리번거려도 없더니만 여기 숨어 있었더냐!

맹부요가 냉큼 단지를 향해 손을 뻗었다. 그런데 웬걸, 요게 꿈쩍도 안 하는 게 아닌가.

천하의 맹부요가 단지 하나를 못 든다?

오기가 동한 그녀는 '끙차' 하고 있는 힘껏 단지를 잡아당겼다. 그러자 단지만이 아니라 그 뒤에 숨어 있던 무언가까지 덩달아 끌려 나와 그녀를 와락 덮쳤다.

숨 막히는 고급 연지분 냄새, 부러질 듯 낭창낭창한 허리, 잔뜩 달떠 엿가락처럼 늘어지는 콧소리.

맹부요는 뒤통수를 한 대 얻어맞은 기분이었다. 누운 자세에서 반사적으로 놈을 냅다 걷어차려는데, 조금 전 단지를 끌어내는 데 힘을 너무 썼는지 찬장 전체가 위태롭게 흔들거리는 게 눈에 들어왔다. 저 많은 도자기 병이며 단지가 한꺼번에 쏟아졌다가는 난리도 그런 난리가 없을 터였다.

맹부요는 얼른 한 손을 뻗어 찬장을 지탱하는 동시에 다른 손으로는 마침 추락하던 병을 잡아챘다. 그리고 한쪽 발바닥으로는 하마터면 그녀의 이마를 깰 뻔한 항아리를 받아 내고, 나머지 다리는 콧잔등에 쏟아지기 직전인 고춧가루 병을 향해 뻗었다.

엉겁결에 팔다리가 모두 묶여 버린 상황. 이렇게 되면 신체 소유권이 타인에게 넘어가는 건 순식간이다.

맹부요의 위에 올라탄 '타인'께서는 턱을 도도하게 치켜든 채

만면에 어여쁜 미소를 머금고 계셨다. 그녀의 몸을 점령한 게 퍽 만족스러운 듯한 모습이었다.

조만간 단체로 쏟아져 내릴 병이며 항아리 따위는 아예 눈에 뵈지도 않는 모양이었다. 경극 여주인공처럼 새끼손가락을 새초롬히 세운 상대가 노랫가락을 뽑듯 말했다.

"폐하, '연꽃 방석'이라 하는 체위인데 어찌, 마음에 흡족하신지요?"

왼손으로는 찬장 지탱하랴, 오른손에는 병 쥐고 있으랴, 왼쪽 발바닥 위 항아리 신경 쓰랴, 오른쪽 다리로는 고춧가루 병 걷어차랴, 몹시도 바쁜 맹부요가 헉헉 숨을 몰아쉬며 대꾸했다.

"전혀, 짐은 '수레 미는 영감' 쪽이 취향이니라!"

"어머, 못 듣던 이름인데?"

맹부요의 명치께에 엎드려 양손으로 턱 밑에 꽃받침을 한 미인이 어디까지나 순수하게 호기심에 찬 표정을 지었다. 물론 그 와중에도 손가락으로는 맹부요의 가슴에 빙글빙글 원을 그리면서.

"그건 또 무슨 체위일까나?"

다음 순간, 맹부요의 손발에 있던 병이며 항아리가 한꺼번에 놈의 머리통을 향해 날아갔다.

"이거다!"

우라질! 한창 발육 중인 여자애의 가슴을 깔아뭉개면 어쩌자는 거야. 어떻게 달성한 75B인데, 네놈한테 짓눌려서 A로 내려앉기라도 하면, 나더러는 죽으라는 거냐?

그러나 미인은 긴 덧소매를 한 번 가볍게 떨치는 동작만으로 그릇을 모조리 낚아챘다. 그러더니 그대로 맹부요 위에 걸터앉아 방금 손에 들어온 반찬 항아리, 식초병, 고춧가루 병을 하나하나 그녀의 가슴 위에 올려놓고 하던 이야기를 마저 이어 갔다.

"그래서 영감은 수레를 어떻게 민다던가요?"

맹부요는 분개했다.

사람이 만만해 보이면 이놈이고 저놈이고 올라타려 든다더니. 소리 듣고 누가 올까 봐 성질대로 못 하니까 네놈이 아주 막 나가는구나! 오냐, 어차피 이렇게 된 거 너도 같이 가서 내 수발이라도 들어라.

송곳니를 드러내고 씩 웃어 보인 맹부요가 기습적으로 손을 뻗어 미인의 목울대를 틀어쥐고는 으름장을 놨다.

"선택지는 두 가지야. 나랑 같이 가든가, 여기서 죽든가. 어쩔래?"

그 소리에 입꼬리를 말아 올린 미인이 맹부요가 손아귀의 힘을 살짝 풀어 주기를 기다렸다가 되물었다.

"어느 쪽이든 결론은 죽는 거 아니야?"

순간 맹부요의 눈동자가 미세하게 흔들렸다. 표정을 한결 누그러뜨린 그녀가 상대를 곱게 놓아주며 말했다.

"됐다, 관두자. 하루 사이에 두 번이나 마주친 거 보면 황궁도 참 좁나 보네. 그래서, 나한테 뭘 기대하고 이러는데?"

헌원민이 요염한 미소를 보냈다.

"네가 기대하는 건 뭐지? 이제 태의서에 가 볼 셈인가? 헌원성은 머리가 없을 것 같아? 너희가 아직 궁 안에 있는 것도, 먹을 것과 약재가 필요하리라는 것도 빤히 꿰뚫어 보고서 이미 태의서와 궐 안 모든 주방에 병사들을 배치해 뒀어. 여기는 워낙 외진 곳인 데다 급이 최하인지라 어림군 대장이 깜빡했을 뿐이야. 언제든 생각나는 순간 넌 덜미를 잡히겠지."

그러더니 피식하며 덧붙였다.

"섭정왕이 얼마나 온화한 분이신지는 아나? 어젯밤에 붙잡힌 자객들은 피 한 방울을 안 흘렸어. 산 채로 찜통에서 쪄진 덕에."

그의 손가락이 아까 맹부요가 지나온 대숲 쪽을 가리켰다.

"이상한 냄새 안 나? 하루에 하나씩 장소를 옮겨 가며 찌겠다더군. 내일은 아마 냉궁일 거야."

맹부요를 흘깃 쳐다본 그가 말했다.

"특히 넌 쪄 놓으면 살이 아주 야들야들할걸……."

맹부요가 흠칫 몸을 굳혔다.

아까 맡았던 시큼한 냄새의 정체가 그거였다니.

대번에 욕지기가 올라왔다. 필사적으로 코를 틀어막은 그녀는 미간을 잔뜩 찌푸리고서 생각했다.

헌원성 정도 되는 치밀함과 악랄함이라면 분명 황궁 전체를 다시 한번 수색할 거라고.

그렇다고 다친 암매를 두고 혼자 포위망을 뚫을 수는 없는 상황이었다. 그 많은 어림군 병력과 헌원성의 위협에 맞서 원보 포함 3인 일행의 목숨을 보전할 생각을 하니 머리가 다 지끈거렸다.

"그나저나 여기서 왜 얼쩡거리고 있는데? 혼자 공연이라도 하셨나?"

고뇌를 짜증으로 승화시킨 맹부요가 헌원민을 까칠하게 노려봤다. 척 봐도 헌원성의 끄나풀인 것 같지는 않았다. 만약 그랬다면 지금까지 질질 끌 필요가 뭐 있었겠는가. 어젯밤 암매와 삼자대면했을 때 소리 한 번만 빽 질렀어도 끝났을 것을.

"못 할 거 있나? 어차피 인생 자체가 한 편의 극이거늘."

입가에 미소를 머금은 헌원민이 자색 안료를 바른 손톱으로 맹부요의 뺨을 살며시 쓸어내렸다.

"마침 황후가 필요한 참인데……."

순간 맹부요가 벌떡 일어서며 말했다.

"나는 마침 왕비가 필요한 참이거든?"

일어나는 김에 상대를 한 대 걷어찬 그녀는 그길로 곧장 주방 문턱을 넘었다.

한편, 땅바닥에 모로 누워 팔로 머리를 괸 헌원민은 맹부요의 뒷모습을 보며 웃음을 흘리다가 납환 한 알을 튕겨 보냈다. 등 뒤에서 날아온 납환을 단번에 낚아챈 맹부요의 귓가에 헌원민의 목소리가 들려왔다.

"언제든 마음 바뀌면 췌방재萃芳齋 후원에서 만나."

마음이 바뀌긴 개뿔!

납환을 대충 소맷부리에 욱여넣은 맹부요는 씩씩거리면서

도 시위들을 요리조리 잘 피해 냉궁으로 돌아갔다. 정원 출입문 틈에 끼워 놨던 머리카락이 멀쩡히 있는 걸 확인하고서 담을 넘어 안으로 들어갔다.

방에 들어서자마자 아까 쌓아 놓고 나간 똥통 탑부터 살핀 그녀는 가슴이 철렁 내려앉는 걸 느꼈다. 똥통 무더기의 형태가 아까와는 달랐던 것이다.

시천을 감아쥐고서 조심조심 걸음을 내디디며 주변에서 들려오는 숨소리가 있는지 귀를 기울였다. 그와 동시에 눈으로는 똥통 틈새를 훑어본 결과, 인기척은 전혀 느껴지지 않았다. 심장이 미친 듯이 뛰기 시작했다.

암매는 대체 어디로 사라진 걸까? 시위들한테 발각당했나? 아니면 헌원성이 잡아갔을까? 젠장, 이럴 줄 알았으면 혼자 두는 게 아니었는데…….

대숲에서 맡았던 시큼한 냄새를 떠올린 맹부요는 저도 모르게 부르르 진저리를 쳤다. 당장에 암매를 찾아 뛰쳐나가려던 때, 홀연 머리 위쪽에서 말소리가 들려왔다.

"올라와."

고개를 들자 똥통 더미 꼭대기에 앉아 있는 암매가 눈에 들어왔다. 앞뒤 좌우로 온통 똥통에 에워싸여 있으면서도 앉은 자세가 워낙 품격 넘치다 보니 똥통에서 옥좌 느낌이 날 지경이었다.

긴장이 탁 풀리면서 스멀스멀 화딱지가 올라오기 시작한 맹부요가 뾰족하게 쏘아붙였다.

"거기는 왜 기어 올라가 있어요? 사람 간 떨어지게."

그러자 똥통에 느른하게 기대 있던 암매가 턱 끝으로 지붕 근처에 자그마하게 뚫린 창문을 가리켰다.

"정원 출입문보다 시야가 높아서 바깥 동정을 살피기 좋아."

맹부요는 그 말에 쪼르르 위쪽으로 기어 올라가 창문 밖을 내다봤다. 그랬더니 정말 암매의 설명대로가 아닌가.

입이 귀에 걸린 그녀가 말했다.

"이제 낌새가 이상하다 싶으면 미리 대비할 수 있겠어요! 그나저나 이런 구석탱이에 숨겨져 있는 창문을 잘도 찾아냈네요."

일순 눈빛이 흔들린 암매는 이내 조용한 미소로 답을 대신했고, 맹부요는 그사이에 품 안을 더듬어 과자를 꺼내다가 낯빛이 시커멓게 죽었다. 창기 놈한테 짓눌린 과자는 누리끼리 푸르딩딩하게 뭉개진 것이, 영락없는 원보 설사 똥 모양새였다.

이게 어디 사람의 입에 들어갈 물건인가. 쥐 새끼 먹이도 아니고.

"젠장, 빌어먹을 광대 자식."

꿍얼거리는 소리에 암매가 그녀 쪽을 돌아봤다.

"방금 뭐라고?"

아무것도 아니라는 듯 고개를 가로저은 맹부요가 말했다.

"아쉬운 대로 배라도 채워요."

과자를 암매에게 건넨 그녀는 부디 그가 훌륭한 식욕을 보여 자신에게도 저 괴식을 입에 넣을 용기를 주길 기대하며 눈을 반짝반짝 빛냈다. 참혹한 꼬락서니의 과자를 앞에 둔 암매의 첫 반응은 미간을 살짝 찌푸리는 것이었지만, 결국에는 한 조각을 집어 머뭇머뭇 입으로 가져갔다.

그 모습을 지켜보는 맹부요의 눈에는 기쁨의 눈물이 글썽글 썽 차올랐다.

장손무극이나 전북야, 종월처럼 고귀하신 작자들이었으면 굶어 죽는 한이 있어도 저 꼴이 된 물건은 못 먹는다고 했을 텐데, 역시 강호인이 좋긴 좋구나. 실속 있고, 무던하고.

과자가 드디어 원보 대인 앞까지 전달되자 고귀하신 신수께 서는 비분강개했다. 품질 좋은 곡물을 몇 번씩이나 찌고 말린 뒤 거기에 황궁 요리사가 택한 귀하디귀한 재료와 엄청난 시간 및 정성을 더해 빚어낸 간식만 대접받고 살았던 그가, 아랫것 들 먹는 주전부리 쪼가리를 언제 입에나 대 봤겠는가. 게다가 누리끼리 푸르딩딩하게 짓뭉개진 것이, 모양새도 영락없는 맹 부요 설사 똥이라니.

이게 어디 생쥐 입에 들어갈 물건인가. 사람 새끼 먹이도 아 니고.

울적하기 그지없도다. 맹부요를 따라다니고부터 지위는 추락 하고, 앞날은 암담하고, 생활의 질은 나날이 떨어지는구나……

불과 며칠 전 천상루에서 곰 발바닥이며 제비집에 궁중주까 지 곁들여 호사를 누렸던 건 고새 까맣게 잊어버린 원보 대인 은 길고도 비통하며 복잡한 내적 갈등과 자기 세뇌 끝에, 마침 내 부들부들 떨리는 앞발을 뻗어 '설사 똥으로 의심되는 물체' 를 집어 들었다. 그러고는 이를 악물고, 눈을 질끈 감고, 다리에 힘을 빡 주고, 물체를 입에 욱여넣었다.

맹부요는 나머지 둘이 요기를 마치고 나서야 느지막이 품 안을 뒤져 광대 놈의 횡포에도 요행히 형태가 망가지지 않은 과자를 꺼낸 후 야금야금 베어 먹기 시작했다. 그 졸렬하고 파렴치한 행각은 지켜보던 둘의 부아를 돋우기에 충분했다. 급기야 원보 대인은 맹부요의 목을 조르겠다고 달려들기에 이르렀다.

죽어! 죽어! 죽여 버릴 테다⋯⋯.

그런가 하면 암매는 그녀에게서 눈을 떼지 못하고 있었다.

어떠한 위기 상황에서도 순수한 즐거움을 놓치지 않는, 햇살처럼 밝고, 명랑하고, 뜨겁고, 솔직한 여인.

근심은 할지언정 눈물과 한숨에 매몰되지 않는. 긴장하고 실수도 할지언정 다음번에는 반드시 신중해지는. 부족한 부분이 많을지언정 자신의 단점을 용기 있게 인정하고 고칠 줄 아는.

마땅히 두려워하고 경계해야 할 상황이 닥쳤을 때 그녀는 절대 자신의 실력만 믿고 방비에 소홀해지는 법이 없었다. 그렇다고 해서 한없이 몸을 사리기만 하는 건 또 아니었다. 적의 허점에는 코웃음을 쳐 주는 것도 잊지 않았으니까.

대담하되 신중하고, 호탕하면서도 속되며, 치밀한 방비와 팽팽한 경계심을 유지하는 가운데도 본인을 비롯한 주변인들의 긴장감을 풀어 줄 줄 아는.

맹부요는 그렇게 내면이 강한 여자였다.

작게 탄식을 내뱉은 암매는 문득 가슴 한구석에서 치미는 통증을 느끼고 반대편으로 고개를 틀었다.

이때 어디선가 시큼한 냄새가 스멀스멀 밀려와 침묵에 빠진 그의 주위를 에워쌌다. 맹부요라고 그 냄새를 못 맡았을 리 없었다. 식욕이 순식간에 싹 달아났지만, 그녀는 눈을 질끈 감고서 이를 악물었다가, 남은 과자를 일거에 입 안으로 밀어 넣었다. 적의 포위 한복판에서 온갖 위협에 노출되어 있는 상황, 일행 중 힘을 쓸 만한 사람이라고는 자신이 유일하니 무슨 일이 있어도 체력을 유지해야만 했다.

똥통 더미 꼭대기에 나란히 앉은 두 사람 사이에 정적이 흐르길 잠시, 맹부요가 입을 열었다.

"무슨 냄새인지 알아요?"

암매의 눈동자에 망연한 웃음이 스쳤다.

"알아."

당황한 맹부요가 눈을 커다랗게 뜨고 그를 쳐다봤다. 아침 햇살에 젖은 암매의 창백한 옆얼굴에서는 그 어떤 동요도 읽히지 않았다.

"아주 어렸을 때 맡아 본 적이 있거든. 내 유모가 바로 저렇게 죽었어."

암매의 차분한 표정을 보며 잠시 망설이던 맹부요는 결국 속에 있던 말을 내뱉어 버렸다.

"당신 수하들이잖아요. 앞으로도 헌원성의 손에 한 명 한 명 저렇게 죽어 나갈 거래요. 당장 오늘이든 내일이든 저 창문으로 내다보이는 길에 찜통이 걸릴 수도 있다고요."

"그래서 뭐?"

암매가 고개를 돌려 그녀를 응시했다.

"찜통 앞으로 달려 나가서 개죽음이라도 당하라는 건가?"

맹부요는 일순 말문이 막히고 말았다.

암매의 말이 옳았다. 뛰쳐나가 봐야 결과는 개죽음일 게 뻔했다. 그간 전북야와 흑풍기 사이의, 죽음도 불사하리만치 끈끈한 유대감에 익숙해져서 그만 깜빡했던 것이다. 오주대륙의 주종 관계란 본래가 암매와 그의 수하들 같은 모습임을.

맹부요의 입에서 풀 죽은 중얼거림이 새어 나왔다.

"나는 그냥, 도저히 보고 있을 자신이 없어서……."

아무런 대꾸도 하지 않은 암매가 힘겹게 몸을 일으켜 뒤편에 걸쳐 둔 침상에 가서 눕자 맹부요도 약을 발라 주기 위해 그쪽으로 옮겨 갔다.

상처는 그새 눈에 띄게 호전된 상태였다. 그 위를 미끄러지는 맹부요의 손길은 나비의 날갯짓처럼 사뿐사뿐 섬세하기 그지없었다. 거침없는 여장부에게 이토록 상냥하고 세심한 면모가 있는 줄은 아마 그 누구도 상상하지 못했을 것이다.

금빛 아침 햇살이 그녀의 옆모습을 부드럽게 감싸고 있었다. 투명한 귓불과 그 뒤쪽으로 자잘하게 비치는 잔머리, 우아한 턱 선과 석류꽃처럼 도톰하니 반드르르한 입술, 그리고 여느 여인들보다 월등히 빼어난 자태를 자랑하며 뻗어 올라간 눈썹. 그 모두가 아리따웠지만, 뭐니 뭐니 해도 가장 아름다운 건 치료에 온 마음을 쏟고 있는 그녀의 표정이었다.

암매는 엎드린 자세에서 고개만 비스듬히 틀어 그녀를 응시하고 있었다. 밤의 어둠이 강림한 듯 검게 침잠한 눈을 하고서. 지금 그는 흑야의 장막 너머로 머나먼 낮을, 그 눈부신 광명을 바라보는 중이었다.

등에 닿는 손길은 꽃잎이 스치듯 부드러웠다. 아니, 어쩌면 4월의 푸르른 초원을 흘러온 시냇물이 손가락 사이로 휘돌아 나가는 감촉, 혹은 너른 들판에 우뚝 솟은 누각에서 흘러나온 퉁소 연주가 아득한 산맥을 넘어 그 가락을 알아 줄 이의 귓가에 감겨들 때의 나긋함에 빗대어야 옳을지도.

그는 말초 신경에서 비롯된 전율이 영혼까지 전해지는 걸 느꼈다. 너울너울 기분 좋은, 꽃잎이 날아내리듯 다정다감한 손길. 꽃씨를 심는 듯한 정성. 태생적으로 광명에 속한 아름다움을 앞에 두고서, 그는 자신이 품은 어둠을 상기해 내고 말았다.

도주와 추적, 선혈과 살육으로 점철된 시간들. 암흑을 틈타 소리 없이 검을 휘두르던 밤들. 피에 젖은 채 아무렇게나 내던져진 옷가지들. 아무리 옷을 갈아입고 또 갈아입어도 뼛속까지 밴 피비린내는 도무지 지워지질 않았다.

지옥과 흑야에 속한, 잔혹한 사냥과 예리한 정탐에 속한, 그녀와는 정반대의 세계에 속한 그 모든 것들을 남김없이 털어놓고 싶다는 충동이 일순 그를 사로잡았다.

"피도 눈물도 없는 주군으로 보이겠지만, 그저 저들보다는 내 목숨 쪽이 더 중요하다고 판단했을 뿐이야."

암매의 나지막한 목소리에 맹부요가 손동작을 멈췄다.

그녀는 다소 당혹스러운 참이었다. 아마 전북야였다면 똑같은 상황에서도 십중팔구 '나는 너희가 살아 주는 편이 더 기쁘다.'라고 하지 않았을까.

"내가 살아 있어야 저들을 구해 내든 말든 할 게 아닌가. 설사 구출은 못 한다 치더라도 나라면 복수할 기회나마 노려볼 수 있지. 앞으로 저들의 처자식에게 물질적인 도움도 줄 수 있고. 그러니 저들보다는 내가 살아남는 편이 가치 있지 않나."

어이없다는 맹부요의 표정을 보며 피식 웃은 암매가 말을 이었다.

"예전에 집안 하인 중에 아주 사람 좋은 자가 있었어. 주변인들을 하나하나 참 살뜰히도 챙겼지. 당시 가문의 원수에게 쫓기던 와중에 동료 한 명이 부상을 입고 낙오했는데, 그는 절대로 포기할 수 없다며 한밤중에 왔던 길을 되돌아갔어. 포로가 된 동료가 그새 변절했을 줄은 꿈에도 모른 채. 적의 사주를 받은 동료는 자기를 구하러 온 그를 구슬려 우리의 은거지를 알아냈고…… 피비린내 나는 살육이 이어졌지. 나와 그 하인, 둘만이 마지막까지 살아남은 상황에서 나는 가까스로 구출됐지만, 그는 산 채로 가죽이 벗겨졌어. 최후의 순간에 적들의 눈을 피해 날 우물로 밀어 넣으면서 그가 했던 말을 지금도 기억해. '믿음 같은 건 우리에게 사치였다.'라고……."

맹부요는 아무런 말도 할 수가 없었다. 암매의 말투는 담담했음에도 그녀는 그 속에서 녹슨 쇠가 풍기는 듯한 한기와 피비린내를 느낄 수 있었다.

우직했던 사내의 비분, 변절자의 비겁한 모습, 동료에게 배

신당한 이들의 처절한 몸부림, 산 사람의 몸에서 벗겨져 나와 꿈틀거리는 살가죽, 피 칠갑이 된 채 우물 속에 숨어 있었을 소년의 얼굴이 눈앞에 생생히 그려졌다.

"신뢰에는 자연스러운 상호 작용이 따른다고 생각했던 시절도 있었어. 내가 상대를 진심으로 대하면 상대도 진정 어린 마음을 보여 줄 거라고 말이지. 하지만 대부분의 경우 그건 허황된 기대에 지나지 않더군. 이익 교환을 기반으로 하지 않은 신뢰는 사상누각에 불과해. 그렇기에 나는 수하들과 한 종류의 관계밖에 맺지 않아. 주군과 결사대. 나는 그들의 의지, 목숨, 가족을 지배하는 존재로서 전사자의 유족들에게 충분한 보상을 제공하고, 그들은 그걸 알기에 내게 절대적인 충성을 바치지. 덕분에 배반 따위는 영영 걱정할 필요가 없어졌어. 지금도 보라고, 나는 중상을 입었고 저들은 찜기 안에서 쪄지고 있는 상황인데도 이리 느긋하게 앉아서 옛이야기나 주절댈 수 있는 거."

얼핏 자조적인 웃음을 흘리는가 싶던 그가 맹부요를 향해 물었다.

"만약 저들이 고통을 이기지 못하고 나에 대해 불어 버렸다면 지금 우리의 처지가 어땠을 것 같나?"

맹부요는 조용히 한숨을 내쉬었다. 암매는 역시 전북야와는 정반대의 인물이었다. 딱히 누구는 옳고 누구는 그르다고 판단 내릴 수 있는 문제는 아니었다. 그저 같은 목적지를 두고 서로 다른 길을 택한 것뿐.

이야기가 너무 무겁다 싶은 생각에 코끝을 쓱 문지른 맹부요가 품 안을 뒤져 납환을 꺼내면서 말을 돌렸다.

"광대 놈이 도와줄 수 있다고 했어요. 조건이 있기는 한 모양이지만."

납환을 깨뜨린 후 안에 들어 있던 쪽지를 펼치자 한 줄로 적힌 글이 눈에 들어왔다.

짐에게는 황후가 필요하다.

〈부요황후〉 7권에서 계속